LE VOLEUR DE BAISERS

Titre original : The Kiss Thief

Photo de couverture : © Arcangel/AshrafulArefin
Couverture : Stéphanie Aguado

Pour la présente édition,
Collection dirigée par Franck Spengler

34-36 rue La Pérouse
75116 Paris
www.hugoetcie.fr

Collection New Romance® créée par Hugues de Saint Vincent,
dirigée par Arthur de Saint Vincent

Ouvrage dirigé par Sylvie Gand

ISBN : 9782755685053
Dépôt légal : novembre 2020
Imprimé en Espagne par Liberduplex

L.J. SHEN

LE VOLEUR DE BAISERS

Traduit de l'anglais (américain) par Charline McGregor

Hugo Poche

NEW ROMANCE®

« Il est stupéfiant de voir à quel point
l'on confond la beauté et la bonté. »

Léon Tolstoï, *La Sonate à Kreutzer*

À Brittany Danielle Christina
et Jacquie Czech Martin,
et aux femmes fortes
partout dans le monde.
Que nous soyons elles,
que nous puissions les élever,
les soutenir.

PLAYLIST

Young and Beautiful – Lana Del Rey
Take Me to Church – Hozier
Young God – Halsey
Can't Truss It – Public Enemy
Back to Black – Amy Winehouse
Nothing Compares 2 U – Sinead O'Connor
Everybody Wants to Rule the World – Tears for Fears
I'm Shipping Up to Boston – Dropkick Murphys

On dit qu'il faut mériter son premier baiser.
Le mien m'a été volé sous le ciel noir
de Chicago au cours d'un bal par un diable
caché derrière son masque.
On dit que les vœux de mariage sont sacrés.
Les miens ont été brisés
avant la sortie de l'église.
On dit que notre cœur ne bat
que pour un seul homme.
Le mien s'est brisé et a saigné
pour deux rivaux qui se sont battus
jusqu'au bout pour sa conquête.
J'étais promise à Angelo Bandini,
héritier de l'une des familles
les plus puissantes de l'Outfit[1] de Chicago.
Puis j'ai été obligée d'épouser
le sénateur Wolfe Keaton, qui menaçait
de révéler les péchés de mon père.
On dit que toutes les grandes histoires
d'amour connaissent une fin heureuse.
Moi, Francesca Rossi, j'ai dû effacer
et réécrire les miennes
jusqu'à l'ultime chapitre.
Un baiser.

---

1. L'Outfit de Chicago, ou simplement The Outfit, est le nom donné à la famille du crime organisé de Chicago depuis 1910. Cette famille se différencie des autres familles de la mafia américaine, et notamment des cinq de New York, par sa mixité des nationalités ou des religions, comprenant ainsi des membres italiens, irlandais, allemands ou polonais.

Deux hommes.
Trois vies.
Entremêlées.
Et quelque part entre ces deux hommes,
j'ai dû trouver mon toujours.

PROLOGUE

Le plus nul, dans mon histoire, à moi, Francesca Rossi, c'est que mon avenir tout entier est enfermé dans un vieux coffret en bois d'apparence anodine.

Depuis le jour où j'en ai pris conscience – à six ans –, je sais que ce qui m'attend à l'intérieur, quoi que ce soit, me tuera ou me sauvera. Alors pas étonnant qu'hier à l'aube, à l'heure où le soleil embrasse le ciel, j'aie décidé d'accélérer mon destin. Et de l'ouvrir, cette petite boîte en bois.

Je n'étais pas censée savoir où ma mère en gardait la clé.

Je n'étais pas censée savoir où mon père la rangeait.

Mais voilà, le truc, quand on passe ses journées chez soi à se faire la plus belle possible, histoire d'atteindre les standards quasi impossibles de ses parents, c'est qu'on a du temps… Beaucoup de temps.

– Tenez-vous tranquille, Francesca, sinon je vais vous piquer avec l'aiguille, couine Veronica à mes pieds.

Mes yeux courent pour la centième fois sur le morceau de papier jaune tandis que la couturière de ma mère m'aide à enfiler ma robe, comme si j'étais invalide. Je grave les mots dans ma mémoire, les enferme à double tour dans un tiroir de mon cerveau auquel personne d'autre que moi n'a accès.

L'excitation coule dans mes veines, folâtre comme un air de jazz, mes yeux scrutent avec détermination le miroir en face de moi. Les doigts tremblants, je replie le morceau de papier et le glisse dans le décolleté de mon corset délacé.

Je me remets à arpenter la pièce, trop agitée pour rester en place, obligeant la coiffeuse et la couturière de *mama* à m'aboyer dessus en me pourchassant à travers le dressing. Scène comique.

Je suis Groucho Marx dans La Soupe au canard. *Attrapez-moi si vous pouvez.*

Veronica tire sur un pan de mon corset, me ramenant devant le miroir comme si j'étais en laisse.

– Hé, aïe ! je grimace.

– Tenez-vous tranquille, j'ai dit !

Il n'est pas inhabituel que les employés de mes parents me traitent comme un caniche au pedigree impeccable. Peu m'importe, à vrai dire. Ce soir, je vais embrasser Angelo Bandini. Plus précisément, je vais le laisser m'embrasser.

Je mentirais si j'affirmais que je ne rêve pas de l'embrasser toutes les nuits depuis que je suis revenue, il y a un an, du pensionnat privé où mes parents m'avaient envoyée. À mes dix-neuf ans,

Arthur et Sofia Rossi ont officiellement décidé de m'introduire dans la haute société de Chicago et de me permettre de choisir mon futur époux parmi les centaines d'Italo-Américains éligibles, affiliés à l'Outfit. Ce soir marquera le point de départ d'une série d'événements et de mondanités, sauf que moi, je sais déjà qui je veux épouser.

Papa et *mama* m'ont informée que l'université n'était pas une option pour moi. Je dois m'atteler à la pêche au mari parfait, vu que je suis fille unique et la seule héritière des affaires du clan Rossi. Être la première femme de ma famille à décrocher un diplôme, c'est un rêve que j'ai caressé, mais je ne suis pas bête au point de les défier, oh, là, là, non. Comme le dit souvent notre domestique, Clara : « Ce qu'il vous faut, ce n'est pas d'aller à la rencontre d'un mari, Frankie. C'est de ne pas aller à l'encontre des attentes de vos parents. »

Elle n'a pas tort. Je suis née dans une cage dorée. Spacieuse, certes, mais fermée à clé tout de même. Essayer de m'en échapper, c'est risquer la mort. Je n'aime pas être prisonnière, mais j'imagine que j'aimerais encore moins me retrouver six pieds sous terre. Alors je n'ai même jamais osé jeter un coup d'œil entre les barreaux de ma prison pour voir ce qui se passe de l'autre côté.

Mon père, Arthur Rossi, est le boss de l'Outfit.

Un titre qui revêt des sonorités douloureusement impitoyables pour un homme qui m'a tressé les cheveux, appris à jouer du piano et qui a même versé une larme farouche lors de mon récital de Londres, où j'ai joué devant un public de plusieurs milliers de personnes.

Angelo – vous l'aurez deviné – est le mari parfait aux yeux de mes parents. Séduisant, bien élevé et fortuné. Sa famille possède un bâtiment sur deux dans University Village et la plupart de leurs propriétés sont le théâtre de nombre des projets illicites de mon père. Je connais Angelo depuis ma naissance. On s'est regardés grandir de la même manière que les fleurs éclosent – lentement, mais rapidement d'une certaine façon –, au cours de vacances d'été de luxe et sous la stricte supervision de nos familles, des *Made Men* – ces hommes qui sont officiellement adoubés comme membres à part entière de la mafia – et autres gardes du corps.

Angelo a quatre frères et sœurs, deux chiens et un sourire capable de vous faire fondre une glace à l'italienne dans la paume. Son père dirige le cabinet de comptables qui travaille avec ma famille et nous avons tous les deux partagé les mêmes vacances annuelles en Sicile, à Syracuse.

Au fil des années, j'ai vu brunir les cheveux blonds d'Angelo et ses boucles s'assagir en une coupe courte. Ses yeux bleu océan scintillants sont devenus moins joueurs et plus taciturnes, endurcis par les choses que son père lui a sans doute montrées et apprises. Sa voix est devenue grave, son accent italien s'est aiguisé et il a rempli sa silhouette mince de jeune homme avec des muscles, des centimètres et de la confiance. Il s'est fait plus mystérieux et moins impulsif, s'est mis à parler moins souvent, mais chaque fois qu'il le fait, ses paroles liquéfient mes entrailles.

Tomber amoureuse est une tragédie. Pas étonnant que ça rende les gens aussi tristes.

Et pendant tout ce temps, où je contemplais Angelo comme s'il était capable de faire fondre la crème glacée, je n'étais pas la seule à me retrouver pantelante sous son regard ombré par des sourcils toujours froncés.

Ça me rend malade de penser que chaque fois que je retournais dans mon école catholique pour jeunes filles, il rentrait à Chicago, traîner et parler avec d'autres femmes. Les embrasser. Pourtant, il a toujours réussi à me donner l'impression que j'étais LA fille. Il me glissait des fleurs dans les cheveux, m'autorisait à siroter un peu de son vin quand personne ne nous observait et me regardait avec des yeux amusés chaque fois que je prenais la parole. Et si ses jeunes frères me taquinaient, il leur tirait les oreilles et les menaçait de représailles. Chaque été, il trouvait le moyen de voler un moment avec moi pour m'embrasser sur le bout du nez.

– *Francesca Rossi, tu es encore plus jolie que l'été dernier.*

– *Tu dis toujours ça.*

– *Et je le pense toujours. Je n'ai pas pour habitude de parler pour ne rien dire.*

– *Dis-moi quelque chose d'important, alors.*

– *Toi, ma déesse, un jour, tu seras ma femme.*

Je conserve le moindre souvenir de ces étés comme un jardin secret, que j'ai clôturé de mon affection et arrosé jusqu'à ce qu'il devienne digne d'un conte de fées.

Plus que tout, je me rappelle comment, chaque été, je retenais mon souffle jusqu'à ce qu'il se faufile dans ma chambre, dans le magasin où je me trouvais ou près de l'arbre sous lequel je lisais un livre. Puis il a commencé à prolonger nos « moments » à mesure que les années s'écoulaient et que nous entrions dans l'adolescence, à m'observer avec un amusement non dissimulé quand je tentais – en vain – d'agir comme un garçon alors que j'étais si douloureusement, et de façon si évidente, une fille.

J'enfonce le papier plus profondément dans mon soutien-gorge en même temps que Veronica enfonce ses doigts épais dans ma chair ivoire pour serrer le corset au maximum autour de ma taille en tirant sur les cordelettes de chaque côté de mon dos.

– Ah, si seulement je pouvais avoir dix-neuf ans à nouveau et toute ma beauté, geint-elle d'une façon théâtrale.

Les liens de soie couleur crème se tendent et je halète. Il n'y a plus que le très haut du panier de l'Outfit italien pour embaucher des couturières et des domestiques afin de se préparer à un événement mondain. Mais si vous écoutez mes parents, on est l'équivalent des Windsor.

– Tu te rappelles cette époque, Alma ?

La coiffeuse lâche un petit rire nasal en plaquant ma frange avec des pinces pour terminer mon chignon par une vague de côté.

– Chérie, reviens sur Terre. Tu étais jolie comme un mannequin de magazine féminin, quand tu avais dix-neuf ans. Notre Francesca, ici, c'est *La Création d'Adam*. Vous ne boxez pas dans la même catégorie. Ni d'ailleurs dans le même championnat.

Je sens ma peau s'enflammer sous l'effet de la gêne. J'ai l'impression que les gens apprécient ce qu'ils voient, quand ils me regardent, mais je suis mortifiée par l'idée de la beauté. C'est un concept puissant et insaisissable à la fois. Un cadeau joliment enveloppé que je vais forcément perdre un jour. Je ne veux ni l'ouvrir ni me vautrer dans ses avantages. Car je souffrirai d'autant plus quand il me faudra m'en séparer.

La seule personne dont j'aie envie qu'elle remarque mon apparence au bal masqué de ce soir à l'Art Institute de Chicago, c'est Angelo. Le gala a pour thème : « Dieux et déesses des mythologies grecque et romaine ». Je sais d'avance que la plupart des femmes vont se pointer en Aphrodite ou en Vénus. Peut-être en Héra ou Rhéa, si elles sont frappées par un éclair d'originalité. Pas moi. Je suis Némésis, la déesse du châtiment céleste. Angelo m'a toujours appelée sa déesse, et ce soir, je vais justifier ce petit nom en prenant l'apparence de la plus puissante d'entre toutes.

Ça peut paraître crétin, au XXIe siècle, de vouloir se résoudre à dix-neuf ans à un mariage arrangé, mais dans l'Outfit, on se conforme tous à la tradition. Or il se trouve que la nôtre appartient aux années 1880.

– Qu'est-ce qui est écrit sur le mot ?

Veronica agrafe une paire d'ailes de velours noires dans mon dos après m'avoir aidée à enfiler ma robe. Un fourreau sans bretelles de la couleur d'un clair ciel d'été, orné de magnifiques coquillages en organza bleu. Le tulle traîne sur presque un mètre derrière moi, tel un océan aux pieds de mes employées.

– Vous savez, celui que vous avez soigneusement caché au fond de votre corsage.

Et elle ricane en passant des boucles en forme d'ailes dorées à mes oreilles.

– Ça… (Une main posée sur ma poitrine où est dissimulé le mot, je lui adresse un sourire forcé en croisant son regard dans le miroir qui nous fait face.) C'est le début du reste de ma vie.

CHAPITRE 1

FRANCESCA

– J'ignorais que Vénus avait des ailes.

Angelo me fait un baisemain à la porte de l'Art Institute de Chicago. Mon cœur se serre, mais aussitôt j'écarte cette déception ridicule. Il me taquine, voilà tout. En plus, il est tellement époustouflant de beauté dans son smoking, ce soir, que je pourrais lui pardonner n'importe quelle erreur allant jusqu'au meurtre de sang-froid.

Contrairement aux femmes du bal, les hommes portent tous le même smoking et un loup. Angelo a complété son costume d'un masque vénitien à feuilles d'or qui lui couvre une bonne partie du visage. Nos parents font assaut de politesse pendant que nous restons plantés l'un en face de l'autre, à étudier avidement jusqu'à nos moindres taches de rousseur, chaque centimètre carré de nos peaux. Je ne lui ai pas expliqué mon costume de Némésis. On a tout le temps – une vie entière – pour discuter de mythologie. J'ai juste besoin de m'assurer qu'au cours de cette soirée, nous aurons un autre de nos éphémères instants d'été. Sauf que cette fois, quand il déposera un baiser sur mon nez, je lèverai la tête pour sceller nos lèvres et notre destin.

Je suis Cupidon, qui balance une flèche d'amour direct dans le cœur d'Angelo.

– Tu es encore plus belle que la dernière fois que je t'ai vue.

Il agrippe le tissu de son smoking au-dessus de son cœur, feignant la reddition. Autour de nous, tout le monde s'est tu et je remarque le regard de conspirateurs qu'échangent nos pères.

Deux familles italo-américaines puissantes et fortunées partageant de forts liens mutuels. Don Vito Corleone serait fier.

– Tu m'as vue il y a une semaine au mariage de Gianna.

Je réprime l'envie brûlante de me passer la langue sur les lèvres tandis qu'Angelo a les yeux rivés aux miens.

– Les mariages te vont bien, mais ce qui te va encore mieux, c'est que je t'aie pour moi tout seul, dit-il simplement – et mon cœur passe en cinquième vitesse –, avant de pivoter vers mon père. Monsieur Rossi, puis-je escorter votre fille jusqu'à sa table ?

Derrière moi, mon père pose sa poigne d'acier sur mon épaule. Je ne suis que vaguement consciente de sa présence, tant le brouillard épais de l'euphorie m'enveloppe.

– Garde tes mains où je peux les voir.

– Toujours, monsieur.

Angelo et moi lions nos bras et l'un des innombrables serveurs nous guide jusqu'à nos sièges à la table nappée d'or et ornée d'une belle porcelaine noire. Angelo se penche et me chuchote à l'oreille.

– Du moins, jusqu'à ce que tu sois officiellement mienne.

Les Rossi et les Bandini ont été placés à quelques sièges les uns des autres – à ma grande déception, mais je n'en suis pas surprise. Mon père est toujours au centre de toutes les fêtes et paie cher pour avoir les meilleures places où qu'il aille. En face de moi, le gouverneur de l'Illinois, Preston Bishop, et sa femme se disputent sur le choix des vins. À côté d'eux est assis un homme que je ne connais pas, vêtu d'un demi-masque simple, tout noir, et d'un smoking qui a dû coûter une fortune au regard de son somptueux tissu et de sa coupe impeccable. Il est installé près d'une blonde agitée en robe de cocktail à bretelles en tulle blanc. Une Vénus parmi les dizaines présentes au gala.

Le type semble s'ennuyer à mourir : il fait tournoyer le whisky dans son verre sans prêter la moindre attention à sa voisine. Quand elle tente de se pencher pour lui parler, il se tourne de l'autre côté et consulte son téléphone, avant de perdre tout intérêt pour ce qui l'entoure en général et de fixer le mur derrière moi.

Une pointe de tristesse me transperce. Elle mérite mieux que ce que lui offre cet homme froid et sinistre qui vous donne des frissons dans le dos sans même vous regarder.

Je parie qu'il peut garder une crème glacée gelée pendant des jours entiers, lui.

– Angelo et toi paraissez vous entendre à merveille, me fait remarquer mon père.

L'air de rien, il accompagne sa phrase d'un coup d'œil discret à mes coudes, que j'ai posés sur la table. Je les retire immédiatement avec un sourire poli.

– Il est sympathique.

Je dirais plutôt « super sympa », mais mon père ne déteste rien plus que l'argot moderne.

– Il coche toutes les cases, tranche mon père. Il m'a demandé s'il pouvait t'inviter à sortir la semaine prochaine et j'ai répondu « oui ». Sous la supervision de Mario, bien sûr.

Bien sûr. Mario est l'un des nombreux hommes de main de mon père. Il a la forme et le QI d'une brique. J'ai la sensation que je ne vais pas pouvoir échapper au regard paternel, ce soir, précisément parce qu'il sait qu'Angelo et moi nous entendons un peu trop bien. Mon père me soutient plutôt, en général, mais il tient à ce que les choses soient faites d'une certaine manière, que la plupart des jeunes de mon âge trouveraient démodée, voire limite barbare. Je ne suis pas stupide. Je sais que je creuse mon propre trou en ne me battant pas pour mon droit à l'éducation et à un emploi rémunéré. Je sais aussi que ce devrait être moi qui décide avec qui je veux me marier.

Mais je sais surtout qu'il se passera ce qu'il décide ou rien. Prendre de force ma liberté impliquerait que j'abandonne ma famille, un prix cher payé, car ma famille, c'est tout mon univers.

Hormis le respect des traditions, l'Outfit de Chicago est extrêmement différent de ce que l'on en montre dans les films. Pas d'allées sombres, pas de drogués crado et de batailles rangées avec la police. De nos jours, il n'est question que de blanchiment d'argent, d'acquisitions et de recyclage. Mon père courtise ouvertement la police, fréquente les hommes politiques de premier plan, il aide même le FBI à pincer des ennemis publics numéro un.

En fait, c'est précisément la raison de notre présence ici ce soir. Mon père a accepté de faire don d'une somme d'argent délirante à une nouvelle fondation caritative dont l'objectif est d'aider des jeunes au bord de la délinquance à faire des études.

Oh, ironie, ma fidèle amie.

Je sirote mon champagne en contemplant Angelo par-dessus la table, qui fait la conversation à une certaine Emily dont le père est propriétaire du plus gros stade de baseball de l'Illinois. Angelo lui a appris qu'il était sur le point de s'inscrire dans un master à l'université de Northwestern, tout en rejoignant simultanément le cabinet de comptables de son père. La vérité, c'est qu'il va blanchir de l'argent pour le mien et servir l'Outfit jusqu'à la fin de ses jours. Je suis sur le point de me mêler de leur conversation quand le gouverneur Bishop tourne son attention vers moi.

– Et vous, petite mademoiselle Rossi, vous allez à l'université ?

Autour de nous, tout le monde converse et rit, à l'exception de l'homme en face de moi. Il continue d'ignorer royalement sa cavalière, préférant vider son verre sans prêter non plus attention à son téléphone, qui clignote d'une centaine de messages à la minute. À présent qu'il a les yeux tournés dans ma direction, ils semblent voir à travers moi. Je me demande vaguement quel âge il a. Il paraît plus vieux que moi, mais pas tout à fait autant que mon père.

– Moi ?

J'offre un sourire poli, le dos rigide. J'ajuste ma serviette sur mes genoux. Mes manières sont impeccables et je suis très douée pour les conversations sans intérêt. J'ai étudié le latin, l'étiquette et la culture générale à l'école. Je pourrais divertir n'importe qui, du chef d'État au morceau de chewing-gum.

– Oh, j'ai obtenu mon diplôme il y a un an. Je me consacre maintenant à développer mes réseaux, ici à Chicago.

– En d'autres termes, vous ne travaillez pas et vous n'étudiez pas non plus, commente platement mon voisin d'en face.

Il avale son whisky cul sec et jette un sourire mauvais à mon père. Je sens mes oreilles rosir et implore papa du regard. Il n'a pas dû entendre, car il laisse la remarque glisser sans réagir.

– Doux Jésus, gronde la blonde à côté du malappris.

Elle a rougi, mais il la rembarre d'un geste de la main.

– On est entre amis. Personne ici n'irait faire fuiter l'information.

Fuiter l'information ? Bon sang, mais c'est qui ce type ?

Je me redresse et prends une gorgée de ma boisson.

– Je fais d'autres choses, bien entendu.

– Racontez-nous donc ça, se moque-t-il en feignant la fascination.

Notre côté de la table se tait. Un silence glacial s'installe. À la limite de la gêne.

– J'adore les associations caritatives…

– Certes, mais ce n'est pas une activité à proprement parler. Qu'est-ce que vous *faites*, vraiment ?

Des verbes, Francesca. Pense à des verbes d'action.

– Je fais du cheval et du jardinage. Je joue du piano. Je… euh, fais les boutiques pour m'acheter tout ce dont j'ai besoin.

Je ne parviens qu'à aggraver mon cas et je le sais. Mais il ne me laisse pas détourner la conversation vers un autre sujet et personne ne vient à mon secours.

– Ça, ce sont des passe-temps, des hobbies. Quelle est votre contribution à la société, mademoiselle Rossi, si l'on excepte votre soutien à l'économie du pays par l'achat d'assez de vêtements pour habiller toute l'Amérique du Nord ?

Les couverts cliquettent contre la porcelaine fine. Une femme hoquette. Les ultimes bribes de conversation cessent complètement.

– Ça suffit, siffle mon père.

Sa voix est glaciale, son regard vide. Je cille, mais l'homme au loup reste de marbre, le dos droit ; il semble même légèrement amusé par le tour qu'a pris la discussion.

– Je suis plutôt d'accord avec vous, Arthur. Je pense que j'ai appris tout ce qu'il y a à savoir sur votre fille. Et ce en une minute, montre en main.

– Vous avez oublié vos devoirs politiques et publics à la maison, avec vos manières ? rétorque mon père, qui ne se départ jamais de sa politesse.

L'homme se fend d'un sourire cruel.

– Au contraire, monsieur Rossi. Je me les rappelle très clairement, vous vous en rendrez bientôt compte, à votre grand regret.

Preston Bishop et son épouse nous sauvent d'un incident diplomatique en me posant d'autres questions sur mon éducation en Europe, mes récitals et ce que j'ai envie d'étudier (la botanique, même si je ne suis pas idiote au point de leur signifier que l'université n'est pas au programme pour moi). Mes parents saluent d'un sourire ma conduite impeccable, et même la voisine du goujat dont j'ignore le nom tente timidement de se mêler à la conversation, parlant de son propre voyage en Europe durant son année de césure. Journaliste, elle a voyagé dans le monde entier.

Mais qu'importe la gentillesse générale, je n'arrive pas à me débarrasser du terrible sentiment d'humiliation que son cavalier vient de m'infliger de sa langue acérée. D'ailleurs, il s'est remis à scruter le fond de son verre à nouveau rempli, avec une expression qui exsude l'ennui.

J'envisage un instant de lui suggérer qu'il n'a pas besoin d'un autre verre, mais qu'il devrait consulter, cela pourrait faire des merveilles pour résoudre son souci.

Après le dîner vient la danse. Chaque femme de l'assemblée a une carte de bal où sont notés les noms de ceux qui ont placé une enchère d'un montant non communiqué. Tous les bénéfices vont à l'association caritative.

Je vais consulter ma carte sur la longue table portant les noms des dames de la soirée. Mon pouls s'accélère quand j'y repère le nom d'Angelo. Mais mon excitation est vite remplacée par la crainte dès que je me rends compte que ma carte est remplie à ras bord de noms à consonances italiennes, une liste plus longue que celles des autres cartes, et que je vais donc passer le reste de ma soirée à danser, jusqu'à en avoir mal aux pieds. Voler un baiser à Angelo risque de se révéler compliqué.

Ma première danse, je la passe dans les bras d'un juge fédéral. Puis vient un play-boy italo-américain déchaîné de New York, qui me raconte qu'il est venu dans l'unique but de vérifier si la rumeur concernant ma beauté était vraie. Il embrasse l'ourlet de ma jupe comme un duc médiéval, avant que ses amis ne l'entraînent, ivre mort, jusqu'à leur table. *S'il te plaît, ne demande pas à mon père un rendez-vous avec moi*, je grogne en mon for intérieur. Il a tout l'air de l'abruti qui ferait de ma vie une sorte de variante du *Parrain*. Mon troisième cavalier est le gouverneur Bishop et le quatrième Angelo. Pour une valse relativement courte, mais j'essaie de ne pas laisser ce détail doucher ma bonne humeur.

– Ah, la voilà.

Le visage d'Angelo s'éclaire quand il s'approche du gouverneur et de moi pour notre danse.

Les lustres se balancent au-dessus de nous et le sol de marbre chante sous les talons des danseurs. Angelo incline sa tête vers la mienne, prend ma main et place la sienne sur ma taille.

– Tu es très belle. Encore plus qu'il y a deux heures, me murmure-t-il.

Son souffle chaud me caresse le visage. De minuscules ailes de papillons veloutés me chatouillent le cœur.

– Tant mieux, parce que je n'arrive pas à respirer, dans ce truc, je lui réponds en riant.

Mes yeux fouillent les siens, follement. Je sais qu'il ne peut pas m'embrasser maintenant et une vague de panique balaie les papillons, les noie dans la crainte. Et si l'on ne parvenait pas à s'isoler du tout ? Alors le mot ne servirait à rien.

Ce coffret de bois va me sauver ou me tuer.

– Je serais ravi de te faire du bouche-à-bouche si jamais tu perds le souffle. (Il observe mon visage et sa pomme d'Adam monte et descend quand il déglutit.) Mais je commencerai par un simple rendez-vous la semaine prochaine, si tu es intéressée.

– Je suis intéressée, je réponds bien trop vite.

Il rit et son front vient se poser contre le mien.

– Et tu aimerais savoir quand ?

– Quand on va sortir ensemble ? je demande bêtement.

– Oui, ça aussi. Vendredi, au fait. Mais je voulais dire : quand j'ai su que tu deviendrais ma femme ? exprime-t-il sans ciller.

Je réussis tout juste à opiner du chef. J'ai envie de pleurer. Je sens sa main resserrer son étreinte autour de ma taille et je me rends compte que je suis en train de perdre l'équilibre.

– C'était l'été de tes seize ans. J'en avais vingt. Je les prends au berceau, ricane-t-il. Nous étions arrivés en retard dans notre petite maison sicilienne. Je faisais rouler ma valise le long de la rivière, près de la bicoque voisine, quand je t'ai repérée qui tressais des fleurs en couronne sur le ponton. Tu leur souriais, si jolie et insaisissable, je n'ai pas eu le cœur de rompre le charme en t'abordant. Tout à coup, le vent a éparpillé les fleurs. Et toi, tu n'as pas hésité un instant : tu as sauté la tête la première dans la rivière et tu as ramassé une à une chacune de celles qui s'étaient échappées de la couronne, alors même qu'elle ne durerait pas longtemps, tu le savais. Pourquoi faisais-tu ça ?

– C'était l'anniversaire de ma mère, j'admets. Je n'avais pas le droit à l'échec. La couronne d'anniversaire s'est avérée assez jolie, soit dit en passant.

Je baisse les yeux vers l'espace inutile entre nos deux corps.

– « Pas le droit à l'échec », répète Angelo, songeur.

– Tu m'as embrassée sur le bout du nez dans les toilettes du restaurant, ce jour-là, je lui rappelle.

– Je m'en souviens.

– Tu comptes me voler un baiser sur le nez, ce soir ?

– Jamais je ne te volerais quoi que ce soit, Frankie. Ce baiser, je te l'achèterais au prix fort, jusqu'au moindre centime, réplique-t-il avec bonhommie, ponctuant sa saillie d'un clin d'œil. Hélas, je crains qu'entre ta carte de bal bien trop pleine et mes obligations de socialiser avec tous les *Made Men* qui ont eu la chance d'arracher une invitation à cette soirée, on ne doive reporter ce délice à un autre jour. Ne t'inquiète pas, j'ai déjà annoncé à Mario que je lui laisserais un généreux pourboire s'il prenait tout son temps pour récupérer notre véhicule auprès du voiturier, vendredi.

Les gouttelettes de la panique se sont changées en un véritable déluge de terreur, à ce stade. S'il ne m'embrasse pas ce soir, la prédiction inscrite sur le message ne vaudra plus rien.

Je tâche d'afficher un sourire plus brillant encore, de masquer ma terreur derrière de l'envie.

– S'il te plaît… Je ferais volontiers une pause, j'ai les jambes en coton.

Il se mord la lèvre et éclate de rire.

– Que de sous-entendus sexuels, Francesca !

J'ignore si j'ai plus envie de pleurer mon désespoir ou de hurler ma frustration. Sans doute les deux. Le morceau n'est pas encore terminé et nous sommes toujours en train d'onduler dans les bras l'un de l'autre, bercés par une sorte de magie noire, quand je sens une main ferme et forte se plaquer sur la partie nue de mon dos, entre mes omoplates.

– Je crois que c'est à mon tour, tonne une voix derrière moi.

Je pivote, les sourcils froncés, pour découvrir le convive impoli au loup noir qui me dévisage. Il est grand – un mètre quatre-vingt-dix ou quatre-vingt-quinze – et ses cheveux noir d'encre sont lissés en arrière à la perfection. De carrure, il est mince mais large d'épaules, un physique sec et dur. Ses yeux sont gris pâle, étirés en amande et menaçants ; sa mâchoire trop carrée encadre parfaitement ses lèvres pleines. Un sourire méprisant, satisfait et impersonnel étire les lèvres en question ; il me donne envie de le gifler. Manifestement, il est encore amusé par ce que j'ai sorti tout à l'heure à table et qu'il a considéré comme un ramassis de bêtises sans nom. De toute évidence, nous avons un public : je remarque que la moitié de la salle nous observe maintenant avec un intérêt non dissimulé. Les femmes le reluquent comme des requins affamés dans un bocal à poissons. Les hommes arborent un sourire en coin à la limite de l'hilarité.

– Surveillez vos mains, grogne Angelo dès que la chanson change et qu'il ne peut décemment plus me garder dans ses bras.

– Surveillez vos affaires, rétorque l'autre, impassible.

– Vous êtes certain d'être sur ma liste ? je demande à l'homme, un sourire poli quoique distant aux lèvres.

Je suis encore sous le choc de mon échange avec Angelo que déjà l'inconnu m'attire contre son corps dur et place une main possessive plus bas qu'il n'est socialement acceptable dans mon dos, à deux doigts de me toucher les fesses.

– Répondez-moi, je siffle.

– Mon enchère est la plus haute sur votre carte, réplique-t-il sèchement.

– Les enchères sont secrètes. Vous ne savez pas combien les autres ont donné.

Je garde les lèvres pressées pour m'empêcher de hurler.

– Je sais en tout cas que c'est largement au-dessus de ce que vaut cette danse.

J'y crois pas !

Nous commençons à valser autour de la salle, au milieu des autres couples qui, non contents de tournoyer et de s'entremêler, nous jettent des coups d'œil envieux. Des regards directs et agressifs qui m'indiquent que, qui que soit la blonde avec qui il est venu au bal masqué, elle n'est pas son épouse. Et que si je suis la coqueluche de l'Outfit, le goujat est très en vue aussi.

Je me tiens raide et froide entre ses bras, pourtant il ne paraît pas s'en rendre compte. Ni s'en soucier. Il valse mieux que la plupart des hommes, mais sa façon de danser est technique et manque singulièrement de la chaleur et du caractère ludique des ondulations d'Angelo.

– Némésis. (Il me prend au dépourvu, son regard de rapace me met à nu.) Qui distribue la joie et le malheur. Ça ne semble pas correspondre tout à fait à la fille soumise qui distrayait Bishop et sa chevaline épouse tout à l'heure à table.

Je manque de m'étrangler avec ma salive. Il vient de qualifier l'épouse du gouverneur de « chevaline » ? Et moi de « soumise » ? Je détourne les yeux, passant outre la senteur addictive de son eau de toilette et le contact de son corps de marbre contre le mien.

– Némésis est mon animal totem. C'est elle qui a attiré Narcisse vers l'étang où il a vu son reflet et où il est mort de vanité. La fierté est une terrible affection.

Je lui adresse un sourire narquois.

– Certains d'entre nous auraient bien besoin de l'attraper, réplique-t-il en dévoilant des dents blanches parfaitement alignées.

– L'arrogance aussi est une maladie. Dont le vaccin est la compassion. La plupart des dieux n'aimaient pas Némésis, mais c'est parce qu'elle avait du cran.

– Et vous ? demande-t-il, haussant un sourcil brun.

– Et moi… quoi ?

Je cille, le sourire de courtoisie que je tentais d'afficher disparaît. Il est encore plus mal élevé en face à face.

– Est-ce que vous avez du cran ? complète-t-il.

Il me dévisage sans vergogne, avec une telle insistance que j'ai l'impression qu'il souffle du feu sur mon âme. J'ai envie de lui échapper et de sauter dans une piscine remplie de glaçons.

– Bien sûr que j'en ai, je réplique, le dos crispé. C'est quoi, le problème, avec vos manières ? Vous avez été élevé par des coyotes enragés ?

– Donnez-moi un exemple, dit-il, sans prêter attention à ma pique.

Je commence à m'écarter de lui, mais il me serre de plus belle dans ses bras. La salle de bal fastueuse se déforme, n'est plus qu'une toile de fond et, même si je commence à remarquer que l'homme derrière le masque est d'une beauté peu courante, la laideur de son comportement est la seule chose qui ressort.

Je suis une guerrière et une dame… et une personne saine d'esprit, capable de gérer cet horrible personnage.

– J'apprécie vraiment Angelo Bandini.

Je baisse la voix, quitte son regard pour tourner le mien vers la table où est installée la famille d'Angelo. Mon père est assis à quelques sièges de là et nous observe froidement, entouré des *Made Men* occupés à discuter entre eux.

– Et vous voyez, dans ma famille, nous respectons une tradition qui remonte à dix générations. Avant son mariage, une Rossi doit ouvrir un coffret en bois – taillé et confectionné par une sorcière qui vivait dans le village italien de mes ancêtres – et lire trois messages rédigés à son attention par la dernière fille Rossi à s'être mariée. C'est une sorte de porte-bonheur et de talisman réunis, en plus d'une forme de divination. Ce soir, j'ai dérobé le coffret et j'ai ouvert l'un des messages, afin d'accélérer moi-même le cours du destin. J'y ai lu que ce soir je serais embrassée par l'amour de ma vie. Et…

Je mordille ma lèvre inférieure en contemplant à travers mes cils le siège vide d'Angelo. Mon cavalier me fixe d'un regard stoïque, à croire que je suis un film en langue étrangère qu'il ne comprend pas.

– … ce soir, je vais l'embrasser.

– C'est ça, que vous appelez avoir du cran ?

– Quand j'ai un objectif, rien ne saurait m'en détourner.

Un froncement de sourcils méprisant froisse son masque, comme pour me traiter de crétine finie. Je le regarde droit dans les yeux. Mon père m'a appris que la meilleure façon de remettre les hommes comme lui à leur place, c'est de les affronter, pas de fuir. Parce que ce type… il me pourchasserait.

Oui, je crois dans cette tradition.

Oui, je me fous de ce que tu penses.

Et soudain, je réalise qu'au cours de la soirée, je lui ai raconté toute l'histoire de ma vie sans même lui demander son nom. Je ne souhaite pas le connaître, mais les conventions sociales veulent que je fasse au moins semblant.

– J'ai oublié de vous demander qui vous êtes.

– Parce que vous vous en fichiez.

Il pose toujours sur moi le même regard taciturne. Cet homme est un oxymore : l'ennui passionné. Je ne lui réponds rien, parce qu'il a raison.

– Sénateur Wolfe Keaton.

Les mots coulent sur sa langue, acérés.

– Vous n'êtes pas un peu jeune pour être sénateur ?

Mon compliment a pour but premier de voir si j'arrive à fendiller l'épaisse couche de goujaterie dont il s'est enveloppé. Certaines personnes ont juste besoin qu'on les serre très fort. Par le cou. Attendez, je pensais à l'étouffer, là. Ce n'est pas la même chose.

– Trente ans. Fêtés en septembre. J'ai été élu en novembre.

– Félicitations. *(Rien à foutre.)* Vous devez être ravi.

– Sur un putain de nuage.

Il m'attire plus près encore, mon corps est désormais collé au sien. Je m'éclaircis la gorge.

– Je peux vous poser une question ?

– Seulement si je peux en faire autant, lance-t-il.

Je réfléchis.

– Vous pouvez. (Il baisse le menton, m'autorisant ainsi à poursuivre.) Pourquoi avez-vous demandé à danser avec moi, sans parler de la somme rondelette que vous avez versée pour avoir ce plaisir douteux, puisque à l'évidence vous trouvez tout ce que je représente superficiel et détestable ?

Pour la première fois de la soirée, ce qui ressemble vaguement à un sourire passe sur son visage. Peu naturel, presque illusoire. J'en conclus qu'il n'a pas pour habitude de rire souvent. Voire qu'il ne rit jamais.

– Je voulais vérifier par moi-même si les rumeurs concernant votre beauté étaient vraies.

Encore ça. Je résiste à ma grosse envie de lui marcher sur le pied. Les hommes sont des créatures tellement simplistes. Sauf Angelo qui me trouvait jolie même avant. Quand je portais encore un appareil dentaire, qu'un voile de taches de rousseur constellait mon nez et mes joues et que je n'avais pas encore appris à apprivoiser ma tignasse brune trop frisée.

– À mon tour, reprend-il sans énoncer son verdict quant à mon apparence physique. Vous avez déjà choisi les prénoms de vos futurs enfants avec votre Bangini ?

Question bizarre, sans doute destinée à se moquer de moi. Je brûle de tourner les talons et de le planter là. Mais la musique commence à baisser et ce serait idiot de jeter l'éponge alors que je suis presque au bout de mes peines. En plus, tout ce qui sort de ma bouche semble l'ennuyer. Pourquoi gâcher un coup parfait ?

– Bandini. Oui, figurez-vous, je les ai choisis. Christian, Joshua et Emmaline.

Oui, bon, j'ai choisi le sexe aussi. Voilà ce qui arrive quand on a trop de temps à perdre.

Cette fois, l'inconnu au demi-masque sourit de toutes ses dents, et si ma colère ne me donnait pas l'impression que du venin pur coule dans mes veines, je pourrais apprécier son hygiène dentaire digne d'une publicité pour dentifrice. Au lieu de baisser la tête ou de déposer un baiser sur le dos de ma main, histoire de se conformer à la procédure obligatoire telle qu'énoncée dans la brochure du bal, il recule d'un pas et effectue un simulacre de révérence.

– Merci, Francesca Rossi.

– Pour la danse ?

– Pour l'aperçu.

La soirée se dégrade après cette maudite danse avec le sénateur Keaton. Angelo est assis à une table avec un groupe d'hommes, pris dans une discussion animée, et moi je suis jetée de bras en bras, je me mélange, je souris et je perds mes espoirs et ma santé mentale à mesure que défilent les morceaux de musique. Je n'en reviens pas de l'absurdité de ma situation. J'ai volé le coffret en bois de ma mère – la seule et unique chose que j'aie jamais volée – pour lire le message qui m'était destiné et trouver le courage de montrer mes sentiments à Angelo. S'il ne m'embrasse pas ce soir – si personne ne m'embrasse ce soir –, est-ce que ça signifie que je suis condamnée à vivre une vie sans amour ?

Trois heures après le début du bal, je parviens à me faufiler par la sortie du musée et me tiens sur les marches en ciment, pour respirer l'air frais de la nuit. Mon dernier cavalier a dû partir plus tôt. Par chance, sa femme est sur le point d'accoucher.

Je serre les bras autour de moi pour braver le vent de Chicago, tout en riant tristement, sans raison particulière. Un taxi jaune passe à vive allure devant les hauts immeubles ; un couple enlacé titube vers sa destination.

Clic.

On dirait que quelqu'un a plongé l'univers dans l'obscurité. Les lampadaires de la rue se sont éteints sans crier gare, il n'y a plus la moindre lumière.

Le spectacle est d'une beauté morbide. La seule lueur visible, c'est le croissant solitaire au-dessus de ma tête. Je sens un bras s'enrouler autour de ma taille. L'étreinte est assurée et puissante et enlace mon corps par-derrière comme si son auteur l'avait préparée depuis un moment.

Depuis des années.

Je me retourne. Le masque doré et noir d'Angelo me contemple. L'air déserte mes poumons, mon corps se liquéfie, je m'affale dans ses bras avec soulagement.

– Tu es venu, je chuchote.

Ses pouces caressent mes joues. Il hoche la tête, doucement et sans un mot.

Oui.

Il se penche et pose ses lèvres sur les miennes. Mon cœur crie dans ma poitrine.

Ferme la porte d'entrée. C'est en train d'arriver.

J'attrape les pans de sa veste pour l'attirer plus près. Notre baiser, je l'ai imaginé un nombre incalculable de fois, mais jamais je n'aurais cru qu'il aurait ce goût. Celui du familier. De l'oxygène. De l'éternité. Ses lèvres sensuelles flottent au-dessus des miennes, soufflent un air chaud dans ma bouche, et il explore, il mordille ma lèvre inférieure avant de posséder ma bouche, inclinant la tête d'un côté pour l'approfondir en une caresse féroce. Il ouvre les lèvres, sa langue vient à la rencontre de la mienne. Je lui rends la pareille. Sa main plaquée dans le bas de mon dos, il me serre plus fort, me dévore lentement et passionnément, grognant contre mes lèvres comme si j'étais une oasis au milieu du désert. Je gémis contre ses lèvres et lape chaque recoin de sa bouche sans aucune expérience, à la fois gênée, excitée et surtout libre.

Libre. Dans ses bras. Existe-t-il sentiment plus libérateur que celui de se sentir aimée ?

Je frémis dans la sécurité de ses bras, je l'embrasse trois bonnes minutes avant que le bon sens ne revienne peu à peu dans mon cerveau embrumé. Il a un goût de whisky, pas celui du vin qu'Angelo a bu toute la soirée. Il est sensiblement plus grand que moi, plus grand qu'Angelo, même si ce n'est pas de beaucoup. Et puis son eau de toilette flotte jusqu'à mes narines et je me rappelle les prunelles gris glacé, la puissance brute et la sensualité sombre qui ont allumé des flammes de colère dans mon ventre. Je prends une lente inspiration et sens la brûlure se répandre en moi.

Non.

J'arrache mes lèvres aux siennes et recule, trébuchant sur une marche. Il m'attrape par le poignet, me retenant par le bras, mais il ne fait aucune tentative pour reprendre notre baiser.

– Vous ! je m'écrie d'une voix tremblante.

Les lampadaires reviennent à la vie pile à cet instant, illuminant les lignes tranchantes de son visage. *Super, le timing*. Angelo a les joues rondes et une mâchoire bien dessinée. Cet homme est tout en arêtes dures et acérées. Il ne ressemble en rien à celui que j'aime, même caché derrière un demi-masque.

Comment s'y est-il pris ? Pourquoi est-ce qu'il a fait ça ? Les larmes me montent aux yeux, mais je les retiens. Pas question de donner à ce parfait inconnu la satisfaction de me voir sombrer.

– Comment osez-vous… je lâche calmement, mordant l'intérieur de ma joue si fort que le goût du sang m'emplit la bouche.

Je dois à tout prix m'empêcher de hurler. Il recule d'un pas, ôte le masque d'Angelo – Dieu sait comment il a mis la main dessus – et le jette dans l'escalier comme si l'objet était contaminé. Son visage démasqué se dévoile comme une œuvre d'art.

Brutal et intimidant, il exige mon attention. Je fais un pas de côté, pour mettre plus d'espace entre nous.

– Comment ? Facile. (Quelle nonchalance, il flirte avec moi sans cacher son mépris.) Cela dit, une fille intelligente se serait plutôt enquise du pourquoi.

– Du pourquoi ? j'ironise, refusant de laisser les cinq minutes écoulées pénétrer dans mon cerveau.

J'ai été embrassée par un autre. Angelo – si j'en crois la tradition de ma famille – ne sera pas l'amour de ma vie. Ce salopard, en revanche… Maintenant, c'est à son tour de faire un pas de côté. Son dos large me barrait l'entrée du musée, je n'avais donc pas vu qui se tenait là, les épaules basses, la bouche grande ouverte, le visage démasqué dans toute sa beauté, en train de contempler la scène.

Angelo pose un regard sur mes lèvres gonflées, fait volte-face et retourne à l'intérieur à grandes enjambées, obligeant Emily à courir à ses trousses.

Le Loup[2] n'est plus déguisé en agneau quand il monte les marches, après m'avoir tourné le dos. Au moment où il arrive devant les portes, sa cavalière en émerge, comme par enchantement. Wolfe lui prend le bras et l'entraîne en bas, sans m'accorder un regard, à moi qui m'étiole sur l'escalier de ciment. J'entends la fille lui murmurer quelque chose, sa réponse sèche à lui, et son rire à

---

2. Le sénateur se prénomme Wolfe. En anglais, wolf signifie loup.

elle qui résonne dans l'air comme un carillon agité par le vent.

Quand la portière de leur limousine se referme dans un claquement, mes lèvres me piquent si fort que je dois les toucher pour m'assurer qu'il n'y a pas mis le feu. Cette démonstration de force n'est pas due au hasard. Il l'a fait exprès.

Il a pris le pouvoir. Mon pouvoir.

J'arrache le papier logé dans mon corsage et le jette dans l'escalier, pour le fouler au pied telle une gamine en pleine crise de colère.

Wolfe Keaton est un voleur de baisers.

CHAPITRE 2

FRANCESCA

Une guerre fait rage en moi ce soir-là, tandis que j'examine chaque toile d'araignée, chaque imperfection du plafond de ma chambre tout en tirant sur une cigarette.

Ce n'est qu'une tradition stupide, amusante. Certainement pas un fait scientifique. Il y a peu de chances que toutes les prédictions rédigées sur les messages se soient accomplies. D'ailleurs, je ne reverrai sans doute jamais Wolfe Keaton de ma vie.

En revanche, je vais forcément revoir Angelo bientôt. Même s'il annule notre rendez-vous de vendredi prochain, il y a plein d'autres mariages, vacances et événements en tous genres auxquels nous devrons aller tous les deux ce mois-ci.

Je pourrai tout lui expliquer, face à face. Un malheureux baiser ne va pas effacer des années de préliminaires verbaux. Je suis même allée jusqu'à imaginer ses remords, une fois qu'il découvrira que si j'ai embrassé le sénateur Keaton, c'est uniquement parce que je l'ai pris pour lui.

J'écrase ma cigarette et en rallume une autre dans la foulée. Je n'ai pas touché à mon téléphone, malgré mon envie d'envoyer un autre message d'excuses hystériques à Angelo. J'ai besoin de discuter de tout ça avec ma cousine Andrea. Elle vit à l'autre bout de la ville et, vu qu'elle a une petite vingtaine d'années, elle est ma seule – quoique réticente – conseillère en matière de sexe opposé.

L'arrivée du matin peint le ciel de nuées roses et jaunes. Perchés sur le rebord de ma fenêtre, les oiseaux chantent devant notre manoir en pierre.

Je jette un bras sur mes yeux et grimace. Ma bouche a un goût de cendrier et de déception. On est samedi et je dois quitter la maison avant que ma mère ait une idée, comme m'emmener faire du shopping pour acheter quelque robe hors de prix en me questionnant jusqu'à plus soif sur Angelo Bandini. Malgré toutes les tenues et autres chaussures de mauvais goût qui constituent ma garde-robe, je suis une fille plutôt simple selon les standards en vigueur chez les Italo-Américains de la bourgeoisie. Je joue mon rôle parce que j'y suis obligée, mais je déteste par-dessus tout qu'on me traite comme une princesse nunuche et débile. Je porte peu, voire pas de maquillage, et je préfère mes cheveux au naturel. J'aime cent fois mieux monter à cheval ou jardiner que de faire les boutiques ou une manucure. Le piano, c'est mon exutoire favori entre tous.

Passer des heures dans une cabine d'essayage sous le regard scrutateur de ma mère et de ses copines, c'est ma définition personnelle de l'enfer.

Je lave mon visage et enfile une tenue de cheval noire avec un gilet en laine blanc. Je descends ensuite à la cuisine et sors un paquet de Vogue, dont j'allume une cigarette, tout en avalant un *cappuccino* et deux Advil. Un filet de fumée s'élève de ma bouche et je tapote mes ongles rongés sur la table en maudissant le sénateur Keaton pour la énième fois. Hier, au dîner, il a eu l'audace de croire que non seulement je choisissais mon mode de vie, mais qu'en plus je l'appréciais. Pas une fois il n'a envisagé que je puisse seulement m'y conformer et l'accepter, préférant sélectionner mes combats dans les domaines où j'ai une chance de gagner plutôt que les causes perdues d'avance.

Je sais que je ne suis pas autorisée à faire carrière. J'ai fini par admettre cette réalité, si dure soit-elle, alors pourquoi, dans ce cas, est-ce que je ne pourrais pas avoir la dernière chose que je désire encore ? Une vie avec Angelo, le seul homme de l'Outfit que j'apprécie vraiment.

À l'étage, j'entends claquer les talons de ma mère qui s'agite et le grincement de la vieille porte du bureau de mon père quand elle s'ouvre. Puis je distingue les aboiements de papa en italien au téléphone et ma mère qui éclate en sanglots. Elle n'est pas du genre à pleurer à tout bout de champ, ni mon père à hausser la voix, du coup leur réaction à tous les deux pique mon intérêt.

Je balaie le rez-de-chaussée du regard, avec sa cuisine ouverte et sa vaste salle à manger ouvrant sur un immense balcon, et je repère Mario et Stefano qui échangent entre eux en chuchotant autant que peuvent le faire des Italiens. Ils se taisent d'ailleurs en me voyant les observer.

Il n'est pas tout à fait onze heures à la pendule au-dessus de moi.

Vous connaissez cette sensation de catastrophe imminente ? Le premier tremblement du sol sous vos pieds, la première secousse de la tasse sur la table avant l'arrivée brutale de l'ouragan ? C'est ce que je ressens à cet instant précis.

– Frankie ! crie *mama* d'une voix suraiguë. On attend des invités, tu ne t'en vas nulle part.

Comme si je pouvais me lever et partir comme ça. Non, là, c'est une mise en garde. Mes poils se mettent au garde-à-vous.

– Qui est-ce qui vient ? je réponds en criant tout aussi fort.

La réponse à ma question se présente moins d'une seconde plus tard, sous la forme d'un coup de sonnette à la porte, juste au moment où je m'apprêtais à grimper à l'étage pour leur demander ce qui se passe.

J'ouvre d'un coup sec sur mon nouvel ennemi juré, Wolfe Keaton, planté sur le perron, un sourire malveillant aux lèvres. Je le reconnais sans son masque, alors même qu'il l'a porté une bonne partie de la soirée d'hier. J'ai beau le détester, le bonhomme est né avec un visage inoubliable.

Décidément froid et d'une élégance exaspérante avec son costume de tailleur style Regent à motif écossais, il entre comme un bulldozer. Et secoue aussitôt la rosée matinale de ses chaussures, ses gardes du corps sur les talons.

– Némésis. (Il a craché le mot comme si c'était moi qui lui avais causé du tort et pas l'inverse.) Comment vous sentez-vous ce matin ?

Super mal, grâce à toi. Évidemment, il n'a pas besoin de savoir qu'il exerce une influence, quelle qu'elle soit, sur mon humeur. C'est déjà bien assez pénible qu'il m'ait privée de mon premier baiser avec Angelo.

Je referme la porte derrière lui sans lui accorder un regard, lui réservant un accueil aussi chaleureux que s'il était la Grande Faucheuse.

– Je me porte comme un charme, sénateur Keaton. En fait, je souhaitais vous remercier, pour hier, je l'informe en me fendant de mon sourire le plus exagérément poli.

– Ah oui ?

Il arque un sourcil sceptique et se débarrasse de sa veste, qu'il tend à l'un de ses gardes du corps vu que je n'ai pas proposé de la lui prendre.

– Oui. Vous m'avez montré comment un homme, un vrai, ne devait pas se comporter, me prouvant par là même qu'Angelo Bandini est bel et bien fait pour moi.

Son homme de main accroche la veste de Wolfe à l'une de nos patères, sans prêter la moindre attention à ma présence. Ses gardes du corps sont différents de ceux de mon père. Ils portent l'uniforme et sont probablement issus de l'armée d'une manière ou d'une autre.

– En tant que gentleman, vous m'avez déçue. En tant qu'escroc, en revanche, je vous accorde vingt sur vingt. Très impressionnant, je conclus en levant les deux pouces.

– Vous êtes drôle.

Ses lèvres s'étirent en une ligne mince.

– Et vous êtes… je commence, mais il m'interrompt.

– Avocat de formation, et donc extrêmement peu patient envers des bavardages inutiles. Alors j'adorerais rester là à vous parler de notre premier round tristement terne, Francesca, mais j'ai du travail qui m'attend. Je vous conseille néanmoins de patienter jusqu'à ce que j'en aie terminé, car notre petit badinage d'aujourd'hui n'était qu'une bande-annonce.

– Une très mauvaise bande-annonce. Je ne serais pas surprise que le film fasse un flop.

Il se penche vers l'avant, entre dans mon espace personnel et pose un doigt sous mon menton. Ses yeux d'argent scintillent comme un sapin de Noël.

– Le sarcasme est une habitude peu seyante chez les jeunes femmes bien élevées, mademoiselle Rossi.

– Le vol de baiser ne fait pas non plus partie de la liste des traits que j'apprécie chez un gentleman.

– Vous m'avez embrassé de votre plein gré, Némésis.

– Avant que je sache qui vous étiez, Scélérat.

– Il y aura d'autres baisers et vous me les donnerez tous sans que je les demande. À votre place, je ne ferais donc pas de promesses qui seront fatalement brisées.

J'ouvre la bouche pour répliquer qu'il ferait bien d'aller se faire ausculter la tête, mais il s'engage dans l'escalier avant que j'aie le temps de proférer un son, m'abandonnant sur le pas de la porte, sous le choc. Comment il sait où se rendre ?

Il est déjà venu ici. Il connaît mon père, c'est clair.

Et il ne l'apprécie pas du tout.

Je passe les deux heures qui suivent à fumer cigarette sur cigarette dans la cuisine, en faisant les cent pas et en me préparant des *cappuccinos* que je jette dans l'évier après une gorgée. Fumer, c'est la seule mauvaise habitude que je suis autorisée à conserver. Ma mère dit que ça aide à diminuer mon appétit et mon père appartient à une génération où c'était encore considéré comme une marque de classe et une mondanité. Moi, ça me donne l'impression d'être adulte, car autrement on me traite comme un bébé surprotégé.

Deux des avocats de mon père et deux autres personnes qui ressemblent aussi à des avocats entrent chez nous vingt minutes après que Wolfe est monté.

Mama se comporte bizarrement, elle aussi.

Pour la première fois depuis que je suis née, elle pénètre dans le bureau de mon père pendant un rendez-vous d'affaires. Elle en ressort à deux reprises. Une fois pour aller leur chercher des rafraîchissements – une tâche qui incombe normalement à notre gouvernante, Clara. La seconde fois, elle sort dans le couloir du haut, tellement hystérique qu'elle renverse un vase en marmonnant des propos inintelligibles.

Quand la porte du bureau s'ouvre enfin dans un « clic », après ce qui m'a paru durer des jours, Wolfe est le seul à redescendre. Je me lève, comme quelqu'un qui attend un verdict de vie ou de mort. Sa dernière remarque a jeté des serpents dans mon ventre et leurs morsures pleines de venin sont létales. Il pense que je vais l'embrasser à nouveau. Cela dit, s'il a demandé un rendez-vous avec moi auprès de mon père, il va être douloureusement déçu. Il n'est pas italien, ne sort pas d'une famille de l'Outfit et, en plus, je ne l'apprécie pas le moins du monde. Trois choses que mon père prendra nécessairement en considération.

Wolfe s'arrête dans le virage de l'escalier, sur la dernière marche, ce qui met tranquillement en évidence sa haute stature et son maintien d'empereur. Ainsi que ma petitesse et mon insignifiance.

– Vous êtes prête pour le verdict, Nem ?

La commissure de ses lèvres se retrousse dans un sourire immoral. Mes bras sont hérissés de chair de poule et j'ai l'impression d'être au sommet d'une montagne russe juste avant que la voiture ne plonge dans le vide. Je dois prendre une inspiration saccadée et braver les vagues de peur qui s'écrasent contre ma cage thoracique.

Je lève les yeux au ciel.

– Je brûle d'impatience.

– Suivez-moi dehors, ordonne-t-il.

– Non, merci.

– Ce n'était pas une suggestion.

– Très bien, parce que je refuse.

La dureté de mes paroles fait violence à mes lèvres. Jamais je n'ai été aussi impolie avec quiconque. Mais Wolfe Keaton a mérité ma colère, sans l'ombre d'un doute.

– Faites votre valise, Francesca.

– Pardon ?

– Faites. Une. Valise, répète-t-il lentement, comme si le problème résidait dans mon incapacité à comprendre les mots et non dans leur contenu irrationnel.

– Depuis quinze minutes, vous êtes officiellement fiancée à votre serviteur. Le mariage est prévu pour la fin du mois, ce qui signifie que votre ridicule tradition de la boîte… est respectée. Merci pour l'histoire, d'ailleurs, ça a ajouté un petit plus à ma demande.

Il m'apprend la nouvelle froidement pendant que le sol tremble et se dérobe sous mes pieds, m'envoyant valdinguer dans un magma de colère et de sidération.

– Mon père ne me ferait jamais une chose pareille.

Trop effrayée pour monter à l'étage et vérifier ma propre affirmation, j'ai l'impression d'avoir les pieds collés au sol.

– Il ne me vendrait pas au plus offrant.

Un sourire se dessine lentement sur son visage. Il se réjouit de ma rage avec une avidité évidente.

– Qui a dit que mon offre était la plus haute ?

Je me jette sur lui de toutes mes forces. Jamais je n'ai frappé personne – on m'a appris que pour une femme, faire une scène était ce qu'il y avait de plus vulgaire. Du coup, la gifle qui l'atteint à la joue n'est pas tout à fait aussi puissante que je l'espérais. Elle s'apparente plus à une tapette, presque amicale, qui se pose telle une plume sur sa mâchoire carrée. Il ne cille même pas. Un mélange de pitié et de désintérêt tourbillonne dans ses yeux argent où je me noie.

– Je vous accorde deux heures pour mettre de l'ordre dans vos affaires. Tout ce qui ne viendra pas avec vous restera ici. Et ne jouez pas avec la ponctualité, mademoiselle Rossi.

De nouveau, il pénètre dans mon espace personnel pour accrocher une montre en or à mon poignet.

– Comment avez-vous pu faire ça ?

En un clin d'œil, je passe de la défiance aux sanglots, je le repousse en plaquant mes deux mains sur son torse. Je ne réfléchis plus. Je ne suis même pas complètement sûre que je respire.

– Comment avez-vous convaincu mes parents de vous donner leur approbation ?

Je suis fille unique. Ma mère était sujette aux fausses couches. Elle m'a appelée son trésor inestimable... et pourtant, me voilà marquée d'une montre Gucci par un étranger, et ce bijou-là est manifestement une toute petite partie de la dot faramineuse qui a été promise. Mes parents trient sur le volet le moindre admirateur qui m'approche lors des événements publics et se montrent très sourcilleux pour ce qui est de mes amis. À tel point, d'ailleurs, que je n'en ai aucun, mais uniquement des femmes avec qui je partage le patronyme de Rossi. Chaque fois que je rencontre une fille de mon âge, ils la jugent soit trop provocatrice, soit pas assez sophistiquée. D'où le surréalisme de cette situation. Pourtant, bizarrement, je ne doute pas un seul instant qu'elle est aussi bien réelle.

Pour la toute première fois, mon père déchoit de son piédestal, il n'est plus un dieu. Lui aussi a des faiblesses. Et Wolfe Keaton vient de les trouver toutes pour les exploiter à son profit.

Il renfile son blazer et se dirige tranquillement vers la porte, ses gardes du corps sur les talons, tels de fidèles petits labradors.

Mue par l'adrénaline, je bondis à l'étage, les jambes en feu.

– Comment as-tu pu !

La première personne contre qui je dirige ma colère, c'est *mama*, qui avait promis de toujours me soutenir sur le sujet du mariage. Je me précipite vers elle, mais mon père me retient et Mario m'attrape par l'autre bras. C'est la première fois que l'un de ses hommes pose la main sur moi, la première fois qu'*il* pose la main sur moi.

Je rue et hurle tandis qu'ils m'entraînent hors du bureau, laissant ma mère plantée là, les yeux mouillés de larmes. Les avocats sont tous penchés dans un coin de la pièce, les yeux rivés sur des papiers, faisant mine de ne rien avoir remarqué. J'ai envie de hurler jusqu'à ce que la maison tout entière s'écroule et nous enterre sous ses ruines. De leur faire honte, de les combattre.

J'ai dix-neuf ans, je peux m'enfuir.

Mais m'enfuir où ? Pour faire quoi ? Je suis complètement isolée, je ne connais rien ni personne en dehors de mes parents. En plus, de quelles ressources disposerais-je ?

– Francesca, dit mon père, sur un ton où point une détermination inébranlable. Ça n'a aucune importance, mais sache que ce n'est pas la faute de ta mère. J'ai choisi Wolfe Keaton parce qu'il est le meilleur choix. Angelo est gentil, mais c'est presque un homme du peuple. Le père de son père était un simple boucher. Keaton est le célibataire le plus en vue de tout Chicago et peut-être le futur Président des États-Unis. Il est aussi considérablement plus riche, plus vieux et plus utile à l'Outfit sur le long terme.

– Je ne suis pas l'Outfit ! Je suis une personne.

Je sens trembler mes cordes vocales au passage des mots qui m'arrachent la bouche.

– Tu es les deux, rétorque-t-il. Et en tant que fille de l'homme qui a reconstruit l'Outfit de Chicago à partir de zéro, tu te dois de consentir des sacrifices, que tu le veuilles ou non.

Ils me transportent vers ma chambre au bout du couloir. *Mama* nous suit à distance en marmonnant des excuses que je suis trop flippée pour déchiffrer. Pas une seconde je ne crois que mon père ait « choisi » Keaton sans me consulter au préalable. En revanche, je sais aussi qu'il est trop fier pour l'admettre. C'est Keaton qui a pris le pouvoir dans cette affaire, et j'ignore totalement pourquoi.

– Je ne veux pas du célibataire le plus en vue de tout Chicago, du Président des États-Unis ou du pape. Je veux Angelo ! je braille.

Mais personne ne m'écoute.

Je suis de l'air. Je suis invisible et insignifiante, et pourtant je suis vivante.

Ils s'arrêtent devant ma chambre, leur étau autour de mes poignets se resserre. Mon corps perd toute énergie quand je me rends compte qu'ils ne bougent plus et que j'ose un regard à l'intérieur. Clara est en train de fourrer mes vêtements et mes chaussures dans des valises ouvertes sur mon lit, tout en essuyant ses larmes. *Mama* vient m'attraper par les épaules et me tourne face à elle. Ses yeux, rouges et gonflés, dansent dans leur orbite. Elle se raccroche aux branches.

– Le mot disait que celui qui t'embrasserait serait l'amour de ta vie, pas vrai ? Il t'a embrassée, Frankie.

– Il m'a dupée !

– Tu ne connais même pas véritablement Angelo, *vita mia.*

– Je connais encore moins le sénateur Keaton.

Et ce que je connais de lui, je l'abhorre.

– Il est riche, bel homme et a un avenir brillant devant lui, m'explique ma mère. Vous ne vous connaissez pas, mais ça viendra. Je ne connaissais pas ton père avant de l'épouser. *Vita mia,* qu'est-ce que l'amour sans une petite prise de risque ?

Le confort, je pense, tout en sachant que, quoi qu'il arrive, ce Wolfe Keaton va se donner pour mission de me rendre la vie très inconfortable.

***

Deux heures plus tard, je franchis le portail en fer forgé noir de la propriété de Keaton dans une Cadillac DTS noire.

J'ai passé tout le trajet à supplier le jeune chauffeur boutonneux au costume bon marché de me déposer au poste de police le plus proche, mais il a fait semblant de ne pas m'entendre. Je fouille mon sac en quête de mon téléphone, qui n'y est pas.

– Zut ! je lâche dans un soupir.

Un homme sur le siège passager ricane et je remarque tout à coup qu'il y a aussi un agent de sécurité dans le véhicule.

Là où vivent mes parents, dans le quartier de Little Italy, on trouve des églises catholiques en pagaille, des restaurants pittoresques et des parcs très fréquentés, surtout par les enfants et les étudiants. Wolfe Keaton, à l'inverse, réside dans la prestigieuse et immaculée Burling Street. Son manoir, massif, est d'un blanc éclatant et paraît énorme, même par comparaison avec les autres immenses bâtisses ; c'en est comique. Vu sa taille, j'imagine qu'il a fallu démolir les propriétés adjacentes pour le construire. Marcher sur les autres pour avoir ce que l'on veut, voilà qui semble une pratique récurrente chez lui.

Je suis accueillie par des pelouses taillées au cordeau et des fenêtres de style médiéval très ornementées. Lierre et fougères courent sur la colossale structure comme les doigts possessifs d'une femme sur le corps d'un homme.

Wolfe Keaton a beau être sénateur, il ne tient pas son argent de la politique, c'est certain.

Une fois la voiture garée, deux domestiques ouvrent le coffre et en sortent mes nombreux bagages. Une femme qui ressemble à une version plus vieille et plus décharnée de Clara apparaît à la porte, robe stricte toute noire et chignon argenté. Elle lève le menton et me toise avec un sourire narquois.

– Mademoiselle Rossi ?

Je sors de la voiture, mon sac à main serré contre ma poitrine. Cet enfoiré n'est même pas là pour m'accueillir.

Elle s'approche de moi d'un pas tranquille, le dos raide comme un balai et les mains jointes derrière elle, avant de me présenter sa paume.

– Je suis madame Sterling.

Je la dévisage sans comprendre. Elle aide Wolfe Keaton à me kidnapper et à me contraindre au mariage. Le fait que je ne l'assomme pas avec mon sac Louboutin en dit long sur mon degré de politesse.

– Laissez-moi vous montrer votre aile.

– Mon aile ?

Je la suis en pilotage automatique, tout en me disant – non, en me promettant – que toute cette situation est temporaire. Il suffit que je rassemble mes pensées et que j'ourdisse un plan. On est au XXIe siècle. Je serai sans tarder à proximité d'un téléphone ou d'un ordinateur portable, voire d'un commissariat de police. Et ce cauchemar sera terminé avant même de commencer vraiment.

Et puis ensuite quoi ? Tu défieras ton père au péril de ta vie ?

– Oui, très chère, votre aile. J'ai été agréablement surprise de l'attitude vieux jeu de monsieur Keaton à l'égard de sa nouvelle épouse. Ne pas partager le même lit qu'elle avant le mariage.

Un vague sourire passe sur ses lèvres. Manifestement, l'idée lui plaît beaucoup. Comme ça, on est deux. Je préférerais m'arracher les yeux que de partager la couche du diable.

Le palier de marbre blanc s'ouvre sur deux escaliers séparés, qui montent à droite et à gauche. Les murs vert menthe ornés de portraits des anciens présidents, les hauts plafonds ouvragés, les cheminées et les jardins fastueux que l'on aperçoit par les vastes fenêtres, tout se brouille.

J'émets un hoquet de surprise quand nous passons devant une double porte ouverte sur un piano Steinway entouré d'étagères montant du sol au plafond et de milliers de livres au bas mot. La pièce tout entière est mise en valeur par des crème et des noirs.

– Vous avez l'air jeune.

C'est une observation, pas une question.

– Et donc ? je rétorque sans aménité.

– J'avais l'impression qu'il aimait ses compagnes plus âgées.

– Il devrait peut-être commencer par aimer ses compagnes consentantes.

Doux Jésus. Je viens vraiment de dire ça. Je pose une main sur ma bouche.

– Le sénateur Keaton n'a jamais eu de difficultés à séduire les femmes. Tout le contraire, déblatère madame Sterling en route vers l'aile est de la maison. Trop de femmes et trop de variétés, il devenait blasé. Je commençais à m'inquiéter.

Elle secoue la tête, un sourire aux lèvres à ce souvenir.

Alors en plus de tout le reste, c'est un play-boy. Je grimace. Angelo, malgré son expérience de la vie et son éducation très particulière, c'est un vrai gentleman. Il n'est pas vierge – je le sais –, mais ce n'est pas non plus un coureur de jupons.

– Eh bien, dans ce cas, c'est peut-être moi qui devrais m'inquiéter désormais, vu que je suis censée partager mon lit avec lui, je crache.

Apparemment, j'ai laissé mes bonnes manières à la porte, là où j'ai abandonné ma liberté.

Une fois arrivée à ma chambre, je ne prends pas le temps d'admirer le lit à baldaquin, les rideaux en épais velours mauve, le vaste dressing, l'imposante coiffeuse, ni même le bureau en chêne sculpté ou le fauteuil de cuir avec vue sur le jardin. Je file directement à la fenêtre. Le paysage est fascinant, c'est indéniable. Sauf que la plus belle vue de Chicago, ça ne m'intéresse pas.

Je veux rentrer chez moi, dans ma maison d'enfance, et rêver de mon mariage avec Angelo.

– Mettez-vous à l'aise. Monsieur Keaton a dû s'envoler pour Springfield. Il est sur le chemin du retour, maintenant.

Elle rajuste le bas de sa robe. OK, le mec est sénateur des États-Unis. Et je n'ai pas besoin de poser la question, je sais qu'il a acheté un jet privé avant sa campagne. La *Members' Representational Allowance*[3], je connais ça par cœur, parce que mon père parle souvent des règles et des lois. Il dit que pour les enfreindre, il faut les connaître sur le bout des doigts. Mon père a pas mal craché au bassinet des politiques, au cours de sa vie.

Pour une raison qui m'échappe, le fait que Keaton possède un jet privé me rend encore plus amère. Ses seuls trajets professionnels engendrent une empreinte carbone qui nécessitera la plantation d'une forêt entière pour compenser. Quel monde envisage-t-il de léguer à ses enfants et à ses petits-enfants quand, sur un claquement de doigts, il monte dans un jet direction Springfield ou Washington DC ?

Je songe soudain que je n'ai même pas essayé de convaincre madame Sterling de m'aider. En fait, elle ne sait peut-être pas dans quelle situation je suis. Je prends sa main frêle et froide dans la mienne et la retiens au moment où elle s'éloigne vers la porte.

3. Somme qui est versée à ses membres pour le défraiement de leurs frais de représentation.

– S'il vous plaît, je la supplie. Je sais que ça paraît dingue, mais votre patron vient de m'acheter à mes parents. Il faut que je m'en aille d'ici.

Elle me dévisage et cligne des paupières.

– Oh, mon Dieu. Je crois que j'ai oublié d'éteindre le four.

Sur quoi, elle se précipite dehors et la porte se referme sur elle.

Je cours derrière elle, tire sur la poignée. *Elle m'a enfermée à clé ! Zut !*

Je me mets à arpenter la pièce, puis j'attrape le rideau et l'arrache de sa tringle. J'ignore pourquoi j'ai fait ça. J'ai envie de détruire quelque chose dans sa maison, comme il m'a détruite, moi. Je me jette sur le lit et un hurlement déchire mes poumons.

Je m'endors à force de pleurer, ce jour-là. Dans mon rêve, j'imagine Angelo passant me rendre visite chez mes parents et partant à ma recherche à travers toute la ville, après avoir découvert ce qui s'est passé avec Wolfe. Dans mon rêve, il arrive ici en voiture, incapable de supporter l'idée que je sois avec un autre homme, et affronte Wolfe. Dans mon rêve, il m'emmène quelque part, loin, sous les Tropiques. En lieu sûr. C'est le passage où je comprends qu'il s'agit d'un rêve : si mon père n'a pas pu arrêter Wolfe, personne ne le peut.

Quand je me réveille, les derniers rayons du soleil filtrent paresseusement à travers les grandes fenêtres nues. J'ai la gorge irritée et sèche, mes yeux sont si boursouflés que je n'arrive même pas à les ouvrir complètement. Je tuerais pour un verre d'eau, mais je préfère mourir que d'en demander un.

Le matelas se creuse à côté de moi. Quand j'entrouvre les yeux, je comprends pourquoi.

Wolfe est assis sur le bord de mon lit *queen-size*. Il me dévisage de son regard perçant, qui semble traverser ma peau, mes os, mon cœur, les brûler et les réduire en cendres.

Je plisse les paupières, puis j'ouvre la bouche pour lui exprimer le fond de ma pensée.

– Avant que vous ne disiez quoi que ce soit, je pense que des excuses sont de mise, m'avertit-il en remontant les manches de sa chemise blanche impeccablement repassée pour révéler des avant-bras veineux, musculeux et hâlés.

– Vous imaginez que des excuses vont suffire ? je siffle, acide, en tirant sur la couverture pour mieux cacher mon corps, alors même que je suis tout habillée.

En le voyant sourire, je comprends qu'il apprécie beaucoup nos échanges, en fait.

– Ce serait un bon départ. Vous avez dit que je ne me comportais pas en gentleman et je ne suis pas tout à fait d'accord. J'ai honoré votre tradition en demandant votre main après vous avoir embrassée.

Incroyable.

Cette fois, je suis bien réveillée, le dos appuyé contre la tête de lit.

– Vous voulez que moi, je m'excuse auprès de vous ?

Il lisse le tissu soyeux de sa chemise, prenant tout son temps pour me répondre.

– Dommage que vos parents soient obsédés par l'idée de faire de vous une petite femme au foyer obéissante. Vous avez une appréhension vive et naturelle des choses.

– Vous vous leurrez si vous pensez que je vais vous accepter comme mari.

Je croise les bras.

Wolfe réfléchit à mes paroles d'un air grave. Ses doigts se promènent près de ma cheville, sans toutefois la toucher. Je lui donnerais volontiers un coup de pied, si je ne pensais que ma colère risque d'augmenter son plaisir.

– L'idée que vous ne puissiez pas me toucher, ni rien de ce qui m'appartient, autrement qu'en me suçant chaque fois que j'aurai la générosité de vous y autoriser… ça m'amuse. Pourquoi est-ce qu'on n'essaie pas d'apprendre à se connaître devant un dîner ce soir, avant que vous n'affirmiez encore des choses que vous serez incapable d'effectuer ? Il y a dans cette maison des règles auxquelles vous devez vous plier.

Dieu, que j'ai envie de le frapper ! Au point que mes doigts me démangent.

– Pourquoi ? En fait, je préférerais manger des fruits pourris et boire de l'eau dans le caniveau plutôt que de dîner avec vous, je gronde.

– Très bien.

Il sort quelque chose de derrière son dos. Un calendrier blanc tout simple. Il tend le bras et le pose sur la table de chevet près de moi. Sympa, après la montre qu'il m'a offerte et qui ressemble plus à une menotte qu'à un cadeau.

Quand il reprend la parole, c'est le calendrier qu'il regarde, pas moi.

– Il faut vingt et un jours pour créer une habitude. Je vous recommande de m'inclure dans votre mode de vie. Parce que le 22 août, annonce-t-il en se levant du lit, vous serez devant l'autel, en train de me promettre le reste de vos jours. Une promesse que j'ai bien l'intention de prendre au sérieux. Vous êtes le remboursement d'une dette, une vengeance et, très honnêtement, vous ferez une compagne tout à fait sortable à mon bras. Bonne nuit, mademoiselle Rossi.

Il tourne les talons et se dirige vers la porte d'un pas léger, écartant de la pointe du pied le rideau sur son passage.

Une petite heure plus tard, madame Sterling arrive avec un plateau d'argent chargé de fruits écrasés à l'air pourri et d'un verre d'eau d'une couleur grisâtre à faire peur. Elle pose sur moi un regard d'une tristesse immense, qui rend son visage déjà ridé encore plus vieux.

Je lis des excuses dans ses yeux.

Mais je ne les accepte pas, pas plus que la nourriture.

CHAPITRE 3

WOLFE

Putain.

Merde.

Enculé.

Trouduc.

Merdier total.

Saleconnardd'enfoirédemerde.

Ce n'est là qu'un échantillon des mots que je ne peux plus m'autoriser à prononcer, en public ou ailleurs, en tant que sénateur représentant l'État de l'Illinois. Servir mon État, mon pays, est ma seule vraie passion. Le problème, c'est que ma véritable éducation a été très différente de celle qui est racontée dans les médias. Dans ma tête, je jure. Beaucoup.

Or j'ai tout particulièrement envie de jurer, là, quand ma fiancée m'exaspère au plus haut point.

Des yeux de la couleur des fleurs sauvages et des cheveux châtains brillants, si doux que j'ai l'impression de les voir me supplier de les enrouler autour de mon poing et de tirer dessus.

L'élite de Chicago est tombée amoureuse de la beauté de Francesca Rossi à l'instant où elle a posé le pied dans cette ville, il y a un an, et pour une fois dans leur misérable vie, le buzz qu'ils ont créé n'était pas entièrement infondé. Hélas pour moi, ma future épouse est aussi une gamine gâtée, naïve et trop choyée, dotée d'un ego de la taille du Connecticut et qui n'a pas le moindre désir de faire quoi que ce soit si ça n'implique pas équitation, caprices et – là, c'est moi qui le devine, mais je ne pense pas me tromper – pondre des gosses aux yeux tout aussi jolis que les siens pour les élever à son image.

Heureusement pour elle, ma future épouse va avoir précisément le genre de vie confortable à laquelle l'éducation de ses parents l'a promise.

Juste après les noces, j'ai l'intention de l'enfermer dans un manoir luxueux à l'autre bout de la ville, de remplir son portefeuille de cartes de crédit et d'argent liquide et de la voir uniquement quand j'aurai besoin qu'elle assiste à mes côtés à quelque événement public ou de tirer un peu sur la laisse de son papa. Des enfants, c'est hors de question, bien qu'en fonction de son degré d'efforts – qui, à l'heure actuelle, laisse largement à désirer –, elle aura tout le loisir de s'en faire faire par un donneur de sperme.

Pas par moi.

Sterling m'a rapporté que Francesca n'avait pas touché à son eau sale et à ses fruits abîmés, qu'elle n'a pas non plus montré d'intérêt pour le petit déjeuner qui lui a été apporté ce matin dans sa chambre. Je ne suis pas inquiet. La gamine mangera quand elle se sentira vraiment mal.

Je m'appuie à mon immense bureau Theodore Alexander, les mains enfoncées dans mes poches, et j'observe le gouverneur Bishop et le commissaire de la police de Chicago, Felix White, dans la joute verbale qui les oppose depuis vingt ennuyeuses minutes. Le week-end où je me suis fiancé à Francesca Rossi de façon si inopinée s'est révélé être le plus sanglant, dans les rues de Chicago, depuis le milieu des années quatre-vingt. Autre raison qui rend mon mariage essentiel à la survie de cette ville. Bishop et le vieux flic, White, tournent tous les deux autour du fait que la responsabilité de chacun des vingt-trois meurtres perpétrés entre vendredi et samedi incombe à Arthur Rossi, directement et indirectement, même si ni l'un ni l'autre ne prononce une seule fois son nom.

– Je donnerais cher pour savoir à quoi vous pensez, sénateur.

White se cale dans son fauteuil de cuir et m'envoie une pièce de monnaie d'une pichenette. Les yeux braqués sur lui, je la laisse tomber par terre.

– C'est amusant que vous mentionniez l'argent. Car c'est précisément ce qu'il faut pour faire baisser le taux de criminalité.

– C'est-à-dire ?

– Arthur Rossi.

Bishop et White échangent un regard, mal à l'aise, leur visage prend une jolie teinte grisâtre. Je ricane. Je m'occuperais bien d'Arthur moi-même, mais je dois y aller petit à petit. Je viens déjà de m'emparer de son bien le plus cher. Il est essentiel de lui laisser le temps de s'adapter à cette nouvelle situation pour pouvoir mieux l'écraser sur le long terme.

Ma décision d'épouser Francesca Rossi – contrairement à la destruction de son père, que je prévois depuis que j'ai treize ans – a été spontanée. D'abord, elle s'est pointée déguisée en Némésis, une ironie qui m'a fait sourire. Ensuite, j'ai remarqué la lueur dans les yeux d'Arthur quand il la suivait au bal. Il avait l'air fier et le voir heureux m'a tapé sur les nerfs. De toute évidence, elle est son talon d'Achille. Et puis, c'est elle qui m'a titillé. Sa beauté et ses bonnes manières ne sont pas passées inaperçues. J'en ai donc déduit que Francesca me serait utile à la fois pour suspendre notre mariage au-dessus de la tête d'Arthur, sorte d'épée de Damoclès permanente et moyen idéal d'effacer ma réputation de Dom Juan.

Cerise sur le gâteau : elle et moi allons devenir les uniques héritiers de l'empire Rossi. Arthur va tout bonnement me remettre son affaire entre les mains, qu'il le veuille ou non.

– *L'enfant ne doit pas payer pour les péchés de son père.*

Les lèvres d'Arthur tremblaient, quand je me suis présenté chez lui le lendemain du bal masqué. Je lui avais envoyé un SMS le soir, alors même que ma cavalière pour la soirée descendait ma braguette dans la limousine pour me sucer. J'avais conseillé à Arthur de se lever de bonne heure. Le pauvre, il était si pâle devant moi que je l'ai cru à deux doigts de faire une crise cardiaque. Cela aurait été trop beau. Non, le salaud était bien sur ses deux pieds et soutenait mon regard.

– On paraphrase la Bible, maintenant ? j'ai lâché avec un bâillement provocateur. Je suis à peu près certain qu'il s'y trouve quelques commandements que vous avez brisés un petit millier de fois.

– Laissez-la en dehors de ça, Keaton.

– Suppliez-moi, Arthur. À genoux. Je veux vous voir délesté de votre fierté et de votre dignité pour votre petite fifille née avec une cuillère en argent dans la bouche et qui n'a jamais connu la moindre difficulté. La prunelle de vos yeux, celle que tous les regards admirent à Chicago et, très franchement, la finaliste de la longue liste de celles qui se pressent pour devenir ma femme.

Il sait exactement ce que je veux – et pourquoi je le veux.

– Elle a dix-neuf ans et vous trente.

Il a essayé de me raisonner. Grave erreur. Jadis, quand j'ai essayé de le raisonner, ça n'a pas marché. Du tout.

– Ça reste légal. Une superbe beauté naturelle aux manières parfaites à mon bras, c'est exactement

ce que le docteur m'a prescrit pour restaurer ma réputation quelque peu entachée.

– Ce n'est pas un trophée et, à moins que vous ne souhaitiez que votre première mandature en tant que sénateur ne soit aussi la dernière...

Il serrait les poings si fort que, je le sais, ses paumes devaient en saigner. Je l'ai coupé en plein milieu de sa phrase.

– Vous ne ferez rien pour nuire à ma carrière, vu que nous savons tous les deux ce que je détiens sur vous. À genoux, Arthur. Et si vous êtes assez convaincant, je vous laisserai peut-être la garder.

– Quel est votre prix ?

– Votre fille. Question suivante.

– Trois millions de dollars.

Sa mâchoire tressautait en rythme avec les pulsations de son cœur.

– Oh, Arthur...

J'ai incliné la tête en ricanant.

– Cinq.

Ses lèvres se sont amincies et j'entendais presque ses dents grincer. C'est un homme puissant – trop puissant pour céder – et, pour la première fois de sa vie, il devait s'y résoudre. Parce que ce que je sais à son sujet pourrait mettre en danger non seulement l'Outfit dans son ensemble, mais aussi ses précieuses épouse et fille, qui resteraient sans le sou une fois que je l'aurais envoyé en taule jusqu'à la fin de ses jours.

J'ai levé les yeux au ciel.

– Je croyais que l'amour n'avait pas de prix. Et si vous me donniez ce que je veux vraiment, Rossi ? Votre fierté.

Lentement, l'homme qui se tenait face à moi, le baron de la pègre suffisant que j'abhorre passionnément, est descendu sur ses genoux. Sur son visage, le masque froid de la haine. Sa femme et nos avocats respectifs baissaient les yeux vers leurs pieds et leur silence assourdissant résonnait dans la pièce.

Il se retrouvait en dessous de moi, humble et perdu et sans plus aucune dignité.

– Je vous supplie d'épargner ma fille, a-t-il grincé entre ses dents. Attaquez-moi de la manière qui vous plaît. Traînez-moi devant les tribunaux. Dépouillez-moi de mes biens. Vous voulez la guerre ? Je vous combattrai, proprement et avec honneur. Mais ne touchez pas à Francesca.

J'ai fait rouler mon chewing-gum mentholé dans ma bouche, résistant à l'envie de verrouiller ma mâchoire. J'aurais pu lâcher le secret que je tenais au-dessus de sa tête et en finir, mais l'angoisse que m'a fait subir Rossi par le passé s'étire à l'instar de ce truc que je mâche. Un chewing-gum que je me traîne douloureusement depuis des années. Œil pour œil et toutes ces conneries. Non ?

– Requête refusée. Signez les papiers, Rossi. (J'ai poussé l'accord de non-divulgation dans sa direction.) J'emmène la gamine avec moi.

Retour au présent. Bishop et White hurlent tellement qu'un sourd pourrait les entendre : ils crient comme deux lycéennes découvrant qu'elles portent la même robe au bal de fin d'année.

– … aurais dû être alerté il y a des mois !

– Si j'avais plus de personnel…

– La ferme, tous les deux. (Je coupe leur flot de paroles d'un claquement de doigts.) Il nous faut plus de présence policière dans les zones à risque, point barre.

– Et avec quel budget, je vous prie, suis-je censé financer votre suggestion ?

Felix frotte son double menton, luisant de sueur. Il a le visage marqué – traces indélébiles d'une mauvaise acné – et le sommet du crâne brillant, avec des cheveux grisonnants éparpillés autour des tempes.

Je le cloue sur place d'un regard qui efface son air sûr de lui. Il a de l'argent liquide qui dort quelque part et nous savons tous les deux d'où il vient.

– Vous avez des économies, je lui lance sèchement.

Preston Bishop se rejette en arrière contre les coussins.

– Super. Le capitaine Éthique est là pour embellir notre journée.

– Je me contenterai de pourrir la vôtre. Ce qui me rappelle… que vous aussi, vous avez quelques économies, j'ajoute platement, pile au moment où la porte du bureau s'ouvre en grand.

Kristen déboule – ma cavalière du bal masqué, suceuse de première classe et plaie absolue –, les yeux aussi fous que ses cheveux. Étant donné que je choisis justement mes compagnes parce qu'elles détestent le drama, je sais qu'elle a découvert ce que ces messieurs ici présents n'ont pas encore appris. Rien d'autre ne pourrait la mettre dans un tel état, et après tout c'est son boulot de dénicher des informations importantes.

– Non, mais sérieux, Wolfe ?

Elle écarte des mèches de cheveux blonds de son front, ses yeux dansent dans leur orbite. Sa piètre allure explique pourquoi Sterling se précipite à sa suite en marmonnant quelque excuse inutile. Je la fais ressortir pour me concentrer sur Kristen.

– Allons discuter de ça dehors, avant que tu fasses un AVC, je lui suggère d'un ton cordial.

– Ce ne sera peut-être pas moi qui verserai mon sang dans cet échange, réplique-t-elle en agitant un doigt sous mon nez.

Pauvre nana. C'est le problème, avec les filles qui débarquent à la grande ville d'un petit patelin du Kansas et deviennent des *business women* à succès : la péquenaude du Kansas sera toujours là, vivante à l'intérieur d'elle.

Mon bureau se trouve dans l'aile ouest du manoir, jouxtant ma chambre et une poignée de chambres d'amis. J'entraîne Kristen dans ma suite, laissant la porte ouverte au cas peu probable où elle soit d'humeur à faire plus que discuter. Elle arpente la pièce, les mains sur les hanches. Mon lit *king size* est là pour rappeler l'endroit où je ne l'ai jamais prise. J'aime plutôt bien baiser dans des lieux compromettants. Il ne m'est jamais arrivé d'envisager sérieusement l'idée de partager mon lit avec quelqu'un. J'ai appris que les gens vont et viennent dans votre vie sans vous en avertir. La solitude, c'est plus qu'un choix de vie. C'est une vertu. Une sorte d'engagement.

– Tu me baises la nuit du bal masqué et tu vas te fiancer le lendemain ? Non, mais tu te fous de moi ? finit-elle par lancer.

Et en même temps que les mots jaillissent de sa bouche, elle repousse mon torse de toutes ses forces. Elle fait mieux que Francesca, n'empêche que sa colère ne m'impressionne pas – plus important, elle ne m'émeut pas non plus.

Je lui jette un regard empreint de pitié. Elle sait aussi bien que moi que nous sommes aussi éloignés de la monogamie qu'il est humainement possible. Je ne lui ai rien promis. Pas même des orgasmes : ils requièrent un minimum d'efforts de ma part et constituent donc une terrible perte de temps.

– Où voulez-vous en venir, mademoiselle Rhys ?

– Pourquoi elle ?

– Pourquoi pas ?

– Elle a dix-neuf ans ! rugit-elle à nouveau en envoyant son pied contre celui de mon lit.

Sa grimace m'indique qu'elle vient de découvrir qu'à l'instar de mes convictions, il est en acier. J'ai un goût certain pour les meubles chers et improbables, ce qu'elle saurait si elle avait été invitée chez moi.

– Puis-je savoir comment tu as eu vent de mes affaires personnelles ?

J'essuie les postillons dont elle a parsemé ma chemise. Les humains, en tant que concept, ne sont pas sur la liste des dix choses que je préfère au monde. Les femmes hystériques ne sont même pas dans le top mille. Or Kristen se montre particulièrement excessive, vu les circonstances. Elle constitue donc un obstacle sur ma route vers la présidence et le service de mon pays.

– Mon agence a dégoté des images de toi et de ta jeune promise emménageant dans ton manoir, ainsi que des photos d'elle regardant, telle une princesse, tes employés porter ses très, très nombreux bagages. Je suppose qu'elle fera un très joli ornement à ton bras. Mademoiselle parle cinq langues, a le physique d'un ange et doit baiser comme une sirène.

Kristen continue à arpenter la chambre en remontant les manches de son tailleur jusqu'aux coudes.

Malgré ses nombreux défauts, Francesca n'est effectivement pas déplaisante à regarder. Et elle a aussi probablement une expérience sexuelle considérable, vu que son très sévère papa a vécu sur un autre continent pendant la plupart de son enfance, l'abandonnant à sa frivolité. Ce qui me rappelle que je dois la faire tester pour d'éventuelles prises de drogue ou des MST. La rupture n'est pas une option envisageable et la disgrâce publique lui vaudrait un point rouge sur ma liste, position dont son père pourrait lui confirmer qu'elle est plus qu'inconfortable.

– Tu es venue me poser des questions et y répondre toi-même ?

Je la pousse légèrement de l'épaule et elle tombe dans un fauteuil rembourré couleur crème, en dessous de moi. Elle grogne et se relève *illico*. Au temps pour mes efforts de la calmer.

– Je suis venue parce que j'exige une info exclusive sur Bishop, autrement je raconte à tous ceux qui voudront bien m'entendre que ta future extrêmement jeune et rougissante épouse est aussi la fille du numéro 1 de la mafia de Chicago. Je détesterais que ça fasse les unes de demain, mais – et tu dois être d'accord avec moi – les potins, ça fait vendre, pas vrai ?

Je me frotte le menton.

– Faites ce que vous avez à faire, mademoiselle Rhys.

– Tu es sérieux ?

– Aussi sérieux qu'on puisse l'être sans aller déposer plainte contre toi pour tentative de chantage sur un membre du Sénat. Je te raccompagne.

Je dois bien lui accorder ça, Kristen n'est pas là pour pleurer la mort inopinée de notre liaison. Les affaires, rien que les affaires. Elle veut que je compromette le gouverneur pour sauver mes fesses, que je lui donne un scoop qui lui ouvrirait sans doute les portes de CNN – ou TMZ – dès demain. Hélas pour Kristen, je ne suis guère diplomate. Je ne négocie pas avec les terroristes – ou pire, les journalistes. En fait, je ne négocierais même pas avec le Président en personne. Francesca m'a fait remarquer au bal masqué que Némésis avait assassiné Narcisse afin de lui donner une leçon pour son arrogance. Elle est sur le point de découvrir que nul ne piétine la fierté de son futur époux.

L'ironie, bien sûr, c'est que le père de Francesca est justement celui qui me l'a apprise, cette leçon-là.

– Hein ? renifle Kristen.

– Balance l'info au monde entier. Et je retournerai la situation à mon avantage, en expliquant que je sauve ma fiancée du grand méchant loup.

C'est moi, le grand méchant loup, mais personne d'autre que Francesca et moi n'a besoin de le savoir.

– Vous ne vous êtes même pas appréciés, au bal.

Kristen lève les bras au ciel, optant pour une autre tactique. Je pose soigneusement les doigts dans le creux de son dos et la pousse vers la porte.

– L'affection n'a rien à voir avec un bon mariage. On en a terminé.

En tournant dans un couloir pour regagner l'entrée du manoir, j'aperçois une crinière brune qui s'éloigne. Francesca traînait dans les parages, à tous les coups elle a entendu notre conversation. Je ne suis pas inquiet. Comme je l'ai déjà dit, elle est aussi inoffensive qu'un chaton sans griffes. Vais-je la faire ronronner ou pas ? Ça dépendra entièrement d'elle.

Je ne cours pas après son affection, j'ai d'autres endroits où en trouver.

– Donc, pour que tout soit bien clair : c'est fini ? demande Kristen en manquant de trébucher dans l'escalier qui la conduira hors de ma vue.

– Tu as tout compris, dis-moi, je grommelle.

Je n'ai rien contre le fait de prendre des maîtresses, mais je ne peux plus risquer de liaison visible. Et Kristen étant une journaliste affamée, tout en elle appelle au scandale.

– Tu sais, Wolfe, tu te crois intouchable parce que tu as de la veine. Mais je suis dans le métier depuis assez longtemps pour savoir que tu es trop vaniteux et que tu n'iras pas beaucoup plus loin que tu ne l'es aujourd'hui. Tu es un sale type et tu penses pouvoir t'en tirer en faisant encore pire.

Elle s'immobilise devant la maison. Nous savons tous les deux que c'est la dernière fois qu'elle vient ici.

Je lui adresse un sourire narquois en lui faisant signe de décamper de la main.

– Écris ton papier, chérie.

– C'est de la mauvaise publicité, Keaton.

– Quoi ? Un bon mariage catholique en été entre deux jeunes gens très en vue ? Je prends le risque.

– Tu n'es pas si jeune.

– Tu n'es pas si futée, Kristen. Au revoir.

Une fois débarrassé de mademoiselle Rhys, je retourne à mon bureau pour congédier Bishop et

White, avant de me rendre dans l'aile est pour retrouver Francesca.

Plus tôt dans la matinée, sa mère s'est présentée au portail avec des affaires de sa fille, hurlant qu'elle ne partirait pas avant d'avoir constaté *de visu* qu'elle allait bien. Bien que j'aie dit à Francesca que tout ce qu'elle n'aurait pas eu le temps d'embarquer resterait chez elle, il vaut mieux apaiser ses parents que lui donner une bonne leçon de vie. Après tout, sa mère n'a rien à se reprocher dans cette histoire. Et Francesca non plus.

J'ouvre la porte de la chambre de ma fiancée et découvre qu'elle n'est pas rentrée de ses errances. Enfonçant les poings dans les poches de mon pantalon ajusté, je traverse la chambre pour regarder par sa fenêtre. Je la découvre dans le jardin, accroupie, vêtue d'une robe estivale jaune, qui marmonne toute seule en piquant un déplantoir dans un pot de fleurs. Ses petites mains nagent dans une paire de gants de jardin bien trop grands pour elle. J'entrouvre la fenêtre, presque curieux de savoir ce qu'elle raconte. Sa voix me parvient par l'entrebâillement de la vitre. Rauque et féminine à la fois, rien à voir avec l'hystérie adolescente à quoi je m'attendais de la part d'une personne dans sa situation.

– Pour qui est-ce qu'il se prend ? Il va le payer. Je ne suis pas un pion. Je ne suis pas l'idiote qu'il croit. Je vais faire la grève de la faim jusqu'à ce qu'il me laisse partir ou mourir. Ça ferait un gros titre amusant à commenter, marmonne-t-elle en secouant la tête. Mais qu'est-ce qu'il va faire ? Me nourrir de force ? Je vais partir d'ici. Et au fait, sénateur Keaton, vous n'êtes même pas si beau que ça. Juste grand. Rien à voir avec Angelo, lui, c'est un superbe spécimen, à l'intérieur comme à l'extérieur. Il me pardonnera ce stupide baiser. Bien sûr que oui. Je vais le faire...

Je referme la fenêtre. Elle attaque une grève de la faim. Bien. Sa première leçon, ce sera celle de mon indifférence. Quant aux commentaires sur Bandini, ils ne me tracassent pas non plus. Ce n'est pas un amour adolescent qui va faire peur au Loup.

Je retourne à sa porte quand un coffret en bois ouvragé posé sur sa table de chevet attire mon attention. Je vais pour m'en saisir, l'écho de ses paroles au bal masqué résonnant dans ma tête. La boîte est fermée à clé, mais je pressens d'instinct qu'elle a sorti un autre message, tellement elle est désespérée de changer son destin. Mû par ce pressentiment, je retourne ses oreillers et trouve le mot dessous. Ma belle, ma prévisible, ma stupide fiancée. Je le déplie.

Le prochain homme qui te donnera
à manger du chocolat sera
l'amour de ta vie.

Un sourire sournois se dessine sur mon visage et je me demande, une fraction de seconde, quand j'ai souri pour la dernière fois. C'était au sujet d'un truc nunuche que Francesca m'a dit sur le palier, chez elle, avant que j'aille faire chanter son père pour qu'il me la donne.

– Sterling ! j'aboie depuis mon poste, près du lit de ma fiancée.

La vieille servante se précipite dans la chambre et, à l'écarquillement effaré de ses yeux, je devine qu'elle s'attend au pire.

– Envoie à Francesca le plus gros coffret de chocolats Godiva qui existe, avec un mot de ma part. Vierge.

– C'est une merveilleuse idée, s'exclame-t-elle en se frappant les genoux. Cela fait presque vingt-quatre heures qu'elle n'a rien mangé. Je m'en occupe sur-le-champ.

Sur quoi elle dévale les escaliers jusqu'à la cuisine au rez-de-chaussée, où elle garde un exemplaire des Pages Jaunes plus gros qu'elle.

Je remets le mot à sa place, réarrange les oreillers comme je les ai trouvés, c'est-à-dire en un tas désordonné.

Je suis plus intéressé par le fait de jouer avec la tête de Francesca qu'avec son corps.

C'est comme ça que j'envisage les préliminaires.

CHAPITRE 4

FRANCESCA

Deux jours de vide absolu s'écoulent, qui imprègnent comme du sang les murs de ma chambre.

Je refuse de communiquer avec quiconque. Même mon amour irrépressible pour le jardinage, je le laisse en friche, avec les plantes et les légumes que j'avais empotés après la visite de *mama* le lendemain de mon enlèvement par Wolfe.

Elle a discrètement glissé des graines de bégonias dans mon coffret en bois. « Les fleurs les plus résilientes qui soient, Francesca. Exactement comme toi. »

Madame Sterling a remarqué mon passe-temps et m'a apporté des graines de radis, de carottes et des plants de tomates cerises, tentative de me remonter le moral et peut-être de m'encourager, quand j'aurai dépensé un peu d'énergie, à consommer autre chose que seulement quelques verres d'eau du robinet.

Mon sommeil est de courte durée, tourmenté et interrompu par un cauchemar : un monstre rôde dans le noir derrière la porte de ma chambre, dévoile ses dents sur un sourire de loup chaque fois que je regarde dans sa direction. Ses yeux sont hypnotiques, mais son sourire est effrayant. Et quand j'essaie de me réveiller, de me libérer de ce rêve, mon corps est paralysé contre le matelas.

Il y a deux choses que je souhaite désespérément : que Wolfe comprenne l'impossibilité de ce mariage et qu'Angelo comprenne que le baiser était un malentendu.

Madame Sterling m'apporte à manger, à boire, du café au lit toutes les quelques heures, pose des plateaux chargés de bonnes choses sur ma table de chevet. Je bois l'eau afin d'éviter de m'évanouir, mais je ne touche pas au reste.

En particulier, je laisse intact le coffret de chocolats que m'envoie mon futur époux. Il reste dans un coin de ma chambre, sur le très beau bureau, à prendre la poussière. Malgré les points blancs qui explosent devant mes yeux chaque fois que j'effectue un mouvement trop brusque, effets indésirables de l'hypoglycémie, au fond de moi je sais que ces chocolats de luxe auraient le goût de ma reddition. Un goût si amer qu'aucun sucre ne saurait l'adoucir.

Et puis, il y a les messages. Ces fichus messages si exaspérants.

J'en ai ouvert deux sur les trois, et tous les deux désignent Wolfe comme l'amour de ma vie.

J'essaie de me dire que c'est une pure coïncidence. Que Keaton a peut-être changé d'avis. Qu'il a décidé de s'attirer mes bonnes grâces par des cadeaux. Pourtant, quelque chose me souffle que cet homme n'a jamais effectué un seul pas qui ne soit calculé dans sa vie, depuis l'instant où il a pris sa première inspiration.

Wolfe exige ma présence au dîner tous les jours. Jamais en personne, cependant, mais via madame Sterling. Je refuse systématiquement. Quand il m'envoie l'un de ses gardes du corps, je m'enferme à double tour dans la salle de bains et n'en sors plus jusqu'à ce que madame Sterling chasse le bonhomme *manu militari*. Quand Wolfe cesse de m'envoyer de la nourriture – ce qui fait hurler madame Sterling dans la cuisine, en pure perte car il ne change pas d'avis –, je me mets à rire comme une hystérique parce que, de toute façon, je ne mangeais pas. Enfin, le troisième jour, Keaton me fait la grâce de sa royale présence en venant se planter dans l'encadrement de ma porte, les yeux plissés en une fente froide et menaçante.

Il a l'air plus grand et plus bourru que dans mon souvenir. Vêtu d'un costume bleu marine, il est armé d'un sourire sarcastique qui ne trahit pas la moindre trace de plaisir. Une lueur amusée danse dans ses yeux par ailleurs sombres. Je ne peux pas l'en blâmer. Je suis en train de mourir de faim, là, pour essayer de prouver ce dont il se fiche complètement. Pourtant, je n'ai pas le choix. Je n'ai pas mon téléphone portable et, bien que *mama* m'ait appelée sur la ligne fixe tous les jours pour s'assurer que j'allais bien, je sais aux respirations courtes et régulières à mes oreilles que madame Sterling écoute nos conversations. Elle a beau se soucier de mon bien-être physique, je sais qu'elle reste dans le camp de Wolfe.

Les suppliques, les plans et les promesses de bien me tenir – d'être la meilleure fille de tout Chicago – si mes parents exigent mon retour, je les ai sur le bout de la langue. Je brûle de poser des questions sur Angelo et de demander si papa fait quoi que ce soit pour me récupérer, mais je me contente de répondre à ses questions à elle, inquiètes, par « oui » ou par « non ».

Je fais mine de lisser le tissu de ma couverture sur moi, plongée dans la contemplation de mes jambes et l'ignorant royalement.

– Némésis… commence-t-il d'une voix traînante et empreinte d'un cynisme qui parvient d'une certaine façon – j'ignore comment, mais c'est le cas – à me piquer, tout au fond. Vous auriez envie d'habiller votre carcasse de quelque chose d'un peu plus digne qu'un pyjama ? Nous sortons, ce soir.

– *Vous* sortez ce soir, je corrige. À moins que vous ne me rameniez chez mes parents, sinon je reste ici.

– Qu'est-ce qui vous porte à croire que vous avez le choix ?

Il lève les deux bras de part et d'autre du chambranle et sa chemise remonte sur une bande d'abdominaux musclés, parsemés de poils bruns.

Quel homme… Cette vision me perturbe. Je suis encore dans cette zone instable entre la femme et l'adolescente, ni tout à fait ici, ni tout à fait là. Et je hais toutes les formes de pouvoir qu'il a sur moi.

– Je vais m'enfuir.

Menace en l'air. Où irais-je ? Je sais que mon père me renverrait direct dans les bras de Wolfe. Et il le sait aussi. Telle est ma prison de luxe : des draps de soie et un sénateur comme futur époux. Jolis mensonges et vérités dévastatrices.

– Et avec quelle énergie, je vous prie ? Vous êtes tout juste capable de ramper, alors courir… Enfilez la robe vert sombre. Celle avec la fente.

– Pour impressionner vos vieux pervers de copains politiciens ? je siffle en rejetant mes cheveux derrière mon épaule.

– Pour impressionner votre très difficilement impressionnable futur époux.

– Je ne suis pas intéressée, merci.

– Vos parents seront là.

Voilà qui me fait relever la tête sur-le-champ – autre réaction que je déteste. Il a tous les pouvoirs. Toutes les informations. Il voit et sait tout.

– Vous allez où ?

– Le fils de Preston Bishop se marie. À une sorte de poney doté d'une paire de jolies gambettes.

Il se redresse et s'approche du pied de mon lit.

Je me rappelle qu'il a un jour fait référence à la femme de Bishop sous le qualificatif de « chevaline ». Il est méprisant, mal élevé, arrogant et vulgaire au-delà de tout ce qui est imaginable, mais il réserve ce comportement à la sphère privée. Je l'ai vu au bal. Si distant et malpoli qu'il ait été envers mon père et moi, il s'est comporté en parfait gentleman avec tous les autres.

– Cela ferait la parfaite occasion de vous présenter en tant que la future madame Keaton. En parlant de ça…

Il sort quelque chose de sa poche avant, un carré de velours noir qu'il jette dans ma direction. Je l'attrape et l'ouvre d'un geste sec. C'est une bague de fiançailles ornée d'un diamant « Winston Blue » de la taille de ma tête, scintillant, attrapant tous les rayons du soleil qui entrent par mes fenêtres sans rideaux. Je sais que chaque minute de plus passée dans cette maison me rapproche de mon mariage avec Wolfe Keaton, et que m'échapper n'est pas possible. Le seul homme en capacité de me sauver des griffes de mon futur époux, en fait, c'est mon futur époux. Mais le supplier de me libérer n'est pas une option. Peut-être que lui démontrer qu'il n'a pas envie de m'épouser serait en revanche une tactique à explorer.

– Quand partons-nous ? je lui demande.

Vous remarquerez que le « vous » s'est changé en « nous ». Pourtant, il n'a toujours pas l'air satisfait.

Je vais te mettre une honte comme tu n'imagines même pas.

– Deux heures. D'après ce que je sais, vous avez l'habitude qu'on vous dorlote et qu'on s'occupe de vous, Sterling viendra donc vous préparer.

Tu regretteras le jour où tes sales yeux ont croisé les miens de l'autre côté de la table.

– Retirez ça, je lui dis.

– Pardon ?

– Retirez cette pique. Cessez de me renvoyer au visage mon éducation et la façon dont j'ai été élevée, je lui intime.

Il m'adresse un sourire moqueur, puis tourne les talons.

– Je n'irai pas.

Je lance la bague de fiançailles à travers la chambre. Il aurait pu la rattraper, mais il choisit de n'en rien faire, la laissant plutôt atterrir au sol. Produire le moindre effort pour obtenir quelque chose – surtout moi –, c'est trop vil pour lui.

– Bien sûr que si. À moins que vous ne désiriez vous voir retirés vos privilèges téléphoniques. Autrement dit que la ligne fixe soit coupée. Par ailleurs, je serais contrarié de devoir percer vos jolies veines pour les relier à une perfusion.

Et il sort de la pièce, après une pause à la porte. Il a encore le dos tourné vers moi quand je le vois commencer à vibrer sous l'effet d'un léger rire.

– Quant à votre bague de fiançailles, vous la porterez sans discontinuer.

– Sinon quoi ? je le défie d'une voix tremblante.

– Sinon je vous emmène à Las Vegas, ce qui déclenchera une série de rumeurs en chaîne au sujet d'une potentielle grossesse qui ne ferait pas de bien à votre famille.

Je prends une brusque inspiration en réalisant pour la première fois ce que nous sommes : une Némésis et un scélérat, dont l'histoire n'a aucune chance de bien se terminer.

Le prince ne sauve pas la princesse.

Il la torture.

Et la belle ne dort pas.

Elle est prisonnière.

D'un cauchemar.

***

Trois heures plus tard, nous franchissons les portes d'une salle de bal installée au Madison, l'un des hôtels les plus fastueux de Chicago. Balayés par un vent froid, les immeubles scintillants du Magnificent Mile et du pont de Michigan Avenue, tout rouge, me rappellent que je me trouve toujours dans ma ville préférée, alors j'inspire cet air et l'espoir qui va avec.

Je porte une robe de soirée Armani bleue, au col Bardot, qui met mes yeux en valeur, et j'ai les cheveux nattés dans une tresse hollandaise.

Madame Sterling était aux anges, pendant qu'elle me coiffait et me maquillait, et son enthousiasme m'a rappelé à quel point Clara me manque. La maison n'est que de l'autre côté de la ville, pourtant j'ai l'impression que des océans m'en séparent. Les choses que j'aime et pour lesquelles je vis – mes parents, mon jardin, monter à cheval – sont hors de ma portée. Un vague souvenir qui s'éloigne un peu plus avec chaque seconde de la journée. Vêtu d'un magnifique costume sombre, mon fiancé pose une main possessive dans le creux de mon dos et me guide à travers la salle de réception. Des lustres en cristal et des escaliers incurvés nous accueillent. La salle est dans les teintes de lait et de miel, le sol de marbre un damier noir et blanc. Nous n'avons pas été invités à la cérémonie à l'église paroissiale des Bishop, et nous avons passé le trajet jusqu'ici dans un silence qui a eu le don de me mettre les nerfs à vif. Un sentiment que le sénateur Keaton n'a manifestement pas partagé. En fait, il a passé son temps à répondre à des mails sur son téléphone, à aboyer des ordres à son jeune chauffeur, Smithy, et à faire comme si je n'étais pas là.

Le seul moment d'attention qu'il m'ait accordé, c'est quand il a remarqué :

– Ce n'est pas la robe que je vous avais dit de porter.

– Seriez-vous surpris d'apprendre que j'ai un libre arbitre ? j'ai rétorqué, le regard rivé par la vitre tandis que le véhicule ralentissait dans la circulation du centre-ville. Après tout, je ne suis qu'une adolescente surprotégée.

– Et désobéissante, en plus.

– Une très mauvaise fiancée, je conclus.

– J'en apprivoise dix comme vous avant le petit déjeuner.

À la minute où nous franchissons les larges portes clinquantes, les gens commencent à s'agglutiner autour de Wolfe, comme si c'était lui le marié. Il m'attire contre lui par la taille, envoyant un éclair de chaleur jusqu'à mon ventre alors que lui sourit et fait poliment la conversation avec ses admirateurs. Sa personnalité en dehors des murs de sa maison ou de l'habitacle de sa voiture est complètement différente. Son charme est évident. Les deux gardes du corps collés à nos basques, il distribue larges sourires et répliques polies. Rien à voir avec l'homme redoutable chez qui je vis.

Les premières personnes à nous séparer et à nous coincer dans un entretien privé sont un couple de politiciens dans la cinquantaine qui ont fait l'effort de venir depuis Washington. Wolfe me présente comme sa future épouse, puis me gronde gentiment :

– Ne sois pas timide. Montre-leur ta bague.

Je reste plantée là, figée, le cœur dans la gorge comme s'il allait sauter de ma bouche si je l'ouvre, jusqu'à ce que Wolfe prenne ma main collée à mon flanc et leur montre l'énorme pierre qui orne mon doigt. La femme me saisit la main, l'examine et tapote sa poitrine.

– Oh, quelle perfection ! Comment a-t-il fait sa demande ?

Elle bat des cils à mon attention, l'air de brûler d'impatience. Voici ma chance de mettre à sac tout le travail de Wolfe. Je souris, retire lentement ma main, laisse le diamant attraper les lumières de la salle et aveugler tous nos voisins.

– Sur les marches de l'Art Institute. Mon pauvre fiancé s'est donné en spectacle. Il a déchiré l'arrière de son pantalon de costume en s'agenouillant à mes pieds. Il s'est retrouvé avec les fesses complètement à l'air !

Je pousse un soupir sans oser observer sa réaction.

– Non !

L'homme explose de rire et claque Wolfe dans le dos. La femme glousse et lui adresse un grand sourire, empreint d'admiration et de désir. J'ose enfin un coup d'œil vers Wolfe et vois ses lèvres se serrer sous l'effet de l'irritation. Contrairement à eux, il ne trouve pas mon histoire amusante, on dirait.

Leur réaction me donne de l'assurance, cela dit, et j'ai déjà hâte de lui rejouer ce bon tour. L'espace d'un instant, je le crois sur le point de leur raconter la vérité. Mais non, ça n'est pas le style de Wolfe. Ce serait trop facile, or il me fait l'effet d'un homme qui préfère les chemins longs et sinueux.

– Ça valait la peine, commente-t-il avec un large sourire à mon intention, en me serrant plus fort encore contre lui.

Si fort que mon corps va se faire avaler par le sien s'il persiste. Et il ajoute, pour mon oreille seulement, son haleine chaude et mentholée chatouillant mon cou :

– De plus, si ma fiancée me connaissait ne serait-ce qu'un minimum, elle saurait que je ne m'agenouille jamais.

Pendant un bon moment, nous annonçons la nouvelle de nos fiançailles à un nombre croissant de gens qui viennent nous féliciter, oubliant au passage le couple de jeunes mariés. Bishop junior et son épouse ne semblent pas s'offusquer que l'attention ne soit pas dirigée exclusivement vers eux. En fait, ils ont l'air de nager dans le bonheur, leurs yeux scintillent d'adoration, si bien que je ne peux m'empêcher d'être encore plus en colère contre Wolfe qui me prive du bonheur d'être avec mon véritable amour.

Le sénateur me fait parader tel un cheval de course autour de la salle, m'exposant comme si j'étais son trophée. Mon ventre se tortille, grogne de faim et il me faut rassembler toutes mes forces pour ne pas vaciller à ses côtés comme une feuille morte. Histoire d'empirer encore la situation, Wolfe me fait signe du coude quand je dois sourire, m'attire dans ses bras quand je m'éloigne et me porte volontaire pour trois événements caritatifs au cours des mois à venir.

Des femmes séduisantes gloussent et lui glissent leur numéro au creux de la main quand elles viennent nous féliciter, pensant sans doute que je ne me rends compte de rien. L'une d'elles, une ambassadrice des Nations unies, lui rappelle même leur merveilleux séjour à Bruxelles, deux ans plus tôt, et laisse entendre qu'elle est en ville quelque temps.

– On devrait prendre un verre, discuter, suggère la beauté aux cheveux d'ébène, de son accent français sirupeux.

Il lui adresse un sourire à la Angelo, du genre qui réordonne les molécules dans l'air et vous fait papillonner le cœur.

– Je demanderai à ma secrétaire de prendre contact avec la vôtre demain.

Salaud.

Les gens s'émerveillent de nos fiançailles et ne semblent pas gênés par notre différence d'âge. En fait, hormis Preston Bishop lui-même, qui était à notre table le soir du bal masqué et a assisté au massacre verbal que m'a infligé Wolfe Keaton, personne ne met en doute la soudaineté de notre engagement. Même Bishop se contente d'un sourcil haussé.

– Quelle agréable surprise, commente-t-il.

– N'est-ce pas ? réplique Wolfe. La vie en est remplie, semble-t-il.

Ses paroles sont légères, mais elles comportent un sous-entendu subtil que je ne comprends pas.

Chaque fois que je suis présentée aux pairs de Wolfe, j'invente une histoire différente pour sa prétendue demande en mariage.

« Il a perdu ses mots, et tout à coup il s'est mis à zézayer. Il a dû écrire sa proposition, et même là, il y avait quelques fautes de grammaire. C'était tellement adorable. »

« C'était si romantique. Il a demandé ma main à mon père, à l'ancienne, et j'étais si touchée quand il s'est mis à pleurer parce que j'avais dit "oui". Il sanglotait, en fait, pas vrai, Wolfey ? Enfin, un Xanax et une *piña colada*, et tout était rentré dans l'ordre. Ah non, je n'aurais jamais imaginé que c'était le cocktail préféré de mon futur époux. »

« Je suis tellement excitée d'épouser un sénateur. J'ai toujours voulu visiter Washington DC. Saviez-vous que Nirvana venait de Washington ? Oh, pardon, chéri, ce n'est pas le même Washington, si ? »

Je suis intarissable. Même quand Wolfe passe de légèrement agacé à carrément furieux, et que je vois au tressautement du nerf de sa mâchoire qu'il va m'apprendre la vie sitôt qu'on se retrouvera seuls, je continue à déblatérer mes idioties, sachant qu'elles vont l'embarrasser. Et lui – parfait gentleman en public – continue à pouffer doucement et à prendre le relais, tout en s'arrangeant pour rediriger la conversation vers le travail et les élections à venir.

Me présenter à la moitié de la haute société de Chicago, ça prend un temps fou. À tel point que je n'ai pas une minute pour chercher mes parents. Au bout de ce qui me paraît durer des heures, Wolfe et moi nous dirigeons enfin vers notre table. Je me glisse sur ma chaise, avalant ma salive en tâchant de ne pas m'évanouir d'inanition. Keaton passe un bras sur le dossier de ma chaise, effleurant mon dos nu de ses doigts. À la table centrale, le couple de jeunes mariés propose un toast. Nous sommes assis avec un autre sénateur, deux diplomates et l'ancien secrétaire d'État. Je balaye les autres tables du regard, en quête de ma famille. Je sais que je vais les retrouver après le dessert, quand la danse débutera, mais j'ai besoin d'apercevoir *mama*.

Je les découvre assis à l'autre bout de la salle. Papa a son apparence habituelle, impressionnante, impitoyable. Les seuls signes d'inquiétude que trahit son visage sont les cernes noirs qui soulignent ses yeux. *Mama* est droite et impeccable, comme toujours, pourtant je remarque de petits détails que personne ne voit. La façon dont son menton frémit alors qu'elle parle avec la femme assise en face d'elle, sa main qui tremble quand elle la tend vers son verre de vin. Près d'eux sont assis les parents d'Angelo, et à côté…

Mon cœur se fige, gonfle derrière ma cage thoracique tel un ballon de baudruche sur le point d'exploser.

Angelo est venu avec une cavalière. Et pas n'importe laquelle, LA cavalière. Celle au bras de qui tout le monde s'attendait à le voir ce soir.

Elle s'appelle Emily Bianchi. Son père, Emmanuel Bianchi, est un homme d'affaires bien connu et un membre officieux de l'Outfit. Emily a vingt-trois ans, des cheveux de soie blonds et des pommettes saillantes. Grande, une poitrine généreuse, elle pourrait faire tenir ma petite et menue personne dans sa paume.

Elle est ce qui se rapproche le plus de la famille royale italo-américaine après moi, mais vu qu'elle est du même âge qu'Angelo, leur lien est attendu – presque appelé de leurs vœux – par les familles de l'Outfit.

Je l'ai rencontrée à de nombreuses reprises et elle m'a toujours traitée avec ennui et dédain. Pas tout à fait grossière mais assez impolie pour me donner à comprendre qu'elle n'apprécie pas toute l'attention dont je fais l'objet. Le fait qu'elle aille à l'école avec Angelo n'aide pas, ni son mépris absolu de nos étés passés ensemble. Elle porte une très longue robe noire comme une seconde peau, avec une haute fente qui remonte le long de sa cuisse droite. Et elle arbore suffisamment d'or autour du cou et aux oreilles pour ouvrir une boutique de prêt sur gage. Elle fait la conversation avec les gens qui l'entourent, la main agrippée au poignet d'Angelo. Un petit geste possessif qu'il ne rejette pas. Même pas quand son regard erre à l'autre bout de la salle et atterrit sur moi. Nos yeux se heurtent dans une drôle de bataille que ni l'un ni l'autre ne remportera.

Je me raidis sur ma chaise, mon cœur joue du marteau-piqueur contre mon sternum.

De l'air. J'ai besoin d'air. D'espace. D'espoir. Car ce que je vois dans ses yeux m'effraie plus encore que mon futur époux. Une acceptation complète et absolue de la situation.

Ils ont tous les deux la vingtaine.

Ils sont tous les deux beaux, célibataires et issus du même cercle social.

Ils sont tous les deux prêts au mariage. *La partie est finie pour moi.*

– Francesca ?

L'un des diplomates dont je n'ai pas retenu le nom tousse dans sa serviette en tentant de ramener mon attention sur la conversation autour de la table. Je me détache du regard d'Angelo et cille, passant tour à tour du vieil homme à mon futur époux. Je vois la mâchoire de Wolfe se crisper sous l'effet de la frustration qui monte en lui au fil de la soirée et je sais que le moment que je viens de partager avec mon ami d'enfance ne lui a pas échappé.

Je lui offre un sourire contrit et lisse ma robe.

– Vous pourriez répéter la question, je vous prie ?

– Voudriez-vous nous raconter comment le sénateur Keaton vous a fait sa demande ? Je dois avouer qu'il ne m'a jamais paru se caractériser par un excès de romantisme, ironise-t-il en se caressant la barbe, à l'instar d'un personnage de *Harry Potter*.

Je n'ai même plus la force de taquiner Wolfe. Je suis trop bouleversée par le constat que ma vie est terminée. Angelo va épouser Emily, réalisant ainsi mon pire cauchemar.

– Oui, bien sûr. Il… Il m'a fait sa demande sur le…

– Sur les marches du musée, termine Wolfe, prenant mon menton entre ses doigts dans un geste faussement affectueux qui me donne le frisson.

J'ignore ce que j'avais fait pour mériter ce baiser passionné. Tu m'as coupé le souffle.

Il se tourne vers moi, ses prunelles grises plongent dans les miennes, bleues, deux mares de magnifiques mensonges. Autour de nous s'élève un concert d'exclamations ravies par le pouvoir magnétique de son expression tandis qu'il me contemple.

– Alors je t'ai volé ton cœur.

Tu m'as volé mon premier baiser.

Et puis mon bonheur.

Et enfin ma vie.

– C'est… c'est ça.

Je me tapote le cou à l'aide d'une serviette en lin, soudain trop nauséeuse et faible pour me rebiffer. Mon corps est finalement en train de lâcher au terme de trop de jours de privation.

– Jamais je n'oublierai cette soirée, je conclus.

– Ni moi non plus.

– Vous formez un couple superbe, fait remarquer quelqu'un.

J'ai trop le vertige pour dire si c'est un homme ou une femme.

Wolfe sourit de son air satisfait et porte le verre de whisky à ses lèvres.

Dans un geste de défi ostensible – et sans doute stupide –, je reporte mon attention vers la table où je rêverais d'être assise. À présent, Emily passe ses ongles manucurés sur la manche de la veste d'Angelo. Il a les yeux baissés vers elle et sa bouche s'étire sur un sourire. Je vois comment elle parvient à le convaincre de l'idée d'un « eux ». Comment elle lui fait baisser sa garde, petite touche par petite touche.

Elle se penche vers lui, chuchote quelque chose à son oreille, glousse, et de nouveau il pose les yeux sur moi. Parlent-ils de moi ? Est-ce que je me ridiculise en les dévisageant aussi ouvertement ? J'attrape une coupe de champagne, manquant de la renverser au passage.

Wolfe enroule aussitôt ses doigts autour de mon poignet pour m'interrompre avant que ma main n'atteigne ma bouche. Un contact doux mais ferme. Ferme et velu. Celui d'un homme.

– Ma chérie, on en a déjà parlé. C'est du vrai champagne, celui pour les grands, dit-il avec une touche de compassion exaspérée dans la voix, qui fait partir la tablée d'un gros rire.

– Voilà ce qu'on encourt quand on épouse une jeunette, ricane l'autre sénateur.

Wolfe hausse un épais sourcil condescendant.

– Le mariage, c'est une affaire compliquée. Ce qui me rappelle… (Il se penche et son expression neutre se change en un froncement de sourcils compatissant.) Comment supportez-vous votre divorce d'avec Edna ?

Je sens que je m'empourpre et je bouillonne d'une fureur quasi incontrôlable. J'ai envie de le tuer. Pour sa remarque idiote, pour m'obliger à l'épouser et pour avoir, par dommage collatéral, jeté Angelo dans les bras d'Emily. Je repose le verre de champagne sur la table et me mords la langue afin de m'empêcher de lui faire remarquer que j'en avais bu au gala où nous nous sommes rencontrés et que ça n'avait pas semblé l'ennuyer beaucoup alors. En fait, il a profité de ma légère ébriété pour me duper et m'embrasser.

– Pardonnez-moi, je vais…

Je m'éclaircis la gorge et, sans terminer, je me lève et fonce vers les toilettes, consciente que les yeux de mon ennemie jurée, ainsi que ceux d'Angelo et de mes parents, sont tous braqués sur moi, tels des pistolets chargés.

Les toilettes se trouvent à l'autre bout de la salle de bal. Hommes et femmes face à face, sous le colimaçon d'un escalier massif en fer forgé. Je me faufile à l'intérieur et m'affale contre le mur, ferme les yeux et prends la respiration la plus profonde que me le permet mon corset.

Respire.

Respire simplement.

Une main se ferme sur mon épaule. De petits doigts chauds se posent sur ma clavicule. J'entrouvre les yeux et je sursaute en poussant un petit cri. Je recule si vivement que ma tête heurte le carrelage derrière moi.

– Doux Jésus !

C'est *mama*. De près, son visage est trop las, trop vieux et… inconnu. Comme si elle avait pris dix ans en une nuit. Toute la colère que j'ai dirigée contre elle au cours des trois derniers jours s'envole par la fenêtre. Elle a les yeux injectés de sang et gonflés à force de pleurer. Sa chevelure, d'habitude si fière et si brune, est striée de gris.

– Tu tiens le coup, *vita mia* ?

Au lieu de lui répondre, je me jette dans ses bras et lâche le sanglot que je retenais depuis que Wolfe m'a fait monter dans sa Cadillac Escalade noire flamboyante, ce soir. Comment puis-je continuer à lui en vouloir ? Elle a l'air aussi malheureuse que moi.

– Je déteste tout, là-bas. Je ne mange pas. Je dors à peine. Et pour empirer les choses… (Je renifle, m'écartant d'elle afin de soutenir son regard, pour vérifier qu'elle entend bien ce que je dis.) Angelo sort avec Emily, maintenant.

Je sens mes yeux sortir de leurs orbites, tant je suis désespérée.

– Ce n'est que leur premier rendez-vous, m'assure *mama* en me tapotant le dos.

Elle m'attire dans une nouvelle étreinte. Je secoue la tête au creux de son épaule.

– Je ne sais même pas pourquoi je m'en soucie. Je vais me marier. C'est fait.

– Ma puce…

– Pourquoi, *mama* ?

Je m'écarte un peu et me traîne jusqu'aux imposants lavabos pour attraper un mouchoir en papier avant que mon maquillage ne soit complètement fichu.

– Qu'est-ce qui est passé par la tête de papa, de faire quelque chose comme ça ?

Je l'observe, derrière moi, dans le reflet du miroir. La façon dont ses épaules disparaissent sous sa robe noire un peu trop grande : elle ne doit pas manger beaucoup, elle non plus.

– Ton père ne partage pas grand-chose avec moi, mais crois-moi quand je te dis que ça n'a pas été une décision facile à prendre pour lui. Nous sommes encore secoués par ce qui s'est passé. Nous souhaitons juste accorder au sénateur Keaton une chance honnête. Il est beau, riche et a une bonne situation. Tu ne te maries pas en dessous de ton rang.

– Je me marie avec un monstre, j'ironise.

– Tu pourrais être heureuse, *amore*.

Je secoue la tête, avant de la renverser en arrière et d'éclater de rire. Elle n'a pas besoin de me faire un dessin : elle a les mains liées. Des sentiments négatifs bouillonnent en moi à l'égard de mon père, mais les penser ouvertement, sans parler de les exprimer à voix haute, reviendrait à verser du sel sur une plaie béante. *Mama* regarde tour à tour la porte et moi, et je devine à quoi elle pense. On ne peut pas rester ici trop longtemps. Les gens vont commencer à se poser des questions. Surtout s'ils voient que j'ai pleuré. Les apparences, c'est vital dans l'Outfit, et si l'on suspecte qu'un jeune sénateur ambitieux, nouveau sur la scène médiatique, a forcé la main de papa, ça pourrait tuer sa réputation.

Mama ouvre son sac à main et en sort quelque chose, qu'elle me fourre dans la main.

– J'ai trouvé ça enfoui sous une pile de linge sale dans ta chambre. Utilise-le, *vita mia*. Et fonds-toi dans ta nouvelle vie, parce qu'elle ne sera pas désagréable. Et pour l'amour de Dieu, mange !

Sur quoi elle se rue dehors, me laissant ouvrir la paume et inspecter l'objet retrouvé. C'est mon téléphone portable. Mon précieux portable. Complètement chargé et débordant de messages et d'appels en absence. J'ai envie de les consulter tous, en privé et quand j'en aurai le temps. Je conviens qu'avoir soupçonné le sénateur Keaton de m'avoir sciemment privée de mon téléphone sans même lui demander ce qu'il en était, c'était quelque peu extrême. Mais faire chanter mon père pour qu'il lui accorde ma main, ça n'est pas tout à fait ce que j'appellerais une façon subtile de faire la cour, par conséquent personne n'est fondé à me reprocher des conclusions hâtives.

Je jette le mouchoir dans la poubelle et sors en trombe dans l'alcôve mal éclairée sous la cage d'escalier, mes vertigineux talons Louboutin claquant sur le sol de marbre. Je fais deux pas dehors avant de me retrouver plaquée contre le miroir qui masque l'arrière des marches par une silhouette élancée et racée. Je pousse un petit cri, rouvrant lentement les yeux, tandis que ma colonne vertébrale se remet de sa collision avec la glace.

Angelo m'emprisonne, ses bras tendus de part et d'autre de ma tête, son corps collé contre le mien. Son torse effleure la peau nue et sensible de mon décolleté, nos cœurs tonnent l'un contre l'autre à l'unisson, nos souffles se mêlent.

Il me cherchait. Il est venu me chercher. Il veut toujours de moi.

– Grand Dieu, chuchote-t-il en prenant ma joue dans sa paume pour poser son front contre le mien.

Sa voix est tellement emplie d'émotion… Tremblante, je porte les mains à son visage, les pose sur ses joues pour la première fois. Il presse le pouce au centre de mes lèvres.

Je m'accroche aux revers de sa veste, consciente de ce que je lui demande, mais le demandant tout de même. Le besoin qu'il me tienne dans ses bras est plus fort que celui d'agir comme il faut. Je brûle qu'il me dise qu'Emily ne signifie rien pour lui, même si ça n'est pas juste par rapport à elle. Ni à lui. Ni même à moi.

– J'étais fou d'inquiétude.

Il frotte impudemment son nez au mien. C'est le contact physique le plus intime que nous ayons jamais partagé depuis notre naissance, ce qui renforce le vertige que ma grève de la faim engendre déjà.

Je hoche la tête mais ne dis rien.

– Tu n'as pas beaucoup décroché ton téléphone, ajoute-t-il, prenant ma main qui tient l'appareil et la serrant pour illustrer ses propos.

– Je viens juste de le récupérer, je ne l'avais plus depuis le bal masqué, je souffle.

– Pourquoi tu as fait ça ?

Son corps est presque collé au mien. Une vague de panique effleure ma conscience. Et si Angelo me touchait comme jamais auparavant il n'a osé le faire, justement parce qu'il n'a plus rien à perdre ? Mon père ne lui en voudrait pas d'être allé trop loin, parce qu'il n'aurait pas à rendre visite à Arthur Rossi pour lui demander ma main, lui.

Je brûle de tout lui expliquer de mes soudaines fiançailles. Mais je sais aussi que si mon père n'a rien pu y faire, Angelo ne sera pas non plus en mesure de m'aider. Et je ne veux pas qu'on devienne des amants maudits, forcés de voler des instants et des baisers cachés. Me noyer dans un amour interdit. Je ne sais pas grand-chose sur mon futur mari, mais je sais au moins ceci : si je provoque un scandale, il se vengera et fera du mal à ceux que j'aime. Ça ne me dérange pas de subir sa colère, en revanche, Angelo ne mérite pas d'être puni.

– Angelo.

Je passe les mains sur son torse. Jamais je n'ai touché un homme comme ça. Aussi ouvertement. Ses pectoraux se tendent sous mes doigts et je sens sa peau chaude, même à travers le tissu de son costume.

– Dis-moi, m'encourage-t-il.

Je secoue la tête.

– Nous formons le couple idéal.

– Non, c'est *nous* le couple idéal, contre-t-il. Lui, il est nul.

Je ris à travers les larmes logées au fond de ma gorge.

– J'ai tellement envie de t'embrasser, ma déesse.

Il me saisit par la nuque – finis les gestes tendres, compréhensifs et le flirt – et se penche pour me donner le coup de grâce. Il cherche à marquer un point. Un point que je lui ai déjà accordé.

– Je suggère que vous passiez immédiatement à l'action, parce que dans dix-huit jours à compter d'aujourd'hui, elle sera une femme mariée et j'aurai tous les droits de vous briser les doigts pour les avoir posés sur elle, gronde une voix sèche et menaçante derrière Angelo.

Sidérée, j'ôte mes mains du torse d'Angelo, mes jambes cèdent sous l'effet de la surprise. Angelo me rattrape par la taille, me redresse. Le sombre désir qui brûlait dans son regard une seconde plus tôt s'éteint aussitôt et il pivote pour regarder Wolfe. Mon futur époux se dirige d'un pas tranquille vers les toilettes pour hommes, sans que la démonstration d'affection à laquelle il vient d'assister ne perturbe en quoi que ce soit la nonchalance de sa démarche. Il est bien plus grand, plus large et plus taciturne qu'Angelo, plus vieux d'une décennie aussi, et il exsude une puissance et une force qu'on n'a pas envie d'affronter. L'autorité qu'il dégage est quasi palpable. Je dois me mordre l'intérieur de la joue et m'empêcher de m'excuser pour la scène qu'il vient de découvrir. Je lève les yeux au lieu de les baisser, refusant de me déclarer vaincue.

Angelo le fixe toujours aussi.

– Sénateur Keaton, crache-t-il.

Wolfe s'immobilise entre l'entrée des deux toilettes. J'ai l'impression que sa posture est encore plus impériale alors qu'il nous regarde tour à tour, évaluant la situation avec un froid désintérêt.

– Je pensais chacun de mes mots, Bandini, dit-il d'une voix rauque. Si vous souhaitez embrasser ma fiancée pour lui faire vos adieux, c'est ce soir ou jamais. En privé. La prochaine fois que je vous verrai, je ne serai pas aussi indulgent.

Sur quoi, il effleure du bout des doigts ma bague de fiançailles, rappel pas très subtil de la personne à qui j'appartiens. Cependant, son geste envoie une onde de choc à travers tout mon corps. Puis il disparaît derrière la porte des toilettes avant que j'aie eu le temps de reprendre mon souffle. Je m'attends à ce qu'Angelo s'enfuie à la minute où Wolfe a tourné le dos, mais non.

Au lieu de ça, il m'emprisonne à nouveau de ses bras contre le miroir et secoue la tête.

– Pourquoi ? me demande-t-il.

– Pourquoi Emily ? je contre-attaque, le menton levé.

– Tu es la seule fille de ma connaissance qui ait l'idée de ramener le sujet « Emily » sur le tapis en un instant pareil.

Il serre un poing et l'abat tout près de ma tête. Je sursaute.

– Je suis venu avec Bianchi parce que tu es fiancée et promise à un autre. (Il se passe la langue sur les lèvres, dans un effort pour regagner la maîtrise de ses émotions.) Et aussi parce que tu m'as fait passer pour un imbécile. Tout le monde attendait une annonce de fiançailles d'un mois à l'autre. Tous ces putains de connards de l'Outfit. Et te voilà, assise à l'autre bout de la salle à la même table que le secrétaire d'État, dans les bras de Wolfe Keaton, à jouer la gentille petite fiancée bien élevée. Je devais sauver la face. Une face que tu as piétinée avec tes jolis talons de séductrice. Et tu sais le pire, Francesca ? C'est que toi, tu ne m'expliques pas pourquoi.

Parce que mon père est faible et qu'on le fait chanter.

Mais je sais bien que je ne peux pas lui faire un aveu pareil. Ça détruirait ma famille et, si fort que je méprise mon père ces temps-ci, je ne pourrai jamais le trahir.

Sans me rendre compte de ce que je fais, je prends ses joues entre mes mains et souris à travers les larmes qui me roulent sur les joues sans discontinuer.

– Tu seras toujours mon premier amour, Angelo. Toujours.

Son haleine, chaude et mêlée d'une odeur de vin douçâtre et musquée, m'effleure le visage par à-coups.

– Embrasse-moi correctement.

Ma voix tremble alors que je formule ma requête, parce que la dernière fois qu'on m'a embrassée, la seule fois où j'ai été embrassée, c'était tout le contraire de correct.

– Je vais t'embrasser de la seule manière que je puisse sans te donner mon cœur, Francesca Rossi. De la seule manière que tu mérites d'être embrassée.

Sur ce, il se penche pour presser les lèvres sur la pointe de mon nez. Je sens son corps frémir contre le mien, dans un sanglot qui menace de lui déchirer les os. Toutes ces années. Toutes ces nuits sans sommeil, rongées par l'attente. Le décompte des semaines, des jours, des minutes jusqu'au moment où nous nous reverrions chaque été. Jouer trop près l'un de l'autre dans la rivière. Les doigts qui se nouent sous la table au restaurant. Tous ces instants sont enveloppés dans ce baiser innocent et, ce soir, j'éprouve l'envie irrépressible de mettre à exécution mon plan du bal masqué. De lever le visage. De rencontrer ses lèvres avec les miennes. Seulement, je sais aussi que je ne me le pardonnerai jamais, si je lui gâche tout avec Emily. Je n'ai pas le droit de ternir le début de leur relation, sous prétexte que la mienne est condamnée.

– Angelo.

Il couvre mon front du sien. Nous fermons les yeux tous les deux, savourant cet instant doux-amer. Enfin ensemble, à respirer le même air. Avant d'être séparés pour toujours.

– Peut-être dans une autre vie.

– Non, déesse, dans celle-ci. C'est sûr.

Sur ces mots, il tourne les talons et s'éloigne de son pas fluide vers le fond du couloir plongé dans la pénombre, m'accordant quelques inspirations supplémentaires pour me calmer avant de sortir de l'alcôve et d'affronter la musique. Quand mes tremblements s'apaisent un peu, je m'éclaircis la gorge et me dirige vers ma table. À chacun de mes pas, je tente de montrer plus de confiance. Mon sourire s'élargit un peu plus. Mon dos se redresse de quelques millimètres. Quand je repère ma table, je remarque que Wolfe n'y est pas. Je le cherche des yeux, le ventre vrillé par un mélange d'irritation et de crainte. On en est restés sur une situation tellement bizarre que je ne sais pas trop à quoi m'attendre. Une partie de moi espère – prie, même – qu'il ait fini par se lasser de moi et soit allé tout annuler auprès de mon père.

Plus je fouille la salle en quête de sa haute silhouette, plus s'accélèrent les battements de mon cœur contre ma poitrine.

Et puis je le trouve.

Mon futur époux, le sénateur Wolfe Keaton, zigzague avec élégance entre les tables. Un mètre derrière lui, Emily Bianchi avance d'un pas tranquille, grande et provocante, les hanches balançant telle une pomme interdite au bout de sa branche. Avec ses cheveux blonds brillants – comme ceux de la cavalière qui l'accompagnait au bal masqué. Personne n'a remarqué ses joues teintées de rose. Le fait qu'ils gardent de la distance entre eux deux et qu'ils se dirigent néanmoins dans la même direction.

Emily est la première à disparaître derrière les immenses tentures noires moirées, s'éclipsant de la salle de bal sans être remarquée.

Wolfe s'immobilise, serre la main d'un homme âgé apparemment riche et, sans hésiter, engage la conversation avec lui pendant au moins dix minutes, avant de reprendre sa progression vers le fond de la salle.

Comme s'il avait senti mon regard posé sur lui, Wolfe tourne la tête parmi la centaine de couples qui nous entourent et nos yeux s'accrochent. Il me fait un clin d'œil, les lèvres pressées, sans ralentir le pas qui le conduit vers sa destination.

Mon sang bouillonne dans mes veines. Pendant que je m'efforçais de contenir ma passion envers son cavalier, Emily s'est éclipsée avec mon futur époux pour une rapide étreinte.

Je reste plantée là, les poings serrés contre mes flancs. Mon cœur bat si fort que je crains qu'il n'explose à travers la salle et ne se mette à sauter en l'air tel un poisson hors de l'eau.

Wolfe et Emily nous ont trahis.

L'infidélité a un goût.

Amer.

Et même un peu douçâtre.

Surtout, j'en tire une leçon de poids : ce que nous partageons tous les quatre, peu importe ce dont il s'agit exactement, n'est plus sacré. Nos cœurs sont souillés. Tachés. Et coupables.

Totalement imprévisibles.

Et voués à être brisés.

CHAPITRE 5

FRANCESCA

Le lendemain matin, je jette les chocolats Godiva dans la poubelle de la cuisine, où j'espère qu'il les verra. Je sors volontairement mon corps affamé du lit, poussée par la seule chose qui soit plus forte que les crampes d'estomac dues à la faim : la vengeance.

Les SMS que j'ai découverts sur mon téléphone suffisent à me redonner vie. Ils sont datés du soir du bal masqué, ce fameux soir où je me suis obligée à ne pas l'ouvrir, de peur de me retrouver à supplier Angelo et à me ridiculiser.

Angelo : Tu peux m'expliquer ce baiser ?

Angelo : Je suis en chemin pour chez toi.

Angelo : Ton père vient de m'expliquer
que je ne peux plus venir ici parce
que tu es sur le point de te fiancer.

Angelo : De te FIANCER.

Angelo : Et pas à moi.

Angelo : Tu sais quoi ?
Va te faire foutre, Francesca.

Angelo : POURQUOI ?

Angelo : C'est parce que j'ai attendu
un an ? Ton père me l'avait demandé.
Je suis venu toutes les semaines
essayer d'obtenir un RV.

Angelo : Ça a toujours été toi, déesse.

Puis ils s'arrêtent.

Manger n'est toujours pas au programme, je reste ferme là-dessus, d'autant qu'en passant près de madame Sterling en coup de vent, dans une robe cache-cœur en mousseline de soie devenue trop grande pour mon corps de plus en plus frêle, je l'ai entendue s'en plaindre au téléphone auprès de Wolfe. À ce stade, mon estomac a cédé et complètement cessé de gargouiller. Hier, je me suis obligée à voler quelques bouchées de pain pendant que Wolfe était occupé avec Emily, mais c'était loin de suffire à apaiser mes entrailles recroquevillées sur elles-mêmes. Quelque part dans un coin de mon esprit, j'espérais m'évanouir ou causer une scène qui obligerait à me conduire à l'hôpital, où mon père finirait peut-être par mettre un terme à ce cauchemar interminable. Hélas, espérer un miracle n'est pas seulement dangereux, c'est aussi désolant. Plus je passe de temps dans cette maison, plus les rumeurs semblent se confirmer : le sénateur Keaton est destiné à accomplir de grandes choses. Je serai Première dame, probablement avant d'atteindre mes trente ans. Wolfe s'est levé de bonne heure aujourd'hui, pour gagner l'aéroport régional, il a même le projet de se rendre à Washington DC ce week-end, pour je ne sais quel rendez-vous important.

Je ne suis pas incluse dans ses projets et je doute fort que ma mort ne lui apporterait d'autre désagrément que des articles en première page des journaux. Sous ma fenêtre entourée de lierre, au cœur du jardin du manoir, je m'occupe de mes nouvelles plantes et de mes légumes, surprise qu'ils aient réussi à survivre sans eau depuis deux jours. L'été a été impitoyable, jusqu'à présent, plus caniculaire qu'un mois d'août habituel à Chicago. Enfin, tout est fou, ces dernières semaines, et la météo semble s'aligner sur le reste de ma vie qui part en morceaux. Mais mon jeune jardin est résilient et, je m'en rends compte alors que je suis accroupie à désherber mes tomates grimpantes, moi aussi. Je transporte deux sacs d'engrais jusque sous ma fenêtre et entreprends de fouiller dans le petit appentis situé à l'angle du jardin, en quête d'autres graines et de pots vides. Celui ou celle à qui on a assigné la tâche de prendre soin de ce jardin a manifestement reçu pour instruction de lui donner l'apparence d'un lieu très bien entretenu et agréable, quoique de façon minimaliste. C'est vert, mais sans éclat. Beau et pourtant insupportablement triste. Un peu à l'image de son propriétaire, tiens. Contrairement à lui, cependant, j'ai très envie d'utiliser ma main verte pour mettre en valeur ce jardin. J'ai en moi beaucoup d'attention et d'amour, et rien ni personne à qui les donner.

Une fois tout mon matériel soigneusement aligné, j'examine les cisailles que j'ai à la main. Je les ai prises dans l'appentis, en expliquant à madame Sterling que je devais ouvrir le sac d'engrais, et j'ai attendu que la vieille dame ait le dos tourné. Maintenant, alors que les lames des ciseaux scintillent au soleil et que madame Sterling, qui ne soupçonne rien, est à la cuisine à réprimander le pauvre cuisinier d'avoir préparé le mauvais poisson pour le dîner (elle continue sans doute d'espérer que je ferai la grâce de ma présence au sénateur pour le repas de ce soir), ma chance est enfin arrivée.

Je me faufile dans la maison sans bruit, traverse la cuisine et ses chromes rutilants, monte les marches deux par deux et me glisse dans l'aile ouest, direction la chambre de Keaton. J'y suis déjà venue, la fois où j'ai écouté à la porte sa conversation avec la jolie journaliste. Je me hâte de pénétrer dans son antre, sachant qu'il ne rentrera pas à la maison avant encore une heure au moins. Même avec sa vie de jet-setteur, il n'est toujours pas en mesure d'échapper aux embouteillages de Chicago.

Là où ma chambre a été décorée avec faste et paillettes, tout en époque régence hollywoodienne, celle de Wolfe est élégante, discrète et meublée simplement. Des rideaux d'un noir et blanc quasi théâtral ornent les larges fenêtres, une tête de lit en cuir, matelassée et cousue de noir, des chevets de part et d'autre du lit couleur charbon. Les murs sont peints dans un gris profond – la couleur de ses yeux – et un unique lustre de cristal trône au centre du plafond, comme pour se courber devant l'homme puissant qui occupe la pièce.

Il n'a pas de téléviseur, pas de commode et pas de miroirs. Il a en revanche un meuble-bar, chose qui ne me surprend pas, vu qu'il épouserait volontiers l'alcool si l'État de l'Illinois l'autorisait.

Je me dirige vers son dressing, les cisailles claquant dans mes mains avec un regain d'énergie quand j'ouvre la porte en grand. Les étagères de chêne noir ressortent sur le marbre blanc et froid du sol. Parfaitement repassés et prêts à être portés, des dizaines de costumes rangés par couleur, coupe et style sont accrochés en lignes soignées et denses.

Il possède des centaines de foulards pliés avec précision, assez de chaussures pour ouvrir une boutique Bottega Veneta, des vestes et des manteaux à gogo. Je sais ce que je cherche en priorité : son tiroir à cravates, qui en contient plus d'une centaine.

Une fois que je l'ai trouvé, je commence très tranquillement à couper ses cravates de luxe en deux, prenant un plaisir bizarre à regarder tomber le tissu à mes pieds, tel des feuilles orange et rouille à l'automne.

Couic, couic, couic, couic.

Le son est réconfortant. À tel point que j'en oublie ma faim. Wolfe Keaton a baisé la cavalière d'Angelo. Je ne peux pas – et je ne veux pas – venger son indélicatesse en le trompant, lui, en revanche je vais m'assurer, oh que oui, qu'il n'aura rien à se mettre demain matin, à part son air content de lui à la noix.

Une fois terminée ma tâche sur les cravates, je passe aux chemises amidonnées. *Il a du culot, de supposer que j'accepterai de le toucher*, je songe amèrement en déchirant les somptueux tissus, doux, crème, blanc neige et bleu layette. J'imagine qu'il s'attend à consommer notre mariage. Pourtant, malgré son physique avenant, je déteste le style de vie de Wolfe, le coureur de jupons, son horrible réputation, et le fait qu'il ait couché avec autant de femmes. Surtout vu mon inexpérience crasse.

Et par inexpérience, je veux dire que je suis vierge.

Non qu'être vierge soit un crime, mais je considère ça comme tel sachant que Wolfe utiliserait l'information contre moi, pour mettre en exergue ma naïveté et mon ingénuité. Ne pas être vierge n'est pas vraiment un choix, dans le milieu où j'ai grandi. Mes parents s'attendaient à ce que je reste chaste jusqu'à mon mariage et je n'ai eu aucun problème à me conformer à leur rêve, vu que je ne crois pas particulièrement dans le sexe sans amour.

Je m'occuperai du problème de ma virginité le moment venu. Si tant est que le moment vienne un jour.

Je suis tellement concentrée sur ma mission – à savoir détruire des vêtements et des cravates d'une valeur de plusieurs dizaines de milliers de dollars – que je ne remarque même pas le « clic-clic-clic » de ses chaussures d'intérieur quand il entre dans sa chambre. En fait, je ne détecte son arrivée qu'au moment où il s'immobilise devant sa porte, dans le couloir, pour répondre au téléphone.

– Keaton.

Pause.

– Il a fait quoi ?

Pause.

– Je vais m'assurer qu'il ne puisse plus bouger un orteil dans cette ville sans que la police lui tombe dessus.

Et il coupe la communication.

Merde, je jure en jetant les cisailles au sol pour me faufiler dehors au pas de course. Je heurte un tiroir ouvert contenant ses montres, renverse quelque chose par terre en fuyant le dressing, et j'ouvre en grand la double-porte de sa chambre, pile au moment où il entre, les sourcils toujours froncés après son coup de fil.

C'est la première fois que je le revois depuis le mariage d'hier. Après qu'il a disparu avec Emily, il est revenu au bout de vingt minutes pour m'informer que nous partions. Le trajet de retour à la maison s'est fait sans un mot. Je l'ai passé à échanger des textos avec ma cousine Andrea sur mon portable, chose qui n'a pas paru le gêner. Quand on est arrivés à la maison *(ce n'est pas ta maison, Frankie)*, je me suis aussitôt retirée dans ma chambre, claquant la porte et la verrouillant en prime. Je ne lui ai pas donné le plaisir de le questionner sur Emily. En fait, je ne lui ai surtout pas montré que ça revêtait une quelconque importance à mes yeux. Du tout.

Maintenant, en le voyant planté là face à moi, je me rends compte que ma réaction par rapport à son aventure avec la blonde n'importe effectivement pas, mais qu'elle ne me rapporte aucun point dans notre duel. Car il a toutes les cartes en main. D'instinct, je recule d'un pas et déglutis.

Ses yeux froids impérieux parcourent mon corps, comme si j'étais à demi-nue et offerte à lui de mon plein gré. Ses lèvres sont serrées en une ligne mince. Vêtu d'un pantalon de costume gris souris, il a négligé la veste en faveur d'une chemise blanche aux manches remontées jusqu'aux coudes.

– Je vous manquais ? demande-t-il d'un ton plat en passant près de moi pour entrer tranquillement dans sa chambre.

Je lâche un rire craintif en comprenant qu'il risque de remarquer le cadre cassé et tombé face au sol que j'ai renversé dans ma fuite, ainsi que les vêtements ruinés qui l'attendent dans son dressing.

À la seconde où il me tourne le dos, je me dirige dehors sur la pointe des pieds.

La mise en garde ne se fait pas attendre.

– N'y pensez même pas.

Il me tourne toujours le dos et se verse un verre généreux au bar près de la fenêtre qui donne sur la rue principale.

– Un scotch ?

– Je croyais que vous m'interdisiez de boire ? j'ironise, surprise par le sarcasme qu'on entend clairement dans ma voix.

Décidément, ce manoir me transforme. Je m'endurcis, de l'intérieur comme de l'extérieur. Ma peau douce cache une solide carcasse, mon attitude passe d'enjouée à cynique et mon cœur se fige sous une couche de givre.

– En dehors de ces murs, vous ne pouvez pas boire, non. Vous vous apprêtez à épouser un sénateur et n'avez pas atteint la barre fatidique des vingt et un ans. Vous avez la moindre idée du tort que cette attitude pourrait me causer ?

– On peut se marier à dix-huit ans, mais pas boire avant vingt et un ? Où est la justice là-dedans ? L'un de ces choix de vie est pourtant bien plus significatif que l'autre, il me semble, je balbutie, nerveuse.

Je demeure immobile, les yeux rivés sur son dos large. Il fait de l'exercice régulièrement et ça se voit. J'ai entendu son coach personnel chanter des morceaux des années quatre-vingt, quand il entre dans le vestibule à cinq heures tous les matins.

Chaque jour, Wolfe fait une heure de musculation dans son sous-sol et, quand son emploi du temps le lui permet, il sort courir un peu avant le dîner.

Il pivote vers moi, deux verres de scotch dans une paume. Il m'en tend un. J'ignore son gage de paix et croise les bras.

– Vous êtes venue ici pour discuter de l'âge légal pour la consommation d'alcool, Nem ?

Encore ce surnom ridicule. C'est ironique qu'il m'appelle Némésis. Parce qu'il est vaniteux en diable et que, à l'instar de Narcisse, il n'est rien qui me ferait plus plaisir que de l'étrangler pour qu'il s'endorme à jamais.

– Pourquoi pas ?

Je continue à parler, dans l'espoir de le détourner de son dressing et de la montagne de cravates et de vêtements en lambeaux qu'il y découvrira.

– Vous pouvez changer les choses, non ?

– Vous voulez que je change la loi afin que vous puissiez boire légalement en public ?

– Après la soirée d'hier, je pense que j'ai bien mérité un verre d'alcool fort, où que je me trouve.

Quelque chose scintille dans ses yeux avant qu'il les détourne complètement. Une lueur plaisante, bien que je ne comprenne pas ce qu'elle signifie. Dans un bruit sec, il repose sur le bar le verre qu'il avait versé pour moi, s'y appuie d'une hanche et m'observe. Tout en faisant tournoyer le liquide ambré dans le sien, il croise les jambes au niveau des chevilles.

– Vous l'avez trouvé à votre goût ? demande-t-il, d'une voix rauque.

– Quoi ?

– Mon dressing.

Je me sens rougir et déteste aussitôt mon corps pour cette trahison. Wolfe a couché avec une autre pas plus tard qu'hier, bon sang. Et il s'est fait un plaisir de me jeter ça au visage. Je devrais lui hurler dessus, le frapper, lui balancer des trucs. Mais je suis physiquement épuisée par le manque de nourriture et mentalement abattue par la nouvelle de nos fiançailles. Alors piquer une crise, si tentante que soit l'idée, c'est au-delà de mes forces.

Je hausse les épaules.

– J'ai déjà vu des dressings plus grands, mieux agencés et plus beaux.

– Je suis content qu'il ne vous plaise pas plus que ça, car vous n'emménagerez pas dans cette chambre après le mariage, m'annonce-t-il, moqueur.

– En revanche, je suppose que vous n'auriez rien contre le fait que je réchauffe votre lit quand vous serez d'humeur pour quelques minutes de bonheur conjugal ?

Je me caresse le menton d'un air songeur, en lui renvoyant le même ton sarcastique. Je connais mon instant de triomphe quand son regard suit le mouvement de mes doigts, pour découvrir que sa bague de fiançailles n'y est pas.

– Je retire ce que j'ai dit. Vous avez quand même du cran. Alors certes, je pourrais vous briser aussi facilement qu'un os de poulet… dit-il, un sourire fier aux lèvres. N'empêche que le cran est bel et bien là.

– Eh bien, merci pour le compliment. Comme vous le savez, rien n'a plus de valeur à mes yeux que l'opinion que vous avez de moi. Ça et, peut-être, la terre que j'ai sous les ongles.

– Francesca…

Mon prénom glisse sur sa langue avec fluidité, comme s'il l'avait déjà prononcé un million de fois. C'est peut-être le cas. Si ça se trouve, je faisais partie de son plan bien avant que je revienne à Chicago.

– Allez dans mon dressing et attendez que j'aie terminé mon verre. Nous avons beaucoup de choses à discuter.

– Je n'ai pas d'ordres à recevoir de vous, je rétorque, la tête haute.

– J'ai une proposition à vous faire. Que vous seriez bien bête de refuser. Et étant donné que je ne négocie pas, ce sera la seule et unique que je vous ferai.

Mon cerveau passe en mode hyperactif. Est-ce qu'il va me libérer ? Il a couché avec une autre. Il m'a presque vue embrasser mon amour d'enfance. Et certainement qu'une fois qu'il aura vu le bazar que j'ai mis dans son dressing, ses sentiments à mon endroit vont tomber en chute libre – si tant est que ce soit possible. Je me dirige vers le dressing, m'accroupis pour ramasser les cisailles par mesure de protection, juste au cas où. Je colle le dos contre une rangée de tiroirs et tente de réguler ma respiration.

J'entends son verre claquer contre la surface du bar, quand il l'y repose, puis ses pas qui approchent. Mon pouls s'accélère. Il s'arrête sur le seuil et me dévisage sans émotion, mâchoire de granite, yeux d'acier. La pile de lambeaux à mes pieds monte jusqu'à hauteur de genoux. Pas besoin de s'interroger sur la façon dont j'ai occupé la majeure partie de mon après-midi.

– Savez-vous combien d'argent vous venez de jeter à la poubelle ? me demande-t-il de sa voix de ténor aussi froide et détachée que d'habitude.

Il se fiche que j'aie détruit ses vêtements et ça me désespère. Je me sens perdue. Il m'apparaît complètement intouchable et inaccessible, étoile solitaire accrochée dans le ciel, qui scintille à des galaxies de mes mains avides de vengeance.

– Pas assez pour me coûter ma fierté.

J'actionne les cisailles dans le vide, les narines dilatées. Il enfonce les mains dans ses poches et appuie une épaule à l'encadrement de la porte.

– Qu'est-ce qui vous ronge, Némésis ? Le fait que votre petit ami soit venu avec une cavalière hier, ou le fait que moi, j'aie baisé la cavalière en question ?

Alors maintenant j'ai son aveu. Pour une raison qui m'échappe, une partie de moi avait envie d'accorder au sénateur Keaton le bénéfice du doute sur ce qui s'était passé avec Emily loin des yeux de tous. Mais à présent que c'est bien réel, ça fait mal. Dieu, ça ne devrait pas faire aussi mal. Un coup de poing dans mon estomac vide. La trahison, d'où qu'elle provienne, brise quelque chose tout au fond de nous. Ensuite, je dois faire avec les morceaux cassés qui bougent dans mon ventre.

Le sénateur Keaton n'est rien pour moi.

Non. Ce n'est pas exact non plus.

Il est tout le mal qui me soit jamais arrivé.

– Angelo, bien sûr, je lâche, prenant un air incrédule.

Mes doigts se resserrent autour des cisailles. Son regard se pose sur mes phalanges blanchies autour de mon arme. Il m'adresse un sourire narquois qui sous-entend qu'il pourrait me désarmer en un clin d'œil, sans utiliser du tout la force.

– Menteuse, lâche-t-il d'une voix impersonnelle. Et piètre menteuse, en plus.

– Pourquoi serais-je jalouse de votre coucherie avec Emily, quand vous ne l'étiez même pas de découvrir qu'Angelo m'avait coincée ?

Je ravale les larmes qui emplissent ma gorge.

– D'une part, parce qu'elle s'est avérée un super bon coup : Angelo est un gros veinard d'avoir sa jolie bouche experte à disposition, me titille-t-il.

Il déboutonne le premier bouton de sa chemise. Une vague de chaleur déferle dans mes veines, faisant naître une fournaise en moi. Jamais il ne m'a parlé en termes sexuels et, jusqu'à présent, notre mariage m'apparaissait plus comme une punition qu'une réalité. Quand le deuxième bouton lâche, une touffe de poils noirs apparaît.

– D'autre part, parce que non, je n'étais pas ravi que vous affichiez ainsi votre affection en public. Je vous ai accordé une chance de vous dire « au revoir » correctement. Et à en juger par la manière dont vous vous étreigniez quand je suis ressorti des toilettes, vous l'avez saisie à deux mains. Avez-vous passé un moment agréable ?

Je cille en tâchant de démêler le sens de ses paroles. Est-ce qu'il pense qu'Angelo et moi… Mon Dieu, oui. Son expression qui se veut impassible ne masque en rien l'émotion que j'ai surprise dans ses yeux tout à l'heure. Il a pensé que j'avais couché avec Angelo pendant la soirée du mariage et il s'est vengé d'un crime sur lequel il ne m'a même pas interrogée.

Une fureur indescriptible s'empare de chaque parcelle de mon corps dénutri. En entrant dans sa chambre cet après-midi, je n'imaginais pas être capable de le haïr plus. Eh bien, si.

Car ce que je ressens là… C'est de la haine pure et dure.

Je ne corrige pas son hypothèse. Ça rend l'humiliation d'avoir été trompée un poil moins douloureuse. Nos fautes s'équilibrent, désormais. Je redresse les épaules et me raccroche à cette idée sans autre raison que l'envie de le voir souffrir autant que moi.

– Oh, mais j'ai couché avec Angelo de nombreuses fois, lui mens-je. C'est le meilleur amant de l'Outfit alors, bien sûr, il fallait que je vérifie personnellement.

Je choisis d'en faire des tonnes. S'il en déduit qu'il a fait une très mauvaise affaire avec une femme facile, il me laissera peut-être partir.

Wolfe incline la tête et son regard perçant me dépouille du peu de confiance que je possédais encore.

– Comme c'est étrange. J'aurais pu jurer vous avoir entendu dire que vous vouliez l'embrasser au bal masqué et rien de plus.

Je déglutis et m'efforce de réfléchir vite. Je peux compter sur les doigts d'une main le nombre de fois où j'ai menti dans ma vie.

– Je songeais au message : je me contentais de suivre la tradition. Je l'avais embrassé mille fois auparavant, je raille. Mais ce soir-là, il s'agissait du destin.

– Le destin vous a conduite à moi.

– Vous m'avez volé mon destin.

– Peut-être, mais il ne m'en appartient pas moins. Considérez hier comme une exception. Je vous laisse évacuer vos petites mesquineries de votre esprit. Disons que c'est mon cadeau de fiançailles. À compter de maintenant, je suis votre seule option. À prendre ou à laisser.

– Je suppose que la règle ne s'applique pas à vous.

Je hausse un sourcil en actionnant les cisailles à nouveau. Il leur jette un regard dégoulinant d'ennui.

– Très malin, mademoiselle Rossi.

– Dans ce cas, sénateur Keaton, je vous ferai savoir qu'elles ne s'appliquent pas du tout. Je coucherai avec qui bon me chante et quand j'en aurai envie, et ce tant que vous continuerez à le faire.

Je suis en train de négocier ma liberté de coucher à droite et à gauche quand, en réalité, je suis plus vierge qu'une nonne. Il est même le seul homme que j'aie jamais embrassé. Cependant, cette conversation ne porte pas sur mon droit à coucher avec toute l'élite de Chicago, c'est plus une question de principe. L'égalité, c'est important à mes yeux. Peut-être parce que, pour la première fois, je pense être en mesure de l'acquérir.

– Que je sois bien clair…

Il entre dans le dressing, effaçant une partie de la distance qui nous sépare. Bien qu'il ne soit pas assez proche pour me toucher, partager un espace réduit avec lui fait naître une boule d'excitation et de peur au creux de mes reins.

– Vous ne mangez pas et je ne compte pas vous libérer de cet arrangement, quitte à devoir enterrer votre joli petit cadavre quand votre corps vous lâchera. En revanche, je peux rendre votre vie confortable. Mon problème, c'est avec votre père que je l'ai, pas avec vous, et vous seriez sage de garder les choses en l'état. Alors, Némésis, que puis-je vous offrir que vos parents vous refusent ?

– Vous essayez de m'acheter ? je rétorque, du mépris plein la voix.

Il hausse les épaules.

– Je vous ai déjà. Je vous offre une chance de mener une vie supportable. Saisissez-la.

Un rire hystérique me monte de la gorge. Ma santé mentale, je le sens, s'échappe de mon corps comme de la sueur. Ce type est incroyable.

– Tout ce que je veux récupérer, c'est ma liberté.

– Jamais vous n'avez été libre chez vos parents, voyons. N'insultez pas votre intelligence ou la mienne en prétendant le contraire.

Sa voix de ténor me fait l'effet d'une gifle en plein visage. Il avance d'un pas supplémentaire dans la pièce. Je plaque si fort mon dos contre les tiroirs que leurs poignées de bronze s'enfoncent dans ma colonne.

– Réfléchissez, articule-t-il. Que puis-je vous offrir que vos parents ne vous donneront jamais ?

– Je ne veux pas de nouvelles robes. Ni d'une voiture neuve. Je ne veux même pas d'un cheval, je m'écrie en agitant la cisaille, au désespoir.

Papa m'a dit un jour que celui que je déciderais d'épouser pourrait m'acheter un cheval, en signe de sa bonne foi. Et dire que sa remarque m'avait dévastée, à l'époque…

– Cessez de faire semblant de ne vous intéresser qu'aux biens matériels, siffle-t-il.

Je me retourne et lui jette une chaussure Oxford pour l'empêcher de s'approcher davantage, mais il l'évite et éclate de rire.

– Réfléchissez.

– Je n'ai aucune envie !

– On en a toujours.

– Quelle est la vôtre ?

Je gagne du temps.

– Servir mon pays. Rechercher la justice et le châtiment pour ceux qui méritent d'être confrontés à cette justice. Vous aussi, vous avez des envies. Repensez au bal masqué.

– L'université ! je finis par craquer. Je veux aller à l'université. Ils ont toujours refusé de me laisser poursuivre une éducation supérieure et de faire quelque chose par moi-même.

Je suis étonnée que Wolfe ait remarqué que j'avais dû prendre sur moi pour ne pas montrer mon embarras et ma déception, quand Bishop m'avait interrogée sur l'université. Mes notes étaient excellentes et mes résultats aux examens impeccables. Pourtant, mes parents ont estimé que c'était gaspiller mon énergie alors que j'aurais dû me concentrer sur mon mariage, son organisation et perpétuer la dynastie des Rossi en produisant rapidement un héritier.

Wolfe s'immobilise.

– Adjugé.

Sa réponse me cloue le bec. Mon silence l'invite à avancer encore. Il sourit et je dois admettre, bien à contrecœur, qu'il est toujours sublime dans son style un peu sauvage, avec son visage tout en angles acérés à la façon d'un origami, mais surtout quand ses lèvres se retroussent sur ce sourire d'Adonis. Comment est-il, quand il sourit de toutes ses dents ? J'espère ne pas rester assez longtemps pour le découvrir.

– Votre père m'a explicitement demandé de ne pas vous envoyer à l'université une fois que nous serons mariés, afin de conserver le *statu quo* en vigueur dans l'Outfit concernant les femmes, mais il peut aller se faire foutre.

Ses paroles me poignardent aussi efficacement que des couteaux. Il s'exprime d'une façon tout à fait différente de ce que j'ai entendu en public. Comme s'il était une autre personne dotée d'un tout autre vocabulaire. Jamais je ne l'aurais imaginé lâcher de mot grossier ailleurs qu'ici.

– Vous pouvez aller à la fac. Vous pouvez faire du cheval, rendre visite à vos amis et partir en virées shopping à Paris. Je m'en contrefous. Vous pouvez vivre votre vie séparément de la mienne, jouer votre rôle, et même, quand assez d'années se seront écoulées, prendre un amant du moment que vous restez discrète.

Qui est ce type et qu'est-ce qui le rend aussi glacial ? De toutes mes années sur cette terre, de tout le temps que j'ai passé en compagnie des hommes cruels de l'Outfit, je n'ai jamais rencontré personne d'aussi cynique. Même les gars les plus horribles aspirent à l'amour, à la fidélité et au mariage. Même eux veulent avoir des enfants.

– Et qu'est-ce que je vous donne en échange ? je lui demande, menton levé et lèvres boudeuses.

– Vous mangez, il me jette. (*Je pourrais m'y résoudre*, je songe sombrement.) Vous jouez le rôle de l'épouse modèle.

Il effectue un pas supplémentaire. D'instinct, je me colle plus contre ses tiroirs, mais il n'y a pas d'échappatoire, nulle part où aller. En deux enjambées, il sera plaqué contre moi, comme Angelo hier soir, et je devrai supporter le brasier de son corps et le glacier de ses yeux.

Il soulève le bout d'une cravate bordeaux fichue et avale le reste d'espace qui nous sépare encore d'un pas décidé.

– J'avais prévu un voyage à Washington, mais vu que votre père me donne du fil à retordre, je préfère rester en ville. Ce qui signifie que vendredi, nous recevrons des invités de Washington. Vous porterez une tenue impeccable et vous oublierez vos histoires de demande en mariage à la con, en faveur d'une version décente et respectable. Et vous les divertirez sans faiblir, comme on vous l'a appris. À l'issue du dîner, vous jouerez du piano pour eux, et ensuite, vous vous retirerez dans l'aile ouest avec moi, étant donné qu'ils passeront la nuit dans l'aile est.

– Et je dormirai dans votre lit ?

Je ricane nerveusement. Comme c'est pratique.

– Vous dormirez dans la chambre voisine.

Son corps domine désormais le mien de toute sa hauteur et il me touche sans réellement me toucher.

Il dégage une chaleur que mon corps absorbe avec avidité et, malgré toute la haine qu'il m'inspire, je ne veux pas qu'il s'éloigne.

J'ouvre la bouche pour répondre, mais rien ne sort. Je veux refuser, mais je sais aussi qu'en acceptant son marché, je me crée la possibilité d'une vie tout à fait supportable. Pourtant, je ne peux pas lui céder volontairement et entièrement. Pas si vite. Il a exposé ses règles, ses attentes et le prix que j'aurai à payer pour sa version tordue de ma liberté. On est en train de conclure un accord verbal et il est primordial pour moi d'imposer une clause ou deux de mon cru.

– J'ai une condition.

Il arque un sourcil inquisiteur et fait glisser peu à peu la pointe de sa cravate défunte vers mon cou. Je lève les cisailles, réaction réflexe, prête à poignarder son cœur sombre s'il ose un geste inapproprié. Non seulement il ne recule pas, mais en fait il m'adresse le fameux sourire sur lequel je m'interrogeais. Il a des fossettes. Deux. La droite plus profonde que la gauche. La cravate effleure ma clavicule et mes tétons pointent – à l'intérieur de mon soutien-gorge – pourvu qu'il soit assez rembourré pour qu'il ne s'en rende pas compte. Je me crispe de l'intérieur, mon estomac dégringole dans mes talons. Une délicieuse douleur envahit mon ventre, sorte de lave visqueuse et tiède.

– Parle maintenant ou bien tais-toi à jamais, Némésis.

Ses lèvres flottent si près des miennes, l'espace d'une fraction de seconde, que je ne lui refuserais pas un baiser. Mais mon Dieu, qu'est-ce qui cloche chez moi ? Je le hais. Et en même temps, j'ai envie de lui. Follement.

Je lève les yeux, la mâchoire crispée.

– Pas question d'être la risée de tout le monde. Si vous attendez que je vous sois fidèle, alors il en sera de même pour vous.

Il ôte sa cravate de ma clavicule et la plonge dans mon décolleté avant de la remonter sur mon cou. Je frissonne, peinant à garder les yeux ouverts. Une intense moiteur imbibe ma culotte de coton. Son regard exprime le plus grand sérieux quand il me demande :

– C'est ça, votre condition ?

– Et les messages, j'ajoute après réflexion. Je sais que vous êtes au courant, puisque vous avez gâché mon baiser avec Angelo. Ne lisez pas mes messages. Ce petit coffret en bois, c'est à moi de l'ouvrir, de lire et d'explorer son contenu quand je serai prête.

Il a l'air tellement blasé… impossible pour moi de deviner s'il a fouillé dans mon coffret ou pas. Je sais que mon futur époux n'est pas du genre à partager volontairement des informations avec moi.

Mon futur époux. Voilà, c'est en train d'arriver.

– Je prends les contrats verbaux très au sérieux, assène-t-il en passant sa cravate sur ma joue, sans se départir de son sourire.

– Moi aussi.

Je déglutis en sentant sa main forcer mes doigts à s'ouvrir. La cisaille tombe au sol entre nous et il serre ma paume dans la sienne – sa version d'une poignée de main.

Nos deux cœurs battent ensemble. Rien à voir avec le rythme affolé qui a accompagné mon étreinte avec Angelo hier soir, quand nous étions enlacés dans l'alcôve sombre tels deux adolescents maladroits qui se cherchent lors de leur premier baiser. Là, je ressens du danger et de l'animalité. Une forme d'excitation. Comme s'il pouvait me déchirer de part en part, quel que soit le nombre de cisailles dont je m'armerais. Je m'oblige à me rappeler qu'il a couché avec Emily, hier, alors qu'il est fiancé avec moi. À garder à l'esprit ses paroles cruelles quand il pensait que j'avais couché avec Angelo, le soir où je présentais ma bague de fiançailles à toute la haute société de Chicago.

Il n'est pas mon partenaire de jeu. Il est mon monstre.

Wolfe lève nos mains jointes et les porte au niveau de mon menton. Fascinée, je braque les yeux sur sa grande main hâlée refermée autour de ma petite paume ivoire. De fins poils noirs parsèment ses doigts jusqu'aux phalanges, ses bras sont veineux, bronzés et puissants. Pourtant, étrangement, notre différence de taille ne paraît pas ridicule.

Le cœur battant la chamade, je regarde le sénateur Keaton incliner la tête, avant de sentir ses lèvres effleurer mon oreille.

– Maintenant, rangez le bazar que vous avez mis. D'ici à ce soir, on vous donnera un ordinateur portable neuf avec une connexion Wi-Fi et une brochure de l'université de Northwestern. Et avant la nuit, vous aurez goûté et dîné. Demain matin, après le petit déjeuner, vous répéterez quelques morceaux au piano et vous vous achèterez une robe qui séduira nos invités. Je me suis bien fait comprendre ?

C'est clair comme de l'eau de roche. Malgré tout, je choisis de m'écarter, de battre des cils et de lui répondre par l'un de ces sourires narquois qu'il apprécie tant. La situation n'étant pas à mon avantage question pouvoir, un peu de sarcasme ne me coûte rien. Or il se trouve que j'en ai à revendre.

Je le frôle en passant et sors à grandes enjambées, le laissant seul dans son dressing.

– Pour quelqu'un qui ne négocie pas, je trouve que vous êtes allé plutôt loin.

Il ricane dans mon dos et secoue la tête.

– Je vais vous enterrer, Némésis.

CHAPITRE 6

WOLFE

Je tire sur la nouvelle cravate jaune, la jette au sol.

Trop calme.

J'en prends une verte du portant, la passe autour de mon cou, avant de me raviser.

Trop guilleret.

J'en sors une noire en velours de soie et la pose contre ma chemise blanche.

Parfait.

Ma frustration sexuelle prend le dessus. J'arrive tout juste à marcher normalement sans penser à enfoncer ma queue dans la première bouche du voisinage. Ça fait des jours que je n'ai pas baisé et ma dernière rencontre avec une femme a été pour le moins terne, et c'est un euphémisme.

Comme on pouvait s'y attendre, Emily s'est révélée un coup aussi ennuyeux que magnifique. À peine plus réactive qu'un cadavre et dotée d'à peu près le même charme. Cela dit, à sa décharge, j'étais pour ma part plus concentré sur la rage que j'avais besoin d'évacuer que sur l'envie de rendre tout cela agréable pour elle ou moi. À la fin de ce moment pathétique, elle est même allée jusqu'à feindre un orgasme, et moi, j'ai été assez tordu pour faire mine de ne me rendre compte de rien.

Il m'a fallu une seconde, à l'instant où j'ai aperçu Francesca et le Bandini aux yeux bleus, pour me rendre compte que ces deux-là en étaient déjà aux préliminaires, qu'ils en soient conscients ou pas. Ses yeux à elle, même dans leur alcôve sombre, pétillaient d'une intensité telle que j'ai songé sérieusement à la traîner à travers la salle de réception pour la baiser sur la table du couple royal, en guise de châtiment. Seulement jouer les jaloux, c'est 1) contraire à ma nature et 2) tout sauf constructif en vue de mon objectif final. En plus, depuis quand je craque sur les adolescentes ? Bref, il aurait été contre-productif de gâcher leur dernier moment à deux. Si je salis, je ne pourrai pas m'attacher.

Alors, j'ai laissé Bandini salir pour moi.

Complètement.

Maintenant, voilà que Némésis me surprend en exigeant l'exclusivité. Je suppose qu'elle se rendra compte par elle-même, après des semaines de baise endiablée et impitoyable, que cet arrangement n'est pas dans son intérêt et qu'elle m'enverra vaquer à mes occupations avec la première maîtresse disponible. Kristen, évidemment, n'est plus une option, depuis qu'elle a tenté de faire fuiter la nouvelle de mes fiançailles avec Rossi. En conséquence de quoi, elle a été rétrogradée de journaliste senior à simple documentaliste. J'ai appelé son rédac chef et l'ai informé que la jolie blonde qu'il avait embauchée à sa sortie de Yale, dix ans plus tôt, couchait avec les mauvaises personnes.

Les personnes sur lesquelles elle écrivait.

Comme moi.

Nous sommes vendredi soir, jour de grande mascarade. Le ministre de l'Énergie, Bryan Hatch, vient dîner en compagnie de son épouse afin de discuter de son soutien à ma future campagne. J'ai six années pleines à servir en tant que sénateur, mais mon objectif est clair : la présidence. J'admets que c'est en partie la raison pour laquelle mademoiselle Rossi est aujourd'hui l'heureuse propriétaire de la bague de fiançailles la plus chère de tout l'État. Modifier mon image, abandonner celle du type qui a fourré sa queue dans assez de bouches pour faire taire une bonne moitié de la nation, au profit de celle du sauveur de la princesse de la pègre, cela ferait remonter ma cote de façon très avantageuse. Son éducation aristocratique est un avantage certain pour une Première dame. Sans parler qu'au passage je tuerais sans pitié le business de son père, malgré ma soi-disant affection pour mon épouse.

On m'introniserait martyr et jamais elle ne pourrait prouver que tout ça, c'est du flan.

Je noue ma cravate noire récemment achetée et fronce les sourcils face au miroir. Le dressing a été entièrement nettoyé et les affaires découpées remplacées. Je tapote le fond de mon tiroir, en quête de la photo encadrée que je regarde chaque fois que j'ai besoin de me rappeler d'où je viens et où je veux aller.

Elle n'y est pas.

Lentement, j'ouvre le tiroir jusqu'au bout. Non, la photo n'y est décidément pas. Soit Francesca l'a détruite, soit elle l'a emportée avec elle. Je parierais plutôt sur la première option, vu l'état dans lequel elle était après avoir découvert que j'avais baisé le dernier joujou en date de son petit ami. Elle s'attendait à quoi ? Qu'après l'avoir vue se frotter en public contre la queue d'un autre, j'allais lui tendre une capote ? Quoi qu'il en soit, elle est allée trop loin, là.

Je sors de ma chambre en trombe et me dirige vers l'aile est. Sterling me saute dessus dans le couloir, au sortir de sa propre chambre. Elle jette les bras en l'air en caquetant comme une poule qui a pondu.

– Votre fiancée est ravissante, sénateur Keaton ! Je suis impatiente que vous voyiez par vous-même sa beaut…

Je ne lui laisse pas le temps de terminer sa phrase, je la dépasse en mode bulldozer et fonce vers la suite de Francesca.

Sterling commence à me suivre, alors j'aboie :

– Reste ici, vieille sorcière.

J'ouvre d'un coup la porte de Némésis, sans frapper au préalable. Cette fois, elle a dépassé les bornes. Les vêtements et les cravates, ce n'était que de l'argent, sans grande importance dans l'ordre de l'univers. La photo, en revanche, elle n'a pas de prix.

Je trouve ma fiancée assise devant le miroir de sa table de toilette, vêtue d'une robe de velours noir ajustée – à croire que nous sommes sur la même longueur d'onde, et pas seulement dans notre envie de nous poignarder mutuellement –, une cigarette allumée glissée entre ses lèvres sensuelles. Elle bourre un pot de terre : oui elle jardine en plein milieu de sa chambre, dans une robe du soir Chanel.

Elle est folle.

Et c'est ma folle à moi.

Bon Dieu, dans quoi est-ce que je suis allé me fourrer ?

Je m'approche d'elle à grandes enjambées, lui ôte sa cigarette de la bouche et la casse en deux d'une main. Elle lève les yeux, bat des cils. Elle est fumeuse, encore une chose que j'abhorre chez elle et chez les gens en général. À ce stade, je commence à envisager d'apprendre à connaître cette fille rien que pour la détruire plus complètement. Même si j'ai décidé, le jour où j'ai demandé sa main, que je souhaitais ne rien savoir d'elle… hormis, peut-être, l'effet que me fera sa petite chatte chaude et trempée quand je m'enfoncerai en elle.

– Vous ne fumez pas à l'intérieur de ma maison, je gronde.

Ma voix exsude la fureur et ça me rend encore plus enragé. Je ne suis jamais en colère, jamais touché par rien et, par-dessus tout, je ne me soucie jamais de rien en dehors de ma personne.

Elle se remet debout en inclinant légèrement la tête, un sourire amusé aux lèvres.

– Vous voulez dire « notre » maison.

– Ne jouez pas avec moi, Némésis.

– Dans ce cas, n'agissez pas comme un jouet, Narcisse.

Elle est très en forme, aujourd'hui. Voilà ce que je récolte pour m'être assis à la table des négociations. Bien fait pour moi. Je la pousse contre le mur d'un geste rapide et lui siffle au visage :

– Où est la photo ?

Son expression passe de la gaieté à la crainte, le sourire satisfait s'évanouit sur ses lèvres pulpeuses. Je baisse le regard vers ses cils noirs recourbés. Ses yeux sont des billes. D'un bleu trop vif pour être vrai, et l'envie me prend de voir sa peau prendre la même teinte lorsque je l'étranglerai lentement pour la punir d'être si entêtée. Si j'avais deviné la migraine qu'elle me donnerait, j'aurais probablement résisté à la tentation de l'enlever à son bon vieux papa. Hélas, elle est mon problème, à présent, et je ne suis pas homme à m'avouer vaincu, et encore moins à me laisser dominer par une gamine.

Je m'attends à ce qu'elle joue l'ingénue – comme n'importe quelle femme faible le ferait –, mais Francesca choisit plutôt de me montrer sa force. Depuis notre petit pacte, j'en étais presque venu à croire qu'elle était raisonnable. Elle sort faire du cheval tous les jours et a visité Northwestern en compagnie de Smithy, mon chauffeur, de sa chieuse de bonne, Clara, et de sa cousine Andrea. Elles ont débarqué au manoir comme si elle venait visiter la Maison-Blanche. La cousine Andrea ressemble à une sœur Kardashian, avec ses extensions capillaires, son bronzage artificiel et ses vêtements trop moulants. Elle a la vilaine manie de faire des bulles de chewing-gum à la fin de ses phrases. On dirait que ça lui sert de ponctuation.

« Joli vase. » Paf. *« Elle est réglo, votre relation ? Parce qu'il est un peu vieux. »* Paf. *« Tu penses que tu pourrais organiser ton enterrement de vie de jeune fille à Cabo ? J'y suis jamais allée. »* Paf.

Sterling m'a dit que Francesca pratiquait son piano le matin, qu'elle mangeait trois repas par jour et qu'elle jardinait à ses heures perdues.

Alors j'ai cru qu'elle s'adaptait.

Je me suis trompé.

– J'ai cassé le cadre, répond-elle en levant un menton en signe de défi.

Décidément, elle est pleine de surprises, or aujourd'hui, j'ai particulièrement envie d'une soirée sans incident.

– Par accident, ajoute-t-elle. Je ne suis pas du genre à détruire par plaisir.

– Parce que moi, si ?

J'avale l'hameçon avec un sourire narquois. Ce qui m'inquiète surtout, c'est que les employés qui s'occupent du ménage aient jeté la photo dans son cadre cassé. C'était la dernière image que j'avais de nous ensemble. Mon univers tout entier encadré sous un verre bon marché. Ma fiancée a de la chance que je ne sois pas encore au-dessus des lois. Je pourrais briser son joli petit cou, là, tout de suite.

Elle m'adresse un sourire poli et froid.

– Bien évidemment.

– Dites-moi, Némésis, qu'ai-je brisé qui vous appartienne ?

Je la défie, les dents serrées, m'approchant plus près de son visage tout en la dominant de toute ma taille.

– Eh bien, mon cher fiancé, vous avez brisé mon cœur d'abord, et puis mon esprit.

Je m'apprête à répliquer quand Sterling frappe sur l'encadrement en bois de la porte, discrètement, avant de passer sa tête aux cheveux qui ressemblent à de la ouate par l'entrebâillement. C'est à cet instant seulement que je me rends compte de ma position, un genou entre les cuisses de Francesca, et que les deux femmes contemplent ledit genou, les yeux écarquillés. L'une depuis le seuil, l'autre les lèvres entrouvertes, les paupières lourdes. Je recule d'un pas.

Sterling déglutit.

– Monsieur, monsieur le secrétaire d'État et son épouse sont ici pour vous voir. Dois-je… dois-je leur indiquer que vous êtes occupé ?

Avec un rire moqueur, je secoue la tête et pose un dernier regard de dédain sur Francesca.

– Au contraire, je ne me suis jamais autant ennuyé de ma vie.

***

Je suppose qu'on peut dire que le dîner se passe bien, vu que Francesca et moi n'utilisons nos couverts que pour découper nos poires pochées et l'agneau aux herbes, plutôt qu'à nous écharper l'un l'autre.

Bryan et moi sommes assis face à face, à discuter de mes projets d'avenir avant même d'en arriver au plat principal, tandis que ma ravissante, ma sublime fiancée – selon les mots de Bryan, pas les miens – interroge sa femme sur ses fondations caritatives chiantes comme la mort, notamment son « Adopte un clown » pour les enfants hospitalisés et « Frères de tuyaux » – tuyaux au sens propre, ceux des pompiers. Bryan ne se remettra jamais de ce dernier nom choisi par son épouse. Francesca, en revanche, opine du chef et sourit alors même que je sais, sans l'ombre d'un doute, qu'elle s'ennuie à pleurer. Il ne lui manque que de s'entraîner à saluer la foule pour rivaliser avec Kate Middleton. Bizarrement – et ce n'est pas sans m'agacer –, je suis content d'elle. C'est d'autant plus étrange qu'elle a réussi à détruire la seule possession à laquelle je tenais dans ce grand manoir si cher et si inutile. *La photo.*

Je suis occupé à découper mon plat principal, un homard, en imaginant qu'il s'agit des membres de ma future femme, quand Galia Hatch lève la tête de son plat pour jeter un autre regard enthousiaste, limite dérangé, en direction de Francesca. Elle a les cheveux décolorés et laqués au point qu'ils forment comme de gros morceaux secs au sommet de son crâne et son visage contient tellement de plastique qu'on pourrait le confondre avec un Tupperware. Sans compter qu'il doit se trouver une sorcière médiévale, quelque part, qui attend qu'elle lui rende son affreuse robe noire.

– Oh, là, là, mais voilà, je sais pourquoi votre visage m'est aussi familier ! Vous étiez à la tête d'une œuvre de bienfaisance, vous aussi, très chère, non ? En Europe. En France, si je ne m'abuse ?

Elle heurte sa flûte de champagne de la pointe de sa fourchette, comme pour faire une annonce grandiloquente et ridicule.

Je suis sur le point de lui rétorquer, non sans mépris que si, si, elle s'abuse, que Némésis ne s'intéresse qu'aux chevaux, au jardinage et à Angelo Bandini. Pas nécessairement dans cet ordre-là. Seulement, les oreilles de ma fiancée rosissent et elle repose ses couverts sur son assiette à moitié pleine.

– En Suisse.

Sur quoi elle essuie la commissure de ses lèvres à l'aide de sa serviette pour en ôter quelque miette de nourriture inexistante.

Je m'arrête aussitôt d'écouter Bryan qui s'extasie sur un secrétaire d'État et tourne mon attention vers la conversation de ces dames. Francesca baisse les yeux et je laisse les miens dériver sur son décolleté. Ses seins laiteux sont serrés l'un contre l'autre dans un soutien-gorge étroit. Pas question que je détourne le regard dans un avenir proche. Quitte à mourir d'une explosion de testicule.

– C'était une organisation fascinante, braille Galia. Si je me rappelle bien, il était question de jardinage, non ? Vous nous aviez offert une visite des lieux, il y a deux ans. Pendant les mois qui ont suivi, je n'ai pas cessé de parler de l'adorable petite Américaine qui nous avait montré les jardins.

Mon regard remonte de la poitrine de ma fiancée à son visage. Sa rougeur s'intensifie. Son visage est plein de fraîcheur et de jeunesse même sous le maquillage léger qu'elle porte. Elle ne voulait pas que je sois au courant. Je ne vois pas pourquoi elle a jugé bon de me cacher cette information, si ce n'est la crainte que je me prenne effectivement d'affection pour elle si jamais j'avais vent de son penchant pour la philanthropie.

Pas de risque là-dessus, chérie.

– Saviez-vous que votre épouse était aussi mécène ?

Bryan hausse ses épais sourcils gris à mon attention quand il se rend compte que je ne l'écoute plus. Mais c'est maintenant le cas. Et, bien que Francesca soit dotée d'admirables qualités de Première dame, dont sa beauté, son esprit et sa capacité à distraire des femmes aussi bêtes que Galia – elle pousserait un âne à l'alcoolisme –, je suis en colère. Elle a officiellement prouvé qu'elle possédait plus de personnalité que nécessaire. Il est temps de couper les ailes de Némésis qu'elle a dans le dos.

– Naturellement.

Je jette ma serviette sur la table, signalant ainsi aux quatre domestiques plantés contre chaque mur de la salle à manger que le moment est venu de changer les assiettes et de passer au dessert. Francesca évite mon regard, elle doit percevoir mon irritation. Elle me devine plutôt bien, désormais. Autre élément à ajouter à la liste interminable des choses que je n'apprécie pas chez elle. Quand son pied trouve le mien sous la table et que son talon pointu cogne ma chaussure en guise de mise en garde, je me demande si je n'ai pas envie de revenir sur mon marché avec Arthur Rossi.

Sa fille n'est ni un jouet, ni une arme.

C'est un boulet.

– Nous cultivions des potagers autonomes dans des régions pauvres du pays, surtout les zones où l'on emploie des réfugiés et des migrants qui vivent dans des conditions très précaires, explique Nem en se calant contre le dossier de sa chaise.

Elle passe ses longs doigts fins dans son cou, tout en continuant d'éviter mon regard. Son talon remonte jusqu'à mon genou, puis vers l'intérieur de ma cuisse. Je repousse ma chaise avant qu'elle n'ait le temps de m'écraser les boules avec son stiletto.

Tu veux jouer à ça ? On sera deux.

– Tout va bien ? demande Galia à Francesca avec un sourire inquiet, car ma fiancée vient de porter la main à ses lèvres.

C'est que j'ai levé la jambe sous la table pour insinuer mon talon entre ses cuisses. Sa réaction est instinctive, comme si elle avait oublié quelque chose sur ces lèvres-là, et j'ai moi-même une réaction instinctive identique, quand mon sexe se dresse, comme pour lui dire : « Oui, Némésis, c'est moi, ce qui manque à ta bouche. »

Ce baiser, sur les marches du musée, il avait le goût d'un premier baiser. Mais après qu'elle s'est vantée d'avoir couché de nombreuses fois avec Angelo, et sans doute avec la moitié de l'Outfit, j'en ai conclu que ma future épouse était juste très douée pour les baisers. Si je parvenais à éveiller le même dégoût sur son visage en reposant les lèvres sur les siennes, je réussirais à me rappeler la garce froide qui ressemble tant à son connard de père.

– J'ai besoin d'une cigarette.

Avec un sourire d'excuse, elle repousse sa chaise et soulage son entrejambe de mon pied qui, sans doute, appuyait fort sur son clitoris.

– Une bien vilaine habitude pour une si jolie fille, commente Galia en plissant le nez.

Elle n'allait pas rater cette occasion de prendre de haut une compagne plus jeune et plus jolie.

Il se trouve que je l'aime vilaine, ma fiancée, j'ai envie de cracher, mais évidemment je garde ma réplique injustifiée pour moi. Fumer est effectivement un vice, or les vices sont des faiblesses. Je n'autorise ni les uns ni les autres dans ma vie. Je bois pour mon plaisir et je contrôle la quantité, la qualité et la fréquence de façon stricte. Autrement, je ne consomme pas de *junk food*, je ne joue pas, ne fume pas, ne me drogue pas, je ne m'adonne même pas à *Best Fiends* ou à *Candy Crush*.

Zéro addiction. Hormis celle de faire le malheur d'Arthur Rossi, bien sûr. Ça, je ne m'en lasse pas.

Francesca s'éclaircit la gorge.

– Puis-je vous laisser quelques minutes ?

J'agite la main dans un geste impatient.

– Fais vite.

Au dessert, que Bryan et moi ne touchons pas alors que Galia le dévore dans sa totalité et en redemande même une portion, je remarque que Francesca prend deux bouchées du sien avant de déclarer que c'est absolument délicieux, mais qu'elle est rassasiée (ce pensionnat privé où ils l'ont envoyée a été un très bon investissement, décidément). Après quoi, nous passons au salon avec nos verres pour écouter ma future épouse jouer du piano. Étant donné que Nem a dix-neuf ans, c'est presque un bébé dans le monde où j'évolue, il est essentiel de montrer qu'elle est bien élevée, capable de parler d'une voix calme et posée et qu'elle est destinée à intégrer l'aristocratie américaine.

Nous nous asseyons tous les trois sur les canapés moelleux tournés vers le piano et elle prend place devant l'instrument. La pièce, circulaire, est entièrement meublée d'étagères couvertes de livres en guise de murs. C'est toujours ma touche finale, quand je reçois des collègues et des pairs, mais avoir une épouse capable de jouer de cet instrument, c'est encore plus impressionnant.

Francesca arrange sa robe sur le siège avec une précision admirable, son dos raide comme une flèche, son cou long et délicat, véritable appel au crime. Ses doigts flottent au-dessus des touches, ils flirtent avec, les effleurent. Elle prend le temps d'admirer la pièce dont j'ai hérité de mes parents. Feu les Keaton étaient à fond dans la musique classique. Ils m'ont supplié d'apprendre à jouer du piano jusqu'au jour de leur mort.

Bryan et Galia retiennent leur souffle, les yeux rivés sur ce que je n'ai d'autre choix que de regarder moi-même. Ma fiancée, si douloureusement belle dans sa robe de velours noire, ses cheveux emprisonnés dans un chignon à la française, ses jolis yeux braqués avec un air d'adoration sur l'antique piano, qu'elle caresse du bout des doigts, un sourire enchanté aux lèvres. À mon grand déplaisir, elle est bien plus qu'un simple pion d'ivoire, qui serait aussi cher que magnifique, mais inutile et immobile. Elle est un être vivant, avec un pouls que l'on sent battre à l'autre bout de la pièce et, pour la première fois depuis que je l'ai enlevée à son père, je regrette amèrement ma décision. Non seulement à cause de la photo, mais parce qu'elle ne va pas être facile à apprivoiser. Or la difficulté, je l'ai constaté depuis mon plus jeune âge, me déplaît souverainement.

Elle commence à jouer du Chopin. Ses doigts se déplacent avec grâce, mais c'est son expression qui la trahit. L'intense plaisir que la musique lui procure m'hypnotise autant qu'il me fait enrager. On dirait qu'elle jouit, la tête renversée en arrière, les paupières closes, les lèvres qui fredonnent la musique en silence. Elle pourchasse les notes avec ses lèvres.

Je m'agite sur mon siège, tourne la tête à gauche vers les Hatch et la pièce rétrécit, s'échauffe à mesure que la musique résonne entre les murs. Galia sourit tout en opinant du chef, sans se douter de l'érection de son mari, de la taille d'un bras. Jusqu'à présent, je n'avais pas de problème avec Bryan Hatch. En fait, je l'appréciais plutôt, malgré son incapacité à s'occuper ne serait-ce que d'un poisson rouge, alors encore moins d'un cabinet ministériel. Cette scène, en revanche, change la manière dont je le perçois.

Mes affaires m'appartiennent.

On ne les admire pas.

On ne les désire pas.

On ne les touche pas.

Soudain, le besoin irrépressible de gâcher le moment de gloire de la jeune fiancée se fait écrasant, presque violent. Ma fiancée provocante, qui a eu le culot de baiser un autre homme le soir où je la présentais à mes collègues et à mes pairs, après lui avoir passé une bague de fiançailles au doigt qui avait coûté plus cher que la maison de certaines personnes, elle va payer, je m'en fais le serment.

Serein et très, très suffisant, je porte mon verre de whisky à mes lèvres, me lève et m'approche de Francesca. Vu que je suis dans son dos, elle ne me verrait pas, même si elle ouvrait les yeux. Ce qu'elle ne fait pas, plongée dans sa transe d'art et de sensualité. Elle exsude le désir, sous les yeux de nos invités qui n'en perdent pas une miette. Il va falloir que je marque les esprits, les leurs et le sien.

À chacun de mes pas, le morceau que jouent ses doigts gagne en puissance et en émotion. Il atteint son apogée juste au moment où, derrière elle, je plante un premier baiser léger sur son omoplate, provoquant la brusque ouverture de ses yeux et le sursaut de surprise de tout son corps. Elle garde les doigts sur le clavier, continue de jouer, mais le reste de son corps frémit tandis que mes lèvres caressent son cou chaud et doux, s'enfoncent dans le creux derrière son oreille pour y déposer un autre baiser séducteur.

– Joue, Némésis. Tu nous offres un sacré spectacle, à jouir comme ça sur mon vieux piano. Tu es prête à te mesurer à la performance d'Emily ?

Je sens sa peau irradier de chaleur, frissonner de passion, et mes lèvres reprennent leur chemin sur son épaule. Je mords sa chair alléchante, j'enfonce les crocs dans sa peau fine, devant nos invités, faisant preuve d'un manque terrible de self-control qui me donne envie de me frapper moi-même.

Francesca rate ses notes, ses doigts cafouillent sur les touches, comme perdus. La voir ainsi perturbée me procure un plaisir inouï. Je me redresse, me retire de la brume tiède de son corps. Je m'attends à ce qu'elle cesse de jouer, mais elle replace ses doigts sur le piano, prend une profonde inspiration pour se calmer et entame *Take Me to Church* de Hozier. Je comprends aussitôt qu'il s'agit d'une invitation à l'embrasser à nouveau.

Je baisse les yeux. Elle lève les siens. Nos regards se croisent. Si c'est ainsi qu'elle réagit à quelques chastes baisers dans le cou, quel genre de réaction peut-elle avoir au lit ?

Arrête de penser à elle au lit, espèce d'imbécile.

Je replonge, effleure son cou de la pulpe de mon pouce en enfouissant le nez dans son creux.

– Ils voient comme tu mouilles pour moi. Ça les excite.

– Seigneur, siffle-t-elle entre ses dents serrées.

Elle recommence à s'embrouiller dans les notes. Je préfère ce morceau sous ses doigts. Il est moins parfait. Plus approchant de ce que je souhaite plus que tout : son échec.

– Et ça m'excite aussi.

– Ne faites pas ça, souffle-t-elle.

Sa respiration courte et saccadée fait monter et descendre sa poitrine sur un rythme rapide. Pourtant, elle n'a toujours pas fait la chose la plus simple qui soit : me dire d'arrêter.

– Ils peuvent regarder tout leur soûl. Tu n'es pas la seule exhibitionniste de la maison, Nem, je la taquine.

– Wolfe…

C'est la première fois qu'elle dit mon nom. À moi, du moins. Un autre mur tombe entre nous. Que je voudrais remonter aussitôt, mais cette envie est pourtant moins forte que celle de lui faire mal pour être allée au-delà de mes attentes.

– S'il te plaît, ne jouis pas sur mon piano. Ça ferait vraiment très mauvaise impression devant nos invités. D'autant que tu devrais nettoyer le siège avec ta langue ensuite.

Elle enfonce plus fort les doigts sur les touches, juste au moment où nos invités se lèvent d'un bond derrière nous, comme obéissant à un ordre d'un metteur en scène. J'ai rendu la scène assez inconfortable pour tous les occupants de la pièce et le message vient enfin de leur parvenir : qu'ils se retirent dans leur chambre et cessent de baver sur ma fiancée. Le secrétaire d'État Hatch, avec son érection, et madame Hatch, avec ses œuvres caritatives au nom impossible et ses cheveux anormalement raides, nous font leurs adieux pour la nuit.

– Quelle soirée, soupire Galia derrière nous en rajustant sa robe à nombreux pans sur sa silhouette dodue.

J'épargne à son époux l'humiliation de me retourner et d'attraper à pleine main l'érection qui tend sa braguette. Francesca ne mérite pas que j'abîme ma relation de travail avec lui.

– Une charmante soirée, ajoute-t-il en se raclant la gorge, la voix encore rauque de désir.

– Chérie, souhaite bonne nuit à nos invités, j'ordonne, les yeux baissés sur ma future femme et toujours dos à eux.

– Bonne nuit, murmure Francesca, sans se retourner non plus puisque j'ai encore le visage enfoui dans le creux de son épaule.

Sitôt que la porte se referme sur eux, elle bondit de son siège. Je prends la direction de la porte au même instant, peu désireux de me chamailler avec une adolescente trop bavarde.

– Aile ouest, je lance en lui tournant le dos.

– Je vous déteste tellement.

Elle a haussé la voix, mais elle reste ferme et défiante. Elle ne tape pas du pied ni n'essaie de me pousser comme l'a fait Kristen. Elle a découpé tous mes vêtements, sans pleurer comme une fillette.

Je lui referme la porte au nez et m'éloigne. Elle ne mérite pas une réponse.

Dix minutes plus tard, je suis dans ma chambre en train de dénouer ma cravate. Ayant déjà bu mon quota journalier d'alcool, je m'en tiens à siroter de l'eau en observant la rue principale par ma fenêtre. J'entends les talons de ma fiancée claquer sur le sol dans le couloir. Peu après, une odeur de fumée de cigarette se faufile jusqu'à mes narines. Elle essaie de me signifier qu'elle ne se pliera pas à mes règles domestiques. Seulement, en allumant cette cigarette, elle joue avec un feu bien plus important. Elle croit qu'on est sur un pied d'égalité ? Je suis sur le point de lui donner une bonne leçon d'humilité. Et contrairement à son dessert, je vais la lui faire avaler en entier, jusqu'à ce que le message soit clair.

Je m'apprête à entrer dans mon dressing pour me changer quand ma porte s'ouvre brusquement.

– Comment avez-vous pu ! crache-t-elle, les yeux tellement plissés qu'on distingue à peine leur couleur unique.

Elle a une cigarette allumée entre les doigts. Elle marche sur moi, mais à pas mesurés, dignes d'un défilé de mode.

– Vous n'aviez aucun droit de me toucher. Aucun droit de dire ces choses sur mon corps.

Je lève les yeux au ciel. Tester les limites, c'est très puéril de sa part.

Mais je ne supporte pas les menteurs, or, à l'entendre, on croirait bien qu'elle est la Sainte Vierge qui n'a pas touché mon sexe avec son talon et n'a pas non plus failli jouir quand j'embrassais son épaule, il n'y a pas si longtemps.

– À moins que tu ne sois venue pour me sucer, je te prie de quitter ma chambre. Je détesterais devoir appeler la sécurité pour te faire évacuer temporairement dans un hôtel, mais je m'y résoudrais si besoin.

– Wolfe !

Elle me donne un coup sur le torse, perd l'équilibre. Je suis déjà énervé à cause de la photo, la perte du seul bien matériel auquel je tenais. Je ne réagis pas. Elle me pousse à nouveau, plus fort. *Une adolescente*, je songe avec amertume. *De toutes les femmes de Chicago, tu vas épouser une adolescente.*

Je repêche mon téléphone dans ma poche et appuie sur la touche qui me relie directement à mon garde du corps. Elle écarquille les yeux et tente de m'arracher l'appareil des mains. Je lui saisis le poignet pour la repousser.

– Qu'est-ce que…

– J'ai dit que je te jetterais dehors. Je n'ai pas parlé en l'air.

– Pourquoi ?

– Parce que tu es perturbée et excitée, et que tu me tapes sur les nerfs. La seule raison pour laquelle tu es dans ma chambre, c'est que tu as envie de sexe. Sauf que tu détesterais coucher avec moi. Et vu que je ne suis pas du genre à forcer une femme, je n'ai aucune envie de t'écouter piquer ta crise pendant une demi-heure avant que tu comprennes.

Elle grogne mais ne dit rien. Elle rougit. Tire sur sa cigarette. Elle a des lèvres faites pour torturer les grands garçons. Ça, j'en suis sûr.

– Dehors !

– C'était la photo de qui ?

La question sort de nulle part.

– Ce ne sont pas tes affaires. Tu as vu qui venait ranger ma chambre ?

Je fais appel à une entreprise de professionnels qui passent trois fois par semaine. Ils n'ont pas pour habitude de jeter quoi que ce soit, mais la photo était probablement enterrée sous une montagne de vêtements. *Encore une chose qu'elle a bousillée.* Évidemment, Francesca n'est pas du genre à ranger son bazar. Elle a reçu l'éducation d'une princesse. Nettoyer derrière elle, ce n'est pas un concept qui lui est familier.

– Non, répond-elle, les yeux baissés, en se rognant l'ongle du pouce.

Elle éteint sa cigarette dans mon verre d'eau *(Je vais la tuer)* et me regarde droit dans les yeux.

– Et je sais parfaitement pourquoi je suis ici.

– Ah oui ?

Je hausse un sourcil, feignant d'être intéressé.

– Je suis venue vous dire de ne plus jamais me toucher.

– Et comme par hasard, tu es venue ici m'apprendre cette nouvelle vêtue d'une nuisette qui couvre à peine tes seins et dévoile entièrement tes jambes.

Je regarde à nouveau par la fenêtre, car la regarder m'est soudain insupportable. Je l'aperçois à la limite de mon champ de vision : les yeux baissés, elle a l'air surpris d'avoir déjà enfilé sa nuisette bleu pâle. Quel bordel, cette fille. J'en ai rencontré, des femmes, dans ma vie, et de tous les modèles. Mais jamais une qui soit aussi déterminée à me séduire, pour reculer aussitôt que je montre le moindre signe d'intérêt.

– Bien.

Je me passe le pouce sur les lèvres tout en contemplant le quartier parfaitement entretenu avec indifférence.

– Bien ?

– Oui. Tu m'as l'air d'être d'un profond ennui au lit, de toute manière.

– Je préfère être ennuyeuse que psychopathe.

– L'humiliation te va bien au teint, Némésis. Maintenant, file, je lui ordonne sèchement en faisant glisser ma cravate.

Je suis son reflet dans ma vitre quand elle se dirige vers les portes, s'immobilise, les mains sur les poignées, et se retourne vers moi. Je l'imite pour croiser son regard.

– Vous savez comment j'ai su que vous n'étiez pas Angelo quand on s'est embrassés ? Pas à cause de votre taille ou de votre odeur. Mais parce que vous aviez un goût de cendre. De trahison. Vous, sénateur Keaton, vous avez le goût amer et froid du poison. Vous avez le goût du scélérat de l'histoire.

C'en est trop. À grandes enjambées, je m'approche d'elle, trop vite pour qu'elle ait le temps de réagir, j'enfonce une main dans ses cheveux et pose la bouche sur la sienne pour la faire taire. De ma main libre, je lui passe ma cravate dans la nuque et l'attire vers moi pour nous lier l'un à l'autre. En un baiser long et violent. Nos dents s'entrechoquent, sa langue chasse d'abord la mienne tandis que je plaque son petit corps contre mes portes, souriant à la pensée qu'elle a les poignées rondes enfoncées dans le dos. La façon dont ses lèvres bougent contre les miennes me confirme qu'elle est une menteuse, et son bassin qui se cambre contre le mien corrobore mon impression qu'elle a l'envie irrésistible d'être baisée – c'est juste l'idée de me céder qu'elle n'aime pas. Je resserre mon étreinte sur sa nuque, approfondis notre baiser. Elle est étourdie, je le sais à la manière dont ses mains remontent le long de mon torse pour venir se poser sur mes joues et m'attirer plus près d'elle. Exactement comme elle l'a fait avec Angelo au mariage. C'est d'ailleurs comme ça que je les ai surpris en sortant des toilettes. Ses mains sur les joues de l'autre. En un instant, son geste passe de passionné à intime. Elle tire la cravate entre nous, gémit contre ma bouche malgré elle. Je me recule aussitôt.

Notre histoire n'a rien à voir avec de l'amour.

– Va-t'en, j'aboie.

– Mais…

Elle cille.

– Va-t'en ! (J'ouvre les portes et attends qu'elle s'enfuie.) J'ai exposé mon point de vue. Tu as exposé le tien. J'ai gagné. Casse-toi, Francesca.

– Pourquoi ?

Ses yeux s'écarquillent. Elle est plus gênée que vexée, à en juger par la façon dont elle croise les bras devant sa poitrine pour cacher ses tétons pointés sous sa nuisette. Elle n'a jamais été rejetée. C'est sa fierté, pas ses sentiments, qui a été blessée.

Parce que tu aimes un autre homme et que tu essaies de faire semblant que je suis lui.

Je lui adresse un sourire sardonique, une tape sur les fesses et une petite poussée pour l'aider à franchir le seuil.

– Tu as dit que j'avais le goût du scélérat, mais toi, tu as le goût de la victime. Alors sauve ce qui reste de ton estime de toi et file.

Sur quoi je lui claque la porte au nez. Et je fais volte-face.

J'attrape le verre d'eau dans lequel nage son mégot de cigarette. Et le jette par la fenêtre.

CHAPITRE 7

FRANCESCA

Mes parents ne se battront pas pour ma liberté.

Ce constat aurait dû me frapper plus tôt, mais je continuais à me raccrocher à cet espoir comme au rebord d'une falaise. Impuissante, imbécile, humiliée.

J'appelle ma mère le lendemain matin du soir où Wolfe m'a chassée de sa chambre, pour lui parler des SMS que j'ai reçus d'Angelo et des événements de la veille. Des taches rouges constellent mon visage et mon cou de façon irrégulière. Une honte terrible me ronge les tripes quand je pense à mon comportement irréfléchi. Certes, nous sommes fiancés et promis à nous marier, mais nous ne sommes pas un couple. Pas vraiment. En théorie, ce n'était qu'un baiser. Seulement je sais qu'il y avait bien plus que ça. Des contacts. Des frottements. De l'avidité. Des sentiments que je suis incapable de nommer – bien loin de l'amour, et pourtant si proches de l'affection que c'en est déstabilisant.

En apprenant, pour les messages d'Angelo, ma mère me réprimande d'envisager d'y répondre. « Tu es fiancée, Francesca. S'il te plaît, comporte-toi enfin comme une femme promise à un homme. » Et quand mon visage devient si brûlant de honte que je le crois sur le point d'exploser, elle ajoute mon père à notre conversation. Ensemble, ils m'informent avec un certain tact qu'Angelo est censé assister bientôt à un mariage, avec Emily comme cavalière officielle, à quoi mon père ajoute qu'ils formaient un très joli couple aux noces du fils Bishop. C'est une vraie révélation : je comprends que non seulement mon père ne compte pas exiger mon retour à la maison, mais que je ne souhaite peut-être pas qu'il le fasse. La seule différence entre le monstre qui m'héberge en ce moment et celui qui m'a donné naissance, c'est que le premier ne fait pas de promesses en l'air ni ne fait semblant de tenir à moi.

On dit qu'il vaut mieux connaître le danger qu'on doit affronter, mais je ne sais plus vraiment qui est mon père. Apparemment, ses affections dépendent des circonstances et je suis censée répondre sans broncher à toutes ses attentes.

L'humiliation de la nuit dernière, couplée au fait que ma mère a changé de discours par rapport à hier et que mon père tient à ce que je fasse plaisir à Wolfe, me donne des envies de rébellion.

– Je suis sûre qu'ils forment un très joli couple, papa. Et je suis ravie à la perspective de voir Angelo, qui me parlera lui-même de sa relation avec Emily.

J'examine mes ongles en deuil d'un air nonchalant, comme si mes parents pouvaient me voir. J'arpente le jardin, interrompant brièvement mes rempotages et autres fertilisations de radis. Le nez baissé vers un livre d'histoire aussi épais que les verres de ses lunettes, madame Sterling fait semblant de lire dans le pavillon non loin de moi, mais je sais bien qu'elle m'écoute. En réalité, je me suis rendu compte qu'elle épie tout le monde dès qu'on ouvre la bouche dans cette maison – femmes de ménage, jardiniers et livreurs d'UPS inclus. Je serais surprise d'apprendre qu'elle ne nous a pas entendus nous embrasser, puis nous disputer, avant que Wolfe me vire de sa chambre.

Mes joues s'échauffent rien que de repenser à hier soir. Le sénateur Keaton n'a pas encore quitté ses quartiers ce matin, depuis qu'il a raccompagné ses invités jusqu'à son jet privé alors que je dormais encore. Ne pas le revoir du week-end me satisferait entièrement ; même du mois ou de toute ma vie.

– Comment ça ? demande mon père.

– Eh bien, papa, j'ai d'excellentes nouvelles : mon nouveau fiancé a décidé de m'envoyer à la fac. À Northwestern, s'il te plaît. J'y suis déjà allée pour une visite et je remplis mon dossier de candidature aujourd'hui. Il s'est montré d'un soutien très appréciable.

Je remarque non sans plaisir que mes paroles étirent discrètement les lèvres de madame Sterling, qui a les yeux rivés sur la même page depuis de longues minutes. Mon père est au courant qu'Angelo aussi a postulé pour un master à Northwestern, je n'ai aucun doute là-dessus. C'est loin d'être un imbécile.

Il y a quelques jours, je me plaignais à haute voix dans le jardin que j'avais besoin de pots et d'un nouvel arrosoir. Le lendemain, du matériel neuf m'attendait dans l'appentis. Sterling est peut-être une fouineuse, mais elle est loin d'être aussi mauvaise que mon futur époux.

– Il m'a même exprimé son soutien dans mon projet d'entreprendre une carrière. Maintenant, il ne me reste plus qu'à décider ce que j'ai envie de faire. Peut-être avocate, voire policière.

La dernière touche est quelque peu lourdingue, j'avoue. Mon père déteste les avocats et les flics plus encore que les agresseurs d'enfants et les athées. Avec toute la rage illogique qui bout dans ses veines.

Je suis le jouet de mes parents depuis si longtemps que couper les liens a le goût de la peur et de l'interdit. J'ai porté de longues jupes et des robes que je détestais profondément parce qu'ils les appréciaient. Je suis allée à la messe le dimanche malgré l'hostilité des autres filles, parce que j'avais de plus beaux vêtements et des chaussures plus élégantes. Je me suis même interdit d'embrasser des garçons, pour me plier aux diktats sévères de mes parents.

Et qu'est-ce que ça m'a rapporté ? Mon père m'a vendue à un sénateur. Et ma mère, en dépit de sa profonde tristesse et de sa déception, n'a rien fait pour s'y opposer. En revanche, elle ne m'a pas non plus découragée de suivre la même route qu'elle.

Elle ne veut pas que j'étudie et que j'aie un boulot.

Elle veut que je sois aussi prisonnière qu'elle.

– C'est une blague ? (Mon père s'étrangle avec sa boisson à l'autre bout du fil.) Ma fille ne travaillera pas, crache-t-il.

– Ton futur gendre ne semble pas partager ton opinion, je reprends sur un ton guilleret, oubliant momentanément ma haine pour Wolfe.

– Francesca, tu as l'éducation, la beauté et la richesse. Tu n'es pas née pour travailler, *vita mia.* Tu disposes déjà de la fortune de ta famille, et tu deviendras encore plus riche en épousant un Keaton, s'exclame *mama*.

Je ne savais même pas que les Keaton existaient, avant cette affaire. Je n'ai jamais songé à questionner quiconque sur sa fortune, encore moins mon futur époux, puisque l'argent est la dernière chose qui m'importe.

– Je vais aller à l'université. À moins…

L'idée est folle, mais elle se tient. Un sourire malicieux effleure mes lèvres et je croise le regard de madame Sterling à travers le jardin. Elle m'adresse un hochement de tête bien visible.

– Quoi ? aboie mon père.

– À moins que tu ne m'expliques pourquoi tu as donné ma main à Wolfe. À ce moment-là, je pourrais consentir à ne pas y aller.

Surtout parce que, alors, je comprendrais tout. Je doute fort d'être en mesure de changer mon destin à ce stade, en revanche je tiens à savoir contre quoi il m'a échangée, histoire de déterminer si je peux envisager de m'enfuir.

Mon père lâche un petit ricanement et sa voix glaciale me transperce.

– Je ne discute pas affaires avec une femme, et encore moins ma fille.

– C'est quoi, le problème d'être une femme, papa ?

Parce que toi, tu t'es comporté comme une fillette, le jour où tu m'as donnée à Wolfe Keaton.

– Nous jouons des rôles différents, lâche-t-il sèchement.

– Et mon rôle, à moi, c'est de faire des bébés et d'être jolie ?

– Ton rôle est de poursuivre la lignée de ta famille et de laisser le dur labeur aux gens qui en ont besoin.

– Si je t'écoute, je croirais presque que tu ne me considères pas comme ton égale.

L'appareil coincé entre mon oreille et mon épaule, j'enfonce mon déplantoir dans la terre, tout en m'épongeant le front.

– Parce que tu n'es pas mon égale, ma chère Frankie.

Fin de la communication.

Je plante vingt pots de fleurs, ce jour-là. Puis je rentre dans ma chambre, prends une douche et entreprends de remplir mon dossier de candidature à Northwestern. J'opte pour « Science politique » et « Droit » comme matières principales. En toute honnêteté, j'ai toujours pensé que mon cœur allait vers le jardinage, mais vu que mon père m'énerve au plus haut point, lui flanquer mes études au visage vaut bien la peine de m'envoyer des années et des années à bûcher des matières dont je doute qu'elles m'intéressent beaucoup. L'attitude est mesquine, mais je vais y gagner en culture ; c'est une bonne chose.

Penchée sur mon bureau de chêne, je perçois un changement dans l'atmosphère. Pas besoin de lever la tête, je sais de quoi il s'agit. Mon fiancé est là, venu prendre des nouvelles de sa prisonnière.

– Tu as ton premier essai de robe demain. Va te coucher.

Du coin de l'œil, je vois qu'il n'est pas en costume. Il porte un tee-shirt col en V blanc qui met en valeur son bronzage, son corps mince mais musclé, et un jean sombre bas sur les hanches. Il ne ressemble pas du tout à un sénateur, ne se comporte pas comme un politicien et le fait que je n'arrive pas à le ranger dans une case me perturbe.

– Je suis en train de remplir mon dossier de candidature pour Northwestern.

Je sens la chaleur enflammer à nouveau mon visage et mon cou. Pourquoi ai-je la sensation qu'il m'a plongée dans un bain de feu liquide chaque fois qu'il a les yeux posés sur moi ? Et comment y remédier ?

– Tu perds ton temps.

Je relève vivement la tête et lui accorde le contact visuel qu'il recherchait.

– Vous avez promis, je gronde.

– Et je m'y tiendrai.

Il pousse la porte et s'avance vers moi.

– Tu n'as pas besoin de remplir de candidature. Mes employés se sont déjà occupés de ça. Tu es sur le point de devenir une Keaton.

– Et les Keaton sont trop bien pour remplir un dossier de candidature à l'université ?

J'ai toutes les peines du monde à ne pas lui crier dessus.

Il ramasse les documents sur mon bureau, les froisse et les jette en boule dans la poubelle près de mon bureau.

– Tu pourrais bien dessiner des bites partout sur ta feuille qu'ils te prendraient quand même.

Je bondis de ma chaise et mets une distance indispensable entre nous. Je ne peux pas risquer un autre baiser. Mes lèvres continuent de me picoter à la pensée de la manière dont il m'a rejetée.

– Comment osez-vous ! je tonne.

– Tu poses souvent cette question, on dirait. Tu ne voudrais pas changer un petit peu de disque ?

Il enfonce une main dans la poche avant de son jean et prend mon téléphone sur le bureau, faisant défiler les informations du pouce d'un air nonchalant. Mes parents m'ont interdit d'avoir un mot de passe. Quand ma mère m'a rendu mon portable, protéger ma vie privée était le cadet de mes soucis, vu qu'on m'en avait volé la majeure partie.

– Vous faites quoi ? je lui demande, d'une voix mêlant un calme irréel et une touche de surprise.

Il a toujours les yeux rivés à l'écran.

– Vas-y. Repose-moi la question : comment j'ose, c'est ça ?

La sidération me vole mes mots. Ce type est un sauvage en costume. Il passe son temps à me titiller et à m'agacer. Mon père est un salopard borné, mais cet homme-là… Cet homme-là, c'est le diable qui visite mes rêves chaque nuit. C'est l'enfer caché sous un masque de paradis farouche. Il est le feu. Magnifique pour les yeux, mortel au toucher.

– Rendez-moi mon téléphone immédiatement.

Je tends ma paume ouverte dans sa direction. Il agite la sienne dans un geste désinvolte, sans cesser de lire mes textos. Ceux d'Angelo.

– Vous n'avez pas le droit.

Je me jette sur lui, bras tendus pour atteindre mon téléphone. Il lève le sien, m'attrape par la taille de sa main libre, capture mes deux poignets et plaque mes deux mains contre son tee-shirt, au niveau du bas du ventre.

– Bouge et tu constateras quel effet me fait ta colère. Petit indice amical : ça me plaît bien plus que tu ne le voudrais sans doute.

Une partie de moi brûle de le défier, qu'il baisse mes mains. Jamais je n'ai touché un homme à cet endroit-là et l'idée m'excite. Ma vie est déjà en ruine. Ma morale est bien la dernière chose à quoi je vais me raccrocher et, franchement, mes doigts sont fatigués de se retenir.

Alors je me débats ; il affiche un sourire satisfait, tout en continuant de compulser mes SMS, tandis qu'il resserre son étau autour de mes poignets. En revanche, il ne respecte pas sa promesse de poser mes mains sur sa virilité.

– Tu comptes répondre à ton petit chéri ? demande-t-il comme si on faisait la conversation.

– Cela ne vous regarde pas.

– Tu es sur le point de devenir ma femme. Tout ce qui te concerne me concerne. Surtout s'il s'agit d'un garçon aux yeux bleus et au sourire qui ne m'inspire aucune confiance.

Il lâche mes mains, empoche mon téléphone et incline la tête pour m'observer de son air méprisant. J'ai envie de pleurer. Après l'humiliation d'hier, non seulement il ne s'est pas excusé mais voilà qu'il me nargue par deux fois aujourd'hui : en jetant ma candidature à la poubelle et en lisant mes messages.

En plus, il me confisque mon téléphone comme si j'étais sa fille.

– Mon portable, Wolfe. Donnez-le-moi.

Je recule d'un pas. J'ai tellement envie de lui faire mal que j'ai des difficultés à respirer. Il me toise, calme et tranquille.

– Seulement si tu effaces Bandini de tes contacts.

– C'est un ami d'enfance.

– Par curiosité, tu baises avec tous tes amis d'enfance ?

Je lui adresse un sourire mielleux.

– On a peur que je m'enfuie pour aller recoucher avec Angelo ?

La pointe de sa langue sort pour lécher sa lèvre inférieure dans un mouvement inquiétant.

– Moi ? Non. Mais lui, il devrait. À moins, bien sûr, qu'il n'ait envie de se faire couper la queue.

– Vous parlez comme un mafieux, pas comme un futur Président, je lui lance, le menton relevé.

– Ce sont deux postes d'extrême pouvoir, mais exercés différemment. Tu serais surprise de tout ce qu'ils ont en commun.

– N'essayez pas de vous justifier !

– N'essaye pas de combattre ton destin ! Tu ne sers pas la cause de ton père. Même lui, il veut que tu te soumettes.

– Comment savez-vous ça ?

– L'une de ses propriétés du Magnificent Mile a brûlé ce matin. Cinquante kilos de cocaïne en provenance directe d'Europe : pfft ! Partis en fumée. Il ne peut pas prendre contact avec l'assurance tant qu'il n'a pas nettoyé les preuves et, s'il attend, ils sauront qu'il a maquillé la scène. Bref, il vient de perdre des millions.

– C'est vous, je l'accuse, les paupières plissées.

Il hausse les épaules.

– La drogue tue.

– Vous avez fait ça pour qu'ils me rappellent à l'ordre.

Il éclate de rire.

– Chérie, au pire, tu es pénible, mais tu ne vaux absolument pas de prendre ce genre de risques.

Avant de le gifler, voire pire, je sors en trombe, ma colère formant comme une ombre derrière moi. Je ne peux pas quitter la maison, n'ayant ni voiture ni nulle part où aller, mais je veux disparaître. Je cours m'enfermer dans le pavillon du jardin, où je m'effondre. À genoux, j'éclate en sanglots.

Je n'en peux plus. Mon père est un tyran et Wolfe s'acharne à détruire ma famille comme ma vie. C'est trop. Je pose le front contre le bois froid du banc, continuant à pleurer en silence à mesure que toute énergie et toute colère s'échappe de mon corps.

Une main apaisante me caresse le dos. J'ai peur de me retourner, alors même que je sais au fond de moi que Wolfe ne viendrait jamais jusqu'ici pour me réconforter.

– Vous avez besoin de vos gants ?

C'est madame Sterling et sa voix douce comme le coton. Je secoue la tête entre mes bras.

– Vous savez, il est tout aussi perdu et désorienté que vous par cette situation. La seule différence, c'est qu'il a eu des années pour perfectionner l'art de masquer ses émotions.

J'apprécie qu'elle fasse l'effort d'humaniser mon fiancé à mes yeux, mais ça ne prend pas.

– J'ai eu le plaisir d'élever Wolfe. Il a toujours été un garçon intelligent. Mais également enclin à la colère.

Sa voix tinte comme une clochette et elle dessine des cercles lents dans mon dos, comme maman le faisait quand j'étais petite. Je me tais. Je me fous des traumatismes de Wolfe. Je n'ai rien fait pour mériter ce traitement.

– Il faut apaiser la tempête, mon petit. Je pense que vous découvrirez, une fois votre période d'ajustement passée, que si c'est aussi explosif entre vous deux, c'est que chacun a enfin rencontré un défi dans l'autre.

Elle est assise sur le banc, au-dessus de moi, écartant les mèches de cheveux tombées sur mon visage. Je cille en la regardant.

– Je ne pense pas que quoi que ce soit puisse effrayer le sénateur Keaton.

– Oh, vous seriez surprise. Je dirais que vous lui donnez une bonne dose de sujets d'inquiétude. Il ne s'attendait pas à ce que vous soyez aussi… vous.

– Qu'est-ce que ça veut dire ?

Son visage se plisse sous l'effet de la réflexion, elle choisit soigneusement ses mots. Vu que Wolfe l'a sans doute embauchée parce qu'il était attaché à elle après qu'elle l'a élevé, j'espère qu'un jour, il se radoucira aussi envers moi.

Elle m'offre ses mains et, quand je les prends, elle m'étonne en m'invitant d'une secousse à me lever tout comme elle, pour m'attirer dans ses bras.

Nous faisons la même taille – minuscule – et elle est encore plus décharnée que moi. Elle se met à parler contre mes cheveux.

– Je pense que votre histoire d'amour a commencé du mauvais pied, mais c'est justement pour cette raison qu'elle sera magnifique. Wolfe Keaton a bâti des murs autour de lui, mais vous commencez déjà à les fissurer. Il lutte contre ça et contre vous. Souhaitez-vous que je vous révèle le secret qui désarmera Wolfe Keaton, ma chère enfant ?

Je ne sais trop comment répondre à cette question. Parce qu'une partie de moi redoute sincèrement de vouloir le déchirer en lambeaux si l'opportunité m'en est donnée. Or je ne pourrais plus vivre en paix avec moi-même en sachant que j'ai blessé quelqu'un profondément.

– Oui, m'entends-je répondre.

– Aimez-le. Il sera sans défense face à votre amour.

Sur ces mots, je sens son corps se détacher du mien et elle rentre par les portes vitrées, dans le vaste manoir qui engloutit sa silhouette. Je prends une profonde inspiration.

Ce bonhomme vient de détruire une bâtisse où mon père trafiquait de la drogue. Et il me l'a avoué à demi-mot. C'est plus d'informations que ce que mon père m'a jamais confié. En outre, il a accepté que j'aille étudier. Il m'a aussi autorisée à partir quand bon me chante.

Je jette un œil à ma montre. Il est deux heures du matin. Sans m'en rendre compte, j'ai passé deux heures dans le jardin, pendant lesquelles Wolfe a dû lire tous les SMS que j'ai reçus dans ma vie.

Le froid de la nuit bien avancée commence à s'insinuer en moi. Dépitée, je retourne vers la maison. Une fois devant, je le repère sur le seuil de la porte ouverte, un bras appuyé au chambranle ; il me bloque le passage. Je me dirige vers lui à pas mesurés.

Et m'arrête à moins d'un mètre.

– Rendez-moi mon téléphone.

À ma grande surprise, il le dépose dans mes mains après l'avoir pris dans sa poche. Je saisis l'appareil, toujours irritée par notre dernière dispute, mais aussi étrangement touchée qu'il soit resté éveillé pour m'attendre. Il commence ses journées à cinq heures du matin, après tout.

– Vous êtes sur mon passage, je ronchonne en tâchant de ne pas claquer des dents.

Il pose sur moi un regard vide.

– Pousse-moi. Bats-toi pour ce que tu veux, Francesca.

– Je pensais que c'était justement ce qui faisait de nous des ennemis, je rétorque – un sourire mauvais trouve son chemin jusqu'à mes lèvres. Le fait que je cherche à me libérer de vous.

C'est son tour de sourire, narquois.

– Vouloir et se battre, ce sont deux choses différentes. Dans un cas, on est passif ; dans l'autre, actif. Sommes-nous ennemis, Némésis ?

– Que pouvons-nous être d'autre ?

– Alliés. Je te gratte le dos. Tu me grattes le mien.

– Après ce qui s'est passé hier soir, je pencherais plutôt pour ne plus jamais vous toucher de ma vie.

Il hausse les épaules.

– Tu aurais sans doute été plus crédible si tu n'avais pas été en train de te frotter à moi quand je t'ai fichue dehors. Quoi qu'il en soit, je t'en prie, entre. Mais je t'avertis que je ne compte pas te faciliter la tâche, à moins que tu ne me donnes ta parole que Bandini est effacé de ton téléphone ET de ta vie.

Je comprends pourquoi il procède ainsi. Il aurait pu faire la manipulation lui-même, mais il voulait que la décision vienne de moi. Il ne cherche pas une énième bataille, il cherche la reddition pleine et entière.

– Angelo fera toujours partie de ma vie. On a grandi ensemble, et ce n'est pas parce que vous m'avez achetée que je vous appartiens, je réplique d'une voix ferme.

Pourtant, en vérité, je n'ai aucune intention de répondre aux SMS d'Angelo. Surtout pas depuis que j'ai appris sa deuxième sortie officielle avec cette saleté d'Emily.

– Dans ce cas, je crains que tu ne doives me montrer un peu ton caractère en m'affrontant.

– Je peux vous demander quelque chose ?

Je me frotte le front avec lassitude.

– Certainement. En revanche, savoir si je vais répondre ou pas, c'est une tout autre histoire.

Son sourire se fait plus arrogant et moqueur.

– Qu'est-ce que vous détenez pour faire ainsi pression sur mon père ? Manifestement, il vous hait, pourtant il refuse de me récupérer par la force, même alors que je lui ai annoncé mon inscription imminente à l'université. Ce qui va peser lourd sur sa réputation, car tout le monde saura que je fais ça contre sa volonté. Ce doit donc être quelque chose de substantiel, pour qu'il préfère me voir dans votre lit au lieu de vous laisser divulguer l'information que vous détenez sur lui.

Je fouille son regard, m'attendant à ce qu'il se rebiffe ou me rabaisse comme mon père un peu plus tôt dans la journée.

Encore une fois, Wolfe me surprend.

– Ce que j'ai sur lui pourrait lui faire perdre tout ce pour quoi il a toujours œuvré, sans compter que ça l'enverrait en prison jusqu'à la fin de sa misérable vie. Mais ton père ne t'a pas jetée aux chiens. Il me fait confiance pour ne pas te faire de mal.

– Et il a tort ?

Je lève les yeux.

Les muscles puissants des bras de Wolfe se crispent sous sa chemise. Un mouvement à peine perceptible.

– Je ne suis pas un monstre.

– On pourrait le croire. Alors, vous me dites pourquoi ? je chuchote. (L'air me brûle les poumons.) Pourquoi le détestez-vous autant ?

– Ça fait deux questions. Au lit.

– Écartez-vous de mon passage.

– La réussite est tellement plus savoureuse quand on abat beaucoup d'obstacles. *Affronte-moi, chérie.*

Je me faufile sous son bras, plongeant à l'intérieur de la maison et filant directement dans l'escalier. Il me rattrape par la taille prestement, m'attire dans ses bras et me plaque contre son torse puissant. Ses doigts se promènent le long de mon dos et un long frisson hérisse ma peau. Ses lèvres trouvent mon oreille, chaudes et douces, en contraste total avec l'homme dur à qui elles appartiennent. Son souffle me chatouille les cheveux.

– Peut-être que si, je suis un monstre, en fait. Après tout, je sors jouer la nuit. Mais toi aussi, petite fille. Toi aussi, tu sors dans la nuit.

CHAPITRE 8

WOLFE

Faire péter la propriété d'Arthur, autrement dit son labo à meth – et la coke qu'il contenait –, c'est juste un mardi comme un autre. Les saints n'agissent pas directement et quelqu'un a très bien fait le boulot pour moi.

Je passe les quatre jours suivants à forcer la main de White et de Bishop jusqu'à ce qu'ils craquent et acceptent d'assigner plus de cinq cents flics supplémentaires, présents à tout moment, à la protection des rues de Chicago. Protection nécessaire à la suite du bazar que j'ai créé. Ça va faire grimper l'addition en flèche, mais pas question que ce soit l'État de l'Illinois qui sorte l'argent. Car Bishop et White l'ont déjà rangé au fond de leur poche, cet argent. Ils le tiennent de mon futur beau-père.

Qui, soit dit en passant, a changé de musique : au départ, il a essayé de convaincre sa fille de se réchauffer un peu par rapport à moi, maintenant il a décidé de me rembourser en arrosant les parcs de Chicago de centaines de kilos de saloperies. Il ne peut pas aller beaucoup plus loin que ça : vu les infos juteuses que je détiens sur lui, j'ai trop de pouvoir. Qu'il touche à ce qui m'appartient – ne serait-ce qu'en égratignant ma voiture – et il paiera le prix fort, sans compter que ça attirerait l'attention du FBI de façon très malvenue.

J'ai donc fait ramasser les ordures par des bénévoles pour les jeter dans son jardin. C'est là que les coups de fil ont commencé à pleuvoir. Par dizaines. Comme une ex aux abois qui aurait trop bu le jour de la Saint-Valentin.

Je ne décroche pas. Je suis sénateur. Lui, un baron de la mafia doté d'un vaste réseau. Si je peux épouser sa fille, je refuse en revanche d'écouter ce qu'il a à me dire. Mon boulot, c'est de nettoyer les rues qu'il souille avec la drogue, les armes et le sang.

Je mets un point d'honneur à être présent à la maison le moins possible, ce qui n'est pas bien compliqué vu le nombre d'allers et retours que je dois faire, entre Springfield et Washington.

Francesca refuse toujours de prendre ses dîners ailleurs que dans sa chambre (comme si ça me dérangeait). En revanche, elle se plie aux obligations dont je l'ai chargée comme goûter les gâteaux, essayer les robes et toutes les autres conneries qu'exigent les préparatifs d'un mariage (même si, pour ma part, cela ne me dérangerait pas qu'elle vienne enroulée dans une serviette, du moment qu'elle soit assez grande).

Je ne cherche pas l'affection de ma fiancée. En ce qui me concerne, hormis la clause qui m'interdit de baiser quelqu'un d'autre qui me dérange, elle pourrait bien vivre de son côté de la maison – ou mieux, à l'autre bout de la ville – jusqu'à son dernier souffle.

Le cinquième jour, après le dîner, je suis plongé sous une montagne de paperasse dans mon bureau quand Sterling me fait appeler à la cuisine. Il est vingt-trois heures bien tassées et elle sait qu'il vaut mieux ne pas m'interrompre, en général, j'en déduis donc que c'est une urgence de type critique.

La dernière chose dont j'aie besoin, c'est que Némésis prévoie de s'enfuir. On dirait que Francesca a enfin compris qu'elle n'avait pas d'échappatoire.

Je descends au rez-de-chaussée. En arrivant sur le palier, je suis accueilli par une odeur de sucre, de pâte en train de cuire et de chocolat, en provenance de la cuisine. Douce, poisseuse et nostalgique comme un couteau qui vous tranche le corps. Je m'arrête sur le seuil et observe Sterling, aussi petite que féroce, occupée à servir un gâteau au chocolat orné de quarante-six bougies sur la longue table du dîner. Ses mains tremblent. À la minute où j'entre, elle les essuie sur son tablier taché, refusant mon regard.

Nous savons tous les deux pourquoi.

– L'anniversaire de Romeo, marmonne-t-elle à mi-voix, avant de se ruer vers l'évier pour se laver les mains.

J'entre lentement, tire une chaise et m'y affaisse, les yeux rivés sur le gâteau comme s'il s'agissait d'un adversaire. Je ne suis pas particulièrement sentimental et pas très doué pour me rappeler les dates, ce qui est aussi bien, vu que tous les membres de ma famille sont décédés. La date de leur mort, toutefois, je m'en souviens.

Et la cause de leur mort aussi.

Sterling me tend une assiette sur laquelle elle a empilé assez de gâteau pour m'étouffer. Je suis déchiré entre l'envie de la remercier d'honorer la personne que j'aimais le plus et celle de lui hurler dessus parce qu'elle me rappelle que j'ai dans le cœur un trou de la taille du poing d'Arthur Rossi. J'opte pour une troisième option et me bourre de gâteau sans même le goûter. La consommation de sucre n'est pas dans mes habitudes, mais ce serait, il me semble, excessivement méprisable de ne pas en prendre une bouchée, après tout le mal qu'elle s'est donné.

– Il serait fier de toi s'il était en vie.

Elle s'assied sur la chaise en face de moi et enveloppe de ses mains une tasse de tisane fumante. Je tourne le dos à la porte de la cuisine. Elle nous fait face – à la porte et à moi. J'enfonce une fourchette dans ma part de gâteau, disséquant les couches de chocolat et de sucre comme si elles étaient des entrailles humaines, plantant plus fort à chaque geste.

– Wolfe, regarde-moi.

Je lève les yeux sur son visage, manière de l'apaiser pour une raison qui m'échappe. Il n'est pas dans ma nature de me montrer aimable ou cordial. Pourtant, à cet instant, je sens qu'il ne faut pas que je montre de dédain. Elle écarquille ses yeux ponctués de bleu ciel. Elle essaie de me dire quelque chose.

– Sois gentil avec elle, Wolfe.

– Ça lui donnerait l'impression fausse que ce qu'il y a entre nous est réel, or ce serait vraiment trop cruel, même pour moi, je réponds d'une voix traînante en repoussant le gâteau sur la table.

– Elle est seule. Elle est jeune, isolée, et elle est terrorisée. Tu la traites comme une ennemie avant même qu'elle ne te trahisse. Tout ce qu'elle sait de toi, c'est que tu es un homme puissant, qui déteste sa famille et ne veut rien avoir à faire avec elle. Pourtant, tu lui as clairement signifié que jamais tu ne la laisserais partir. Bref, conclut-elle simplement, elle est prisonnière. Pour un crime qu'elle n'a pas commis.

Je noue mes doigts derrière ma tête et me cale contre le dossier.

– Ça s'appelle des dommages collatéraux. Et ça n'est pas très différent de la vie qu'elle aurait menée avec n'importe qui d'autre. À l'exception que, contrairement à la majorité des *Made Men*, je lui épargnerai les mensonges quand je la tromperai.

Sterling grimace, comme si je l'avais frappée en plein visage. Puis elle se penche par-dessus la table et prend mes deux mains dans les siennes. Je dois lutter pour ne pas les lui retirer. Je hais le contact des autres, dans toutes les circonstances qui n'impliquent pas de moi que je sois fiché dans l'un de leurs trous, or Sterling est bien la dernière personne sur la planète que je baiserais. Je déteste encore plus qu'elle me fasse part de ses sentiments. C'est à la fois déplacé et très éloigné de ses attributions officielles.

– Choisir un destin voué à l'échec et y être entraîné de force, ce sont deux choses tout à fait différentes. Lui accorder un peu de pitié ne t'affaiblira pas. Au pire, ça lui montrera que tu as confiance en ton pouvoir.

On dirait Oprah[4].

– Qu'est-ce que tu as en tête ? j'ironise.

Si je pouvais jeter une liasse de billets à Francesca et me débarrasser d'elle en l'envoyant en virée shopping en Europe en compagnie de sa cousine Andrea, je le ferais sans hésiter. À ce stade, j'envisage même Cabo comme option acceptable. Ça reste sur le même continent, mais suffisamment éloigné d'ici.

– Emmène-la chez ses parents.

Je la dévisage froidement.

– Tu as bu ?

J'espère que non. Sterling et l'alcool, c'est un mélange létal.

– Pourquoi pas ? insiste-t-elle.

– Parce que si je fête l'anniversaire de Romeo sans Romeo, c'est à cause de son père.

– Mais elle n'est pas son père !

Sterling bondit sur ses pieds. Sa paume s'écrase sur la table, provoquant un son explosif dont je ne

4. Oprah Winfrey est une animatrice et productrice de la télévision américaine. Elle a animé un talk-show très célèbre jusqu'en 2011.

la savais pas capable. Sur mon assiette, la fourchette tressaute et s'envole.

– C'est son sang qui coule dans ses veines. C'est suffisant pour la discréditer à mes yeux, je conclus sèchement.

– Pas assez pour t'empêcher de la toucher, me taquine-t-elle.

Je souris.

– Souiller ce qui lui appartient, ce serait la cerise sur le gâteau.

Je me lève. Un vase tombe par terre derrière moi, sans doute jeté par ma future épouse. Des pieds nus courent sur le parquet sombre, martelant les marches tandis qu'elle remonte dans son aile. J'abandonne Sterling dans la cuisine à ruminer sa colère et je suis ma fiancée à l'étage avec un plaisir non dissimulé. Je m'arrête à la jonction entre les ailes est et ouest en arrivant sur le palier du dernier étage, avant de décider de me retirer dans mon bureau. Inutile d'essayer de l'apaiser.

À trois heures du matin, ayant répondu personnellement à tous mes mails, y compris à ceux de citoyens inquiets de l'état des tomates dans l'Illinois, je décide d'aller voir où en est Némésis. Ça ne m'arrange pas qu'elle soit un oiseau de nuit, vu que je dois me lever tous les matins à quatre heures, mais elle semble aimer quitter la volière la nuit. Connaissant son côté bizarre, je ne serais pas plus étonné que ça qu'elle tente de s'échapper de sa cage. En tout cas, elle s'est fait une habitude d'en secouer les barreaux.

Je me dirige tranquillement vers sa chambre et pousse la porte sans frapper. La pièce est vide. La colère commence à me chauffer les veines et je ravale un juron. Je m'approche de sa fenêtre et je la vois en bas, une cigarette au coin de sa bouche rose, en train de désherber, boudeuse, un potager qui n'existait pas avant que je l'enferme dans l'aile est et la laisse y prendre ses aises.

– Avec un peu d'espoir et beaucoup d'amour, tu tiendras jusqu'à l'hiver, dit-elle.

Aux radis ?

Est-ce qu'elle parle d'elle ou d'eux ? Cette manie de converser avec les légumes, c'est un nouveau tour assez déroutant de sa personnalité déjà complexe.

– Soyez gentils avec moi, d'accord ? Parce que lui, il ne le sera pas.

On ne peut pas dire que tu concoures pour la fiancée de l'année non plus, Nem.

– Vous croyez qu'il m'aurait dit de qui c'était l'anniversaire ?

Elle s'accroupit pour tâter les pousses de salades.

Ben non.

– Ouais, non, je ne pense pas non plus, soupire-t-elle. Mais bon, vous, vous buvez de l'eau. Je reviendrai vous voir demain matin. Faute d'avoir mieux à faire.

Elle pouffe en se redressant et écrase sa cigarette contre un couloir de bois.

Elle envoie Smithy lui en acheter un paquet par jour. Je note quelque part dans un coin de ma tête que l'épouse d'un sénateur n'est pas autorisée à fumer comme un pompier en public.

J'attends quelques instants avant de me diriger vers le couloir, pensant voir s'ouvrir les portes du balcon et l'intercepter à la montée des marches. Mais au bout de plusieurs longues minutes à attendre – ce que je déteste de tous les pores de ma peau –, je descends l'escalier et m'approche de la terrasse. Son petit jeu du chat et de la souris me tape sur les nerfs. D'abord, elle casse le cadre avec la photo de Romeo, et voilà maintenant qu'elle erre la nuit en discutant avec ses futures salades. J'ouvre moi-même les portes donnant dehors, prêt à lui hurler de filer au lit, quand je la découvre tout au fond du jardin. Elle est dans le deuxième appentis ouvert, celui où nous conservons les poubelles. Super. Maintenant elle parle aux ordures aussi.

Je m'avance vers elle, remarquant au passage que les feuilles ne crissent plus sous mes chaussures d'intérieur. Le jardin est bien mieux entretenu. Elle me tourne le dos, penchée au-dessus de l'un des bacs à recyclage, entourée de monticules de déchets. Pas moyen de décrire joliment le spectacle que j'ai sous les yeux : elle fait les poubelles.

J'entre par la porte ouverte, contre laquelle je m'appuie, les mains enfoncées dans les poches. Et je l'observe qui fouille des sacs d'ordures, avant de me racler la gorge pour m'annoncer. Elle sursaute et pousse un petit cri aigu.

– On a une petite faim ?

Elle porte une main à sa poitrine et secoue la tête.
– Non, je… madame Sterling a dit que les vêtements que j'ai… euh…
– Détruits ? je suggère.
– Oui, ils sont encore là. Du moins certains, fait-elle en désignant le tas d'habits à ses pieds. Ils vont les envoyer à des bonnes œuvres demain. La plupart peuvent être sauvés, alors je me suis dit que s'ils sont encore là, eh bien, peut-être que…
La photo y est aussi.
Elle essaie de récupérer la photo de Romeo sans même savoir qui il était, parce qu'elle nous a vus, Sterling et moi, célébrer son anniversaire. Elle ignore qu'elle ne risque pas de la trouver – j'ai demandé à Sterling, qui m'a confirmé que le conteneur où se trouvait la photo avait déjà été emporté. Je me passe une main sur le visage. J'ai envie de donner un coup de pied dans quelque chose. Et étonnamment, ce n'est pas elle, ce quelque chose. Son expression révèle sa peine et ses regrets quand elle se tourne vers moi, ses yeux ravagés par l'émotion. Elle a compris qu'elle n'avait pas seulement déchiré du tissu – on s'en fout, du tissu –, mais aussi quelque chose tout au fond de moi. Des larmes perlent à ses cils. Je suis frappé par l'ironie de ma situation : moi qui ai passé toute ma vie d'adulte à choisir des femmes froides et insensibles pour mes aventures, je me retrouve à me marier avec une vraie fleur bleue.
– Laisse ça, je lui dis en agitant une main désinvolte. Je n'ai pas besoin de ta pitié, Némésis.

– Je n’essaie pas de vous accorder ma pitié, monsieur le Scélérat. J’essaie de vous offrir du réconfort.

– Ça non plus, je n’en veux pas. Je ne veux rien de toi, si ce n’est ton obéissance et peut-être, au bout du compte, ta petite chatte.

– Vous êtes obligé d’être vulgaire ?

Les larmes font scintiller ses yeux. En plus, c’est une pleureuse. Comment pourrions-nous être moins compatibles ? Impossible.

– Et toi, tu es obligée d’être une telle catastrophe émotionnelle ? je rétorque sèchement, poussant la porte pour partir. On est qui on est.

– On est qui on choisit d’être, corrige-t-elle en jetant un morceau de tissu à ses pieds. Et contrairement à vous, moi, je choisis de ressentir des émotions.

– Va au lit, Francesca. On va rendre visite à tes parents demain, ce serait bien que tu n’aies pas une tête de déterrée.

– Ah bon, on y va ?

Elle en reste bouche bée.

– On y va.

C’est ma façon à moi d’accepter ses excuses.

Ma façon de lui dire que je ne suis pas un monstre.

Du moins pas cette nuit.

La nuit qui marque la date anniversaire de l’homme qui m’a appris comment être bon. En guise d’hommage, je tolère cette infime faille dans mon armure, je lui accorde une once de chaleur.

Mon frère était un homme bon.

Mais moi, je suis un grand méchant.

CHAPITRE 9

FRANCESCA

– Dites-moi juste qui c'était. Une ex-petite amie ? Un cousin disparu ? Qui ? Qui !

Le lendemain, j'essaie de tirer les vers du nez de madame Sterling tout en m'occupant de mon potager en fumant cigarette sur cigarette. J'entrecoupe ça de fouilles régulières des bennes à ordures, en quête de la photo cassée – la seule chose à laquelle mon futur mari tenait, et que moi, j'ai réussi à détruire.

Mais je ne reçois que des réponses sévères et parcellaires. Elle m'explique, entre rebuffades et coups de fil où elle aboie encore une fois sur la compagnie de nettoyage, que si je veux en apprendre plus sur la vie de Wolfe, je dois gagner sa confiance.

– Gagner sa confiance ? Je n'arrive même pas à lui tirer un sourire.

– Avez-vous vraiment essayé de le faire sourire ?

Elle plisse les paupières, fouillant mon regard pour y débusquer le mensonge.

– J'aurais dû ? Il m'a plus ou moins kidnappée, quand même.

– Il vous a aussi sauvée de vos parents.

– Je ne voulais pas qu'on me sauve !

– Il est deux choses dont on doit se montrer reconnaissant sans les avoir demandées : l'amour et le salut. On vous offre les deux. Et pourtant, ma chère enfant, vous semblez les recevoir de mauvaise grâce.

Je déduis de ces propos que madame Sterling est complètement sénile. Rien à voir avec la femme qui tentait de persuader mon futur époux de se montrer complaisant avec moi, hier, quand j'ai surpris leur conversation. Je vois clair dans son jeu. Elle essaie de nous dégeler l'un par rapport à l'autre tout en continuant de jouer l'avocate du diable. Selon moi, elle perd son temps. Des deux côtés.

N'empêche, notre désaccord reste le meilleur moment de ma journée. Elle se montre plus passionnée et plus impliquée dans ma vie que Wolfe et mon père additionnés.

Mon fiancé et moi sommes censés arriver chez mes parents à dix-huit heures pour le dîner. Le premier en tant que couple fiancé. Madame Sterling prétend que le but du jeu, c'est de montrer à mes parents que je suis heureuse et qu'on s'occupe bien de moi. Elle m'aide dans mes préparatifs, à enfiler une maxi robe d'été en mousseline de soie jaune et une paire de sandales à talon Jimmy Choo assorties. Alors qu'elle arrange mes cheveux devant le miroir, je songe que nos conversations légères sur la météo, mon amour des chevaux ou son goût pour les livres romantiques me rappellent beaucoup le lien que je partageais avec Clara. Soudain, un sentiment qui ressemble beaucoup à de l'espoir se met à s'épanouir dans ma poitrine. Avoir une amie, ça rendrait ma vie ici tellement plus supportable.

Évidemment, mon fiancé a dû percevoir mon optimisme prudent et il décide aussitôt de l'écrabouiller et de le réduire en cendres en m'envoyant un SMS.

Serai en retard. Te retrouve sur place.
Pas de mauvais tour, Nem.

Même pas capable de se pointer à l'heure pour notre premier dîner avec mes parents. Et bien entendu, il continue de penser que je vais tenter de m'enfuir d'une manière ou d'une autre. Pendant tout le trajet, dans la voiture, j'ai le sang en ébullition. L'Escalade noire se gare sur le trottoir devant chez mes parents et aussitôt *mama* et Clara se précipitent dehors, pour me couvrir de baisers, à croire que je rentre d'une zone de guerre. Mon père, costume impeccable, se tient dans l'encadrement de la porte et observe notre approche, les sourcils froncés. Les femmes de mon ancienne maison et moi avançons bras dessus, bras dessous. Je n'ose même pas croiser son regard. Quand je monte les quatre marches qui conduisent à la porte d'entrée, il s'écarte à peine pour me laisser passer, ne me prend pas dans ses bras, ne m'embrasse pas, ne m'offre pas même une civilité de base. Je regarde de l'autre côté. Nos épaules s'effleurent et j'ai l'impression que la sienne cisaille la mienne, tant sa posture est rigide et glaciale.

– Tu es magnifique, *vita mia*, souffle *mama* derrière moi en tirant sur l'ourlet de ma robe.

– La liberté me va bien, je lâche avec amertume, le dos tourné à papa.

Je me rends à la salle à manger et me sers un verre de vin avant que Wolfe arrive. L'heure suivante se passe en conversation futile avec ma mère, pendant que mon père sirote un verre de cognac en me dévisageant depuis l'autre bout de la pièce. Clara entre et sort du salon, nous apportant des rafraîchissements et des *zeppole*[5] pour tromper notre faim.

– Ça sent mauvais, non ? je demande en plissant le nez.

– Sans doute ton fiancé, réplique mon père, assis dans son grand fauteuil de bureau.

Ma mère éclate de rire pour faire passer sa remarque.

– On a eu un petit souci dans la cour. Mais tout est réglé.

Encore une heure s'écoule, noyée sous un flux continu de paroles tandis que ma mère nous met au courant, mon père et moi, des derniers ragots concernant les *desperate housewives* de l'Outfit.

---

5. Sorte de beignets italiens.

Qui s'est marié et qui a divorcé. Qui trompe et qui est trompé. Le petit frère d'Angelo veut demander sa petite amie en mariage, mais Mike Bandini, son père, trouve que l'annonce serait problématique, surtout vu qu'Angelo n'a pas le projet d'épouser qui que ce soit dans un avenir proche. À cause de moi. Maman se mord la lèvre inférieure en réalisant à quel point ses propos ont des allures d'accusation et se met à tripoter la couture de sa manche. Elle fait souvent cela. J'attribue cette manie à la piètre estime qu'elle a d'elle-même après ses années de mariage avec mon père.

– Bien sûr, Angelo va rebondir, reprend-elle en agitant la main.

– Réfléchis avant de parler, Sofia. C'est mieux.

Quand la pendule à balancier sonne pour la seconde fois ce soir – il est vingt heures –, nous passons à la salle à manger et entamons nos entrées. Je ne présente pas d'excuses au nom de Wolfe, étant donné que tous les messages que je lui ai adressés sont restés sans réponse. J'ai le cœur lourd, mélange de honte et de déception, humiliée de me voir poser un lapin par l'homme qui m'a arrachée à ma famille. Nous mangeons tous les trois la tête baissée. Le cliquetis de la salière et de la poivrière, de tous les ustensiles, est insupportablement bruyant par comparaison avec le silence qui règne dans la pièce.

Mon esprit divague vers les messages du coffret en bois. J'ai décidé de considérer que tout cela est un tissu de mensonges. Le sénateur Keaton ne peut pas être l'amour de ma vie. La haine de ma vie ? Absolument. Mais tout le reste serait risible.

Quand Clara nous sert les entrées réchauffées, peu avant que ne retentisse la sonnette, je n'éprouve aucun soulagement, mais une crainte qui m'emplit les veines comme du plomb liquide. Nous posons tous les trois notre fourchette et échangeons un regard. Et maintenant, on fait quoi ?

– Eh bien, quelle agréable surprise, lance *mama* en frappant une fois dans ses mains.

– Aussi agréable que l'annonce d'un cancer, commente mon père, qui se tapote le coin de la bouche avec sa serviette.

Wolfe fait son entrée une petite minute plus tard dans un costume taillé sur mesure. Ses cheveux noirs de jais sont trop ébouriffés et il arbore une expression déterminée qui flirte avec la menace.

– Sénateur Keaton, ironise mon père sans lever les yeux de son assiette de lasagnes faites maison, je vois que vous daignez enfin nous honorer de votre présence.

Wolfe dépose un baiser désinvolte sur mon front et je déteste la façon dont un voile de satin s'enroule autour de mon cœur pour le serrer avec délectation. Je méprise cet homme de se montrer aussi nonchalant, en dépit de son apparition tardive, et je m'en veux à moi-même de fondre bêtement, juste au contact de ses lèvres dans mes cheveux. Mon père observe la scène du coin de l'œil, la bouche retroussée dans un rictus de satisfaction amusée. *Tu es malheureuse, Francesca, pas vrai ?* me demandent ses yeux moqueurs. *Oui, papa. Oui, je suis malheureuse. Bien joué.*

– Qu'est-ce qui vous a retenu aussi longtemps ? je chuchote sur un ton sec.

Je ponctue ma question d'un coup de genou vigoureux dans sa cuisse sous la table quand il s'assied.

– Les affaires, réplique-t-il sèchement.

Sur quoi, il déplie sa serviette d'un geste qui ressemble à un coup de fouet, puis il boit une généreuse gorgée de son vin.

Mon père se cale contre le dossier de son siège, doigts croisés sur la table, et entre dans la conversation sans préambule.

– Alors, non content de travailler toute la journée, vous envoyez ma fille à l'université, en plus. Vous prévoyez de nous fournir des petits-enfants d'ici à la fin de la décennie ? demande-t-il sur un ton impersonnel qui exprime parfaitement son indifférence.

Mais je sais décrypter son comportement et je devine qu'il ne s'enquiert pas seulement de mon éducation universitaire. Durant le laps de temps qui s'est écoulé entre mon départ de la maison et ce soir, il a eu l'occasion de bien réfléchir à tous les aspects de la situation. Les enfants de Wolfe Keaton, peu importe la quantité de sang Rossi qui coulera dans leurs veines, n'hériteront jamais des affaires de papa. Le sénateur Keaton ne permettrait jamais que cela se produise. Ainsi, mon mariage avec Wolfe tue à la fois son rêve de la fille parfaite éduquant de beaux enfants aussi bien élevés qu'impitoyables, mais aussi son héritage. Lentement mais sûrement, mon père a entamé sa déconnexion émotionnelle d'avec moi pour protéger son propre petit cœur et lui éviter de souffrir. Quitte à briser le mien au passage.

Je pose immédiatement les yeux sur Wolfe, qui scrute sa Cartier avec l'air de celui qui n'attend qu'une chose : que le dîner soit fini.

– Posez la question à votre fille. C'est elle qui s'occupe de son emploi du temps scolaire. Et de son utérus.

– Exact, à ma grande déception. Les femmes ont besoin de vrais hommes pour leur dire ce qu'elles veulent. Si on les laisse décider, elles ne commettent que des erreurs de jugement.

– Les vrais hommes ne font pas tant d'histoires quand leurs femmes obtiennent l'instruction et la capacité toute bête qui va avec, à savoir survivre sans eux, si vous voulez bien excuser mon langage.

Wolfe mâchonne une bouchée de lasagnes tout en me faisant signe de la main de lui passer le poivre. Il est en territoire hostile et a pourtant l'air tout à fait détendu.

– Allons, allons, glousse *mama* en tapant sur la main de mon père de l'autre côté de la table. Est-ce que quelqu'un est au courant de la rumeur qui court au sujet du dernier lifting de la femme du gouverneur ? Toute la ville raconte qu'elle a un air surpris en permanence – et que ça n'a rien à voir avec le scandale fiscal qui poursuit son mari.

Mon père se tourne vers moi, interrompant les élucubrations de ma mère.

– Qu'est-ce que tu vas étudier, Francesca ? Tu ne t'imagines tout de même pas que tu peux devenir avocate, si ?

Je laisse accidentellement tomber ma fourchette dans mes lasagnes. De petites taches de tomate éclaboussent ma robe jaune. Je les tamponne avec ma serviette tout en ravalant la salive qui a envahi ma bouche en grande quantité.

– Tu n'es pas capable de manger un fichu repas sans t'en mettre partout, fait remarquer mon père en poignardant ce qu'il a dans son assiette avec une violence non dissimulée.

– Sans doute parce que mon père me rabaisse devant mon fiancé et ma mère. (Je redresse les épaules.) Et non parce que j'en suis incapable.

– Tu as un QI moyen, Francesca. Tu pourrais devenir avocate, mais probablement pas une bonne. Sans compter que tu n'as pas travaillé un seul jour de ta vie. Tu ferais une stagiaire paresseuse et on te renverrait. Bref, tu ferais perdre son temps et son argent à tout le monde, toi y compris. En plus, vu qu'on t'offrirait le poste en ta qualité d'épouse du sénateur Keaton, tu en priverais sans doute quelqu'un qui le mériterait vraiment. Le népotisme, c'est la maladie numéro un de l'Amérique.

– Je croyais que c'était le crime organisé, corrige Wolfe en prenant une gorgée de son vin. Et vous.

Mon père dévisage mon futur mari avec une expression qui m'aurait agrafée au mur si elle m'avait été destinée, pourtant mon fiancé reste aussi impassible que jamais.

– Je vous conseille vivement de cesser vos âneries. Vous avez obtenu ce que vous vouliez. Puis-je vous rappeler que je suis parti de rien ? Je suis un homme plein de ressources.

– Menace enregistrée, ricane Wolfe.

– Il faut donc que je reste à la maison pour pondre des bébés ?

Je repousse mon assiette, dégoûtée de leur nourriture, de leur conversation et de leur compagnie. Le regard de ma mère effectue une partie de ping-pong entre nous tous, yeux écarquillés comme des soucoupes. C'est un énorme bazar et je suis pile au milieu.

Mon père jette sa serviette sur son assiette pour signifier aux domestiques qu'il en a terminé. Deux d'entre eux se précipitent afin de débarrasser son couvert, hochant, hochant et hochant encore la tête. Ils ont peur.

– Ce serait un bon début. Quoique, avec un mari tel que le tien, Dieu seul sait ce qui se passera.

– Un mari que tu m'as choisi.

J'enfonce ma fourchette dans quelque chose en imaginant que c'est son cœur.

– Avant de savoir qu'il allait t'envoyer travailler comme une…

– Une femme du XXIe siècle ? je termine à sa place, les sourcils levés.

À côté de moi, Wolfe ricane dans son vin et son épaule, en tressautant, frôle la mienne. Mon père vide son verre et enchaîne en le remplissant de nouveau jusqu'à ras bord. Son nez rougit, grossit, ses joues rosissent sous les nuances bleutées du lustre. Mon père boit toujours raisonnablement. Pas ce soir.

– Ta pension était une garderie chère et pour des gens fortunés triés sur le volet. Le fait que tu aies bien réussi en Suisse n'indique en rien que tu es en mesure de survivre dans le monde réel.

– C'est parce que tu m'en as protégée, du monde réel.

– Non, parce que tu es incapable de vivre dans le monde réel.

Il saisit son verre rempli de vin et le lance à travers la pièce. Le cristal se brise en mille morceaux lorsqu'il heurte le mur, le liquide rouge se répandant sur les tapis et les tentures comme du sang.

Wolfe se met debout, s'appuie des deux mains sur la table et se penche pour regarder mon père droit dans les yeux. La planète cesse de tourner et tous les spectateurs de la scène semblent rapetisser, retenir leur souffle, les yeux rivés sur mon fiancé. L'air papillonne dans mes poumons.

– C'est la dernière fois que vous levez la voix sur ma fiancée, sans parler de jeter des objets comme un singe de cirque mal dressé. Personne – et j'entends par là personne sur cette planète – ne parle ainsi à la future madame Keaton. Toute colère qu'elle subit, je la prends pour moi. Le seul qui soit autorisé à la remettre à sa place – si et quand le besoin se fait sentir –, c'est MOI. Vous vous montrerez donc respectueux, agréable et poli envers elle. Dites-moi si je ne me suis pas bien fait comprendre, je ferai en sorte que vous ayez tout saisi à mon point de vue en détruisant tout ce à quoi vous tenez.

L'atmosphère est lourde et menaçante. Quant à moi, je ne sais plus où va ma loyauté. Je les déteste tous les deux, mais je dois me ranger du côté de l'un ou de l'autre. Après tout, c'est mon avenir qui est en jeu.

– Mario !

Mon père appelle la sécurité. Il va nous jeter dehors ? En tout cas, je ne tiens pas à être là quand ça arrivera. Je ne supporterai pas l'humiliation de me faire expulser de ma propre maison.

Je plonge les yeux dans ceux de mon père. Il n'y a pas si longtemps, à l'époque où il rêvait de me marier au sein d'une bonne famille italienne de l'Outfit et de remplir sa maison de petits-enfants heureux et privilégiés, ces yeux brillaient de fierté et de respect chaque fois que j'entrais dans une pièce. Ce soir, ces yeux sont vides.

Je bondis de ma chaise et traverse la pièce. Je ne sais pas où je vais. Les larmes me brouillent la vue et mes pieds me portent jusqu'au salon du rez-de-chaussée, à l'opposé de la maison, dans la pièce où se trouve le majestueux piano. Je m'essuie rapidement le visage et me faufile derrière l'instrument, rassemblant le tulle de ma robe d'été pour être bien sûre qu'on ne me voie pas si l'on pénètre dans la pièce. C'est une réaction puérile, mais je ne veux pas qu'on me trouve.

Je me passe les bras autour des jambes et enfouis mon visage entre mes genoux. Mon corps tremble, secoué de sanglots, même si j'essaie de les étouffer avec mes cuisses. Plusieurs minutes s'écoulent avant que je sente une présence dans la pièce. Inutile de lever les yeux. Qui que ce soit, c'est une compagnie qui n'est pas la bienvenue.

– Relève la tête.

Bon Dieu. Mon cœur bondit quand je reconnais sa voix. Pourquoi lui ?

Je reste immobile.

Ses pas traversent le petit salon, plus sonores à mesure qu'il s'approche de moi. Quand je jette enfin un coup d'œil d'entre mes genoux, je découvre mon fiancé accroupi face à moi, le visage grave.

Il m'a trouvée. J'ignore comment, mais il m'a trouvée. Pas ma mère. Ni mon père. Ni Clara. Lui.

– Qu'est-ce qui vous a autant retardé ? je lui lance.

Je caresse ma joue du revers de la main. Je me sens bête, de chercher son soutien, mais il est le seul qui en soit capable. *Mama* et Clara sont pleines de bonne volonté, mais elles n'ont aucun pouvoir face à mon père.

– Le travail.

– Le travail, ça aurait pu attendre demain.

– Certes, sauf que ton père est intervenu. (Sa mâchoire se crispe.) J'étais en réunion dans un bar du nom de *Murphy's*. J'y avais laissé mon attaché-case. Il a disparu juste à côté de moi, puis un incendie a mystérieusement démarré dans la cuisine, avant de s'étendre au reste du pub peu après. Devine ce qui s'est passé.

Je cligne des paupières, perplexe.

– Les Italiens et les Irlandais partagent une rivalité qui remonte au début des années 1920, dans cette ville. (Il hausse un sourcil.) Ton père a fait voler puis brûler mon attaché-case. Dans l'objectif de détruire des preuves que je détenais contre lui.

– Et il a réussi ?

– Quel genre d'imbécile conserverait ses documents les plus précieux en un même endroit sans avoir de copies de sauvegarde et se promènerait tranquillement avec en plein jour ?

Le genre avec qui traîne mon père.

– Vous allez le lui dire ? je renifle.

– Je préfère le laisser dans l'expectative. C'est très divertissant.

– Dans ce cas, il n'arrêtera pas.

– Très bien. Parce que moi non plus.

Je sais qu'il dit la vérité. Je sais aussi qu'il m'en a révélé plus que je n'en tirerai jamais de mon père. Les pièces du puzzle s'emboîtent. Mon père a orchestré cette soirée pour qu'elle tourne au désastre. Il voulait détruire ce que Wolfe détient sur lui et le fait que j'aie dû attendre mon fiancé pendant qu'il éteignait un énième potentiel désastre pour son image n'était en fait qu'un bon petit bonus.

– Je le hais.

Les yeux rivés au sol, les mots ont jailli de ma bouche avec amertume. Et je les pense de toutes les fibres de mon corps, de tout mon sang, de tout mon être.

– Je sais.

Wolfe s'installe face à moi, croise ses longues jambes musclées au niveau des chevilles. Je regarde à la dérobée la coupe de son pantalon de costume. Je ne vois pas de chaussettes. Il est créé sur mesure, parfaitement ajusté à sa taille et à sa carrure, à l'instar de tout ce qui l'entoure. Un homme qui calcule sa vie à ce point, je songe, va répondre en frappant plus fort encore, une fois qu'il se sera mis en tête de punir mon père. Et mon père n'arrêtera pas tant qu'il ne l'aura pas détruit. L'un des deux va tuer l'autre, et moi, je suis la pauvre idiote qui se retrouve coincée pile au milieu de leur guerre.

Je ferme les yeux, tâchant de rassembler assez de force mentale pour sortir de cette pièce et affronter mes parents. Tout est un tel bazar. Je suis une sorte de chiot dont personne ne veut, qui court de porte en porte sous une pluie torrentielle, en quête d'un abri. Lentement et contre tout ce que me souffle mon cerveau, je me réfugie sur les genoux de mon futur époux. Je sais que, ce faisant, j'agite le drapeau blanc. Je me rends à lui. Je lui demande sa protection, à la fois contre mon père et contre mes propres tourments intérieurs. J'entre moi-même dans ma cage et je lui demande de m'y enfermer à clé.

Parce qu'un beau mensonge est bien plus désirable que l'horrible vérité. Dans la cage, il fait chaud et je suis en sécurité. Rien ne peut me faire de mal. Je noue les bras autour de son cou, enfouis le visage contre son torse d'acier et retiens ma respiration pour ravaler le prochain sanglot.

Il se raidit, le corps soudain crispé par notre soudaine proximité. Je pense à ce que m'a dit madame Sterling sur le fait de l'abattre à coup de gentillesse. L'assourdir d'amour. *Brise-toi. Craque. Sens-moi. Accepte-moi.*

Je sens ses bras m'envelopper lentement tandis qu'il accepte ma reddition, ouvre les portes et autorise mon armée, blessée et affamée, à se réfugier dans son royaume. Il baisse la tête et prend mes joues entre ses paumes, pour relever mon visage. Nos regards se nouent. Nous sommes si proches que je discerne la teinte argentée si unique de ses iris. Pâles et effrayants comme la planète Mercure, avec des taches bleu glacier à l'intérieur de ses cratères. Je devine instantanément qu'il y a une faille dans son masque d'indifférence et que c'est mon rôle de me frayer un chemin par la fissure pour y planter mes graines. Les faire pousser tels les légumes de mon potager, en espérant comme une folle qu'elles éclosent.

Il incline la tête vers l'avant, scelle nos bouches et, quand nos lèvres se rencontrent, on dirait qu'elles se connaissent déjà. Je réalise – non sans une certaine gêne – qu'en fait, oui, elles se connaissent. C'est un baiser discret, un baiser de soutien. Pendant plusieurs minutes, nous nous explorons à coups de langue précautionneux. Le seul bruit audible est celui de nos lèvres et de nos langues, qui lèchent des blessures plus profondes que les plaies apparentes.

Quand nous nous détachons, mon cœur se serre dans ma poitrine. J'ai peur qu'il ne quitte la pièce en colère, comme la dernière fois qu'on s'est embrassés. Mais il se contente de passer le pouce sur ma joue et de fouiller mon regard, le front barré d'une ligne sombre.

– Tu as assez vu ton père pour la semaine, Nem ?

Je prends une inspiration saccadée.

– Je pense que j'ai eu ma dose pour l'année.

– Bien. Parce que je commence à penser que je n'ai pas eu assez de ma fiancée, pour ma part, et j'aimerais rectifier ça.

***

Pendant le trajet du retour chez lui, Wolfe mêle ses doigts aux miens, s'empare de ma paume et la colle à sa cuisse musculeuse. Je garde les yeux rivés dehors, malgré le petit sourire qui étire mes lèvres – un signe que je préfère ne pas analyser.

Après que nous avons quitté la salle de piano de mes parents, ma mère nous a demandé pardon à moult reprises pour ce dîner désastreux. Mon père, en revanche, n'était pas visible. Son chauffeur s'est arrêté devant le trottoir pendant que ma mère se confondait en excuses, sans doute pour le conduire là où il pourrait comploter à sa guise contre mon futur époux, qui n'a pas l'air d'appréhender quoi que ce soit. J'ai embrassé *mama* et lui ai dit que je l'aimais. Sincèrement. Même si j'admets que ma vision d'elle a changé. En grandissant, je croyais naïvement que ma mère pouvait me protéger de tout. Y compris de la mort. Je ne le pense plus. En fait, je commence à me dire que le jour où je serai forcée de la protéger, elle, n'est pas loin.

Je me promets de ne jamais faire peser une telle responsabilité sur les épaules de mon enfant. Quand j'aurai une fille, je la protégerai de tout le monde, même de son propre père. Même de notre héritage. Et même des coffrets en bois véhiculant une tradition ancestrale.

Avant de partir, Wolfe m'a aidée à enfiler mon gilet en laine décontracté, tout en posant sur ma mère un regard acéré qu'elle ne méritait pas.

À présent, dans la voiture, sa main couvre la mienne, et il ramène ma paume vers l'intérieur de sa cuisse, bien trop près de son entrejambe. Mes cuisses se serrent en réaction, pourtant je ne retire pas la main. S'il est bien une chose que je ne peux nier – d'ailleurs je n'en ai nulle envie à ce stade –, c'est que mon futur mari éveille en moi une réaction physique.

Avec Angelo, je ressentais une chaleur et une certaine confusion. J'étais comme enveloppée dans une couverture de sécurité. Avec Wolfe, j'ai l'impression d'être en feu. À croire qu'il pourrait m'anéantir à tout instant et que la seule chose que je pourrais faire, c'est espérer sa pitié. Je me sens en sécurité, mais pas tranquille. Désirée, mais pas voulue. Admirée mais pas aimée.

À la maison, nous trouvons madame Sterling assise dans la cuisine, occupée à lire une romance historique. J'entre pour me faire couler un verre d'eau, Wolfe sur mes talons. Relevant vivement les yeux de ses pages jaunies, elle repousse ses lunettes de lecture au bout de son nez et sourit de toutes ses dents.

– Comment s'est passée la soirée ? (Elle bat des cils, feignant l'innocence.) Agréable, j'imagine ?

Le fait que nous ayons pénétré dans une pièce en même temps pour la première fois depuis que nous nous connaissons a sans doute trahi notre trêve.

– Sors, lui ordonne Wolfe, sans menace ni politesse dans sa voix.

Madame Sterling sautille de sa chaise en gloussant. Je me sers un verre d'eau, refusant d'accorder un regard à Wolfe. Nous sommes venus ici parce qu'il souhaite passer plus de temps avec moi. Je ne me fais aucune illusion : ce n'est ni après mon esprit ni après ma conversation qu'il en a. Le caractère définitif de ce qui va se passer me frappe quelque part entre le ventre et le cœur, envoyant des vagues de passion et de panique à travers mon corps.

– Un peu d'eau ? je lui propose d'une voix très haut perchée.

Je lui tourne toujours le dos. Wolfe vient plaquer son corps derrière le mien, tout en faisant courir ses doigts de ma cuisse à ma taille. Il prend un de mes petits seins dans sa paume et je lâche un hoquet, provoqué par la surprise mais aussi par un plaisir inattendu. Ses lèvres chaudes se posent sur mon épaule et je sens durcir son érection contre mes fesses. Mon cœur volette tel un papillon dans ma cage thoracique.

Oh, mon Dieu.

Il est ferme et chaud de partout et la sensation d'être protégée par lui comme par un bouclier me rend à la fois impuissante et invincible.

Je bois mon verre à petites gorgées, prenant tout mon temps, tandis que ses doigts pincent mon téton à travers ma robe et mon soutien-gorge. Je laisse échapper un gémissement, mon dos se cambre malgré moi, et je suis obligée de reposer le verre sur le plan de travail, de peur qu'il ne m'échappe. Wolfe s'esclaffe et redescend la main le long de ma jambe pour l'insinuer par la fente de ma robe. La pointe de ses doigts effleure la couture de ma culotte en coton et je l'entends gronder dans mon oreille. Une violente chair de poule me court sur la peau. Au lieu de fuir – chose que mon instinct me hurle de faire –, je me surprends à vouloir fondre dans ses bras.

C'est moi, l'idiote qui lui ai affirmé ne pas être vierge. Maintenant, je dois gérer les conséquences de mon mensonge stupide.

– De l'eau ? je marmonne à nouveau, horrifiée de sentir ma culotte humide me coller à la peau.

Mon corps a des envies de rébellion et d'aventure sous ses doigts, alors que mon esprit me rappelle que nous sommes toujours ennemis.

À travers ma robe, il plante son érection entre mes fesses et je gémis, les hanches pressées contre le comptoir. Le geste est douloureux mais comme enveloppé d'une brume de plaisir. Je ne comprends pas. Une partie de moi a même envie qu'il recommence.

– Tout ce dont j'ai envie, là, c'est de ma future épouse.

– Euh…

Je lève les yeux au plafond, en quête d'une réplique. Est-ce qu'il compte me prendre par-derrière comme un animal ? Le sexe pour moi est une terre inconnue. J'ai largement eu le temps pour surfer sur le Net et lire tout ce qui s'y dit de mon futur époux. C'est un homme à femmes qui a eu plus que sa part de petites amies et d'aventures. Toujours de bonne éducation, des femmes de la bonne société tout en jambes, aux cheveux brillants et à l'arbre généalogique idéal. En feuilletant les tabloïds, je les ai vues accrochées à son bras, à le dévorer des yeux comme s'il était un cadeau précieux qui venait de leur être offert. Mais au milieu des articles élogieux le concernant, j'ai aussi trouvé des unes qui flirtaient avec le scandale. Des chambres d'hôtel aux poubelles débordant de préservatifs usagés ; un incident aux toilettes lors d'un gala organisé par son parti politique ; il s'est même retrouvé enfermé à clé dans une voiture avec une princesse européenne pendant deux heures, s'attirant le mépris de la famille et du pays de la demoiselle.

– On doit y aller doucement. Je ne vous connais pas encore.

Tremblante, ma main trouve le chemin de son épaule, où je le repousse maladroitement sans beaucoup de force. Je lui tourne toujours le dos.

– Partager le même lit permettra de rectifier ça, me fait-il remarquer.

Si seulement j'avais réfléchi à deux fois, avant de lui balancer que j'avais couché avec Angelo. Hélas, mon mensonge n'a fait que prendre de l'importance au fil du temps.

Il m'oblige à lui faire face et me pousse complètement contre le comptoir. Je suis à la fois sidérée et perturbée par la facilité avec laquelle il me manipule.

– Doucement, je répète d'une voix frémissante.

– Doucement, acquiesce-t-il en me soulevant sur le plan de travail.

Il se place entre mes jambes comme s'il avait fait ça des milliers de fois – ce qui est le cas, mais pas avec moi. Ma robe remonte et s'il baisse les yeux

– évidemment qu'il le fera –, il verra ma culotte assortie et la tache de désir impossible à rater juste au niveau de ma fente.

Il empoigne mon derrière comme dans un étau, plaquant nos entrejambes l'un contre l'autre, et ma respiration s'accélère face à la chose que rencontre ma culotte mouillée. Très mouillée. Je suis trempée. Mortifiée, j'espère qu'il ne va pas me toucher là, parce que cela ne ferait que lui prouver à quel point j'ai envie de lui. Mes paupières s'abaissent, lourdes de désir. Il pose les lèvres sur les miennes et m'embrasse longuement, fort, plonge dans ma bouche à une cadence qui enflamme mon ventre d'un désir brûlant. Il presse nos deux corps l'un contre l'autre et frotte son sexe gonflé contre le mien ; quant à moi, je gratte son dos comme j'ai vu des femmes le faire dans des films. Je ressens un immense plaisir à pouvoir le toucher comme j'en ai envie. C'est si bon que je refuse de penser à autre chose.

Comme le mensonge qui nous unit. Ou le fait que ce mensonge est meilleur que la vérité – la réalité de ma vie. Je mets de côté mes sentiments pour mon père, Angelo qui me manque et mon inquiétude pour *mama*. Il n'y a que nous deux, enfermés dans une bulle dont je sais pertinemment qu'elle est sur le point d'éclater.

Wolfe insinue une main entre nous et caresse mon sexe à travers le tissu de ma culotte. Je suis tellement mouillée que j'ai presque envie de m'excuser. Il continue de m'embrasser, émettant des petits sons satisfaits dans ma bouche chaque fois que j'ondule ou que je gémis.

– Tu es tellement réactive, marmonne-t-il d'un ton qui ressemble furieusement à de l'émerveillement, entre deux baisers de plus en plus coquins, longs et mouillés, tout en me caressant le sexe plus vite.

Être réactive, c'est une bonne chose ou pas ? Voilà encore un sujet d'inquiétude pour la gentille fille que je suis. J'ouvre plus grand les jambes, l'invitant à continuer ses caresses magiques. Certaines filles se touchent, moi je préfère éviter. Non que je trouve ça répréhensible, mais je ne peux pas me permettre de perdre ma virginité par accident, ça, je le sais. Elle n'a pas de prix. Mais cet homme-là est mon futur époux et en plus, il a l'air d'aimer ça. Et moi aussi.

D'après ce que je sais, c'est censé faire mal la première fois, pourtant une partie de moi se réjouit que l'expérience se passe entre les bras experts de Wolfe. Mon corps tout entier me picote et j'ai l'impression que je vais exploser, d'être au bord de quelque chose de monumental.

Sa bouche couvre la mienne avec une colère redoublée, mais ce n'est pas la même que le jour où il m'a chassée de sa chambre.

– Tu es trempée, grogne-t-il en enfonçant la moitié de son pouce dans mon sexe à travers ma culotte.

Je me cambre et ferme les yeux. Mon corps implose sous un millier de sensations. Naturellement, mes doigts se dirigent vers le renflement entre ses jambes. Énorme et dur, encore plus chaud à travers le pantalon que le reste de son corps. Soudain, une pensée terrible me traverse l'esprit : je le veux dans ma bouche. Qu'est-ce qui me prend ? Pourquoi ai-je envie de lui comme ça ? En tout cas, ce n'est certainement pas un détail que je voudrais partager avec Clara ou *mama*. Pas même avec madame Sterling. *Doux Jésus, Francesca. La bouche. Petite perverse.*

Il m'attrape par les cuisses et noue mes jambes autour de sa taille, sans cesser de m'embrasser tout le long du trajet qui nous mène en haut de l'escalier, mes bras autour de son cou. Je comprends qu'il m'emporte dans une chambre – la sienne ou la mienne – et que je ne peux pas y aller. Il faut que je lui avoue que je suis vierge. Que dans mon monde, on a des règles. Et l'une des miennes, c'est : pas de sexe avant le mariage. Sauf que c'est carrément trop gênant dans la situation actuelle. Je dois choisir le moment et le lieu pour me confesser.

– Posez-moi par terre, je bredouille entre deux baisers passionnés.

– En général, je ne pratique pas le sexe oral, mais tu es assez trempée pour baiser n'importe quoi.

Hein ? La peur m'enserre la gorge, enfonce ses griffes dans mon cou. Il est quasi prêt à me violer ici, par terre. On est déjà sur le palier quand je me mets à le repousser, à dénouer mes jambes de sa taille. Il me relâche immédiatement et m'observe alors que je m'écarte de lui, titubante. Je me cogne même le dos contre le mur.

– Némésis ?

Sourcils froncés, il baisse le menton. Il a l'air plus perplexe que furieux. Malgré tous ses défauts, jamais il ne m'a forcée à quelque rapport physique que ce soit.

– J'ai dit que je n'étais pas prête !

– Oui, et tu l'as dit sur le même ton que si j'étais en train de t'obliger à franchir les portes de l'enfer. C'est quoi, le problème ?

J'ai honte. Mon mensonge me fait honte, ma virginité me fait honte. Et par-dessus tout, j'ai honte de le désirer aussi fort. C'était donc ça qu'il me fallait pour oublier aussi facilement Angelo ? L'érection de Wolfe entre mes jambes ?

– Tu es vierge ?

Ses lèvres esquissent presque un sourire. C'est si rare sur le visage de mon fiancé que je commençais à le croire incapable d'éprouver une joie réelle.

– Bien sûr que non.

Je fais volte-face et prends la direction de ma chambre. Il m'attrape par le bras et m'attire de nouveau contre lui. Je me liquéfie littéralement contre lui.

– J'ai juste besoin d'un peu de temps. Vous avez quand même plus d'expérience que moi.

– Ce n'est pas une compétition.

– J'ai lu les journaux, je lui jette, les paupières plissées sous un regard accusateur. Vous êtes un Casanova.

Son torse danse contre le mien alors qu'il est secoué par un rire.

– Casanova. (C'est donc mon choix de mot qui l'amuse.) Dois-je vous escorter vers le portail temporel le plus proche, afin de vous renvoyer au XVIe siècle, ma mie ? demande-t-il dans une imitation de vieil anglais élisabéthain.

Je parle comme une prude, je m'en rends bien compte. Pire encore, je sais que j'ai été élevée pour l'être et que me débarrasser des chaînes de mes scrupules datés sera compliqué. Disons que je n'ai pas dix-neuf ans. Pas vraiment. J'ai les manières d'une quinquagénaire et l'expérience d'un bébé. Merde.

– Laissez tomber.

Il essaye de contenir son sourire, en vain.

– OK, on ne baise pas. On peut s'amuser un peu quand même. Comme au lycée. Ça me rappellera le bon vieux temps.

Voilà qui me paraît aussi dangereux que de faire la chose complètement. La simple idée de me trouver dans la même pièce que lui avec la porte fermée, ça sent déjà le scandale, quelque part.

– Dans votre chambre ?

Il hausse une épaule.

– Comme tu veux. L'un de nous deux devra s'en aller une fois que ce sera fini. Je ne partage pas mon lit avec une femme.

– Et un homme ?

Je reviens dans mon élément, ravie d'être en territoire familier.

– Surveille ta bouche, mademoiselle Rossi, si tu ne veux pas y retrouver quelque chose de long et dur fiché dedans pour te clouer le bec.

Cette fois, je sais qu'il plaisante. D'ailleurs je dois masquer un sourire en baissant la tête.

– Dormir seul, c'est un principe à vous aussi ?

– Oui.

Donc, il ne partage pas sa couche avec ses compagnes, ne pratique pas le sexe oral et n'est pas intéressé par une relation avec une femme. Même si je n'y connais pas grand-chose en matière de couple, je suis quasi certaine que mon futur époux n'est pas une super bonne affaire.

– J'ai l'impression qu'une question à la Francesca se prépare.

Il fouille mon visage et je me rends compte que je suis en train de me mordiller la lèvre dans ma réflexion.

– Pourquoi ne pratiquez-vous pas le sexe oral ? je lui demande en rosissant de nouveau.

Évidemment, ça n'aide pas que nous ayons cette conversation au milieu du palier, où madame Sterling pourrait nous entendre à travers la mince porte de sa chambre. Wolfe, bien entendu, est tout sauf gêné. Une épaule appuyée au mur, il m'observe de son regard nonchalant.

– En fait, j'aime assez bien le goût du sexe féminin. C'est m'agenouiller qui me déplaît énormément.

– Vous trouvez ça dégradant ?

– Jamais je ne m'agenouillerai devant quelqu'un. Ne le prends pas personnellement.

– Il doit bien y avoir des tas de positions qui ne vous y obligent pas.

Qu'est-ce que je dis, moi ?

Il sourit, arrogant.

– Quelles qu'elles soient, celui qui pratique le sexe oral est toujours dans la position du moins que rien.

– Et comment se fait-il que vous ne partagiez votre lit avec personne ?

– Les gens s'en vont. S'attacher à eux ne sert à rien.

– Un mari et sa femme ne sont pas censés se quitter.

– Pourtant, tu n'hésiterais pas à décamper, n'est-ce pas, ma chère fiancée ?

Je ne réponds pas. Il s'écarte du mur et s'avance d'un pas vers moi pour me relever le menton du pouce.

Il a tort. Du moins, il n'a pas complètement raison. Je ne suis plus aussi obsédée par l'idée de le fuir. Plus depuis que j'ai compris que mes parents ne se battraient pas pour moi. Quant à Angelo, il m'a promis que nous passerions le reste de notre vie terrestre ensemble, et pourtant, je n'ai plus de nouvelles de lui. À chaque jour qui passe, j'ai de moins en moins de mal à respirer, de moins en moins l'impression qu'on m'a planté un couteau dans les poumons. En revanche, je ne compte pas l'avouer à Wolfe. Je ne répéterai pas tout haut ce que mon corps lui a dit dans la salle de piano chez mes parents.

Je me suis éloignée de lui pour lui communiquer tout ce que j'avais à dire. À savoir que je ne suis pas prête.

– Bonne nuit, scélérat.

Je me dirige tranquillement vers ma chambre.

– Dors bien, Némésis.

Le ton acéré de sa voix m'atteint dans le dos, comme une griffure, pourtant il a cédé. Accepté ma réticence à aller plus loin.

CHAPITRE 10

WOLFE

Depuis la banquette arrière de ma Cadillac, je suis des yeux le détective privé que j'ai embauché. Il claque sa portière et se dirige vers la porte d'entrée des Rossi. Il frappe. La mère de Francesca ouvre et il lui tend l'enveloppe en papier kraft, avant de tourner les talons sans un mot, suivant mes instructions à la lettre.

Arthur Rossi a tenté de détruire les preuves que j'ai contre lui ? Eh bien, je vais le détruire, lui. J'ai rempli les rues de Chicago de policiers et de taupes venues en renfort. Cela fait trois décennies que ce type règne sur ces rues d'une main de fer. En seulement quelques petites semaines, j'ai réussi à le priver d'une bonne partie de son pouvoir. Mon détective privé m'a rapporté qu'Arthur buvait de plus en plus, qu'il dormait de moins en moins et qu'il avait même levé la main sur deux de ses soldats les plus fidèles. Pour la première fois en trois décennies, on l'a surpris quittant l'un de ses propres clubs de strip-tease en portant non seulement l'odeur de cigare et d'alcool, mais aussi du sexe d'autres femmes. Deux d'entre elles, étrangères à la ville, ont eu la bêtise de laisser le détective prendre des photos d'elles en compagnie d'Arthur. Bref, j'ai entre les mains le moyen de lui créer beaucoup d'ennuis, et on dirait bien que le caillou que je suis dans sa chaussure n'est pas près de disparaître.

Je vois le visage de la mère de Francesca se plisser quand elle tire les photos de l'enveloppe. Au même moment, je serre une lettre dans ma main. Une missive que son époux m'a adressée. Et qui contiendrait de l'anthrax, j'en suis persuadé, si ça ne risquait pas d'être trop incriminant pour lui. La mère de Francesca se rue à la poursuite de la Hyundai blanche du détective, mais il a démarré trop vite pour qu'elle ait le temps de le questionner plus avant sur les documents qu'il lui a donnés.

Je déchire l'enveloppe et parcours la lettre. Il s'agit d'une proposition d'organiser une fête pour sa fille et moi. C'est suspect, j'ai envie de lui accorder le bénéfice du doute. Sans doute compte-t-il jouer le grand jeu et faire croire aux gens que notre mariage a sa bénédiction, et ainsi, en tirer quelque bénéfice. D'autant que l'incendie déclenché au *Murphy's* ne lui a pas bien réussi. Mon attaché-case (qui ne contenait pas les preuves contre lui, contrairement à ce dont on l'avait informé) a certes disparu, sauf qu'à présent il a relancé la guerre avec les Irlandais, qui y ont vu une attaque directe à leur encontre.

Dire que la dernière rencontre entre Francesca et ses parents s'est terminée sur une mauvaise note serait l'euphémisme du siècle, et cette fête pourrait leur donner une chance de recoller les morceaux. Non que j'aie l'intention de jouer à *Notre belle famille* avec un mafieux, mais la dernière chose dont j'aie envie, c'est d'un mariage marqué du sceau du scandale et d'une mariée en larmes. Or, à mon grand déplaisir, il s'avère que la future madame Keaton excelle dans l'art d'ouvrir la fontaine à larmes chaque fois que les choses ne se passent pas selon sa vision idyllique des choses.

Francesca est encore à l'église. Elle y passe beaucoup de temps, car en plus d'être prude et pleureuse, elle est aussi – vous l'aurez deviné – une nonne refoulée. Point positif, ça arrangera ma réputation. Une bonne famille chrétienne, ça fait bien. Les gens n'ont pas besoin de savoir que la mariée préfère se taper un ami de la famille plutôt que le marié lui-même.

Aujourd'hui, elle doit superviser la décoration pour nos noces. Vu qu'on est tombés d'accord pour se passer de dîner de répétition, on a opté pour une cérémonie rapide à l'église, suivie par une réception modeste chez ses parents. Arthur demande aussi dans sa lettre si nous ferons au couple Rossi l'honneur de passer la nuit dans leur demeure et de partager avec eux un petit déjeuner de fête, le lendemain. Ça m'offrirait une excellente occasion de m'asseoir enfin face à lui pour tout lui déballer, pièce par pièce. Comment je vais lui prendre tout ce pour quoi il a toujours travaillé. Ensuite, je lui annoncerai que rien de ce qu'il a acquis au fil des années n'entre en compte – ni l'argent, ni les propriétés, ni la réputation – et que rien dans toute cette richesse ne l'aidera dans cette situation pénible. Que Francesca et moi ne lui donnerons pas de petits-enfants.

En plus, ça ne fera pas de mal à ma femme de passer du temps avec sa mère. Une sorte de récompense pour son comportement raisonnable.

– À la maison, j'ordonne à Smithy.

– Vous avez le rassemblement d'avant-match à dix-huit heures, me rappelle l'un de mes agents de protection des personnalités (dénomination prétentieuse pour « garde du corps », mais c'est aussi bien car il y n'y a pas la moindre chance que je retienne son vrai nom).

En général, c'est le boulot de mon assistant personnel, de me remémorer mes obligations sociales. Hélas, il souffre de sa cinquième gastro de l'été et passe son temps à abreuver Smithy et mes gardes du corps de SMS pour me rappeler mon emploi du temps heure par heure.

J'agite la main.

– Faites vite, dans ce cas.

Alors que nous dépassons à toute allure les Sears Towers, des vendeurs de pizza avec leurs hideux signaux lumineux fluorescents et des musiciens de rue jouant leur version des tubes du moment, je pense à ma fiancée. Francesca prend de l'importance pour moi comme les ongles des mains : lentement, avec détermination et sans aucune attention ni encouragement de ma part. Elle m'attend tous les soirs dans son potager, entourée d'une odeur étrangement attirante de boue, de cigarette et de savon, et sans grand-chose de plus sur elle qu'un long tee-shirt quasi transparent qui lui colle au corps avec la sueur et la rosée. Elle est toujours surprise et ravie quand je l'allonge sur le sol mouillé, encore vêtu de mon costume, que je presse un genou entre ses cuisses et que je dévore sa bouche sucrée jusqu'à ce que nos lèvres soient douloureuses et notre bouche sèche.

Elle halète chaque fois que je presse sa main sur mon sexe à travers mon pantalon ajusté et elle a même osé le serrer dans sa paume sous le pavillon, un endroit assez exposé pour qu'elle s'y sente en sécurité, mais assez caché pour que nous n'ayons pas de public. Ses pupilles se sont dilatées de plaisir quand j'ai effleuré son clitoris pas tout à fait par accident à travers sa culotte. Chaque fois que je lui laisse l'occasion de s'écarter, elle plaque son corps au mien, comme si nous ne faisions qu'un. J'ai tenu parole et me suis abstenu d'initier un rapport sexuel. Il me semble cependant que le jour où nous coucherons ensemble approche à grands pas, tout comme notre mariage.

Elle est réceptive, humide et… fascinée. Le temps est loin des Kristen blasées et expérimentées.

Francesca, même si elle a déjà eu des hommes dans son lit, est une terre vierge. Je vais lui apprendre tous les trucs cochons que le petit Bandini n'a pas pu lui montrer et je vais bien m'amuser.

Je me suis rendu dans sa chambre quelques fois quand je la savais absente et, chaque fois, je guette deux choses. Le troisième message – qu'elle n'a pas encore ouvert. Je le sais, parce que la petite clé dorée de son boîtier est toujours placée exactement au même endroit, elle n'a pas bougé d'un pouce entre les fissures de son luxueux parquet ancien. Le sol devait être remplacé avant son arrivée, mais à présent que je sais où elle conserve ses secrets, j'ai décidé de garder les fissures intactes. L'autre chose que je fais systématiquement, c'est de vérifier son téléphone, pour le cas où il contiendrait des traces d'Angelo. Il n'y en a aucune. Ses messages, elle n'y a pas répondu, même si elle ne l'a pas effacé de ses contacts.

– Nous y sommes, m'annonce Smithy en se garant devant le lycée de Lincoln Brooks.

Cet établissement a produit plus de membres de gangs que de citoyens instruits, pourtant ça fait partie de mon boulot de sourire, de saluer et de faire semblant que tout se passera bien pour les élèves. D'ailleurs ça se passera bien, une fois que j'aurai nettoyé leurs rues des employés du père de Francesca. Le protocole exige que ce soit l'un des agents de protection des personnalités qui ouvre ma portière tandis que l'autre se poste derrière moi en permanence. C'est donc ce qu'ils font. Je traverse la pelouse jaunie et irrégulière, en direction du bâtiment bas, gris et tristement carré, passant devant les barricades métalliques destinées à contenir les élèves surexcités et leurs parents, venus voir l'ancien élève devenu rappeur qui doit donner un mini-concert ici, plus tard dans la soirée. Le gamin a plus d'encre sur le visage qu'un livre de *Harry Potter* et quelques cicatrices douteuses.

Je m'avance, le pas léger, vers la proviseure du lycée, une femme bien faite de sa personne, mais attifée d'un tailleur bon marché et d'une coupe de cheveux des années quatre-vingt. Elle court à ma rencontre, enfonçant ses talons dans le sol sec sous nos pieds.

– Sénateur Keaton ! Nous sommes plus que ravis…

Elle est interrompue par un coup de feu. L'un de mes gardes du corps saute sur moi d'instinct, me projette à terre. Le ventre collé au sol, je tords le cou sur le côté pour observer la foule de l'autre côté de la barrière. Les gens se mettent à courir dans tous les sens, les parents tirent sur le bras de leur enfant, les bébés pleurent et les enseignants, hystériques, hurlent aux élèves de se calmer.

La proviseure glisse au sol et me braille au visage en se couvrant la tête des mains.

Merci pour votre aide, Madame.

Une autre balle déchire l'air. Et une autre. Et encore une autre, chacune plus proche de moi.

– Laissez-moi bouger, descendez de mon dos, je grogne au SPHP que j'ai sur le râble.

– Mais le protocole…

– Il peut aller se faire foutre, le protocole, j'aboie – les restes de mon ancienne vie, tout sauf délicieuse, s'insinuent parfois dans mon langage. Appelez les secours et laissez-moi gérer ça.

À contrecœur, il soulève son corps massif du mien et je bondis sur mes pieds pour courir vers le gamin muni de l'arme. Je doute qu'il lui reste encore beaucoup de balles dans son truc. Et même s'il en a, il a prouvé qu'il était nul pour viser. Il ne réussirait pas à me trouer la peau si je l'enlaçais, le gars. Je me précipite sur lui, sachant que mon acte est moins courageux que vindicatif et stupide, mais je ne m'en soucie guère.

Tu es allé trop loin, Arthur. Plus loin que je ne t'en aurais cru capable.

Il a bien joué en m'envoyant cette invitation à la fête et en proposant qu'on passe la nuit chez lui. En fait, il se forgeait un alibi. Je parie qu'il est assis quelque part dans un lieu public, en ce moment. Peut-être même en train de remplir des bols de bouillon dans une putain de soupe populaire.

Le temps que je parvienne à m'approcher assez de mon assassin boutonneux, la foule s'est dissipée et il se retrouve esseulé. Il tourne les talons et se met à courir. Mais je suis plus rapide. Je l'attrape par le dos de son tee-shirt blanc et le tire en arrière vers moi.

– Qui t'envoie ?

– Je ne sais pas de quoi vous parlez ! crie-t-il en donnant des coups de pied en l'air.

Je le traîne par terre, non sans l'avoir délesté de son arme, que j'ai écartée du pied.

Moins de dix secondes plus tard, dix véhicules de police nous entourent de tous côtés, des officiers des forces spéciales en émergent, armés et protégés, qui arrêtent le gamin de façon officielle. Je jure à mi-voix : j'aurais eu besoin de quelques minutes de plus avec lui. Je sais, sans l'ombre d'un doute, qu'il ne lâchera pas le nom d'Arthur. Mais mon SPHP et mon chauffeur m'escortent déjà à l'autre bout du bâtiment, avec deux policiers et quatre officiers sur nos talons.

– Ce que vous avez fait aujourd'hui est admirable, sénateur Keaton. Les fusillades en milieu scolaire sont un vrai problème, de nos jours, et je… commence la proviseure.

Bon Dieu, ferme-la.

– Des blessés ? je la coupe.

– Pas pour le moment, me répond l'un des officiers tandis que nous nous dirigeons vers ma voiture. Mais vous allez être au centre de toutes les conversations pendant les jours à venir. C'était héroïque.

– Merci.

Je déteste les compliments. Ils rendent faible et font baisser la garde.

– Zion dit que vous devrez faire une apparition dans les médias aujourd'hui, m'annonce mon SPHP – celui qui a fait bouclier de son corps face aux balles –, en regardant son téléphone.

– Bien.

Je sors mon portable et trouve aussitôt le numéro d'Arthur. Mon premier SMS à mon futur beau-père.

Merci pour l'invitation. Ma fiancée
et moi l'acceptons avec joie.

Je range l'appareil dans la poche poitrine de ma veste, tout sourire. Arthur Rossi a tenté de m'abattre. Il est sur le point de découvrir qu'il est un chaton et moi un chat. Avec neuf vies. J'en ai déjà usé deux, il m'en reste sept.

***

Les jours suivants sont occupés par des apparitions dans les médias, pour faire prendre conscience du problème des fusillades en milieu scolaire et revenir en détail sur chaque seconde de l'incident. Personne ne soupçonne qu'il s'agissait d'une tentative d'assassinat sur moi. Le gamin, ancien élève d'une école italienne et militaire en vacances qui s'est dégonflé et doit encore apprendre à viser, est désormais en garde-à-vue et répète à l'envi que ce sont les jeux vidéo qui l'ont poussé à faire ça.

Le jour de la réception pour nos fiançailles, Nem et moi devons nous retrouver en bas à dix-neuf heures.

J'ai pris une douche et me suis habillé au bureau, mais je suis rentré à la maison dans les délais. La laisser entre les sales pattes d'Arthur n'est plus possible. Ce salopard commence à me faire l'effet d'un électron libre que je ne veux plus vraiment voir dans ma vie aux rouages bien huilés.

Arrivé à l'heure, donc, je trouve Francesca qui m'attend dans une robe du soir blanche très ajustée, qui m'excite sur-le-champ. Dieu qu'elle est belle. Et Dieu que je vais bien la baiser, ce soir. Même si je dois lui accorder les préliminaires qu'elle aime tant jusqu'à ce que ma langue en tombe. Cette fille est délicieuse, comme un fruit bien mûr. Et elle m'appartient.

À moi, à moi.

À moi.

Si je répète assez souvent ces mots dans ma tête, ils se réaliseront.

Je m'avance vers ma future épouse, l'attrape par la taille et l'embrasse ouvertement devant Sterling, qui s'affaire sur le bas de la robe de Francesca. La vieille femme manque de s'évanouir quand nos lèvres se touchent. Elle me connaît depuis toujours et ne m'a jamais vu embrasser une femme, en public ou ailleurs. Sterling virevolte vers la cuisine, le pas léger, afin de nous accorder un peu d'intimité. Francesca et moi haussons les sourcils tous les deux – nos corps fonctionnent ensemble, maintenant.

– Comment tu te sens ?

Elle me pose souvent cette question, depuis l'accident à l'école. J'aimerais qu'elle s'en abstienne. Ça ne fait que me rappeler constamment qu'elle est le pion du coupable, même si elle n'a aucune idée des manœuvres de son père.

– Arrête de me demander ça. La réponse sera toujours la même : ça va.

– Pour être honnête, ce n'est plus moi qui m'inquiète, à ce stade. Tu savais que madame Sterling épiait tous nos faits et gestes ?

Nem plisse son petit bout de nez. Je lui donne une pichenette joueuse sur le menton. La fascination qu'éprouve Sterling pour les affaires d'autrui, je l'ai apprise de façon brutale. Un soir où je m'étais masturbé dans ma chambre, voisine de la sienne, à l'âge de treize ans, j'ai trouvé une boîte de Kleenex sur ma table de chevet et une brochure sur « Le sexe sans danger », dès le lendemain. À son crédit, j'avoue avoir lu ce truc deux fois et jamais, au cours de mes trente années d'existence sur cette planète, je n'ai eu de relation sans préservatif.

– Je me demande comment elle réagira quand on fera plus que s'embrasser, fait ma rougissante fiancée en baissant les yeux.

Je ne ferais pas ça à ta place, chérie. J'ai une folle envie de toi alors je me fiche de savoir si on a un public ou pas.

– Je te propose de le découvrir cette nuit.

– Comme tu es curieux ! Tu ferais un excellent détective privé.

Elle mordille ses lèvres souriantes.

– Le seul mystère que j'ai l'intention de percer, c'est jusqu'où je vais pouvoir m'enfoncer en toi.

– Je n'en reviens pas que ce gars soit sénateur… marmonne-t-elle pour elle-même.

Moi non plus. Sur cette note guillerette, nous partons, bras dessus, bras dessous.

L'ambiance de la soirée change du tout au tout à l'instant où nous posons le pied dans le manoir des parents de Francesca. Ce qui n'est pas inattendu, mais désagréable tout de même.

Pour commencer, dès que nous arrivons sur la propriété des Rossi, je remarque les camionnettes de différentes chaînes d'informations agglutinées un peu partout dans le voisinage, bloquant la rue principale et causant l'agitation des badauds. Arthur a invité les journalistes et les médias locaux. Et eux, bien entendu, ils ont accouru, le petit doigt sur la couture du pantalon sur le pas de sa porte. Un sénateur qui épouse la fille d'un mafieux. C'est plus juteux qu'une orange bien mûre.

Déterminé à ne pas le laisser bousiller ma vie plus qu'il ne l'a déjà fait, j'ouvre la portière de Francesca et l'escorte jusqu'à son ancienne maison, ignorant les sifflets des reporters et les flashs des appareils des photographes qui les accompagnent. Une fois à l'intérieur, Francesca s'accroche à moi comme si j'étais sa bouée de sauvetage et je me rends compte avec crainte plutôt que joie que, d'une certaine manière, je suis sa bouée de sauvetage.

Némésis ne considère plus cet endroit comme sa maison. C'est moi, maintenant, sa maison. Et elle me hante plus que jamais ; je suis prêt à exorciser ce besoin dévorant que j'ai d'elle.

Ses parents s'avancent vers nous, à bonne distance l'un de l'autre. Sa mère a l'air de n'avoir pas dormi depuis environ deux mois, porte trop de maquillage pour camoufler son état mental et Arthur paraît avoir rétréci de quelques centimètres. Vu que je ne m'étais fait aucune illusion sur Sofia Rossi et sa capacité à quitter un mari qui la trompe, je dois considérer que j'ai accompli exactement ce que j'ambitionnais : j'ai encore secoué sa barque et détruit une nouvelle facette de sa vie.

Nous nous plions aux habituelles embrassades, trinquons – « *Salute !* » – au Bellini, et puis ils nous présentent à leur cercle d'amis. Je remarque immédiatement et simultanément trois détails :

Arthur Rossi a invité une journaliste aux jambes interminables, très blonde, qui a beaucoup perdu récemment, donc très vindicative, qui se trouve avoir une connaissance très intime de mon anatomie : Kristen Rhys.

Il a aussi invité des gens parmi les plus louches et à la réputation la plus douteuse du pays, notamment d'anciens détenus, des chefs de gangs, du genre dont je me tiens normalement à distance. Il espère que cela contaminera ma réputation, ce dont je ne doute pas un instant, puisque Kristen est là pour en prendre bonne note.

Sans avoir vraiment besoin de regarder, je constate la présence d'Angelo, qui sirote un verre de vin en faisant tranquillement la conversation avec d'autres invités.

Bref, cela prouve qu'il n'a pas du tout l'intention d'aller dans mon sens ni de montrer que les Rossi approuvent cette union. Non, c'est un piège.

– Nous avons un sacré public, ce soir. Vous pensez savoir gérer notre genre d'invités ?

Arthur fait tournoyer sa boisson dans son verre et m'adresse un sourire menaçant. Nous ne nous sommes pas reparlé depuis que j'ai répondu à son invitation, après laquelle je n'ai pas tout raconté aux autorités de ce qui s'est vraiment passé à l'école. Ça me donne encore plus de marge de manœuvre : un secret de plus que je peux utiliser contre lui. Bien sûr, ça signifie que la propriété grouille d'agents de sécurité, grâce à mon futur beau-père.

Heureusement, il ne nous reste plus que quelques semaines de mascarade. Francesca et moi serons bientôt mariés, et alors, mon plan sera exécuté. Je vais le jeter en prison et m'assurer qu'il y croupira pendant que je m'occuperai de baiser sa fille, et qu'il n'ait d'autre choix que de laisser sa femme accepter la très charitable hospitalité du couple Keaton. Cela dit, je ne suis pas d'humeur assez généreuse pour entretenir la grande maison à Little Italy. La mère de Francesca est la bienvenue si elle veut s'installer dans l'une des multiples propriétés que je possède dans Chicago. L'ultimatum sera clair : si la mère et la fille veulent ma protection, mon argent, et ma clémence, elles devront abandonner Arthur. Je trouve cette justice quasi parfaite. Après tout, il n'est qu'une chose pire que de perdre un proche ou un parent aimé d'une mort inattendue, c'est perdre son amour et son affection alors qu'il est encore vivant.

– Je peux gérer tout ce que vous tenterez contre moi, Arthur. Y compris, mais pas uniquement, votre pion. Dont je m'occupe parfaitement bien d'ores et déjà.

Je ponctue ma saillie d'un bâillement, malgré le regard mi-surpris mi-vexé que me jette Francesca. Je ne parle jamais de mon intimité d'habitude, mais dans ce cas précis, il n'y a vraiment rien à raconter. Car nous n'avons pas dépassé le stade des caresses appuyées. Je n'ai pas l'intention d'humilier Némésis, sauf si ça permet d'atteindre son père. Si j'ai le choix entre heurter sa sensibilité à elle ou sa fierté à lui, j'irais jusqu'à rouler ma future épouse dans la boue pour me payer Arthur. Sans hésiter.

Les narines de Rossi se dilatent, ses yeux me transpercent comme les deux canons d'un fusil. Il se ressaisit rapidement et tourne la tête vers sa fille.

– Angelo Bandini et sa famille sont ici. Quel dommage que ça n'ait pas marché entre Emily et lui, au bout du compte, semble-t-il déplorer, tout en scrutant la réaction de sa fille par-dessus le bord de son verre.

Qu'il boit d'une traite encore une fois, ce qui n'a rien de surprenant.

Némésis, quant à elle, continue de me dévisager, sidérée. Elle doit produire un réel effort pour détacher son regard de moi et le poser sur son père afin de lui répondre. Si j'avais ne serait-ce qu'un minimum de décence, je m'excuserais. En l'occurrence, non seulement je suis un salaud, mais j'ai tout intérêt à ce qu'elle se forge cette opinion de moi avant qu'on couche ensemble. Ça m'aidera à ériger des frontières entre ce que nous sommes et ce que nous ne sommes pas.

– Ah bon ? Je suis désolée de l'apprendre.

Et elle sourit poliment, comme s'ils étaient de parfaits inconnus. Soit ma future épouse est une excellente actrice, soit elle est vraiment remise de cette fixette ridicule sur l'étalon italien.

Sitôt sa phrase terminée, elle reporte son regard sur moi, exigeant une explication. *Ton père est un enfoiré. Ça te va, comme ça ?*

– Ne le dis pas à celui-là, idiote. Va l'en informer, lui, insiste son père, qui la tourne dans la direction opposée, celle de Bandini.

Je m'apprête à accompagner ma fiancée auprès de son *sexfriend*, quand Arthur pose une main ferme sur mon épaule. Son sourire est plein de dents et de menace, et il pue l'alcool. Il a les yeux rouges, plissés, mais focalisés sur moi comme le rayon d'un laser.

– Sénateur Keaton, j'adorerais vous présenter à mon ami Charles Burton.

Autrement dit un membre du Congrès qui vient de démissionner pour échapper à une enquête de moralité, après qu'il avait tripoté certaines de ses employées. Autant que je me tape le premier écureuil venu, ça ferait des unes de journaux moins embarrassantes, et au moins, ça ne remettrait pas en cause mon sens de l'éthique.

– Je ne doute pas que vous en ayez grande envie, mais j'ai des obligations qui m'attendent, je siffle en faisant un pas de côté, si bien que nos épaules se frôlent.

– Allons, allons…

Il m'agrippe le bras, me retient. La seule raison qui me pousse à céder, c'est que je ne souhaite pas faire une scène devant Kristen et lui offrir autre chose à écrire demain matin.

– Vous n'avez pas donné pour sa campagne ?

Si. Avant qu'il aille fourrer sa queue dans tout ce qui bougeait autour de lui au bureau, taille-crayons inclus. Évidemment, Burton est déjà à côté de moi, à m'étreindre et me féliciter, tandis que ma fiancée s'approche tel un aimant d'Angelo Bandini. Le bellâtre se précipite vers elle, d'un pas pressé masquant difficilement son empressement. Cela me file des tics rien que d'assister à la scène. Ils se retrouvent à mi-chemin, s'immobilisent brusquement, les bras ballants. Leur maladresse me dit que rien n'a changé. Ils ne savent toujours pas comment feindre de ne plus s'aimer. Mes yeux les suivent religieusement tandis que Burton m'abreuve de justifications sur sa démission.

Que je sois fasciné par l'interaction entre ces deux-là me perturbe presque. À ce stade, Burton pourrait bien assassiner tout un club de strip-tease, je serais toujours plus intéressé par la manière dont ma future femme – ma putain de fiancée, je vous prie – rougit d'un truc qu'Angelo lui dit, baisse les yeux et repousse une mèche de cheveux égarés derrière son oreille. Ils savent que je les observe, donc ils se tiennent à une distance respectable, mais tout dans leur langage corporel exsude l'intimité. L'endroit dégueule de gens et je dois me rappeler qu'on n'est pas au mariage du fils Bishop. Ils ne pourront pas se faufiler discrètement aux toilettes pour baiser. D'un autre côté, je viens de la sacrifier juste pour faire enrager son père, du coup ma fiancée rebelle a toutes les motivations qu'il lui faut pour me titiller en retour avec l'unique chose qui me rend dingue, ce qu'elle sait parfaitement : son ex je-ne-sais-pas-quoi (j'ignore et ne veux pas savoir comment ils se désignaient).

– … et moi, je leur ai dit que jamais, sous aucun prétexte, je ne passerais au détecteur de mensonges, continue de déblatérer Burton, la main fermée sur mon épaule. Le culot qu'ils osent seulement me le demander…

– Dites-moi, Charles, je l'interromps.

– Oui ?

– Je n'en ai rien à battre des raisons qui vous ont poussé à démissionner, pas plus que du reste de votre carrière inexistante. Je vous souhaite une belle vie. Ou pas. J'ai le regret d'ajouter que de ça non plus, je n'en ai rien à foutre.

Sur quoi, je me débarrasse de son étreinte, je prends une coupe de champagne sur l'un des plateaux en argent qui passent çà et là dans la salle bondée, portés par un serveur déguisé en pingouin, et je me précipite vers ma future épouse. Je ne suis plus qu'à quelques mètres d'eux quand une épaule fend la foule pour venir me bloquer le passage.

Mon regard tombe sur le sommet d'un crâne gris, cheveux soigneusement gominés en arrière. Bishop.

Il secoue la tête, un sourire satisfait jusqu'aux oreilles. Enfin, après des semaines où j'ai fait planer une menace au-dessus de son avenir depuis que j'avais appris que White et lui touchaient des pots-de-vin de la part d'Arthur, il est en position de me nuire aussi.

– Dix-neuf ans, hum ? Elle doit être aussi serrée que notre fichu budget, ricane-t-il en faisant tourner le whisky dans son verre.

– Qu'est-ce que vous connaissez aux trucs serrés, vous ? Tout ce qui vous concerne est lâche, y compris votre morale, je rétorque sur le même ton.

En toute circonstance, je suis un parfait gentleman et un interlocuteur poli en société. Mais Bishop et White ne sont plus des gens que j'ai besoin d'impressionner favorablement. Je le sais depuis avant le bal masqué, c'est d'ailleurs pourquoi, au départ, je m'étais autorisé à énerver Francesca, ce soir-là.

– Je n'ai pas souvenir que vous ayez fait une impression très favorable à la petite Rossi, la première fois que vous vous êtes rencontrés. Disons pour faire simple que je ne suis pas le seul à avoir une morale discutable dans cette pièce, ajoute-t-il, sans cesser d'adresser sourires et saluts de la main aux gens qui nous entourent.

– Quoi que vous sous-entendiez, ne vous gênez donc pas, dites-le tout haut, je siffle.

– Pour commencer, vous faites chanter Arthur pour avoir sa fille. Ça au moins, c'est clair. Cette fille ne vous aime pas.

Il désigne Francesca et Angelo d'un coup de menton. Ce dernier a dit quelque chose qui lui fait porter la main à sa bouche et baisser la tête. Amoureuse.

– Ce que j'essaie de savoir, c'est... est-ce que ça signifie que White et moi, nous sommes à l'abri ?

Béni soit le diable de nous envoyer des imbéciles tels que Bishop, à qui l'on a offert leur vie sur un plateau d'argent. Il s'imagine vraiment que mon objectif, c'est de me taper une fille jeune plutôt que de faire tomber le plus gros *mafioso* de Chicago depuis Al Capone. Évidemment, ça œuvre à mon avantage. Si Bishop et White ont l'impression que j'ai déjà obtenu ce que je visais, ils vont baisser leur garde.

Alors, bien que séparer Francesca et Angelo soit ma priorité, régler cette seconde affaire devient plus important.

– J'ai ce qu'il me faut, j'affirme avec un sourire.

Bishop hoche la tête, tout sourire lui aussi, et me tape sur l'épaule. Puis il se penche vers moi :

– Elle est comment, au lit ? Agnelle ou lionne ? En tout cas, elle est sublime, Keaton.

Je suis content qu'il ne soit pas possible d'étrangler quelqu'un d'un simple regard, sans quoi Preston Bishop serait mort, et moi, emmené au poste de police le plus proche. Je ne sais ni ne veux savoir pourquoi ça m'irrite autant que le gouverneur parle de ma future épouse comme si elle était une pouliche de course que je viendrais d'acheter. Je vide mon verre de champagne et lève le menton.

– Et votre femme, elle est comment au lit ?

Il cille.

– Je vous demande pardon ?

– Non, je ne pense pas vous l'accorder, Preston. L'âge de mademoiselle Rossi ne vous autorise pas à parler d'elle comme d'un morceau de viande.

– Mais…

– Passez une bonne soirée.

Je le contourne, non sans maudire Arthur, Angelo d'exister et moi-même d'avoir un jour voulu mettre la main sur une belle sirène déguisée en Némésis. Ma décision de l'épouser était censée enchaîner davantage Arthur à mon projet et laver ma réputation. Au lieu de quoi, elle rend tout mille fois plus difficile. Je fouille la foule des fêtards en quête de Nem, mais tombe sur Kristen à la place, qui lève son verre dans ma direction, un sourire roublard aux lèvres.

Une invitation que je choisis de décliner en faisant mine de ne pas remarquer son geste, sans pour autant cesser de passer au crible la salle pendant de longues minutes, au bout desquelles j'arrive à la conclusion que Francesca et Angelo n'y sont plus. Je grimpe à l'étage, vérifie dans sa chambre et dans toutes les autres pièces que compte la maison, puis les salles de bains, avant de me rappeler que ma fiancée est une fana des jardins. J'ai d'abord pensé que si Angelo et Francesca voulaient baiser, ils choisiraient un endroit intime. Sauf que j'ai oublié un petit détail : Némésis affirme avoir aimé Angelo. Quelques baisers volés et des promesses échangées à la hâte sous le ciel embrasé de rose par un coucher de soleil, c'est tout aussi bien qu'un rendez-vous entre les draps, pour eux.

Alors je dévale les marches conduisant au jardin et les trouve assis sur une fontaine de pierre, les genoux tournés vers l'autre. Il lui caresse la joue et elle le laisse faire. Il lui passe une mèche de cheveux derrière l'oreille et elle le laisse faire. Il colle son front contre le sien et ça aussi, elle le laisse faire. Ils ont le souffle assez court, leur poitrine monte et descend dans un même rythme.

Et moi je reste planté là, à les contempler, bouillonnant, les veines en feu. Comme je regrette de l'avoir humiliée devant son père. Car je suis en train d'apprendre, pour la première fois, que mes actes envers elle ont des conséquences.

J'ai compromis son honneur, alors elle compromet le mien.

La seule différence, c'est que moi, je l'ai fait pour contrarier quelqu'un d'autre. Elle, elle aime quelqu'un d'autre.

Bandini se penche vers son visage, lui passe le pouce sur les lèvres. Elle baisse à nouveau les yeux vers ses cuisses, enivrée d'un instant dont ils savent tous les deux qu'il ne pourra pas se prolonger. Il y a de la douleur et de la tristesse dans la manière dont il la touche, elle a de la confusion dans le regard et je comprends, sans l'ombre d'un doute, que j'assiste à quelque chose de plus grand que ce à quoi je m'attendais. Non, ce n'est pas une amourette de gamins. C'est pour de vrai.

Relevant la tête, elle lui dit quelque chose en prenant ses mains entre les siennes et en les portant à sa poitrine. Elle le supplie. *Nom de Dieu, que peut bien te donner ce gamin que je n'aurais pas, moi ?* Mais la réponse est évidente : l'amour. Il peut lui donner le véritable amour, chose qu'elle ne recevra jamais au manoir Keaton. Pas plus de ma part que de celle de ses légumes.

Il hoche la tête, se met debout et se dirige vers la porte-fenêtre du balcon. Je suis à la fois surpris et perturbé par le soulagement qui m'envahit, avant de me crisper à nouveau. Elle m'a sans doute aperçu et lui a conseillé de filer avant que je ne le tue de mes propres mains. Je m'avance d'un pas en direction du jardin, prêt à m'emparer de ce qui me revient et à m'assurer que je ne la perdrai plus des yeux pendant le reste de la soirée. Mais sitôt qu'Angelo s'éloigne, elle jette un coup d'œil à gauche, à droite, puis s'approche d'un groupe de femmes d'un certain âge, avec qui elle engage la conversation poliment mais sans grand intérêt. Tout le temps que dure leur échange, elle garde les yeux rivés à l'étage de la maison et, au bout d'à peine quinze minutes, elle disparaît à son tour à l'intérieur.

À nouveau, je m'apprête à la suivre, convaincu qu'ils ont prévu de se rejoindre quelque part, quand une main de femme s'agrippe à mon avant-bras, m'obligeant à me retourner.

– Tu couches avec elle, au moins ?

Kristen m'adresse un sourire narquois. Son rouge à lèvres fraîchement retouché et sa coiffure blonde impeccable m'indiquent qu'elle s'est refait une beauté avant de partir à ma poursuite. Je me débarrasse d'elle, focalisé sur mon envie de retrouver ma fiancée, mais elle me bloque l'entrée de la cage d'escalier, déjà bondée de monde de toute façon. Je l'enverrais bien balader sans ménagement, seulement vu le nombre d'agents de sécurité, de reporters et le fait qu'elle-même est journaliste, ça ne serait pas l'idée du siècle. Pour la énième fois, je me retrouve confronté à la question récurrente depuis que Francesca est entrée dans ma vie : ma carrière et ma réputation ou bien prendre la vilaine la main dans le sac en train de me tromper ? La bonne nouvelle, c'est que j'ai encore la logique de mon côté. La mauvaise ? Ça ne va pas durer.

– J'ai un peu fouiné, ajoute Kristen, qui fait claquer son chewing-gum au fruit en battant des cils.

– Et alors, tu as trouvé un os à ronger ou quelqu'un pour te ronger les os ?

Je dis tout ce qui me passe par la tête, c'est agaçant. En temps normal, je m'enorgueillis d'un admirable self-control. Mais savoir que ma fiancée est probablement en train d'en baiser un autre à l'étage me donne des envies d'arracher les murs avec mes ongles. Si, il y a quelques semaines, cela ne me dérangeait pas de laisser Francesca faire mumuse avec Angelo, à présent c'est une tout autre histoire.

– Ça ne t'intéresse pas d'entendre ce que j'ai découvert ?

– Pas vraiment.

Je la pousse gentiment du coude et entame la montée des marches. Elle me suit et tire le bas de ma veste. *Tu peux toujours courir, chérie.* Je suis dans la courbe de l'escalier quand ses mots me stoppent net.

– Je sais pourquoi tu as fait ça à Rossi. C'est lui, le responsable de l'explosion. Celle qui a tué tes parents quand tu étais à Harvard.

Je fais volte-face et l'observe – attentivement, je ne me contente pas d'effleurer ses traits – pour la première fois. Kristen n'est pas une mauvaise journaliste et, en d'autres circonstances, je l'aurais respectée. Mais étant donné que c'est moi qu'elle essaie de baiser, je n'ai d'autre choix que de la baiser plus fort. Dans le second sens du terme puisque nous avons déjà couché ensemble.

– Tu veux en venir quelque part, avec tes insinuations ?

– Rossi a fait de toi un orphelin, alors tu lui as confisqué sa fille en guise de vengeance. Œil pour œil. Je dirais que c'est plutôt bien joué.

Elle incline sa flûte de champagne et en boit une gorgée. Sourire narquois bien en place, je la dévisage froidement.

– J'ai décidé d'épouser Francesca Rossi parce que je l'appréciais. Certes, je n'ai rien de positif à dire sur son père, mais ce ne sera pas lui qui réchauffera mon lit la nuit.

– Comme c'est intéressant… Elle ne partage même pas ton lit.

Kristen frappe dans ses mains au ralenti, feignant d'applaudir à la retenue dont je fais preuve. Comme elle a enfin lâché ma veste, je me retourne, bien décidé à gagner l'étage. Pile au même moment, Angelo sort d'une chambre d'amis et frôle mon épaule en m'évitant dans l'étroit couloir. Il me suffit de le renifler pour savoir qu'il sent le sexe. Il a les lèvres gonflées, les cheveux ébouriffés et humides de sueur. Le regard de Kristen s'allume dès qu'elle le voit prendre la fuite. Une immense joie suinte de son grand sourire. J'attrape Bandini par le bras, l'oblige à se tourner face à moi. Cette soirée est en train de s'inscrire dans mon livre des records personnel dans la catégorie « Pire soirée en tant que personnage public » – et peut-être même comme être humain tout court. Angelo me dévisage, inquiet. Affolé. Pantelant.

Coupable.

– Va-t'en avant que je ne détruise ta vie, je crache à l'attention de Kristen. Et cette fois, il n'y aura pas de troisième avertissement.

Elle rit.

– Oui, on dirait que vous avez plein de choses à vous raconter, tous les deux.

Sur quoi, mon ancienne maîtresse se dépêche de disparaître, suivie par son rire qui résonne à mes oreilles de longues secondes après son départ. J'attrape Angelo par le col et le colle au mur.

Je sais que ça la fiche mal.

Je sais que je vais devoir m'en expliquer demain matin.

Sauf que là, je n'en ai plus rien à foutre.

– Qui était avec toi dans cette chambre ?

– Je vous conseille vivement de cesser de vous comporter comme un voyou, à moins que vous ne souhaitiez être traité comme tel.

Je te conseille vivement de rester éloigné de ma future femme avant que je ne te tue vraiment.

– Tu viens de baiser.

– Bravo, monsieur de La Palice. Merci de l'info, mais j'y étais.

Il rigole, recouvrant un peu de sa contenance, ce qui me met encore plus en fureur.

– Avec qui ?

Je serre son cou, presque jusqu'à l'étrangler. Voilà qui, au moins, efface son sourire. Il faut que je me calme, j'en suis bien conscient, avant que les gens ne commencent à remarquer la scène que je viens de déclencher. Hélas, j'en suis incapable ; impossible de remettre de l'ordre dans mon esprit.

– Je vous répète ce que j'ai déjà dit : Ça. Ne. Vous. Regarde. Pas. Keaton.

– Sénateur Keaton.

– Oh non. Vous ne me représentez certainement pas.

– Il y a une raison particulière pour que tu tentes par tous les moyens de me caresser dans le mauvais sens du poil ?

– Vous caressez mon futur beau-père dans le mauvais sens du poil, rétorque-t-il sans ciller. (Je dois bien lui accorder ça, il a des testicules gros comme des melons.) Et c'est dans la course pour le cœur de Francesca que je vais vous battre.

– Je doute fort que tu sois en mesure de me battre dans quoi que ce soit d'autre que l'éjaculation précoce, gamin.

– Je suis tout disposé à vérifier cette théorie. Les doigts dans le nez. J'ai dit à Francesca que je l'épouserais volontiers sans dot et que je n'hésiterais pas à utiliser l'argent de ma famille pour la sortir de cette situation impossible avec vous, Keaton. Il va falloir vous chercher une autre épouse.

Je suis à deux doigts de lui casser la figure en plein milieu de ma fête de fiançailles quand ma fiancée s'engage dans l'escalier à son tour. Dans un état d'agitation à peine dissimulable. Son maquillage a coulé, même si elle l'a soigneusement essuyé, et ses yeux sont écarquillés et affolés. Ça, ajouté à l'aveu de Bandini comme quoi il a couché avec elle, et je vois clairement ce que tous les autres invités de cette fête sont sur le point de voir aussi.

Encore une fois, Francesca Rossi vient de se faire sauter par un homme qui n'est pas son fiancé.

À sa propre fête de fiançailles.

Et quelques minutes après avoir quitté mon bras, qui plus est.

Je pousse Angelo en bas des marches et attrape ma future femme par le bras. Elle pousse un petit cri dès que je la touche, son regard prend une lueur hystérique avant de se radoucir quand elle voit que c'est moi. Puis elle lit ce qui est écrit sur mon visage. Si elle parvient à me deviner – ce qu'elle réussit bien, maintenant –, elle sait qu'elle est dans un pétrin monstrueux.

– Qu'est-ce que vous voulez ? feule-t-elle.

Une fiancée fidèle.

Un putain de fusil.

En finir de ce cauchemar, de ce simulacre de relation.

– Tu viens de briser notre contrat verbal, Némésis. Ça n'est pas très judicieux, quand on a affaire à un avocat.

Elle fronce les sourcils, mais ne tente rien pour se défendre.

Il y a une guillotine à l'intérieur de moi et je brûle de trancher sa jolie tête.

Ce soir.

***

FRANCESCA

Je viens tout juste d'essuyer mes larmes après avoir avoué à ma mère que je commence à envisager un avenir aux côtés de mon fiancé.

Une révélation douce-amère, dévastatrice, même. Peut-être est-ce dû à nos rencontres nocturnes dans le potager ou à la manière dont il m'a embrassée, si ouvertement, devant madame Sterling, ce soir.

– *C'est le syndrome de Stockholm,* mama *?*

– *Non, je pense que c'est un amour naissant,* vita mia. *Après tout, l'amour est un peu fou. Autrement, ce n'est pas de l'amour mais une simple passade.*

– *Il faut donc être fou pour tomber amoureux ?*

– *Bien sûr. Tomber amoureux, par définition, c'est devenir fou de quelqu'un.*

– *Tu es folle de papa, toi ?*

– *J'en ai bien peur, oui. Sinon je ne resterais pas avec lui alors qu'il me trompe.*

Ça aussi. Et la nouvelle m'a déboussolée, alors que j'aurais dû la voir venir. Il n'est pas inhabituel que des hommes de l'Outfit prennent une maîtresse ou deux. *Mama* dit que si ça te déchire les tripes, ça veut dire que tu aimes vraiment.

– *Mais l'amour, ça ne devrait pas être bon ?*

– *Oh, rien n'est bon si ça n'a pas le pouvoir de faire mal aussi. Tout est dans les quantités, Francesca.*

Les quantités.

La quantité de mon affection pour Wolfe s'est révélée quand Angelo m'a entraînée dans le jardin, à l'écart de la foule. Malgré ma tristesse immense et ma colère envers mon fiancé au cœur de pierre, je voulais rester avec lui et affronter mon père à ses côtés. Et puis Angelo m'a fait asseoir, il a écarté une mèche de cheveux de mes yeux et m'a demandé si j'étais heureuse. J'ai réfléchi longuement.

Je ne suis pas heureuse.

Je ne suis pas non plus malheureuse.

J'ai compris que non seulement j'avais développé des sentiments inexplicables et positifs envers l'homme qui m'a emprisonnée, mais que je ne brûlais plus du contact d'Angelo comme avant que Wolfe n'entre dans ma vie avec la délicatesse d'un bulldozer. J'aime toujours Angelo, mais c'est juste le gamin qui m'a protégée de ses frères et a échangé des sourires avec moi depuis l'autre extrémité de la table du dîner, que j'aime en lui. Au lieu de ses mains chaudes, douces et familières, je rêve de celles, fortes et calleuses, de mon fiancé. Ce constat m'a frappée tel un éclair et j'ai dit à Angelo que, même si j'étais navrée pour Emily et lui, c'était fini entre nous.

Pour de bon.

Quand j'ai vu son expression, je lui ai pris la main et l'ai portée à ma poitrine, en le suppliant de me pardonner. Et au moment où il s'est levé pour partir, je n'avais qu'une envie, trouver ma mère pour tout lui raconter. J'ai dû attendre qu'Angelo ne soit plus en vue, afin que les gens n'aillent pas s'imaginer qu'on allait au même endroit.

Angelo a disparu peu après dans la maison. Ma cousine Andrea m'a dit, entre deux mimosas, qu'elle l'avait vu se faufiler dans une chambre d'amis à l'étage, avec la journaliste blonde que Wolfe fréquentait avant.

– Celle aux jolis cheveux, la grande mince, bronzée, tu vois ?

Je n'ai pas besoin qu'on me rappelle à quel point Kristen est ravissante, merci.

– Oui, oui, je vois.

Au lieu de me mettre en colère, la réaction d'Angelo n'a suscité qu'une étrange hostilité. Et encore, pas contre lui. Contre mon propre fiancé, qui m'a humiliée devant mes parents quand mon père lui a envoyé une pique.

À présent, nous sommes dans la voiture, chacun les yeux rivés par sa vitre comme à notre habitude, à regarder défiler Chicago dans toute sa majesté, plus grise que les yeux de Wolfe. Je tripote l'ourlet de ma robe blanche, sans trop savoir quoi dire ou faire. Encore une fois, Wolfe en est venu à la conclusion ridicule que j'avais couché avec Angelo. Et encore une fois, j'ai la sensation que me défendre me mettrait dans la position très injuste où je dois passer mon temps à m'excuser de discuter avec un ami.

A-t-il vraiment une si piètre opinion de moi ? On avait un pacte verbal et, depuis qu'on l'a conclu, du temps a passé. Du temps durant lequel je l'ai embrassé, caressé, je lui ai ouvert mes cuisses pour qu'il me touche à travers mes vêtements. Ça ne signifie donc rien pour lui ? Est-ce qu'il pense réellement que je fais ça avec n'importe qui n'importe quand ?

– Je refuse d'épouser une putain, assène-t-il d'un ton sec et résolu, les yeux toujours tournés vers la vitre.

Dans le rétroviseur, je vois Smithy, son chauffeur, qui grimace derrière son volant et secoue la tête. Je ferme les yeux et essaie de retenir mes larmes.

– Laissez-moi partir, alors.

– Est-ce un aveu que j'entends là, mademoiselle Rossi ?

– Je n'ai pas l'intention de présenter mes excuses à un homme qui ne le mérite pas, je réplique, aussi calmement que possible.

– Est-ce qu'il mérite ma colère ?

– Vous ne me faites pas peur, sénateur Keaton, je mens, ignorant les larmes qui m'obstruent la gorge.

Je l'apprécie. Vraiment. J'apprécie qu'il ait pris ma défense devant mon père et qu'il m'ait offert la liberté d'étudier, de travailler et de quitter la maison sans surveillance. J'apprécie qu'il soit entré en guerre contre ma famille, sans me mettre au milieu.

J'apprécie même qu'il ne veuille pas faire de moi sa machine à pondre des bébés. Qu'il se montre agréable chaque fois que je décide d'être aimable avec lui. Que la version de Wolfe que j'aurai – le salopard ou l'admirateur à la langue habile – ne dépende que de mon comportement à son égard. J'aime la façon dont son corps enveloppe le mien comme un bouclier, dont ses lèvres brûlent ma peau, dont sa langue lèche mes chairs avides.

– Pas encore, précise-t-il, la mâchoire aussi dure que le granite. Tu n'as pas encore peur de moi.

– Vous voulez que j'aie peur de vous ?

– Je veux que tu te comportes bien, pour une fois dans ta misérable vie d'enfant gâtée.

– Je n'ai pas couché avec Angelo Bandini, je lui dis pour la première fois de la soirée et – ça, je m'en fais la promesse – pour la dernière fois.

– Tais-toi, Francesca.

Mon cœur se recroqueville au fond de ma poitrine et je ravale l'amertume qui envahit ma bouche.

Une fois chez lui, il contourne la voiture et m'ouvre la portière. Je sors sans lui accorder un regard et entre dans le manoir. Je suis tellement furieuse que j'ai envie de hurler à m'en déchirer les cordes vocales. Ce type a si peu de foi en moi… Qui l'a rendu aussi sceptique et endurci ?

Probablement mon père. Je ne vois pas comment expliquer autrement la haine qu'il y a entre eux.

Dans mon dos, j'entends Wolfe ordonner à ses gardes du corps de rester devant la maison, ce qui va à l'encontre du protocole. Or il ne contrevient jamais au protocole.

Je me précipite vers ma chambre, pressée de rassembler mes pensées et de réfléchir au moyen d'aborder la situation. Je ne songe même pas un instant que fuir la confrontation risque de passer pour un aveu à ses yeux. Mon seul péché, c'est de m'être assise dans un lieu public en compagnie d'Angelo et de lui avoir expliqué qu'il devait cesser de m'envoyer des SMS. Car je voulais accorder une vraie chance à mon futur époux.

– Tu peux oublier l'université ! (Wolfe jette son téléphone et son portefeuille sur la console de marbre derrière moi.) Le pacte est rompu.

Je fais volte-face, les yeux écarquillés par l'incrédulité.

– Je n'ai pas couché avec Angelo ! je lui répète pour la deuxième fois.

Dieu, ce qu'il peut m'agacer. Pas une fois il ne m'a demandé d'explication ni n'a exprimé son souci par des mots. Il a juste supposé.

Et maintenant, il me dévisage, l'air placide. Je cours vers lui, je le pousse. Cette fois, contrairement à la première et à la seconde fois où je l'ai poussé, il recule. Juste un peu. Je n'y suis pas allée de main morte. J'ai envie de lui faire du mal, je m'en rends compte, plus que lui ne m'en fait.

En quantité.

– Vous êtes sûr d'être avocat ? Parce que pour ce qui est d'accumuler les preuves, vous êtes nul. Je n'ai pas couché avec Angelo.

Troisième fois.

– Je vous ai vus ensemble dans le jardin.

– Et alors ?

Je suis si bouleversée que je peine à m'expliquer correctement. Agrippée à sa chemise, je tire dessus et noue mes bras autour de son cou pour l'obliger à baisser la tête. Je colle mes lèvres aux siennes, avide de lui montrer que ce qui nous unit est bien réel, du moins pour moi, et que, dans mon baiser, il y a quelque chose d'unique – un filtre – que jamais je ne pourrai donner à personne d'autre.

Il ne bouge pas, ne répond pas à mon baiser non plus. Pour la première fois depuis notre rencontre, il n'abat pas le mur qui s'est érigé entre nous à la seconde où je l'autorise à me toucher. Normalement, sitôt que je fais un pas vers lui, il traverse un océan et me noie de baisers et de caresses. Il me dévore, si je le laisse faire. Cette fois, il reste raide et froid sous mes doigts.

Je recule d'un pas et la douleur sourde née dans ma poitrine se répand à mon corps tout entier.

– Je vous aime bien, Wolfe. J'ignore pourquoi, mais c'est le cas, OK ? Avec vous, je ressens mon corps différemment. C'est perturbant, pourtant c'est vrai.

Oh que oui. C'est la chose la plus vraie que j'aie jamais dite. Je me sens rougir plus que jamais.

– C'est très aimable à toi, fait-il avec un sourire sardonique, planté là, plus grand, plus impressionnant et plus effrayant que jamais. Dis-moi, Némésis, tu penses que me permettre de te baiser jusqu'à ce que tu l'oublies augmenterait tes chances d'ailler à Northwestern ?

– Qu… quoi ?

Je m'écarte, médusée. Il ne me croit toujours pas. Rien de ce que je pourrai dire ou faire ne le fera changer d'avis.

Il lève la main pour caresser ma joue. En général, je me love dans ses attentions comme si elles étaient un magnifique rayon de soleil en plein décembre. Ce soir, son contact me donne le frisson – et ce n'est pas de l'excitation. Oui, je suis moite parce qu'il est là, par le seul fait de sa présence et parce qu'il a les yeux sur moi. Pourtant, je me sens mal. Le désir qu'il m'inspire me paraît sale et inutile. Maudit, en quelque sorte.

– Je ne vous mens pas, je lui dis en mordant ma lèvre inférieure pour l'empêcher de trembler.

Pourquoi est-ce que vous imaginez toujours le pire me concernant ?

Il baisse les lèvres vers les miennes et chuchote :

– Parce que tu es une Rossi.

Je ferme les yeux, inspire son venin, expire mon espoir. J'ai l'impression de me noyer alors que je suis debout au milieu du hall, dans les bras de l'homme que je vais épouser. À cet instant, je sais ce que je dois faire pour qu'il cesse de me haïr. Je ne suis pas sûre, en revanche, d'être encore en mesure de ne pas le haïr, moi.

Wolfe ne me croira pas et il serait trop tard et trop pratique de lui avouer maintenant que je suis vierge. Non, ça, il doit le découvrir par lui-même.

– Prends-moi, je lâche dans un souffle brisé. Couche avec moi. Souille-moi. (Je presse les paupières et je sens ma fierté s'échapper de mon corps, s'évaporer telle de la brume.) Baise-moi jusqu'à ce que j'oublie Angelo.

Il fait un pas en arrière et je vois la guerre qui fait rage en lui. Trop fier pour accepter mon offre et trop furieux pour la refuser.

– S'il te plaît…

Je me suspends au col de sa chemise, me hausse sur la pointe des pieds et colle mon corps contre le sien. Son érection s'enfonce dans mon ventre, me procurant un instant d'espoir idiot.

– J'ai envie de toi.

– Tu as encore plus envie d'Angelo.

Je secoue vivement la tête, embrasse sa mâchoire, la commissure de ses lèvres, son arc de Cupidon.

– Toi, je susurre. Rien que toi.

Il ferme les yeux, prend une profonde inspiration et s'écarte de moi. Je m'accroche plus fort au tissu de sa chemise, l'attire dans mon étreinte comme dans un étau.

– Tu me refuses ? Vraiment ? je chuchote dans son cou.

Je sens sa pomme d'Adam monter contre mes lèvres, son début de barbe, ses muscles tendus à l'extrême. Chaque centimètre carré de son corps tente de me combattre.

– À genoux, lâche-t-il d'une voix rauque. Et supplie-moi de te baiser.

Je m'écarte de lui, les yeux écarquillés.

– Quoi ?

– Tu en as baisé un autre pendant notre fête de fiançailles. C'est la deuxième fois que tu couches avec lui depuis qu'on est engagés l'un envers l'autre. Je veux que tu t'agenouilles et que tu m'implores de te baiser pour que tu l'oublies. J'ai bien peur qu'il n'y ait pas d'autre solution, Némésis.

Sa voix est glaciale, sa mâchoire verrouillée par la rage, ses épais sourcils noirs froncés.

J'en reste sans mots. Je porte la main à ma bouche pour étouffer le cri de douleur qui menaçait de franchir mes lèvres. Son expression reste impassible, indifférente. Comment peut-il se montrer aussi cruel envers la femme à qui il va faire vœu d'éternité ? Ce que je m'apprête à faire, c'est sans retour. À condition que je m'y résolve. J'ai surtout envie de tourner les talons et de m'en aller. Mais je sais, sans l'ombre d'un doute, que si je pars, c'en est fini de nous.

Il doit absolument comprendre que je n'ai pas couché avec Angelo. Or, après lui avoir menti à ce sujet, à de multiples reprises, même, il n'y a qu'une manière de lui prouver mon innocence.

La logique qui sous-tend mon idée est tordue, mais Wolfe aussi. Notre relation dans son ensemble est folle.

Je prends péniblement une inspiration et je m'agenouille devant lui. Les yeux fermés, je refuse de regarder ce qu'exprime son visage tandis que j'abandonne ma dignité pour lui. *Mama* répète toujours que la fierté, c'est le bijou le plus exquis qu'une femme puisse porter, même nue. Wolfe vient de me l'arracher du cou et chaque perle de ma confiance est en train de rouler au sol. Je baisse la tête. Au moment où mes genoux entrent en contact avec le marbre, je laisse échapper un grognement, mélange de douleur et de dégoût de moi-même.

Je te hais.

Je t'aime bien.

Je voudrais te quitter.

Si je ne lui montre pas la vérité, Wolfe fera de ma vie un enfer pire encore : il me renverra à mes parents, annulera nos fiançailles et fera de moi la risée de tout Chicago. Il est capable d'utiliser tout ce qu'il a contre mon père et, sans mon père pour nous protéger, *mama* et moi, nous serons pauvres, impuissantes et sans défense, des proies faciles pour les Irlandais et le coupe-gorge qu'est l'Outfit.

Bref, je perdrai tout.

Le choix de m'agenouiller ou pas, il n'est pas entre mes mains. Je ne peux pas me permettre que ce mariage soit annulé. Et je ne peux pas me permettre non plus que mon futur époux ne me croie pas, car cela nous rendrait tous les deux malheureux et haineux l'un envers l'autre.

Le hall est plongé dans un silence tel que j'entends l'écho de mon cœur qui ricoche contre le plafond. Je soulève légèrement le menton et entrouvre les yeux, rencontrant les siens, gris, sévères. Nous nous dévisageons quelques secondes, mes doigts noués dans le bas de mon dos. Il a raison : s'agenouiller devant quelqu'un, ça vous donne effectivement l'impression d'être moins que rien.

À l'instant où vous vous abaissez devant une personne, celle-ci ne vous considérera plus jamais de la même façon. Plus jamais. Au lit ou ailleurs.

– Je ne te prendrai pas de force.

Sa voix est une lame acérée, elle irrite mes nerfs, égratigne sans couper vraiment.

– Je m'offre à toi de mon plein gré, je réponds, tête baissée.

– Debout.

Je me relève.

– Viens ici et embrasse-moi comme tu as embrassé Angelo ce soir.

Je ravale la bile acide qui me brûle la gorge. Haine, humiliation, excitation, crainte et espoir se mêlent et tourbillonnent au creux de ma poitrine. Les genoux flageolants, je m'approche de lui et pose mes lèvres sur les siennes en nouant les bras autour de son cou.

Mon corps bourdonne d'une sombre énergie. J'ai envie de le dévorer de rage et de lui montrer que je suis innocente. Que je suis toujours immaculée et que je suis sienne. Mais j'ai face à moi une telle indifférence, une telle passivité que je n'arrive pas à rassembler le courage de faire toutes les choses dont j'ai envie.

Il baisse – enfin – les lèvres à la rencontre des miennes et je pense qu'il va me rendre ce baiser, mais il se contente de sourire contre ma bouche.

– Si c'est comme ça que tu embrasses l'homme que tu désires avec une telle passion, je comprends mieux pourquoi Angelo ne s'est pas battu plus que ça.

Alors je perds la tête.

Je mords sa lèvre inférieure, fort, et enfonce les ongles dans ses cheveux en les tirant en même temps qu'il déchire l'avant de ma robe par le décolleté. Envolée la coupe de créateur. J'ai la peau qui brûle, je cambre le dos. Je me débarrasse de la robe, écrase la soie sous mes talons et l'attire vers moi pour m'enrouler autour de lui comme une pieuvre létale. Je suis une veuve noire qui l'avale tout entier. Nous nous engageons dans une lutte furieuse, trébuchons en direction de l'escalier et heurtons un cadre, une console, une statue. Il me soulève et me porte à l'étage en noyant mes gémissements sous ses baisers, étouffant ses propres grognements de plaisir en mordant mon menton, mes lèvres, mes lobes. Il me châtie en me marquant. Il inscrit sur mon corps le désir qu'il a de moi.

Madame Sterling est dans le couloir, occupée à arroser les énormes plantes sur les colonnes de marbre dressées contre les hauts murs crème. Quand elle nous voit nous mordre en grondant, moi quasi nue dans les bras de Wolfe, elle se carapate vers l'aile ouest.

Il me croque la lèvre inférieure et l'aspire dans sa bouche en me portant jusqu'à ma chambre. Angelo semble à des années-lumière de nous, hors de portée et aussi éloigné que la lune. Wolfe est là, en chair et en os, brûlant comme un soleil. Dangereux et irritant au possible et… Je le sais, je le sais, si perdue que je sois dans son contact. Je n'ai aucune idée de la manière dont il va gérer l'après de ce qui est sur le point de se produire. Ce que je sais, en revanche, c'est qu'il aura honte de lui, quand tout ça sera fini.

Je ne suis pas une menteuse.

Je ne suis pas infidèle.

Je suis sa future femme.

J'ai essayé de le mettre en garde, sauf qu'il ne m'a pas crue.

Arrivé devant ma chambre, il ouvre la porte d'un coup de pied et me jette sur le lit.

Je reste allongée là, à le toiser le menton haut et avec ce que j'espère être un semblant d'assurance. Je tiens à me montrer arrogante et froide au moment où il me prendra. Alors même que je me soumettrai à lui. Alors même que je lui donnerai ma seule et ma plus précieuse possession. Une possession qu'il n'a certainement pas méritée ce soir.

Ma virginité.

Il enfonce les mains dans ses poches en me renvoyant un regard plein de dédain, prenant le temps de me contempler, maintenant que nous sommes complètement seuls. Je ne porte rien que mon soutien-gorge blanc et ma culotte assortie. Je sais qu'il apprécie ce qu'il voit, car il a cette lueur sombre dans les prunelles. Celle qui fait monter la température dans la pièce, qui rend l'air aussi dense que de la fourrure.

– Enlève tout à l'exception de tes escarpins, exige-t-il.

– Je ne suis pas strip-teaseuse, je siffle en rivant sur lui mon regard acéré. Je suis ta future épouse. Déshabille-moi comme si on échangeait nos vœux, comme si tu en avais vraiment envie, sénateur Keaton.

– Des vœux qui manifestement ne signifient rien pour toi, insiste-t-il, encore plus distant. (Et surtout sans me regarder, histoire de bien enfoncer le clou.) Déshabille-toi, Francesca.

Un grand sourire forcé aux lèvres, je rassemble mon courage. Quand je passe le bras dans mon dos pour dégrafer mon soutien-gorge, je vois quasiment la veine de son cou battre dans son cou. Son visage, néanmoins, reste calme lorsque j'ôte mes sous-vêtements, pour ne garder que mes escarpins aux pieds.

Il se penche, toujours habillé, lui, et plonge dans mes yeux. D'un bras glissé entre nous, il presse la paume contre mes parties intimes. Je sens ma moiteur entrer en contact avec le nuage de poils sur mon pubis, froid et humide à l'extérieur, mais chaud dedans.

– Je vais te le dire une fois, Francesca, ensuite je considérerai ma conscience lavée. Si tu ne me demandes pas de partir dans l'instant, tu seras dévorée, ravagée, possédée et mienne pour le reste de la nuit. Je te baiserai si bien que, oui, tu oublieras Angelo et les autres imbéciles qui ont eu la malchance de te toucher en pensant qu'il y aurait une seconde fois. Je ne serai ni attentionné ni tendre. Alors si tu es habituée aux amants délicats et à rester blottie contre eux pendant des heures, parle maintenant et on arrête tout.

– Et tu m'épouseras quand même ?

Ses narines se dilatent.

– Je t'épouserai, mais tu le regretteras.

Il croit que j'ai été avec d'autres hommes. Je lui ai dit que j'avais été avec un autre… et il m'a crue sur parole. Qui je suis en réalité, ça n'importe pas pour lui. Il a d'ailleurs fait des pieds et des mains pour me le démontrer. Ce qui me paraît étrange, cependant, ce ne sont pas ses paroles, mais la situation. Il est d'accord pour me pardonner, pour honorer l'engagement verbal que j'ai soi-disant brisé, alors que selon lui, j'ai couché avec mon ancien amoureux pas seulement une fois, mais deux, depuis que nous sommes fiancés. Pour quelqu'un qui ne négocie pas… il négocie pas mal. Avec moi.

– Tu n'aurais pas peur de ressentir quelque chose si tu me touches, par hasard ? je le taquine. L'iceberg menace de fondre, sénateur.

– Dix secondes pour te décider, Némésis.

– Tu connais déjà la réponse.

– Dis-la. Huit.

Je souris, pourtant, à l'intérieur, je suis totalement paniquée. Il va prendre ma virginité, et de force. Il me croit déjà compromise et, pour lui prouver à quel point il se trompe, je dois le laisser me faire aussi mal que ça l'a blessé de me voir dans les bras d'un autre homme. Je sais de quoi ça avait l'air. Car Angelo m'a bel et bien touchée. Il s'est collé contre moi. Il a passé les doigts dans mes cheveux. Son pouce sur mes lèvres. Et ensuite, il s'est faufilé hors d'une chambre après avoir couché avec une autre pendant que moi, j'avais disparu aux yeux de tous.

La preuve est là, debout devant moi.

– Cinq.

– Essaie de ne pas tomber amoureux de moi.

J'ouvre les cuisses.

– Francesca. Trois.

– Ce serait terriblement gênant, *il mio amore.* Aimer la femme que tu as prise par vengeance.

– Un.

– Reste, je lâche, d'une voix claire et forte.

Il avance vers moi et me tire par la taille, si bien que je me retrouve couchée sous lui. Je prends une inspiration quand il pose une main dans mon cou et remonte, m'emprisonne en plaçant ses genoux de part et d'autre de mes cuisses. Toujours habillé.

– Ouvre ma braguette.

Je n'arrive plus à respirer, alors baisser sa fermeture Éclair… Donc je me contente de le fixer des yeux en espérant qu'il ne prendra pas mon état de choc pour un acte de défi. Et évidemment, c'est ce qu'il fait. Avec un grognement, il se déboutonne et baisse son pantalon. Je n'ose même pas un coup d'œil vers ce qui m'attend. Mon cœur bat si vite et si fort que je crains de vomir. Je récupère rapidement toutes les informations dont je dispose sur l'acte sexuel et décide que ça va aller. Je suis excitée, mouillée là où il faut l'être, et entre les mains de l'homme le plus désirable de Chicago. Son pantalon sur les genoux, il insinue un doigt en moi, le visage dénué de toute émotion.

Je prends une inspiration et m'efforce au calme alors que les larmes me brûlent les yeux à nouveau. Ça fait mal. Je ne sais pas ce qui est le plus douloureux, entre l'inconfort physique et la façon dont il me regarde sans me voir, comme si je n'étais rien de plus qu'un corps.

Exactement comme il regardait Kristen.

Il ressort son doigt qu'il porte à sa bouche, le suce, toujours impassible, avant de le renfoncer en moi, d'en sortir mon suc et de me le fourrer entre les lèvres. Je suis obligée de me goûter. Musqué et sucré. Je rougis aussitôt, mes tétons pointent, si sensibles que j'ai envie de les frotter contre son torse dur.

– Il a utilisé un préservatif ?

Il essuie le reste de ma moiteur sur ma joue. J'ai envie de pleurer jusqu'à ce qu'il ne reste plus rien de moi mais je résiste.

Il est sur le point de découvrir la vérité : dans quelques petits instants, il saura que je lui ai dit la vérité par trois fois, alors je lui réponds ce qu'il a envie d'entendre.

– Oui.

– Au moins vous avez eu cette décence-là. Pour ma part, je n'en mettrai pas, mais tu trouveras la pilule du lendemain sur ta table de chevet en te réveillant. Tu prendras ce cachet sans poser de questions. Je me suis bien fait comprendre ?

Je ferme les yeux, la honte m'enveloppe comme un voile de sueur. Je suis d'accord. Avec toutes les conditions qu'il m'impose. Je consens à ses paroles, à ses actes et à sa cruauté. Après tout, je me suis mise à genoux et je l'ai supplié pour qu'arrive ce moment.

– C'est compris.

– Je jouerais bien un peu avec toi, seulement tu as déjà été préparée par un autre et je ne suis pas d'humeur généreuse.

Il ponctue son état des lieux d'un sourire sombre et, dans une poussée soudaine, il fait entrer son sexe en moi avec une telle force que mon dos se cambre, ma poitrine monte à la rencontre de la sienne et des étoiles explosent derrière mes paupières closes. La douleur me transperce. Il déchire la barrière naturelle de mon corps et s'enfonce si profondément en moi que j'ai l'impression d'avoir été éventrée. La piqûre est intense, au point que je dois me mordre la lèvre inférieure pour ravaler un hurlement de souffrance pure. Toute ma vie, Clara et *mama* m'ont mise en garde contre les tampons, le vélo, je devais même porter des culottes renforcées pour mes sorties à cheval, afin de préserver ce qui était si sacré, mon hymen. Tout ça pour *ça*.

Je suis immobile, muette et tendue sous son corps, le seul indice que je suis encore consciente, ce sont les larmes qui commencent à inonder mon visage. Je mords ma lèvre fort pour ne pas émettre un son.

Je suis un fil de fer barbelé rouillé, emmêlé et noué en une balle de peur.

– Aussi serrée qu'un poing, grogne-t-il.

Je réponds à sa voix de bête sauvage par un silence absolu tandis qu'il m'assaille si fort, si vite que j'en viens à penser qu'il ne restera rien de moi. Les larmes coulent de ma joue jusque sur l'oreiller alors qu'il pousse plus profond encore, alors je sens que ma virginité s'échappe de moi ; je saigne. Pourtant je ne lui demande pas d'arrêter, je ne lui confesse rien. Je reste allongée là et je le laisse me prendre.

Il s'est emparé de mon innocence brutalement, mais je refuse de lui abandonner la moindre parcelle de ma fierté. Pas une once. Pas après ce qui s'est passé dans le hall.

Au bout de quelques coups de reins, je m'oblige à rouvrir les yeux et observe à travers un brouillard son visage impassible et furieux. Quelque chose suinte entre nous, qui poisse mes cuisses. Je sais de quoi il s'agit et je prie de toutes mes forces qu'il ne le remarque pas tout de suite.

Mais si. Il le remarque. Il hausse les sourcils, scrute mon visage, mes larmes, ma douleur de la première fois.

– Tes règles ?

Je ne réponds pas.

Il se retire délicatement, baisse les yeux vers notre entrejambe. Il y a du sang à l'intérieur de mes cuisses et sur mes draps blancs. Je le saisis par le col de sa chemise et l'attire contre moi. Tentative désespérée pour que son corps cache le mien.

– Finis ce que tu as commencé, je gronde, dévoilant mes dents.

Il est tellement proche que je sens son pouls cogner contre sa cage thoracique.

– Francesca.

Sa voix est rauque, teintée de culpabilité. Il porte une main à mon visage pour essuyer ma joue, mais je le repousse d'une tape. Je ne supporte pas le timbre de sa voix, soudain si tendre. Je ne veux pas qu'il soit doux avec moi. Je veux qu'il me traite comme son égale. Avec la même colère, le même désir animal que je ressens pour lui en cet instant.

– Tu me crois, maintenant ?

Je lui adresse un sourire amer entre mes larmes qui ne cessent de ruisseler, comme pour laver ces dernières minutes. Son front se plisse et il se relève, prêt à se retirer, mais je l'attire contre moi.

– C'est fait.

Je plonge les yeux dans les siens, où je distingue une immense détresse. Je noue les chevilles derrière son dos pour l'emprisonner à l'intérieur de moi.

– C'est moi qui décide comment doit se passer ma première fois. Termine. Maintenant.

À ma grande horreur, je sens mes larmes redoubler et il les lèche en se baissant à nouveau contre moi. Sa langue roule de mon cou jusqu'à mes pommettes pour recueillir l'eau qui tombe de mes yeux.

– Nem… essaie-t-il de me raisonner.

– Tais-toi.

J'enfouis le visage dans son épaule et nos corps se reconnectent lorsqu'il se renfonce en moi.

– Je suis désolé, chuchote-t-il.

Ses assauts sont délicats, maintenant, il me pénètre tout en effleurant de la pointe des doigts l'extérieur de ma cuisse, dans un geste lent et intime qui n'est rien d'autre qu'un doux mensonge. Mes talons frottent le tissu du pantalon qu'il n'a même pas pris la peine d'enlever. Je sais qu'il essaie d'aller au bout, histoire d'en finir avec ça. Je sais aussi qu'il est trop tard pour limiter les dégâts.

Après quelques minutes de douleur sourde, je le sens commencer à accélérer la cadence. Son visage se tend et ses prunelles s'assombrissent. C'est le moment où j'ose enfin observer à nouveau ses traits, où je supporte de le faire sans avoir l'impression qu'il m'enfonce un couteau dans la poitrine chaque fois qu'il me pénètre. Il jouit au plus profond de moi, la chaleur de son plaisir inondant mon ventre. Je m'accroche à ses épaules, comme déchirée sous lui, le bas de mon corps si meurtri qu'il est presque insensible.

Il se soulève pour me contempler, fouiller mon visage sans jamais croiser mon regard.

Nous restons muets quelques instants, lui toujours sur moi. Il ne me demande pas pourquoi je ne lui ai pas dit plus tôt que j'étais vierge. Il sait.

Enfin, il roule sur le flanc. Je rampe jusqu'au bord du lit et me lève pour me couvrir de ma chemise de nuit que j'ai attrapée sur le dossier de la chaise de bureau.

Il s'assied, derrière moi, penché en avant, l'air un peu sidéré. Visage vide, épaules basses. Rien à voir avec le salopard arrogant, le futur mari que je connais et qui, en toutes circonstances, exsude la confiance par tous les pores de sa peau. Je ne le blâme pas de son silence. Les mots semblent insignifiants pour décrire ce qui s'est passé ici, ce soir.

Je prends mon paquet de cigarettes sur ma table de chevet et en allume une – oui, oui, à l'intérieur de sa maison. Il me doit au moins ça.

Il sait et je sais moi aussi que s'il esquisse le moindre geste d'affection envers moi, là, je ne serai pas capable de le surmonter.

– Je dois me lever tôt demain. Derniers essayages de robe, puis des courses pour la fac, je lui annonce en m'asseyant à mon bureau.

Avec vue sur le jardin que j'ai aimé autant que j'aurais voulu aimer mon futur mari. Pleinement et sans attendre grand-chose en retour.

– Nem…

Sa voix est trop douce, c'est insupportable. J'appuie le menton sur mes phalanges. Il a les mains sur mes épaules, à présent. Debout derrière moi, il vient poser son front au sommet de mon crâne. Il lâche un soupir saccadé qui fait voleter mes cheveux partout sur mon visage. La pièce sent le sexe, l'odeur métallique du sang et celle d'un désespoir qui n'était pas là avant.

– Pars, je lui dis froidement.

Il embrasse mon crâne.

– Plus jamais je ne douterai de toi, Francesca.

– Pars ! je hurle en éloignant la chaise du bureau.

Les roulettes du fauteuil cognent ses pieds, mais il ne semble pas se soucier de la douleur. Il s'en va. Ce qui s'est passé entre nous, en revanche, reste dans ma chambre.

Au réveil, le lendemain matin, deux Advil, une pilule du lendemain, une bouteille d'eau et un gant humide et tiède m'attendent sur ma table de chevet. J'en déduis aussitôt que madame Sterling est au courant de ce qui est arrivé ici cette nuit.

J'avale les antidouleurs et la pilule, bois la bouteille en entier. Et puis je passe le reste de la journée à pleurer dans mon lit.

***

WOLFE

Je fais les cent pas dans l'aile est.

Dans un sens.

Dans l'autre.

Et encore.

Marcher ne m'a jamais autant rendu dingue. J'ai envie de défoncer la porte d'un coup de pied et de me ruer à l'intérieur. Je suis à deux doigts d'envoyer une lettre à Kristen par l'intermédiaire de mon avocat, pour la menacer de la poursuivre jusqu'à son dernier sou si elle publie son article sur moi. Je sais aussi que je ne pourrai pas l'empêcher de fouiller la merde bien plus longtemps. Qu'est-ce que j'en ai à faire, finalement ? Rien. À. Foutre.

– Donne-lui du temps.

Sterling me suit comme ma putain d'ombre. Comme si j'allais entrer de force à nouveau.

Ça, je l'ai assez fait pour que cela me dure une vie entière, Sterling.

– Combien de temps ? j'aboie.

Je ne suis pas très au point sur ce qui se fait dans les relations. Et je suis encore moins familier du monde et des sentiments des adolescentes. Même à l'époque où j'étais plus jeune, je choisissais des femmes plus matures. Elles ne me prenaient pas au sérieux et je n'avais pas à me montrer à la hauteur de leurs attentes.

– Jusqu'à ce qu'elle se sente assez bien pour quitter la chambre.

– Mais ça pourrait prendre des semaines ! je m'emporte.

Francesca s'est déjà montrée capable de cesser de se nourrir pendant longtemps. Si la désobéissance était un sport olympique, ma future épouse serait sélectionnée haut la main. Et médaillée.

– Eh bien, dans ce cas, il faudra les lui accorder, conclut Sterling sur un ton définitif.

Elle ponctue sa sentence d'un signe de la tête qui m'enjoint à quitter l'aile de Francesca et à descendre à la cuisine avec elle.

Je n'arrive pas à effacer de mon esprit le bain de sang entre ses cuisses, ni la façon dont ses jambes tremblaient et se crispaient sous les miennes. J'ai toujours eu un certain talent pour déchiffrer les gens. C'est ainsi que je suis devenu un homme politique de premier plan, un avocat toujours victorieux et l'un des hommes les plus craints de Chicago. Ça ne colle pas du tout avec mon incapacité à remarquer que ma jeune fiancée, couvée toute sa vie et si nerveuse avant l'acte, était encore vierge. J'étais tellement aveuglé par la rage, tellement persuadé qu'elle avait couché avec Angelo, que j'ai refusé de la croire sur parole. Et elle, maligne, sensible, superbe renarde qu'elle est, m'a servi une bonne grosse tranche de tarte à l'humilité, que j'ai mangée jusqu'à la dernière miette.

J'aurais pourtant dû le voir venir à des kilomètres. Issue d'une famille italienne très stricte, qui va à l'église tous les dimanches, elle voulait juste se faire passer pour une femme de la haute société blasée au lieu d'une petite souris naïve. Hélas, ça a fonctionné. Trop bien à son goût.

Le poids de la culpabilité pèse lourd sur mes épaules. Je l'ai prise comme un sauvage et elle m'a répondu, à chaque assaut, les yeux rivés aux miens, répandant des larmes silencieuses et fières. Je la croyais coupable et pleurant de colère. Je n'avais pas réalisé que j'étais en train de démolir des murs que je n'avais aucun droit de toucher. Dans les mariages italiens de l'Outfit, la tradition veut que le mari présente les draps ensanglantés à ses pairs. Arthur Rossi va mourir d'une mort lente et douloureuse, si je lui apporte les draps de sa fille six jours avant la cérémonie.

Il n'y a aucun doute sur ce qui vient de se produire. Et aucun non plus sur ce qu'a enduré Francesca. Et malgré tout, je n'ai pas le cœur de lui faire subir en plus ce nouvel affront.

Alors je me retire dans mon bureau, résistant à l'envie irrépressible d'aller voir comment elle va. Je ne suis pas certain qu'il faille effectivement lui accorder du temps, mais je ne fais plus du tout confiance à mon intuition en ce qui la concerne. Moi, la créature généralement cruelle, qui calcule tout, j'ai perdu le contrôle à plusieurs reprises au cours du mois écoulé et, chaque fois, à cause de ma fiancée. Alors peut-être vaut-il mieux suivre le conseil de ma gouvernante et la laisser tranquille.

Le jour suivant, je décide de travailler à la maison, pour le cas peu probable où elle quitterait sa chambre. Elle a raté ses rendez-vous et, quand sa mère est passée la chercher pour l'accompagner faire des courses pour son année universitaire à venir, Sterling l'a éconduite, après lui avoir proposé une part de son *carrot cake*, en lui expliquant que Francesca souffrait d'une terrible migraine. Madame Rossi avait l'air très perturbée quand son chauffeur a redémarré. Par la fenêtre de mon bureau, je l'ai aperçue qui tentait désespérément d'appeler sa fille. Malgré tout, je n'ai pas l'énergie de plaindre quiconque n'est pas ma future épouse.

Le jour passe à la façon des mauvais jours : avec une lenteur pénible. Tous les rendez-vous que j'ai organisés à la maison s'avèrent bénéfiques et productifs, pourtant. J'ai même réussi à caser une réunion téléphonique avec mon directeur des relations publiques et son assistante, corvée que je repoussais depuis des semaines. Quand je quitte enfin le bureau, l'heure du dîner est largement dépassée. Je mange à la cuisine, sans croiser le regard réprobateur de Sterling. Assise face à moi, les mains sur les genoux, elle me dévisage comme si je venais de mutiler un bébé. Dans un sens, c'est exactement ce que j'ai fait.

– D'autres super idées ? Je devrais peut-être la renvoyer à ses parents ? je siffle quand il devient évident qu'elle ne me quittera pas des yeux.

– Non, c'est absolument à proscrire.

C'est la première fois que Sterling s'adresse à moi sur ce ton. Même quand j'étais enfant, elle ne me traitait pas comme tel. Aujourd'hui, si.

– Je ne compte pas attendre un jour de plus.

– Tu n'aurais pas dû attendre une seule minute, acquiesce-t-elle en sirotant mon excellent scotch.

Il faut que la situation soit catastrophique entre Francesca et moi pour que Sterling en vienne à boire. Elle n'a pas consommé une seule boisson alcoolisée en deux décennies.

– Pourquoi est-ce que tu m'as conseillé d'attendre, alors ?

J'envoie valser mon assiette de côtelettes à travers la cuisine. Qui va s'écraser contre le mur.

– Je voulais que tu souffres autant qu'elle.

Sur quoi, elle hausse les épaules, se lève et sort de la cuisine, me laissant ruminer sur le fait que oui, effectivement, je souffre. Je me sers un verre de bourbon, bien tassé avec des glaçons, et prends la direction de l'aile est.

La porte de Nem est close et, par habitude, je l'ai déjà poussée à moitié sans frapper quand je me ravise. Je frôle le panneau de chêne de mes phalanges.

– Est-ce que je peux entrer ? je demande d'une voix raide et coincée.

Jamais je ne demande la permission pour rien. Et je ne suis pas fan de l'idée d'en faire une habitude.

Pas de réponse.

Je pose la tête contre la surface dure et ferme les yeux, inspirant les traces de son parfum. Le shampoing à la mandarine qu'elle utilise. La lotion douce à la vanille qui donne un tel éclat à sa peau.

L'idée qu'elle soit encore contusionnée au point d'avoir dû se rendre chez le médecin aujourd'hui me traverse l'esprit, accompagnée d'une pensée encore plus déstabilisante : Francesca ne me le dirait pas si elle souffrait trop. Elle se raccrocherait aux restes de sa fierté. Cette même fierté dont je l'ai dépouillée sans pitié dans ma quête de vengeance pour quelque chose qui n'a pas eu lieu.

J'ouvre la porte en grand et trouve ma fiancée allongée sur son lit à baldaquin, les yeux perdus dans le vide. Je suis la direction de son regard. C'est un point blanc sur le mur qui a capturé son attention. Elle ne cille même pas quand j'entre. Je m'approche d'elle, m'assieds au bord du lit et avale une gorgée de bourbon avant de lui tendre mon verre. Elle n'y accorde pas la moindre attention, ni à moi ni à mon geste.

– Je suis désolé, lui dis-je d'une voix rauque.

– Va-t'en, grogne-t-elle.

– Je ne crois pas que ce soit possible, admets-je en toute honnêteté. Plus tu réfléchis à ce qui s'est passé, plus tu vas me haïr.

– C'est normal que je te haïsse.

Je bois une autre gorgée. Je ne vais pas essayer d'argumenter à ma décharge. Ma façon d'agir est inexcusable, qu'elle ait été vierge ou pas.

– C'est peut-être vrai, mais nous en souffririons tous les deux, dans ce cas. Et même si je mérite ma part de souffrance…

– Oui, oui, tu la mérites, me coupe-t-elle.

– C'est le cas, j'acquiesce d'une voix tellement douce que je doute un instant que ce soit la mienne. Mais pas toi. Tu n'as rien fait de mal. Et si je ne suis pas un homme bon, je ne suis pas un monstre non plus.

Elle baisse les yeux vers ses mains et les contemple en s'efforçant de ne pas pleurer. Je suis tellement doué à déceler les prémices des larmes sur le visage de Francesca que cela suffit à prouver que je suis tout sauf le fiancé idéal.

– Pourquoi ne m'as-tu pas dit que tu étais vierge ?

Elle pouffe, secoue la tête.

– Tu t'étais déjà fait ton opinion à mon sujet avant même que j'ouvre la bouche au bal masqué.

Et franchement, je m'en fichais pas mal de ce que tu pensais de moi. Hier, en revanche, je t'ai dit… non, je t'ai répété que je n'avais pas couché avec Angelo. À trois reprises. Alors je pense que la vraie question, c'est : pourquoi est-ce que tu ne m'as pas crue ?

Voilà qui mérite réflexion.

– C'était plus facile que tu me déplaises, comme ça.

– Ça tombe bien. Tu me déplais, maintenant. Énormément.

Elle croise les bras et détourne les yeux.

– Tu ne me déplais plus, Némésis.

Je ne la déteste pas. Je la respecte. Encore plus depuis qu'elle n'a pas laissé sa fierté se dresser entre nous hier. Elle est tombée à genoux pour conclure sa démonstration. À savoir que c'est moi, le salaud, et qu'elle disait la vérité. J'ai pris son innocence et, pour réparer, je sais que je vais devoir lui donner un peu de ma fierté, à moi.

Cela aura un coût allant au-delà de tout ce que j'ai jamais accepté de payer. Une sorte de dépôt de garantie, afin de m'assurer de garder ma fiancée, pas seulement physiquement mais dans le même état mental qu'avant notre soirée de fiançailles. Cette fiancée qui, tant de soirs durant, a frotté son corps si doux contre le mien dans son potager, en haletant, émerveillée, chaque fois que je touchais « par accident » son clitoris à travers le tissu de sa robe.

– Mets tes mains au-dessus de ta tête, je lui dis en me tournant face à elle.

Elle hausse un sourcil, les yeux toujours rivés au mur.

– Si tu continues à le fixer, je vais être obligé de te donner une bonne raison de le faire.

– Comme quoi ?

Ah, j'ai piqué son attention. C'est le moment d'avancer.

– En y accrochant un portrait de moi en taille réelle.

– Mon cauchemar personnel, marmonne-t-elle.

– Avec Sterling debout à côté de ma silhouette assise, l'un de ses romans à la main.

Elle se mord la lèvre pour réprimer un sourire.

– Vous n'êtes pas drôle, Sénateur.

– Possible, mais j'ai beaucoup de temps devant moi pour découvrir ton style d'humour. Les mains au-dessus de la tête, Nem.

Elle tourne les yeux vers moi, deux lacs de tristesse, et me dévisage. Une tristesse que j'ai créée, aggravée chaque jour où je l'ai retenue ici. Je ne détourne pas le regard. J'affronte le résultat de mes erreurs.

– J'ai encore mal.

C'est elle qui rompt le contact visuel en premier, baissant les yeux.

– Je sais, je chuchote. Je te demande seulement de me faire confiance.

– Pourquoi te ferais-je confiance ?

– Parce que sinon, tu finiras comme moi. Or c'est une vie peu enviable.

Hésitante, elle replie les doigts sur le bord de sa tête de lit. Mon cœur se serre face à ce qu'implique son obéissance. Elle porte la même nuisette lilas que la veille quand elle a éprouvé le besoin de couvrir son corps. Je m'installe à califourchon sur ses jambes crémeuses. J'entame le massage de la zone sensible, à l'intérieur de sa cuisse, quelques minutes, afin de détendre ses muscles noués. Au départ, elle est dure comme la pierre, mais quand je passe à l'autre cuisse et qu'elle comprend que je n'ai aucunement l'intention de m'approcher de son entrejambe sans sa permission, elle commence à se détendre sous mes paumes.

– Je ne te ferai pas de mal, je lui assure en descendant délicatement sa culotte le long de ses cuisses. Entre les quatre murs d'une chambre, je précise.

– Tu l'as pourtant fait hier.

– Et je te demande de m'en excuser. À compter de maintenant, je vais m'assurer que ce soit toujours bon pour toi.

– Pourtant, tu as dit que tu t'en fichais, du plaisir des femmes avec qui tu couches.

Ces mots, je les ai prononcés avant de manquer de te violer.

Non que ce soit strictement un viol aux yeux de la loi. Puisqu'elle me l'a demandé. Elle m'a même supplié. S'est mise à genoux pour ça. Seulement, c'était destiné à me prouver quelque chose. Nous savons tous les deux qu'elle n'a éprouvé aucun plaisir. Nous savons tous les deux que je lui ai pris quelque chose que je ne méritais pas.

Son regard rencontre le mien quand j'écarte ses cuisses pour glisser les pouces vers sa fente et dessiner des cercles autour de la zone sensible de son sexe. Je ne m'incline devant personne, surtout pas un membre de la famille Rossi. Sauf que là, il ne s'agit pas de m'incliner devant Némésis, je lui démontre quelque chose, c'est tout. Que le sexe, c'est génial si c'est bien fait et si les deux participants sont sur la même longueur d'onde.

– Ne bouge pas tes mains, je lui intime d'une voix rendue plus sévère par le désir.

Je vois sa poitrine monter et descendre dans un mélange d'excitation et de peur. Je peux travailler là-dessus. Ses jambes tremblent sous l'effet de l'adrénaline avant même que je pose ma langue sur elle. J'enlève aussi sa chemise de nuit, que je jette par-dessus son épaule pour révéler ses tétons roses pareils à des pièces de monnaie.

Terriblement belle.

Diaboliquement innocente.

Irrévocablement mienne.

Une fois qu'elle est complètement exposée à moi, je retire mes chaussures, mes chaussettes, mon pantalon, ma veste et ma chemise, jusqu'à ne garder que mon boxer Armani noir. Ça non plus, je ne le fais pas souvent : me déshabiller devant une femme. Le sexe n'est pas un plaisir. Pour moi, c'est un exutoire. Je baise rarement mes conquêtes dans un lit, préférant les petits coups entre deux portes, et même quand je consens à le faire dans un lit, je n'y reste généralement pas au-delà de mon orgasme. Némésis a les yeux braqués sur mon érection à travers mon caleçon, ses yeux céruléens emplis de crainte et de curiosité.

– Tu veux le voir ?

Elle hoche la tête en rougissant. Quelque chose me brûle de l'intérieur.

– Tu voudrais me voir tout entier ? Tu ne seras pas obligée de me toucher. Ce soir, il n'est question que de toi.

Elle déglutit et mord sa lèvre inférieure. Lentement, je baisse mon boxer et me tiens debout devant elle, complètement nu. Je ne me rappelle pas la dernière fois où c'est arrivé et tente de me convaincre que le concept du mariage, ça vous oblige justement à abaisser vos murs de protection, sans que cela implique qu'ils disparaissent. Il y aura beaucoup de sexe dans la salle de bains, dans le jacuzzi, sous la douche ou devant la glace, au cours des années à venir. Ça ne fait donc aucune différence qu'elle me voie nu aujourd'hui, demain ou dans un mois. Je la rejoins sur son lit et m'installe entre ses jambes, prenant ses joues entre mes mains. Je baisse la tête vers elle et l'embrasse, d'abord avec délicatesse, puis je lui ouvre la bouche et y enfonce la langue à la recherche de la sienne, je lèche les coins de ses lèvres, j'aspire sa lèvre inférieure, car je sais que ça la rend folle.

Sa mémoire instinctive se met aussitôt en action et elle se rappelle toutes les fois avant la nuit passée. Elle gémit, répond à mon gage de réconciliation en ôtant ses mains de la tête de lit pour suivre ma mâchoire du bout de ses petits doigts.

Je la prends par les poignets et lui repose les mains sur la tête de lit.

– La patience est une vertu, Nem.

– Une vertu que je ne possède pas.

Elle oublie momentanément sa colère à mon endroit, souriant telle la gentille jeune femme qu'elle est.

– Mais que tu devras apprendre en étant femme de sénateur, je souffle en lui tapotant le menton – c'est mon *modus operandi* –, avant de l'embrasser à nouveau, avec un regain d'abandon, de passion furieuse.

Elle me cède complètement et je dépose une ligne de baisers jusque dans son cou, entre ses seins. Puis je prends l'un de ses tétons et l'aspire dans ma bouche. Il devient dur comme un galet entre mes dents, je tire dessus assez doucement pour ne pas lui faire peur. Son corps sursaute tout de même. Je passe à l'autre téton, sans cesser de titiller avec mon pouce celui que je viens de sucer et, quand elle se prépare au même traitement, je dessine un cercle tout autour avec ma langue, soufflant un air frais sur la peau humide et sensible. Elle frissonne contre moi, un nouveau grognement s'échappe de sa bouche.

Francesca est une femme timide, mais je n'ai aucun doute, malgré la présentation médiocre que je lui ai faite des plaisirs du sexe, qu'elle apprendra vite.

Je passe la langue le long de sa poitrine, plonge dans son nombril, puis entreprends de déposer des baisers humides à l'intérieur de ses cuisses et juste au-dessus de sa fente. Je sais aux traces de sang séché qui maculent ses cuisses qu'elle n'a pas pris de douche depuis hier. Il me semble normal, en la léchant là pour la guérir, de goûter mon propre sperme sur sa peau, bien que ça soit tout sauf hygiénique, mais je ne peux pas lui demander d'aller se laver. Pas pour moi. Elle grogne et pousse son sexe vers mon visage, et je vois ses phalanges blanchir sous l'effort qu'elle doit produire afin de respecter mon injonction de ne pas me toucher.

– Ne bouge pas.

– Pardon.

Ce qui ressemble beaucoup à un gémissement s'échappe de ses lèvres sensuelles.

J'adore l'idée qu'elle m'autorise à lui faire ça, bien que je me sois conduit comme un salopard jusqu'à présent. Je ne trouve pas que ce soit une preuve de docilité. Non, son attitude montre qu'elle a le courage et le cran de m'affronter au lit, après tout. J'aime aussi son innocence. Ni épilée, ni préparée particulièrement pour le sexe. Je glisse les mains sous ses cuisses et m'empare de ses fesses pour la soulever et entreprendre de lécher sa fente, d'un coup de langue léger. Elle est encore rouge et irritée d'hier, et je me hais avec une force que je réserve généralement à son père.

– Tu es délicieuse, je lâche d'une voix gutturale.

– Oh, gémit-elle au-dessus de moi, pantelante. C'est… oh, là, là. Oui.

Je passe la langue entre ses replis. Je n'ai pas léché une femme depuis plus de dix ans, mais s'il en est une qui vaille la peine d'être goûtée, c'est bien ma future épouse. Son corps se crispe un peu au début, avant de se détendre. Puis elle écarte plus grand les cuisses, me laisse enfoncer la langue en entier malgré l'étroitesse de sa petite chatte. Elle est tendue – pas étonnant, vu tout ce qu'elle a subi hier – et encore extrêmement petite. L'idée d'enfouir mon sexe imposant en elle à nouveau – et bientôt – fait pulser mon érection contre ses draps ensanglantés. Je la sens qui palpite, mon pouls bat littéralement dans mes testicules.

Après l'avoir léchée un moment, j'enfile ma langue en elle, la ressors, puis je recommence. Elle gémit, son corps ondule de plaisir alors qu'elle se détend vraiment, s'oublie enfin. Elle entrouvre un œil et m'observe. Son bassin vient sans relâche à la rencontre de mon visage alors qu'elle recherche ma langue. Ses tétons sont si durs que je ne peux m'empêcher de jouer avec en même temps. J'appuie sur son clitoris, le suce, enroule ma langue autour pendant de longues minutes, retardant son orgasme chaque fois qu'il approche en abandonnant son clitoris au profit de la tache de sang à l'intérieur de sa cuisse.

Au bout de vingt minutes de ce traitement, je décide qu'elle mérite son orgasme. Je ferme les lèvres sur son petit bouton et suce fort dessus, si fort qu'elle hurle. Elle tremble de tous ses muscles autour de mon visage tandis que son premier orgasme la secoue, alors elle lâche la tête de lit et enfonce les mains dans mes cheveux pour tirer dessus brutalement.

Je sens une brûlure sur mon cuir chevelu, mais je ne me retire pas. Au lieu de quoi, j'attrape mon verre de bourbon, y pêche un glaçon dont je suce l'alcool avant de le glisser entre les lèvres douloureuses de son sexe. Je touche son clitoris avec moins de férocité, maintenant, ce qui la propulse vers une autre jouissance qui la fait gémir si fort que les fenêtres en tremblent presque.

S'ensuivent deux orgasmes supplémentaires.

– Pourrais-tu m'apprendre comment toucher un homme ? me demande-t-elle quand nous en avons terminé et qu'elle est adossée à la tête de lit, moi à côté d'elle, toujours nu et dur.

– Non. (Ma réponse est sans détour.) En revanche, je peux t'apprendre comment me toucher, moi. Que tu touches d'autres hommes, dans cette vie-là, ça n'est pas dans ton intérêt, Nem.

C'est idiot de ma part de penser à ce gamin, Angelo, en cet instant. Le besoin de le faire disparaître me travaille quelque part, dans un recoin sombre. J'épargne à Francesca la manière dont il m'a piégé en me faisant croire qu'il avait effectivement couché avec elle. Sa soirée d'hier a été suffisamment merdique, à cause de moi.

Elle s'enroule dans le drap et se tapote le menton, comme si elle réfléchissait à ce qu'elle allait dire ou à la possibilité même de s'exprimer.

– Ce que tu as vu dans le jardin…

Elle hésite. J'ai envie de lui répliquer de ne pas s'inquiéter, mais à la vérité, je brûle de savoir ce qui s'est passé. Où ils ont disparu tous les deux.

– Mon père m'a poussée à discuter avec Angelo. Après que Bishop s'est approché de toi, Angelo m'a proposé de poursuivre la conversation quelque part où nous n'aurions pas besoin de crier pour couvrir les voix des autres. Je lui ai confié que je ne détestais plus ma vie ici. Ce qui, je crois, était vrai jusqu'à la nuit dernière. Il s'est vexé et il est parti. Moi, je suis montée dans ma chambre et, en chemin, j'ai croisé ma cousine qui m'a informée qu'il s'était faufilé dans une chambre d'amis avec la journaliste blonde, celle qui essayait de convaincre Bishop de lui accorder une interview.

Kristen.

La petite garce m'a tendu un piège et Angelo est entré dans son jeu. Je me demande s'ils savaient jusqu'où j'irais pour me venger. Ils vont me payer leur petit tour de passe-passe. Dommage que ces deux enfoirés soient obsédés par Francesca et moi, sans quoi ils formeraient un couple très assorti.

Francesca mordille une mèche de ses cheveux.

– Ma mère était dans ma chambre. Je l'avais vue depuis le jardin et nous avons parlé un moment. (Pause.) Mon père la trompe.

– Je suis désolé.

Et c'est vrai. Pas pour ses parents – sa mère m'a laissé emmener sa fille. Non, pour Francesca elle-même, qui assiste à l'effondrement de sa famille en quelques semaines seulement.

– Merci.

Je ne perçois pas trace d'hostilité dans la voix de ma fiancée. Dieu qu'elle est adorable. Et elle est tout à moi. Pas seulement son corps, mais aussi ses paroles et son courage.

Je suis absolument certain maintenant que je recommencerai chaque jour ce que nous venons de faire. Je repose mon verre sur la table de chevet et me retourne vers elle pour lui déposer un baiser sur le front.

– Va prendre ton dîner, Nem.

– Je n'ai pas faim.

Elle se déplace sur le lit et grimace. Elle a toujours mal partout. Je note mentalement de demander à Sterling de lui apporter un autre gant tiède chaque soir de cette semaine.

– Tu ne peux pas arriver à ton mariage amaigrie, je réplique.

Elle pousse un soupir, lève les yeux au ciel.

– Qu'est-ce qu'on mange ?

Je suis encore nu près d'elle, peu gêné par la vulnérabilité de ma position. L'intimité, c'est pourtant très bizarre à mon goût.

– Côtelettes et asperges sautées.

Elle plisse le nez.

– Je pense que je vais passer mon tour.

Une vraie adolescente.

– Qu'est-ce qui te fait envie ?

– Je ne sais pas. Des gaufres ? Normalement, je n'ai pas la dent très sucrée, mais là, j'ai passé une journée atroce.

Mes narines se dilatent. Je me suis vraiment comporté comme une grosse merde avec elle.

– Le petit resto en bas de la rue en propose. Bien épaisses et bien garnies. Viens, un peu d'air frais ne nous fera pas de mal.

Elle tourne les yeux vers sa montre et mordille sa lèvre inférieure, mal à l'aise.

– Il est vingt-trois heures.

– C'est ouvert vingt-quatre heures sur vingt-quatre.

– Euh… Bon, d'accord. Ensemble ?

Je lui effleure le menton. *Encore.*

– Oui, ensemble.

– Je ne t'aurais pas imaginé en mangeur de gaufres.

– Exact, en revanche il se peut que je te mange, toi, pour le dessert quand on rentrera. Ça fait un moment que je ne l'ai pas fait et, très franchement, je n'ai jamais goûté de petite chatte aussi délectable que la tienne.

Elle rougit instantanément et détourne les yeux.

– Ils sont étranges, tes compliments.

– Je suis étrange.

– Ça oui, admet-elle en tourmentant sa lèvre. Et c'est la partie de toi qui me déplaît le moins.

Je me lève et renfile mes vêtements nonchalamment. Ah, voilà qui est beaucoup, beaucoup mieux. Moins vulnérable. Davantage de barrières.

Soudain, une idée me frappe.

– Demain, c'est ton premier jour à l'université.

Évidemment, il fallait que Francesca choisisse de commencer la fac une semaine avant son mariage. Nous sommes tous les deux soulagés de ne pas avoir à organiser de fausse lune de miel. À l'époque de notre accord verbal, on avait déjà toutes les peines du monde à faire semblant de se supporter.

– Oui, je suis impatiente.

Elle m'adresse un petit sourire en se hâtant vers son dressing pour enfiler une robe.

– Qui t'y conduit ?

Elle n'a pas le permis de conduire. Encore quelque chose à reprocher à ses parents. Elle était presque comme un poisson tropical, à leurs yeux. Magnifique dans son bel aquarium, mais pour lequel on ne fait aucun effort particulier pour l'aider à se développer.

– Smithy, bien sûr.

Bien sûr. Mon sang n'est pas encore retourné à mon cerveau.

– Quelle heure ?

– À huit heures.

– Je t'y emmènerai.

– OK.

– OK, je répète.

Je ne comprends pas ce qui vient de me passer par la tête. Pas pour les gaufres, pas non plus pour ma proposition de la conduire. Jusqu'à présent, je ne lui ai offert son indépendance que lorsqu'elle la demandait. Et en retour, j'exigeais toujours quelque chose. Si elle faisait ci, alors elle pourrait avoir ça. Tandis que nous descendons au rez-de-chaussée, je remarque Sterling assise à la table de la cuisine, qui lit un livre en souriant. Je parie qu'elle est toute fière d'elle, de savoir que je suis monté pour revenir dans les bonnes grâces de ma fiancée.

– Pas un mot, je l'avertis pendant que Francesca va chercher sa veste.

Elle fait le geste de sceller ses lèvres avec une fermeture Éclair.

Francesca apparaît à la porte de la cuisine. Je me retourne et noue mon bras au sien. Et nous sortons dans la nuit sans étoiles de Chicago.

– Scélérat ?

– Oui, Némésis ?

– Tu penses que Smithy pourrait m'apprendre à conduire ?

Elle veut récupérer ses ailes.

Elle en a parfaitement le droit. Je le sais, puisque j'essaie de la protéger de tous ceux qui l'entourent. Y compris moi.

– Laisse tomber Smithy, Nem. C'est moi qui t'apprendrai.

CHAPITRE 11

FRANCESCA

La dernière semaine avant notre mariage, Wolfe vient dans ma chambre toutes les nuits sans exception.

Nous n'avons pas de relations sexuelles à proprement parler, mais il me lèche jusqu'à me faire jouir. Chaque fois que j'atteins l'orgasme, il suce mes lèvres – celle d'en bas – et rit comme un beau diable. Parfois, il se frotte contre mon ventre à travers nos vêtements, puis il se retire dans ma salle de bains. Quand il revient dans la chambre pour me souhaiter bonne nuit d'un baiser, avant de partir, il a toujours les joues rosies.

Une fois, il m'a demandé s'il pouvait jouir sur moi. J'ai dit « oui », surtout parce que je ne savais pas trop si ça signifiait ce que je pensais. Il s'est frotté contre moi et, quand il a été prêt, il a sorti son sexe et a éjaculé entre mes seins, partout sur ma nuisette.

D'un côté, j'ai envie de coucher avec lui pour lui montrer que je lui ai pardonné, car je déteste l'admettre, et bien malgré moi, je lui ai effectivement pardonné. Seulement d'un autre côté, je suis terrifiée à l'idée de faire l'amour à nouveau. J'ai encore mal depuis l'incident et chaque fois qu'il se frotte contre moi, ça me rappelle cette horrible nuit où il s'est enfoncé en moi d'un coup. Et puis ensuite, j'écarte ce souvenir de ma mémoire et je m'efforce de penser à des choses heureuses.

Si notre relation s'est grandement améliorée depuis notre soirée de fiançailles, nous ne sommes toujours pas un vrai couple. Nous dormons dans des ailes séparées de la maison, ce qui sera le cas – il m'a avertie d'emblée – jusqu'à la fin de nos jours. Quant à ses attentions envers moi, il les réserve à la nuit. Nous dînons ensemble, avant de nous retirer chacun dans notre chambre. Puis, une petite heure après que j'ai pris ma douche et enfilé une nuisette sexy, il frappe à ma porte et je suis prête pour lui, les cuisses écartées, avide de ses caresses, de sa langue et de sa bouche.

Je me sens salie par ce que nous faisons. On m'a appris que le sexe, c'était le moyen de tomber enceinte et de faire plaisir à son mari, pas quelque chose que l'on doive désirer aussi fréquemment. Pourtant, que Wolfe me lèche là, c'est tout ce dont j'ai envie, tout le jour, tous les jours. Encore aujourd'hui, alors que je vais à l'université et produis un effort conscient pour rencontrer des gens et m'habituer à mon emploi du temps, tout ce à quoi j'arrive à penser, c'est à son nez et à sa bouche enfouis profondément en moi tandis qu'il marmonne des mots dégradants contre mon corps, et au fait que ça me fait mouiller encore plus.

Du coup, je ne cherche guère à me trouver des amis, à m'ouvrir ou à me créer une vie à moi. Je veux faire mes devoirs, assister à mes cours et que le grand méchant Wolfe me dévore.

La veille de notre mariage, il est dans son bureau à la maison, et moi, en train de jardiner dehors, quand j'entends sonner à la porte. Sachant que madame Sterling est en haut, occupée à lire l'un de ses livres tout sauf innocents (je ne suis plus en position de la juger, cela dit), j'ôte mes gants de jardinage, me redresse et entre dans la maison. Par l'œilleton, je constate qu'il s'agit de mon père et de ses gardes du corps. Mon pouls s'emballe. Est-ce qu'il vient s'excuser ?

J'ouvre la porte en grand et m'écarte, le dos plaqué contre le mur, pour le laisser passer car il entre en trombe.

– Où est-il ? lance-t-il, ses deux sbires sur ses talons.

Je fronce les sourcils. Il ne m'a même pas dit « bonjour ». Après toutes les indélicatesses qu'il a commises à notre soirée de fiançailles, notamment en invitant les gens les plus louches de l'État pour essayer de nuire à la réputation de Wolfe, ou en jetant Kristen et Angelo entre nous, il n'a même pas une parole plaisante à m'offrir. Quel connard.

Je referme la porte derrière eux, le dos raide. Je me sens étrangement sûre de moi, sur mon terrain. Je ne nourris pas la moindre illusion quant aux sentiments de Wolfe à mon égard, en revanche je sais qu'il n'autorisera personne à me manquer de respect dans ma propre maison.

– Est-ce qu'il t'attend ? je demande d'une voix traînante, jouant à l'idiote.

En vérité, j'en ai ras-le-bol de lui. Ras-le-bol qu'il trompe ma mère et qu'il vende sa fille au plus offrant. Mon père est un égoïste et il a laissé son égoïsme abîmer notre famille.

– Fais-le venir immédiatement, m'ordonne-t-il avec un ricanement.

Bravant ma peur, je hausse légèrement le ton.

– Est-ce que, oui ou non, tu as un rendez-vous avec le sénateur Keaton ?

Je suis le vent. Fort et fuyant et partout à la fois. Il ne peut pas me toucher.

Il me considère de la tête aux pieds.

– Tu es qui, toi ?

– La future femme de Wolfe Keaton, je réponds, faussement obéissante. Et toi, qui es-tu ?

– Ton père. Quoique tu sembles l'avoir oublié.

– Tu ne te comportes plus comme un père. C'est peut-être pour ça.

Je croise les bras, sans prêter attention au visage soudain rouge des deux gars qui l'accompagnent.

J'ai l'impression qu'il est saoul, il vacille un peu et son teint est trop rubicond pour que ça ne soit dû qu'au soleil estival.

Il agite la main dans un geste impatient.

– Ce n'est pas moi qui ai changé, Francesca. C'est toi qui vas à l'université et qui parles de travailler.

– Être indépendante n'est pas une maladie, je grince. Mais ce n'est pas ça qui te dérange. Ton problème, c'est que désormais j'appartiens à un homme qui a pour ambition de te détruire et que tu n'es plus très sûr de ma loyauté envers toi.

Voilà, j'ai craché le morceau et, même si j'en assume chaque mot, ça ne rend pas la chose moins douloureuse. Il avance d'un pas vers moi et nous nous retrouvons nez à nez. Quelque chose est clairement différent entre nous. Nous sommes sur un pied d'égalité.

– Où va ta loyauté, *mascalzone* ?

Friponne. Il m'appelait comme ça, quand j'étais petite. Ça me faisait rire, parce qu'en espagnol, ça ressemblait à *màs calzones* : plus de caleçons.

Je plonge au fond de ses yeux bleu de glace, me penche en avant et lui chuchote au visage :

– Moi, papa. Ma loyauté, je me la dois déjà à moi-même.

Il ricane, puis écarte délicatement une mèche de cheveux de mon front. Toujours aussi impérial, même ivre.

– Dis-moi, *figlia*, ça ne te dérange pas que ton futur époux t'encourage à obtenir un diplôme et un boulot ? Tu ne te dis pas que, peut-être, il n'a pas l'intention de te garder assez longtemps pour s'occuper de toi et que, du coup, il s'assure que tu sauras prendre soin de toi toute seule ?

J'ouvre la bouche et la referme aussi sec. Quand je rêvais d'épouser Angelo, je savais aussi que mon père aurait toujours ce pouvoir sur lui. Qu'il ne pourrait pas divorcer de moi, me rejeter ou me tromper. Wolfe, en revanche, n'obéit pas à Arthur Rossi. Il n'obéit à personne.

– C'est bien ce que je pensais, raille mon père. Conduis-moi à lui.

– Je ne…

Je m'interromps en entendant des pas lourds derrière moi.

– Arthur Rossi. Quelle désagréable surprise, lâche mon fiancé dans mon dos.

Je pivote, mécontente que des papillons virevoltent dans mon ventre sitôt que je le vois arriver. Mécontente que la première chose que je remarque, c'est à quel point il est plus grand et plus impressionnant que papa. Et je me méprise de devoir serrer les cuisses, car ma culotte est immédiatement humide rien qu'à sa vue.

Wolfe descend tranquillement les marches, passe devant moi sans paraître remarquer mon existence et arrive face à mon père. Ils se toisent, les yeux dans les yeux. Je comprends instantanément qu'il s'est produit autre chose. Quelque chose de bien plus grave que le coup monté par mon père à la fête de fiançailles.

– Vous avez organisé une descente sur les quais, siffle mon père, tout près de son visage.

C'est la première fois que je le vois perdre le contrôle de sa voix, qui vibre à la fin comme un morceau de papier que l'on froisse. Il a le visage tellement bouffi et rouge qu'il est quasi méconnaissable. Manifestement, les jours qui se sont écoulés ont été pleins de rebondissements pour ces deux-là, pourtant ça ne se voit que sur l'un des deux.

– Vous avez envoyé les flics alors que vous saviez que nous nous y trouverions. Treize de mes hommes sont derrière les barreaux.

Tout sourire, Wolfe enlève le mouchoir qui dépasse de la pochette du blazer de mon père et s'en sert pour y coller son chewing-gum, avant de remettre soigneusement le morceau de tissu à sa place et de tapoter dessus.

– Ils sont à leur place. Francesca, laisse-nous, m'ordonne-t-il d'un ton dur comme l'acier.

C'est un homme différent de celui qui me rend visite dans ma chambre tous les soirs. Rien à voir non plus avec celui qui m'a emmenée manger des gaufres au beau milieu de la nuit, avant de me lécher à nouveau à notre retour, jusqu'à ce que mes cuisses lui enserrent le visage.

– Mais…

Mon père se détourne de Wolfe.

– Je vous ai envoyé une fille obéissante, bien élevée, et regardez-la maintenant, crache-t-il. Elle s'énerve, elle répond et elle n'obéit même pas aux ordres. Vous croyez pouvoir m'écraser ? Vous n'êtes même pas capable de gérer une jeune femme.

Wolfe continue à le dévisager, narquois, sans me prêter aucune attention quand je secoue la tête et que, dépitée, je sors dans le jardin. Je renfile mes gants, puis allume une cigarette. En m'accroupissant et en maudissant intérieurement mon père et mon fiancé qui me traitent comme une gamine idiote pour la millionième fois, je remarque un truc bizarre qui dépasse, au fond de mon potager. Une porte rouillée qui conduit à ce que je suppose être le cellier du manoir. Elle est entourée de lierre, mais je vois tout de même qu'elle a été ouverte récemment, car la plante grimpante est arrachée sur les bords. Je me redresse et me dirige vers cette porte dont je tire la poignée. Elle s'ouvre sans peine et je me rends compte qu'il ne s'agit pas d'un cellier mais de la buanderie, qui donne juste à côté du vestibule. Mon père et Wolfe ne jouissent plus de l'intimité garantie par la porte-fenêtre à double vitrage de la terrasse. Je les entends parler à travers la mince porte de bois de la buanderie. Bon, je ne suis pas censée les épier, mais je me dis qu'ils l'ont bien mérité, vu le nombre de secrets qu'ils me cachent. Alors je colle l'oreille à la paroi.

– Là d'où je viens, sénateur Keaton, les mots ont un sens et les pactes sont honorés, siffle mon père.

Je vous ai donné Francesca, pourtant vous continuez à vouloir ma perte.

– Apparemment, nous sommes dans le même bateau. J'ai un attaché-case aux abonnés absents, avec vos empreintes partout dessus, ironise Wolfe, la voix grave.

– Je n'y suis pour rien.

– Les hommes de l'Outfit ne sont-ils pas censés s'enorgueillir de ne jamais planter un couteau dans le dos des gens et de toujours dire la vérité ?

– Je n'ai jamais planté de couteau dans le dos de personne, réplique mon père, méfiant, et ce qui s'est passé au *Murphy's* était un malencontreux incident, dont je suis certain que les Irlandais bénéficieront dès que l'assurance paiera.

– Parlons de la journée d'intégration à l'école, dans ce cas, poursuit Wolfe.

Celle où il y a eu des coups de feu ? J'en ai entendu parler brièvement aux informations, mais je sais que personne n'a été blessé. Sans doute l'œuvre d'un gamin dérangé addict aux jeux vidéo violents, selon les journalistes. Ça s'est passé le jour où le cours de la Bourse a chuté, du coup, ils n'en ont pas vraiment fait leurs choux gras.

– Oui, et alors ?

Mon père serre les dents, je l'entends clairement de l'autre côté de la porte.

– Vous avez de la chance d'être encore en liberté et pas enfermé avec le tireur, affirme Wolfe.

– Je suis en liberté parce que vous n'avez aucune preuve.

– Pas plus que vous n'en avez que j'aie quoi que ce soit à voir avec la visite de la police sur les quais. Mais la cerise sur ce gâteau de merde, ce n'est pas la tentative de m'assassiner. Non. Ça, c'était mal préparé et de l'amateurisme complet. Non, le pire, c'était la soirée de fiançailles.

Je manque de m'étrangler. Mon père a tenté de faire assassiner mon mari. Et mon mari ne m'a absolument rien dit. En fait, il a caché ça au monde entier, pour protéger mon père, donc. Pourquoi ?

– Vous comparez le fait d'envoyer mon écervelée de fille flirter avec son amour d'enfance lors d'une fête avec la mise sous les verrous de treize de mes hommes ? Sérieusement ? crache Arthur Rossi.

C'est la seconde fois qu'il hausse la voix. La rivalité, la vraie, change complètement son attitude. Et pas en mieux.

– Votre fille n'est pas écervelée et elle ne flirte pas. En revanche, elle va bientôt devenir ma femme et je commence à me lasser de votre manque de respect à son égard. Je ne supporterai pas non plus que vous la poussiez dans les bras de quiconque, surtout pas un homme qu'elle adorait quand elle était plus jeune. En fait, chaque fois que vous agirez mal concernant Francesca ou que vous mettrez ma réputation en porte-à-faux, comme vous l'avez fait durant la soirée de fiançailles, je détruirai l'une de vos affaires. Les quais. Un restaurant. Peut-être un club de poker.

La liste est interminable et j'ai à la fois les moyens et le temps qu'il faut. Enfoncez-vous bien ça dans votre crâne épais : elle est à moi désormais. Je décide si elle travaille, où elle étudie et dans quelles positions je veux la baiser. Sachez par ailleurs que m'éliminer de l'équation ne fonctionnera pas. Non seulement j'ai éparpillé les preuves que je détiens sur vous en divers endroits, auprès de plusieurs personnes de confiance, mais j'ai aussi écrit des lettres pour transmettre mes instructions à ces gens : ils sauront quoi faire dans le cas où je mourrais prématurément.

Il parle comme s'il comptait me faire subir des choses horribles. Mais je ne le crois pas. Plus maintenant. Au cours de la semaine qui s'est écoulée, il a fait passer mes besoins physiques avant les siens. Ces paroles, il les profère pour énerver mon père, c'est évident, mais moi je me fiche d'en connaître la raison. S'il se souciait vraiment de ma fierté, il cesserait de jeter notre vie sexuelle au visage de mon père. J'entends un bris de quelque chose – verre ou vase – et Wolfe qui lâche un rire énigmatique.

– Qu'est-ce qui vous pousse à penser que Bishop et White vous laisseront vous en tirer à si bon compte ?

– Le fait que ce soit déjà le cas. C'est moi qui ai le dessus dans ce jeu. Vous jouerez selon mes règles, sinon vous perdrez votre main. Il n'y a pas d'autre option.

– Je vous reprendrai Francesca, le menace mon père.

Sa voix n'a toutefois pas cette autorité glaciale qu'elle contient généralement. Je ravale un hurlement. Voilà maintenant qu'il veut me récupérer ? Je ne suis pas un jouet. Je suis un être humain, une femme qui s'est étrangement attachée à son futur époux. De plus, personne dans l'Outfit ne voudra de moi à présent, surtout après que Wolfe a pris ma virginité.

Sauf que ça, mon père l'ignore.

Même s'il doit le soupçonner, il a l'air de s'en ficher de toute manière.

Pas Wolfe. Wolfe peut briser ma vie, maintenant. Il a obtenu ce qu'il voulait. Ma virginité et ma réputation. Il pourrait en terminer aujourd'hui. Mon père aurait été assez humilié. La sueur coule dans ma nuque rien qu'à cette pensée. Wolfe met une éternité avant de reprendre la parole.

– Vous ne ferez pas ça.

– Comment en êtes-vous aussi sûr ?

– Vous aimez l'Outfit plus que vous aimez votre fille, constate-t-il simplement.

Une flèche empoisonnée me transperce le cœur. *C'est pour ça que les humains ont inventé le mensonge.* Aucun autre animal ne ment dans la nature. La vérité est impitoyable. Elle vous déchire en deux, vous plonge le visage dans la boue. Elle vous oblige à regarder la réalité en face et à l'assumer. À sentir le véritable poids du monde dans lequel vous vivez.

– Et vous ? rétorque papa. Que ressentez-vous pour ma fille ?

– Je suis certain qu'elle sera délicieuse au lit et tout à fait convenable à mon bras, d'autant que je pourrai aisément la remplacer, une fois sa date de péremption dépassée.

Et il dit ça en toute candeur. Moi, j'ai envie de vomir. Je sens la bile bouillonner dans mon estomac, pour me remonter dans la gorge. Je suis sur le point d'ouvrir la porte, histoire de les confronter tous les deux. Comment osent-ils parler de moi comme ça ? Mais à la seconde où je saisis la poignée, une main se pose sur mon épaule. Je fais volte-face dans le noir. C'est Sterling. Elle secoue la tête, les yeux presque exorbités.

– Il le fait exprès pour faire sortir votre père de ses gonds, murmure-t-elle en détachant bien chaque mot, le menton baissé pour m'obliger à rencontrer son regard.

De l'autre côté de la porte, ça s'agite. Mon père crie, jure en italien, tandis que Wolfe rit et que la tonalité rauque et provocatrice de sa voix se réverbère sur les murs et au plafond. J'entends le crissement des chaussures de mon père sur le sol de marbre et comprends que ses gardes du corps le traînent dehors avant qu'il ne se ridiculise davantage. En tout cas, ils font assez de bruit pour que je m'adresse à madame Sterling sans qu'ils nous entendent.

– Qu'est-ce que vous en savez ? je lui demande en essuyant des larmes de colère brûlantes.

Voilà que je recommence à pleurer. Je pourrais compter sur les doigts d'une main les jours où je n'ai pas pleuré depuis que Wolfe est entré dans ma vie.

– Je sais ce qu'il ressent pour votre père et, pour le moment, sa haine pour lui surpasse son affection pour vous. Mais les choses évoluent, mon enfant. Tout le temps.

Madame Sterling doit me traîner dehors de force, avant de refermer la porte secrète avec des gestes précautionneux, afin que Wolfe ne nous entende pas. Elle regarde autour de nous, s'assure que la voie est libre, puis elle m'attrape par le poignet et me tire vers le pavillon. Là, ses mains ridées plantées sur les hanches, elle m'assied face à elle. Pour la seconde fois aujourd'hui, j'ai l'impression d'être un gosse puni.

– Comment Wolfe peut-il seulement m'apprécier quand il hait ma famille avec une telle férocité ?

Je passe la main dans mes cheveux, regrettant de n'avoir pas de cigarette. Madame Sterling baisse les yeux sur moi, à court de mots. J'ai marqué un point. Elle se gratte le crâne, envoyant balancer son carré de cheveux blancs.

– Il est à moitié amoureux, Francesca.

– Il déteste mon père, et moi, il me désire, c'est tout.

Encore un bref silence avant qu'elle réplique :

– Mon nom de famille n'est pas Sterling et je ne suis pas celle que je parais. En fait, j'ai grandi pas très loin de chez vous, dans Little Italy.

Je lève vers elle un regard perplexe. Madame Sterling est italienne ? Elle a pourtant la peau particulièrement pâle. Enfin, moi aussi. Ainsi que mon père. Ma mère est plus mate, mais j'ai hérité des traits de mon père. Autre raison qui me fait craindre que Wolfe ne me haïsse. Je me tais, et j'écoute ce qu'elle a à me dire avec le plus grand intérêt.

– J'ai fait quelque chose, quand j'étais jeune et perdue, qui m'a obligée à prendre un nouveau départ. J'ai dû choisir un nouveau patronyme, n'importe lequel, et j'ai opté pour Sterling[6] – comme les yeux de Wolfe. Je ne suis pas fière de certaines des choses que j'ai fait endurer au jeune Wolfe Keaton, quand il était trop petit pour se défendre lui-même, pourtant il m'a pardonnée. Son cœur n'est pas aussi noir que vous le pensez. Il bat très fort pour ceux et celles qu'il aime. Il se trouve juste… (Madame Sterling cille et s'étrangle sur ses paroles) que tous les gens qu'il aime sont morts.

Je me mets à faire les cent pas dans le pavillon qui donne sur le jardin. Les fleurs d'été explosent en mauves et en roses. Mon potager aussi a bien poussé. J'ai insufflé de la vie dans ce petit lopin de terre et j'espère – peut-être est-ce une idée folle

---

6. Sterling en anglais signifie, ici, argent fin, celui dont on fait les bijoux.

– pouvoir en faire autant avec mon futur époux. Je m'immobilise et donne un coup de pied dans un caillou.

– Ce que je veux dire, Francesca, c'est que son cœur a pris pas mal de coups. Il s'est endurci, il est devenu méchant envers ceux qui lui ont fait du mal, mais il n'est pas un monstre.

– Pensez-vous qu'il puisse aimer à nouveau ? je lui demande à mi-voix.

– Pensez-vous en être capable, vous ? rétorque-t-elle avec un sourire las.

Je pousse un gémissement. Bien sûr que j'en suis capable. Seulement je suis une rêveuse invétérée, j'ai la réputation de voir le bien chez tous ceux que je rencontre. Mon père appelle ça de la naïveté. Moi, de l'espoir.

– Oui, admets-je. Il y a de la place pour lui dans mon cœur. Il faut juste qu'il la prenne, cette place.

Mon honnêteté me sidère moi-même. J'ignore pourquoi je m'ouvre ainsi à madame Sterling. Peut-être parce qu'elle en a fait autant avec moi, qu'elle m'a permis d'avoir un petit aperçu de sa vie.

– Dans ce cas, ma chère enfant… (Elle prend mes joues entre ses vieilles mains froides.) Pour répondre à votre question, Wolfe est capable de ressentir ce que vous ressentez pour lui, mais en beaucoup, beaucoup plus fort. Sous une forme plus résiliente et plus puissante. Car tout ce qu'il fait, il le fait à fond et avec excellence. Surtout l'amour.

***

J'ai demandé à madame Sterling de dire à Wolfe de ne pas venir dans ma chambre ce soir. Et il n'est pas venu. Vu que c'est la veille du mariage, il a attribué au stress mon absence au dîner. En revanche, il a insisté pour que madame Sterling m'apporte mon repas à l'étage et s'assure que je mange.

Il y a des gaufres noyées sous le sirop d'érable et le beurre de cacahuète, en provenance du petit restaurant du bas de la rue. Apparemment, il ne tient pas à ce que sa fiancée s'évanouisse devant l'autel demain.

Je ne ferme pas l'œil de la nuit.

À cinq heures du matin, madame Sterling débarque dans ma chambre, en chantonnant, entourée d'une horde de couturières. Clara, *mama* et Andrea sont là elles aussi, qui me tirent du lit telle une Cendrillon s'éveillant grâce l'aide de minuscules créatures à poils et à plumes. Bien décidée à profiter de la journée, je décide de mettre de côté le fait que mon père est un enfoiré de première, et mon fiancé, un homme sans cœur. Pour autant que je sache, je n'aurai qu'un mariage à célébrer dans ma vie. Alors, autant l'apprécier le plus possible.

Ma robe de mariée rose dorée est une Vera Wang ornée de dentelle au motif floral sur le buste et d'une jupe en tulle plissée. Mes cheveux s'étalent sur mes épaules et jusqu'au creux de mes reins, en vagues luxuriantes, retenus uniquement par une tiare Swarovski. Mon bouquet est simple et composé exclusivement de roses blanches. Quand j'arrive à l'église de Little Italy où nous devons nous marier – conformément à la tradition de ma famille –, elle est déjà encerclée de camionnettes de médias et de dizaines de journalistes locaux. Mon cœur bat la chamade. Je n'ai même pas adressé la parole à mon mari, la veille de notre mariage. Pas eu l'occasion de le confronter à propos des choses horribles qu'il a lancées à mon père sur mon compte. Si je me fie à ses dires, il se débarrassera de moi dès que j'avancerai en âge. La réalité de ma situation m'apparaît enfin dans toute sa noirceur.

On n'est jamais sortis en rendez-vous (le dîner dehors, c'était une excuse, pas un rencard et, pendant tout le temps où je me suis goinfrée de gaufres, il travaillait sur son téléphone portable). On n'a pas échangé de SMS réguliers. On n'a jamais dormi ensemble. On n'a jamais discuté pour le simple plaisir de discuter.

J'ai beau tourner et retourner la question dans tous les sens, ma relation avec Wolfe est vouée à l'échec.

Je remonte l'allée centrale pour retrouver mon fiancé impeccablement vêtu et rasé qui m'attend auprès du prêtre, une expression solennelle sur le visage. À côté de lui se tiennent Preston Bishop et Bryan Hatch. Il ne m'échappe pas que Wolfe Keaton n'a pas de vrais amis. Seulement des connaissances de travail dont il peut se servir. Cela dit, moi non plus, je n'ai pas de vraies amies. Clara et madame

Sterling ont le triple de mon âge. Andrea, ma cousine, a vingt-quatre ans, mais elle est surtout ici par compassion pour moi. Elle travaille dans un salon de beauté et sort régulièrement avec des gars de l'Outfit, même si elle a toujours affirmé qu'elle ne se laisserait jamais toucher, pas même embrasser, par aucun d'eux. Ma mère a deux fois mon âge. Bref, Wolfe et moi sommes tous les deux dans une posture vulnérable. Blessés et en mal de confiance.

La cérémonie se déroule sans accroc. Une fois que nous sommes déclarés mari et femme, Wolfe me donne un chaste baiser sur les lèvres. Soucieux des flashs des appareils photo devant nous, il tient à s'assurer que nous sommes bien beaux et bien corrects. Notre premier baiser en tant que couple marié, en fait, il s'en fiche. Nous ne nous sommes toujours pas adressé un mot de la journée et il est presque midi.

Le trajet en voiture de l'église à chez mes parents se fait en silence. Je ne suis pas certaine que les choses ne tournent pas à la dispute, si je l'affronte en lui révélant ce que j'ai entendu hier, or je ne tiens pas à tuer une ambiance déjà bien plombée. Après l'incident des fiançailles, Wolfe a envoyé une liste d'exigences que mon père a dû respecter s'il voulait qu'on mette ne serait-ce qu'un pied chez lui. Donc, sans surprise, la maison est remplie de personnes pré-approuvées par mon époux. Et sans surprise non plus, Angelo n'est pas là, mais ses parents arrivent, me félicitent sèchement, déposent leurs cadeaux et s'en retournent directement vers la porte. Les gens parlent, rient et nous félicitent avant le grand dîner, quand je me tourne vers mon mari et lui adresse mes premiers mots depuis que nous avons officiellement convolé.

– Tu as fait quelque chose à Angelo ?

Cet échange est significatif. Notre première conversation a pour sujet un autre homme. Un homme que je désirais il n'y a pas si longtemps. Wolfe continue à serrer des mains, hochant la tête et souriant de toutes ses dents, en conformité avec son personnage public.

– Je t'ai avertie que je ne serais pas aussi tolérant envers Angelo si un troisième incident devait se produire. Alors, même si je m'excuse platement d'avoir tiré des conclusions hâtives quant à ce que tu avais fait avec lui, il est indéniable que lui a tenté de franchir la ligne rouge et de séduire une femme fiancée.

– Qu'est-ce que tu as fait ?

Il sourit et détourne enfin les yeux des invités qui réclament son attention pour les plonger dans les miens.

– Il est sous le coup d'une enquête au sujet de son implication dans les affaires de son père. Tu n'as pas à t'inquiéter, chérie, je suis certain qu'il s'est dégoté un bon avocat à l'heure qu'il est. Peut-être d'ailleurs que Kristen a embauché le même. Je viens de la faire renvoyer de son travail pour avoir franchi à peu près cinq cents lignes rouges et perdu toute crédibilité.

– Tu as balancé sur une famille de l'Outfit ?

Je serre les poings, contenant ma rage à grand-peine. Il cligne des paupières, comme s'il n'avait aucune idée de qui je suis ou de la raison pour laquelle je lui parle.

– Je leur ai donné ce qu'ils méritent afin de m'assurer qu'ils ne s'approcheront plus jamais de ce qui m'appartient.

Moi, moi, moi. Je lui appartiens.

– Et qu'est-ce qui va lui arriver ?

Je retiens mon souffle. Il hausse les épaules.

– Ils vont sans doute lui flanquer la frousse de sa vie, avant de le relâcher. Pour ce qui est de Kristen, sa carrière est officiellement finie. Enfin, ça, tu t'en fiches.

– Tu es méprisable.

– Tu es délicieuse, chuchote-t-il, envoyant balader ma rage – je pense même qu'elle lui fait assez plaisir.

Madame Sterling est quelque part dans la foule, sans doute en train de prendre des photos, et je regrette qu'elle ne soit pas là pour jouer les arbitres et m'expliquer son attitude.

– Et désormais officiellement ma femme, poursuit-il. Tu es au courant qu'on doit souiller nos draps de sang, pas vrai ?

Ses mots me font frissonner. Je comptais sur lui pour ne jamais accepter de se plier à cette tradition, vu qu'il est sénateur et tout ça. C'était oublier le plaisir qu'il prend à torturer mon père, or qu'y aura-t-il de plus horrible que la preuve qu'il a couché avec sa fille ?

– Je pense que j'ai perdu tout mon sang la dernière fois, je réplique en souriant derrière le bord de mon verre de vin, dans lequel je bois du jus d'orange.

Il n'est pas obligé de savoir qu'il est agrémenté d'assez de vodka pour y noyer un caniche. *Merci, Clara.*

– Il n'est pas dans ta nature de t'avouer vaincue, ma chère épouse. Je t'assure que nous parviendrons à faire couler du sang si nous y travaillons assez dur.

– Je demande le divorce.

Je ne plaisante qu'à moitié, même si je ne le prends pas vraiment au sérieux, pour le coup.

– Je crains que tu ne sois coincée avec moi jusqu'à ton dernier souffle, ricane-t-il.

Ou jusqu'à ce que tu me remplaces par un modèle plus récent.

– Eh bien, espérons alors qu'il arrive vite.

Au bout de deux heures de célébration, Wolfe et moi nous séparons enfin. Je m'éclipse aux toilettes, prenant du temps pour faire pipi à cause du tulle volumineux qui m'entoure. Je finis par y arriver, même si la tâche nécessite quinze bonnes minutes si je veux en ressortir intacte. Je me lave les mains, ouvre la porte et ressors pour regagner la fête, quand j'entends quelque chose se briser dans la pièce adjacente. Je m'immobilise et tourne la tête vers l'une des chambres d'amis du rez-de-chaussée. Les sourcils froncés, je me dirige vers l'origine du bruit.

Si quelqu'un est saoul et en train de vandaliser la maison de mes parents, je ne vais pas me gêner pour lui dire le fond de ma pensée. Je m'arrête devant la porte ouverte, les yeux écarquillés face à la scène qui s'y déroule et qui parvient peu à peu jusqu'à ma conscience.

Ma mère est allongée sur le lit, mon père planté au-dessus d'elle, qui braille en lui postillonnant au visage. À leurs pieds, un verre de cognac cassé, qu'il piétine, le verre épais volant à travers la moquette sous ses Oxford.

– Quel genre d'exemple est-ce que tu lui offres ? Tu la prépares pour son grand jour alors qu'elle a négligé son père et qu'elle a osé me répondre hier ? Devant ce diable d'homme ! Elle m'a fait passer pour un imbécile. Et toi, tu me fais passer pour un idiot de t'avoir épousée.

Elle lui crache au visage.

– Espèce d'infidèle !

Il lève le bras, le dos de sa main prêt à la gifler en plein visage. Je ne réfléchis pas. Je bondis au secours de *mama* en hurlant.

– Non !

En me précipitant, j'avais l'intention d'écarter mon père, mais je ne suis ni assez rapide, ni assez forte. La gifle atterrit sur ma joue à moi. Brutale. Je vacille et m'effondre à côté de ma mère, lui donnant un coup de coude dans les côtes au passage. J'ai la joue en feu et les yeux qui me piquent. La douleur se répand du cou à l'œil et j'ai l'impression que mon visage entier s'est enflammé. Je cille et tangue, me redresse et m'appuie au matelas en secouant la tête. Dieu que ça fait mal. Combien de fois l'a-t-il frappée ? Avant et après qu'il m'a donnée à Wolfe ? Avant ou après qu'elle a découvert qu'il la trompait et le lui a balancé au visage ?

– Tu tombes bien, Francesca, ironise-t-il, amer, en donnant un coup de pied dans un morceau de verre qu'il projette vers moi. Pile à temps pour voir le bazar que tu as causé.

Ma mère éclate en sanglots sur le lit et, toute à sa honte, elle se couvre le visage de ses mains. Elle ne veut pas le gérer, ce bazar, alors elle disparaît à l'intérieur d'elle-même, cachée sous les couches de son chagrin et de sa peine. Après des années à jouer la parfaite épouse dévouée, elle a fini par s'effondrer. Je dois affronter Arthur moi-même. Braver ce qu'il est devenu à cause du chantage exercé par Wolfe.

Je lève les yeux, le dos raide comme un balai.

– Combien de fois est-ce que tu l'as frappée ?

Je sens mes narines se dilater, ma bouche se serrer sous l'effet du dégoût.

– Pas assez souvent pour lui apprendre à se comporter correctement.

Il m'adresse un sourire satisfait en vacillant légèrement sur ses pieds. Il m'écœure. Il est saoul. Carrément bourré, même. Je saisis un morceau de verre pour me protéger, recule d'un pas et le brandis telle une arme. Je sais de source sûre que l'un des points sur lesquels Wolfe a insisté, avant que nous n'acceptions de nous marier ici, c'est qu'il n'y aurait d'armes d'aucune forme. Un détecteur de métaux a même été installé au portail d'entrée. Même si mon père cache une arme quelque part dans le coin, il ne la porte pas sur lui.

– C'est vrai, *mama* ?

Je m'adresse à elle sans le quitter, lui, du regard. Elle tente faiblement de nier entre deux reniflements depuis le lit.

– Ne t'occupe pas de lui, *vita mia*. Il est juste perturbé à cause du mariage, voilà.

– Rien à foutre qu'il aille la vendre au marché noir, après le total manque de respect dont elle a fait preuve envers moi depuis qu'il l'a emmenée ici. La seule chose qui m'importe, c'est de sauver la face et de m'assurer qu'ils ne font rien de honteux, ces deux-là.

Mon père remonte ses manches, comme pour s'apprêter à me désarmer.

Je sais qu'il dit vrai.

Je pointe le tesson vers lui.

– Laisse sortir *mama*. Qu'on règle ça entre nous.

– Il n'y a rien à régler et tu n'es pas mon égale. Je ne discuterai pas de mes affaires avec toi.

– Je t'interdis de lever la main sur ma mère, je lance d'une voix qui ne tremble presque plus.

J'ai envie d'ajouter une requête – qu'il tâche aussi de ne pas tuer mon époux désormais officiel – mais, admettons-le, ce n'est pas mon boulot de prendre soin de Wolfe. Lequel a été parfaitement clair : il se contrefiche de moi.

– Sinon… quoi ? Tu vas courir pleurer dans les bras de ton mari ? J'ai dévoré des hommes plus grands et plus puissants que lui au petit déjeuner, alors ne va pas t'imaginer que tu puisses me tenir tête maintenant. Est-ce que tu as couché avec lui, Francesca ? Avant le mariage ?

Papa avance d'un pas menaçant dans ma direction. Je me recroqueville intérieurement, mais je ne flanche pas, agitant le morceau de verre sous son nez en guise de mise en garde.

– Est-ce que tu as sucé Wolfe, comme toutes les autres crétines de Chicago qui ont été assez stupides pour se croire différentes à ses yeux ? Ça ne me surprendrait pas du tout. Tu as toujours été parfaitement idiote. Jolie, mais idiote.

– Papa ! je hurle en ravalant une boule de larmes.

Comment peut-il dire des choses pareilles ? Et comment se fait-il que ça me fasse encore mal de les entendre, alors que je sais pertinemment qu'il ne mérite ni mon amour, ni mon respect ?

– Tu es ivre.

Je ne sais plus si je le dis à mon attention ou à la sienne. J'ai les joues en feu. Je voudrais effacer à jamais de mon esprit le quart d'heure qui vient de s'écouler.

– Et pathétique.

– J'en ai plus qu'assez et suis sur le point de ruiner vos vies, braille-t-il.

– *Mama*, viens.

– Je crois que je vais rester ici faire une sieste.

Elle se recroqueville en position fœtale sur le lit, toujours dans sa robe de soie vert sombre, brodée de perles de culture. Une sieste. OK. Ma mère continue à refuser de défier son mari, même après ce qu'il a fait. Je secoue la tête, tourne les talons et quitte la chambre, le tesson serré si fort dans ma paume que je sens le sang dégouliner sur ma robe. Je m'arrête à nouveau à la salle de bains pour me nettoyer et vérifier qu'il ne reste pas de taches visibles sur le tissu, avant de regagner la réception, parfaitement consciente que puisque mes parents et moi avons disparu en même temps, les ragots vont se déchaîner. Désorientée et étourdie, je bouscule des invités, sans prêter attention aux coups d'œil inquiets ou inquisiteurs qu'on me lance. Je trouve madame Sterling au bar, qui goûte les amuse-bouche. Je me jette dans ses bras, renversant le plateau chargé de nourriture qu'elle tenait. Les gâteaux au crabe et les œufs à la mayonnaise épicée se répandent par terre.

– On peut monter à l'étage ? je halète. J'ai besoin d'aide pour une retouche maquillage.

Elle ouvre la bouche, quand une main ferme m'attrape par l'épaule et me fait pivoter. Je me retrouve face à mon nouvel époux, qui m'observe, cils bruns et sourcils froncés. Jamais je ne l'ai vu aussi furieux de toute ma vie.

– Qu'est-ce qui est arrivé à ton visage ? demande-t-il.

Je porte aussitôt une main à ma joue, que je frotte en riant pour cacher ma honte. Par chance, sa voix a été assez maîtrisée pour ne pas attirer l'attention des convives.

– Rien. Juste un accident.

– Francesca…

Le ton s'est adouci. Il me prend par la main – pas le coude, ça s'améliore – et m'entraîne dans une alcôve entre la véranda et le petit salon. Je baisse les yeux vers ma robe bouffante, déterminée à ne pas pleurer. Je me demande si je vais arriver à passer vingt-quatre heures sans pleurnicher.

– Il t'a frappée ? me demande-t-il doucement, pliant les genoux pour être à ma hauteur.

Il plonge son regard dans le mien, afin d'y chercher autre chose que la marque de la main de mon père sur ma joue, qui lui donnera le feu vert pour aller faire ce dont il brûle d'envie.

– Ça n'était pas prémédité. Il voulait gifler ma mère. Je me suis interposée.

– Bon Dieu, fait-il en secouant la tête.

Je détourne les yeux et cligne des paupières.

– Qu'est-ce que ça peut bien faire, Wolfe ? Tu n'es guère mieux que lui. Certes, tu ne me frappes pas, mais tu ne cesses de me dire des choses blessantes. Je t'ai entendu lui avouer que tu es avec moi uniquement pour qu'on puisse bai… avoir des relations sexuelles. Et que tu prévois de me jeter sitôt que je serai moins belle à ton bras.

Du coin de l'œil, je le vois qui se redresse de toute sa hauteur, la mâchoire serrée.

– Tu n'étais pas censée entendre ces paroles.

– Tu n'étais surtout pas censé les prononcer. Tu lui as dit des tas de choses blessantes à mon sujet.

– Je le titillais.

– Bien joué. Tu l'as tellement bien énervé qu'il a essayé de frapper ma mère. C'est en partie ta faute. Mon père est un dingue, quiconque est lié à lui est une victime potentielle.

– Jamais je ne le laisserais lever la main sur toi.

– Jamais ? Ou du moins pas tant que je suis encore assez jolie pour être madame Keaton ?

– Ja-mais, répète-t-il en détachant les syllabes. Et je te conseille d'arrêter de dire n'importe quoi. Tu seras madame Keaton jusqu'au jour de ta mort.

– Ça n'est pas le problème ! je m'écrie.

Faisant volte-face, j'attrape une coupe de champagne pour me donner un peu de courage et je la vide cul sec. Il m'épargne sa leçon de morale. Je balaie la salle des yeux. La foule s'est faite moins dense. J'ai perdu le fil du temps, depuis l'incident avec mes parents.

– Quelle heure est-il ?

– L'heure que tout le monde s'en aille, qu'on puisse régler ce bazar, réplique Wolfe.

– Et en pratique ? je lâche.

Il tord le poignet et remonte la manche de sa veste pour jeter un coup d'œil à sa Cartier.

– Il est vingt-trois heures. Tu sais qu'ils ne partiront pas avant de nous avoir escortés jusqu'à la chambre nuptiale.

Je pousse un soupir. C'est la tradition. Il m'offre son bras, dont je me saisis. Non que j'aie particulièrement envie de passer la nuit avec lui, mais j'ai hâte d'en finir.

Cinq minutes plus tard, le sénateur Keaton annonce que nous nous retirons dans notre chambre. Les gens sifflent, applaudissent et portent la main à leur bouche pour étouffer des gloussements ravis. Il m'aide à monter jusqu'à mon ancienne chambre, que mes parents ont préparée pour ma nuit de noces. Les gens suivent en nous jetant des confiseries et en chantant d'une voix rendue aiguë et balbutiante par l'alcool. Wolfe jette un bras autour de mes épaules, protecteur, cachant à la vue le côté de mon visage encore rouge et enflé. Tordant le cou, j'aperçois mes parents dans notre escorte. Ils applaudissent aussi, la tête baissée pour écouter ce que les gens leur crient dans les oreilles. Ma mère arbore un large sourire et mon père celui, arrogant, qui laisse croire qu'il a encore le monde à ses pieds. Quelque chose se brise tout au fond de moi quand je songe que tout cela n'est qu'une farce.

Une farce à laquelle j'ai dû croire, petite fille.

Les vacances d'été, les beaux noëls, leurs effusions aux événements publics.

Mensonges, mensonges, encore des mensonges.

Wolfe ferme la porte derrière nous, à double tour pour faire bonne mesure. Nous regardons autour de nous. Les draps d'un blanc immaculé, le lit *king-size* qui a été installé là pour l'occasion, en remplacement de mon lit double. J'ai envie de vomir. Non seulement parce qu'on n'a rien à leur montrer – je ne saignerai pas lors de ma nuit de noces –, mais aussi parce que l'idée que nous allons avoir une relation sexuelle ce soir est très déstabilisante. Je m'assieds au bord du matelas, les mains coincées sous les fesses, les yeux baissés sur ma robe.

– On est obligés ? je chuchote.

– On n'est obligés de rien.

Il dévisse le bouchon d'une bouteille d'eau et en prend une gorgée, puis s'assied à côté de moi. Il me tend la bouteille que je porte à ma bouche.

– Bien. Parce que j'ai encore mes règles. Elles ont commencé le jour d'après que j'ai pris la pilule du lendemain.

J'ignore pourquoi je lui raconte ça. Mais voilà, je le fais. Et il est temps que je pose la question.

– Pourquoi tu m'as obligée à la prendre ?

– Tu es prête à avoir des enfants ?

– Non, mais tu n'en savais rien. Et franchement, pas mal de gens auraient pensé que le bébé avait été conçu après le mariage. Pourquoi est-ce que ça t'importait autant ?

– Je ne désire pas d'enfants, Francesca, soupire-t-il. (Il se passe la main sur le visage.) Je veux dire… que je n'en veux pas du tout.

– Quoi ?

On m'a toujours dit que les grandes familles très unies, c'est le secret du bonheur, et j'en ai toujours rêvé moi-même. Il se lève et me fait pivoter, pour baisser ma fermeture Éclair.

– Je n'ai pas eu la meilleure enfance qui soit. Mes parents étaient nuls. C'est mon frère qui m'a élevé, en fait, mais il est mort quand j'avais treize ans. Mes parents adoptifs sont décédés quand j'étais à Harvard. Les relations, telles que je les vois, c'est un grand bazar inutile. Je fais de mon mieux pour les éviter, à moins qu'elles ne soient professionnelles, auquel cas je n'ai guère le choix. Les gamins, par définition, sont ce qu'il y a de plus problématique et se trouvent donc tout en bas sur ma liste d'objectifs à atteindre. Cependant, je comprends ton besoin de te reproduire et je ne t'empêcherai pas d'en avoir si tel est ton souhait. Tu devras juste prendre deux choses en considération. Un : ils ne seront pas de moi. Tu peux tomber enceinte via un don de sperme. Et deux : je ne jouerai aucun rôle dans leur vie. Si tu choisis d'avoir des enfants, je ferai en sorte qu'eux et toi ayez tout ce qu'il faut et je vous logerai dans un bel endroit en sécurité. En revanche, si tu décides d'être avec moi – vraiment avec moi –, jamais nous n'aurons d'enfants, Francesca.

Je me mords la lèvre inférieure. J'ignore combien de fois je peux supporter qu'on me brise le cœur en une seule journée, et je ne parle même pas d'un mois. Je n'ai toujours pas ouvert mon coffret en bois pour lire le dernier message, et je sais exactement pourquoi : jusqu'à présent, tous les mots m'ont indiqué que Wolfe était l'homme de ma vie. Pourtant, ses actes prouvent le contraire. À la vérité, je ne souhaite pas savoir s'il est l'amour de ma vie ou pas, simplement parce que mon cœur n'a pas décidé, lui non plus.

Voyant que je ne réponds rien pendant un long moment, il s'approche de mon dressing rose et revient avec une nuisette et un peignoir. Il me les donne et je me rends compte dans mon brouillard alcoolisé que, pendant que j'étais plongée dans mes pensées, à réfléchir à notre relation, il m'a déshabillée entièrement. Je suis nue, à l'exception de ma culotte.

– Je reviens dans cinq minutes. Couvre-toi.

Je fais ce qu'il m'ordonne. Une partie de moi – petite, mais tout de même – n'en a plus rien à fiche de rien. Ne pas avoir d'enfant, c'est peut-être mieux. Après tout, on ne s'aime ni ne se respecte assez pour se reproduire. Il ne viendra pas à mes rendez-vous chez le gynécologue, il se moquera de savoir si c'est une fille ou un garçon, ne viendra pas choisir les meubles de la chambre du bébé, n'embrassera pas mon ventre tous les soirs comme j'ai rêvé qu'Angelo le fasse.

Angelo.

Une pointe de nostalgie vient me piquer le cœur. Angelo m'aurait donné toutes ces choses et plus encore. Il est issu d'une très grande famille et en désire une à lui. On en a discuté quand j'avais dix-sept ans, assis, les jambes dans le vide, sur le ponton. Moi, j'ai dit que je voulais quatre enfants et il a répondu que le veinard que j'épouserais aurait bien du plaisir à les faire avec moi. Sur quoi on a ri tous les deux et je lui ai tapé sur l'épaule. Bon Dieu, pourquoi est-ce que les messages désignent Wolfe ? C'est Angelo, l'homme qu'il me faut. Depuis toujours.

Je décide, en nouant mon peignoir de soie autour de ma taille, de prendre rendez-vous chez le médecin demain matin à la première heure et de me faire prescrire la pilule. Je vais adopter le style de vie de Wolfe. Du moins pour le moment. Aller à la fac et bâtir ma carrière. Sortir et travailler tous les jours, du matin au soir.

Ou alors on se mettra d'accord pour divorcer et je serai libre. Libre d'épouser Angelo ou qui que ce soit d'autre.

Je suis tirée de ma rêverie quand la porte se rouvre et que Wolfe pénètre dans la chambre, accompagné de… mon père ! Je m'assieds sur le bord du lit et observe la scène. Arthur a la lèvre inférieure tremblante, il avance, la démarche hésitante. Wolfe le tient par le coude, tel un enfant puni.

– Allez-y, crache mon mari en faisant tomber mon père par terre.

Il tombe à quatre pattes, se redresse aussitôt, très maladroitement. Je retiens mon souffle. Jamais je n'ai vu mon père ainsi. Vulnérable. Difficile de déchiffrer ce qui est en train de se passer.

Encore plus difficile de croire ce qui sort de sa bouche ensuite.

– *Figlia mia*, je n'ai jamais eu l'intention de blesser ton joli visage.

Il a l'air étonnamment sincère et, le plus écœurant, c'est que mon cœur se radoucit au son de sa voix. Au début. Et puis je me remémore ce qu'il a fait aujourd'hui. La façon dont il se comporte depuis un mois. Je me lève, me dirige vers ma fenêtre, leur tournant le dos.

– Maintenant laissez-moi partir ou je jure devant Dieu… siffle mon père à l'attention de Wolfe derrière moi.

Je les entends s'agiter et souris amèrement. Mon père n'a aucune chance, face à mon mari. Ni moi non plus d'ailleurs.

– Avant que vous partiez, il reste un point à régler, dit Wolfe tandis que je sors des cigarettes d'un tiroir.

J'actionne mon Zippo et prends une longue bouffée. Puis j'entrouvre la vitre. La nuit noire avale la fumée bleue.

– Épargnez-moi les devinettes, aboie mon père.

– Le truc des draps tachés de sang, termine Wolfe.

– Bien sûr, ricane mon père dans mon dos. Je me doutais que vous aviez mis la charrue avant les bœufs.

J'entends le claquement sonore d'un coup et je fais volte-face. Mon père est en train de reculer, la main posée sur la joue. Son dos heurte le placard. Je reste, les yeux écarquillés, la bouche ouverte.

– Francesca n'est pas encore prête, annonce Wolfe de sa voix de ténor.

Ses mouvements calmes et menaçants contrastent totalement avec ce qui vient de se passer. Il avance d'un pas vers mon père, effaçant l'espace qui les séparait, et le tire par le col de sa chemise.

– Et contrairement à d'autres, je ne touche jamais une femme contre son gré, même si elle porte ma bague à son doigt. Bref, il ne nous reste vraiment pas de choix, n'est-ce pas, Arthur ?

Mon père plisse les paupières et crache un caillot de sang sur les chaussures de Wolfe. C'est un homme dur, Arthur Rossi. Je l'ai vu dans des situations stressantes, mais jamais aussi dépenaillé que là. Ça me rassure un peu de constater que je ne suis pas la seule à être impuissante face à mon époux, mais ça m'effraie aussi qu'il ait ce genre d'emprise sur les gens.

Wolfe se dirige vers un sac de voyage noir au pied du lit et l'ouvre, pour en sortir un petit couteau suisse. Il se retourne. Papa se tient bien droit et fier, malgré sa situation pour le moins compliquée et le fait que, saoul comme un cochon, il ait désespérément besoin de s'appuyer à quelque chose. Il s'adosse à ma vieille commode, les narines dilatées.

– Vous êtes morts. Tous les deux.

Wolfe ignore sa menace, actionne l'ouverture du couteau et avance sa lame aiguisée.

– Ouvrez la main.

– Vous allez me couper ? ironise mon père, les lèvres tordues par la révulsion.

– À moins que mon épouse ne souhaite vous faire cet honneur.

Il tourne la tête vers moi. Je cille, souffle ma fumée pour gagner du temps. C'est peut-être vrai que je ne ressens plus ni désespoir ni colère envers ces deux hommes. Ils ont détruit ma vie, chacun à leur façon. Et ils ont si bien réussi que je me sens durablement brisée. Assez pour balancer nonchalamment des hanches en m'avançant vers eux. Si mon père paraissait résolu à ce que Wolfe le taillade, ses dents claquent et sa mâchoire se serre quand il me voit approcher.

– Elle n'oserait pas.

Je hausse un sourcil.

– La fille que tu as vendue, non. Mais moi… peut-être que si.

Wolfe me tend le couteau et s'adosse contre le mur tandis que je me plante devant l'homme qui m'a donné la vie, une arme à la main. Est-ce que je pourrais le faire ? Je fixe des yeux la paume ouverte et tendue de mon père qui m'observe La paume qui s'est levée sur ma mère. Mais aussi celle qui a tressé mes cheveux avant de me coucher, après que Clara les avait lavés. Celle aussi qui tapotait la mienne, il n'y a pas si longtemps, au bal masqué, et qui appartenait à un homme qui me regardait comme si j'étais l'étoile la plus brillante du ciel.

Je tiens le couteau suisse entre mes doigts tremblants. Il manque de m'échapper. *Zut.* Je n'y arriverai pas. J'en ai envie, mais je ne peux pas. Je secoue la tête et rends son couteau à Wolfe.

Mon père émet un petit claquement de langue satisfait.

– Tu seras toujours la Francesca que j'ai élevée. Une petite chose avec la force d'un agneau.

Sans lui accorder plus d'attention qu'au gargouillis dans mon ventre, je recule d'un pas. Wolfe me reprend le couteau des mains et, placide, saisit la paume de mon père. Il l'entaille à la verticale, d'un trait large et peu profond. Le sang jaillit et je détourne les yeux en grimaçant. Papa reste planté là, à contempler le sang qui se déverse de sa paume ouverte, étrangement calme. Wolfe se retourne pour tirer les draps de mon lit et les jeter entre les mains de mon père. Son sang les tache quand il les rattrape.

– *Bastardo*, souffle papa. Vous êtes né bâtard et, peu importent vos belles chaussures et vos costumes, vous mourrez bâtard.

Dans ses yeux rivés à ceux de mon mari, je lis de la haine pure.

– C'était vous, le bâtard, à l'origine, ironise Wolfe. Avant de devenir un *Made Man*.

Waouh. Je suis leur échange des yeux comme un match de ping-pong. Là, ils sont sur mon père.

Au lieu de condescendre à répondre – il m'a raconté que ses parents étaient morts dans un accident de voiture quand il avait dix-huit ans, mais je n'ai jamais vu aucune photo d'eux –, Wolfe plante ses yeux indigo dans les miens.

– *Vendicare me.*

Venge-moi.

– Prenez les draps et foutez-moi le camp d'ici. Demain matin, vous pourrez les présenter aux membres de votre très proche famille. Pas aux amis. Pas aux *Made Men*. Et si ça fuite dans les médias, je m'assurerai personnellement que ce couteau finisse dans votre cou… et bien profond, promet Wolfe en déboutonnant les premiers boutons de sa chemise.

Mon père nous tourne le dos et quitte la chambre, dont il claque la porte derrière lui.

Le bruit sourd résonne encore à mes oreilles alors que je prends conscience de ma nouvelle réalité : mariée à un homme qui ne m'aime pas, mais qui jouit fréquemment de mon corps. Liée à un homme qui ne veut pas d'enfants mais hait mon père avec passion.

– Je vais prendre le canapé, annonce-t-il en saisissant un oreiller sur le lit, qu'il jette sur une banquette près de ma fenêtre.

Il ne partagera pas mon lit. Même pour notre nuit de noces.

Je me fourre sous les draps et éteins la lumière.

Aucun de nous ne souhaite une bonne nuit à l'autre.

Nous savons tous les deux que ce ne serait qu'un énième mensonge.

CHAPITRE 12

FRANCESCA

Une semaine s'écoule pendant laquelle Wolfe et moi retournons tranquillement à notre routine nocturne habituelle.

Des baisers, des caresses en pagaille, des coups de langue et des gémissements, des titillements mutuels, les doigts, la bouche. Mais chaque fois qu'il descend en bas – qu'il y descend vraiment –, je recule et lui demande de quitter la chambre. Ce qu'il fait sans insister. La douleur que j'ai endurée pour ma première fois a laissé des traces indélébiles. Et pas seulement physiques. Le fait qu'il ne m'ait pas crue me sert de piqûre de rappel : on ne partage guère plus qu'une attirance réciproque. Il n'y a pas de confiance. Pas d'amour.

Nous aurons des relations sexuelles, sans doute même bientôt, mais uniquement selon mes termes. Et seulement quand je me sentirai à l'aise.

La vie suit son cours. Lentement. Les journées sont bien remplies, encombrées de choses à faire et d'endroits où aller, pourtant rien de significatif ne se passe.

Mon mari est frustré par mon refus de coucher avec lui. Madame Sterling est frustrée que nous partagions du désir et rien d'autre. Et mon père a complètement cessé de me parler, même si ma mère continue de m'appeler tous les jours.

Sept jours après mon mariage, alors que je sors de l'université et me dirige vers la Cadillac noire qui m'attend, je trouve Smithy adossé à la portière côté passager dans son costume bon marché, ses Ray-Ban noires sur le nez. Il fait rouler une sucette d'un côté à l'autre de sa bouche.

– C'est votre tour de conduire, m'annonce-t-il avec un hochement de tête.

– Hein ?

– Ordres du grand patron. Il a dit que c'était OK, vu qu'il n'y a pas d'autoroute sur le trajet de retour à la maison.

Je n'ai pris que deux leçons avec Wolfe depuis sa promesse de m'apprendre – sa vie professionnelle ne laisse que peu de temps à mon mari –, mais je sais que j'en suis capable. D'après Wolfe, j'ai un don pour la conduite. Or il est plutôt avare de compliments en général. En plus, Smithy a raison : le trajet du retour à la maison est urbain et embouteillé. C'est parfait pour l'entraînement.

– D'accord.

Je réprime un sourire ravi. Smithy lance les clés en l'air et je les attrape. Puis il s'écarte de la voiture et désigne le café de l'autre côté de la rue.

– La nature m'appelle.

– N'hésitez pas à prendre un café à emporter.

Il revient au bout de cinq minutes, tout sourire.

– Si votre mari pose la question, s'il vous plaît, ne lui racontez pas que j'ai ne serait-ce que mentionné le fait que je suis capable de faire pipi. Il risquerait de me la couper rien que pour vous avoir rappelé son existence.

Surprise qu'il s'adresse à moi avec une telle légèreté, je secoue la tête en souriant.

– Wolfe n'est pas comme ça.

– Vous rigolez, là ? Wolfe est très attentif à tout ce que vous faites ou à quoi vous êtes exposée, y compris les publicités agaçantes à la radio ou cette rue que vous détestez prendre parce qu'il y a un chat errant qui y vit.

– Il faut qu'on lui trouve un foyer.

Je me glisse au volant et ajuste le siège à ma taille modeste. Je règle aussi les rétroviseurs, puis lâche un soupir et actionne le démarreur sans clé. Le véhicule ronronne. J'enroule les doigts autour du volant au moment où Smithy s'installe sur le siège passager.

– Prête ?

– Plus que jamais.

Il agite sa main mouchetée de taches de rousseur en direction de l'horizon. Il a une tignasse rousse et des cils assortis.

– Allez, ramenez-nous à la maison, Frankie.

C'est la première fois qu'il m'appelle Frankie et, pour une raison qui m'échappe, ça me réchauffe le cœur. Ma mère m'appelle *vita mia*, mon père ne n'appelle plus, ces derniers temps, et Wolfe s'adresse à moi sous mon prénom de Francesca ou mon surnom de Némésis. Angelo m'appelait sa déesse et ça me manque. Il me manque.

Je ne l'ai pas vu ni ne lui ai parlé depuis une éternité. J'ai envisagé de lui envoyer un message pour vérifier qu'il va bien, mais je ne tiens pas à irriter mon mari. Alors, je profite de mes conversations quotidiennes avec *mama* pour lui demander de ses nouvelles. Elle m'a appris que le père d'Angelo, Mike, est fou de rage et se plaint auprès de papa du comportement injuste de mon époux envers son fils, ce qui ne fait qu'ajouter de la tension à leur relation déjà devenue problématique depuis mon soudain mariage. Ça ne va pas fort pour les hommes de l'Outfit, ces temps-ci.

Je sors du parking et prends la direction du manoir de Wolfe. De *notre* manoir, il faut croire. Je tourne à l'angle de la rue, mon cœur retrouvant un rythme normal après l'afflux d'adrénaline initial, quand Smithy lâche un grognement.

– La Volvo, derrière, elle est en train de nous filer sa race.

Son accent irlandais ressort quand il est énervé. Ça me déstabilise un peu de me trouver dans la même voiture qu'un Irlandais de Chicago, même si je sais que Smithy n'est nullement affilié à la pègre et qu'il a sans doute subi une vérification en règle de ses antécédents avant d'être embauché comme chauffeur du sénateur Keaton.

Je jette un coup d'œil dans le rétroviseur et reconnais immédiatement deux personnes. Deux *Made Men* qui travaillent pour la famille Bandini. Le genre de bestiaux costauds, un mètre quatre-vingt-quinze, généralement envoyés pour s'occuper des affaires qui requièrent moins de conversation que de muscles. Celui qui conduit m'adresse un sourire pourri révélant ses dents gâtées.

Zut.

– Accélérez, m'ordonne Smithy.

– La rue est bondée. On risquerait de tuer quelqu'un.

Je regarde frénétiquement autour de moi, serrant plus fort le volant. Smithy remue sur son siège pour jeter un coup d'œil derrière. Sans doute regrette-t-il amèrement de m'avoir laissée conduire.

– Ils sont à deux doigts de nous heurter. Non, je reformule : de nous rentrer dedans. Fort.

– Je fais quoi ?

– Prenez à gauche. Maintenant.

– Quoi ?

– Maintenant, Francesca !

Sans réfléchir, je vire abruptement à gauche, quittant le quartier animé que nous traversions pour filer vers l'ouest. La route est plus dégagée et je peux accélérer, même si j'ai toujours peur d'enfoncer l'accélérateur jusqu'au plancher. Je comprends ce que Smithy essaie de faire. Il espère les semer. Sauf qu'il ignore une chose : ces gars-là, c'est leur boulot de pourchasser les gens.

– Engagez-vous sur l'autoroute, me crie-t-il.

– Smithy ! je glapis.

Il est déjà en train de sortir son téléphone de sa poche en s'essuyant le front.

– Concentrez-vous, Francesca.

– OK, OK.

Je prends à nouveau à gauche d'un geste brusque et m'engage sur la quatre-voies tout en vérifiant toutes les quelques secondes dans mon rétroviseur si j'arrive à prendre le large. Mon cœur va exploser de peur. Mon corps tout entier est hérissé de chair de poule. Que font-ils ? Pourquoi sont-ils à ma poursuite ? Enfin, la réponse est claire comme de l'eau de roche. J'ai jeté l'opprobre sur leur famille en me fiançant avec Wolfe quand j'étais censée épouser Angelo. En plus, mon époux a envoyé Angelo en prison pour une nuit ou deux, à cause de ses liens avec l'Outfit (et à cause du cabinet comptable de Mike Bandini où, je suppose, le fisc a lancé une enquête depuis).

Le son du métal rencontrant du métal m'assourdit et la Cadillac bondit vers l'avant. Ils nous ont emboutis par-derrière ! De la chaleur émane des portières et l'odeur de caoutchouc brûlé me monte aux narines.

– À fond, ma belle. Il faut mettre de la distance entre eux et nous ! hurle Smithy dans une pluie de postillons.

Tout en parlant, il fait défiler l'écran de son portable, les doigts tremblants.

– J'essaie !

Les mains agrippées au volant, j'hyperventile. Ma poitrine se soulève de façon erratique et mes mains tremblent tellement que la voiture zigzague entre les voies de circulation. La route est relativement dégagée, mais les autres automobilistes klaxonnent et se déportent sur la bande d'arrêt d'urgence tandis que je tente de semer les soldats de Bandini.

– Qu'est-ce qui se passe ?

La voix de Wolfe tonne dans l'habitacle. Smithy l'a connecté au Bluetooth. Je lâche un soupir sonore. C'est bon de l'entendre. Même s'il n'est pas là, je me sens immédiatement un peu plus en contrôle.

– On est poursuivis, lui explique Smithy.

– Par qui ?

Mon soulagement est aussitôt remplacé par la crainte. Il serait peut-être content de se débarrasser de moi. Il se vengerait de mon père sans avoir à me supporter.

– Je ne sais pas, admet Smithy.

– Des hommes de Bandini, je crie par-dessus le bruit de la voiture.

S'ensuit une pause, le temps que Wolfe digère l'information.

– Le père d'Angelo ? demande-t-il.

Une nouvelle explosion de métal retentit et notre véhicule bondit d'un mètre. Ils viennent de nous foncer dessus à nouveau. Ma tête heurte le volant. Je lâche un grognement essoufflé.

– Francesca, vous êtes où ?

Sa voix s'est tendue. Je regarde autour de nous en quête de panneaux indicateurs.

– Sur la I-190, répond Smithy, qui sort mon sac de classe de sous ses pieds et se met à la recherche de mon téléphone. J'appelle la police.

– Non, hors de question, aboie Wolfe.

– Quoi ? crions-nous en chœur, Smithy et moi.

Les hommes de Bandini se rapprochent à nouveau. La Cadillac tousse et produit un son terrible. Le pare-chocs traîne sur l'asphalte. Ça me rappelle le bruit des véhicules dans *Grand Theft Auto*, avant qu'ils n'explosent en flammes. Angelo et ses frères jouaient souvent à ce jeu vidéo pendant nos étés en Italie. Et Angelo gagnait toujours.

– Je viens vous récupérer. Prends la sortie « Lawrence Avenue ».

J'entends Wolfe ramasser ses clés. Je ne me rappelle pas l'avoir vu conduire. Non, jamais. Soit il a un chauffeur, soit il est assis à côté de moi pendant mes leçons dans le quartier.

– Je ne suis pas très bonne conductrice.

J'essaie de garder mes émotions sous contrôle, en lui rappelant qu'il ne devrait peut-être pas me faire totalement confiance pour nous tirer de là en un seul morceau. Des yeux, je cherche la sortie qu'il a mentionnée, tellement concentrée que j'ai l'impression que mes globes oculaires vont sortir de leur orbite.

– Si, tu es une excellente conductrice, putain, rétorque-t-il.

Je l'entends qui se faufile dans la circulation, enfreignant probablement deux mille règles du code de la route, si j'en juge par les coups de klaxon et les hurlements en fond sonore.

– En plus, s'il t'arrive quoi que ce soit, je vais faire péter tout l'Outfit et flanquer tous les *Made Men* de Chicago derrière des barreaux pour le restant de leurs jours, et ils le savent.

– Je pense que c'est parce que je t'ai épousé, je marmonne, cillant pour me débarrasser des larmes qui m'empêcheraient de repérer Lawrence Avenue.

J'aperçois du coin de l'œil Smithy qui secoue la tête. Ce n'est ni le moment ni le lieu de discuter de ça.

– Ce n'est pas ta faute, renchérit Wolfe. J'ai envoyé son fils en prison pour la nuit, et son entreprise est en plein redressement fiscal. Il cherche à m'atteindre à travers toi.

– Et ça marche ?

Ma voix tremble. J'entends rugir le moteur de la Jaguar de Wolfe. Il ne me répond pas. Nouveau coup dans notre voiture. Je retiens un sanglot.

– Ils essaient de nous pousser hors de la route, hurle Smithy, projeté contre le tableau de bord. Je peux sortir mon arme ?

– Je te l'interdis, aboie Wolfe. Si un seul cheveu de la tête de Francesca bouge…

Pile au moment où il prononce ces paroles, le choc le plus bruyant de tous résonne en même temps que l'airbag se déclenche, projetant notre tête en arrière contre l'appuie-tête. De la poudre blanche flotte dans l'air avant de retomber en une pluie de confettis. La Cadillac freine dans un crissement de pneus et roule sur le bas-côté. Je sens quelque chose siffler sous nous. Je suis incapable de bouger. Ou d'ouvrir la bouche. Je ne peux même pas gémir. J'ai l'impression que mon nez a été enfoncé dans ma boîte crânienne. Je me demande s'il est cassé et si, maintenant que je suis défigurée, mon mari va enfin perdre tout intérêt pour moi. C'est ma dernière pensée avant de tomber dans les vapes.

***

– Francesca ? Nem ? Parle-moi !

La voix de Wolfe me parvient de très loin. J'ai comme un écran noir devant les yeux alors je referme les paupières. Je veux lui répondre, mais je ne peux pas. Je l'entends frapper son volant.

– Putain de bordel de merde. Je suis en route.

Avec le peu d'énergie qui me reste, je tourne les yeux vers Smithy. Sa tête se met à ballotter tandis que l'airbag dégonfle. Il gémit de douleur.

– Elle va bien, croasse-t-il. Elle saigne de la bouche et du nez. Et son œil n'est pas bien beau non plus.

– Putain ! hurle Wolfe.

Smithy détache sa ceinture et tend la main vers moi pour déboucler la mienne.

– Je peux… commence-t-il, mais Wolfe aboie en même temps.

– Oui, tu sors ton arme. Et s'ils s'approchent d'elle, bon Dieu, tu les tues, ces salauds. Avant que je le fasse, moi. Parce que je me montrerai beaucoup moins humain.

Après ça, je m'évanouis à nouveau. C'est comme si une épaisse couverture de cauchemars m'enveloppait, suffocante et trop chaude. Je suis là mais pas vraiment. J'ignore combien de temps s'écoule. La première chose dont je me souvienne, ce sont les lumières bleues et rouges de la police qui clignotent derrière mes paupières closes et Smithy qui explique aux officiers qu'on ne les a pas vus et qu'ils ont filé sans descendre de leur véhicule. Ils n'avaient pas de plaque d'immatriculation, bien sûr, c'était sans doute juste des gamins, des petits voyous qui cherchaient à vandaliser une belle voiture neuve. Ensuite, les bras de Wolfe s'enroulent autour de moi et me portent, comme une mariée avant la nuit de noces, jusqu'à une ambulance. Il me dépose sur un brancard et feule quand quelqu'un d'autre essaie de me toucher.

– Monsieur, réplique sèchement un urgentiste, on doit lui mettre une minerve et l'attacher à une planche pour la stabiliser, en cas de blessure à la colonne vertébrale.

– D'accord. Allez-y doucement.

Quand j'ouvre les yeux, je remarque que Wolfe n'est pas seul. Un bonhomme joufflu en costume élégant, touffe de cheveux noirs sur le crâne, se tient à côté de lui.

Un ambulancier me braque la lumière d'un stylo dans les yeux, tâte mon corps et l'ausculte en quête de blessures visibles. J'ai un hématome au front et l'impression que mon visage tout entier est enflé et douloureux.

– Si elle est emmenée aux urgences, on va devoir faire une déclaration, intervient le type à côté de Wolfe, les yeux rivés à son portable sur lequel il tapote. Ça fera très mauvais effet.

– Je m'en fous de l'effet que ça fera, rétorque mon mari.

– Quand l'airbag se déclenche, on est obligé d'aller à l'hôpital. Sinon, il faut signer une décharge. J'insiste pour qu'elle soit examinée là-bas.

Au son de la voix douce d'une ambulancière, je cligne des paupières. C'est une jeune femme séduisante, en fin de la vingtaine, et je me demande, l'espace d'un bref instant, si mon séducteur de mari va la baiser, elle aussi. Soudain, je la méprise, au point que je suis sur le point de lui dire que je me porterai mieux dès qu'elle nous laissera tranquilles.

– Chérie ?

Wolfe passe très délicatement les doigts sur mon visage. Tellement que je doute que ce soit les siens.

– On va t'emmener à l'hôpital.

– Pas d'hôpital, je grogne dans la paume de sa main. Juste… la maison. S'il te plaît.

– Francesca…

– Ça va. Les airbags se sont ouverts, mais ils ne nous ont pas touchés, intervient Smithy.

– Elle va à l'hôpital, insiste Wolfe.

– Monsieur… tente l'homme à côté de lui.

Je me demande s'il se comporte comme ça parce qu'on est entourés de gens et qu'il se doit d'être gentil et doux envers moi en public. Cette pensée me terrorise, car quelque chose, profondément ancré en moi, veut croire à cette nouvelle face de mon mari.

– S'il te plaît, je veux juste mon lit.

Ma voix se brise en milieu de phrase, tant je m'efforce de ne pas pleurer. J'ai la lèvre fendue et je suis certaine qu'elle va se rouvrir si je pleure. La belle ambulancière lui tapote l'épaule et je commence à rassembler mes forces pour me la faire, mais il s'écarte d'elle sans lui prêter attention.

– C'est seulement des égratignures sans gravité, je croasse.

– Envoyez un médecin chez moi dans une heure.

Wolfe claque des doigts à l'attention du type en costume, puis il se retourne vers moi.

– Maison, je lui répète.

– Oui. Maison.

Il écarte une mèche de cheveux de mon visage.

– Dieu merci, grommelle le costume à mi-voix.
Déjà, il passe le coup de fil.
– La ferme, Zion.
– Oui, monsieur.

***

Je me réveille dans mon lit quelque temps plus tard, après la visite d'un docteur qui a duré presque deux heures. Wolfe est assis sur le canapé face à mon lit et travaille sur son ordinateur portable. À la seconde où j'entrouvre un œil, il le pose sur la banquette, se lève et s'approche de moi. Je me recroqueville sous mes draps, trop endolorie pour supporter d'être touchée, mais il se contente de s'asseoir à mes côtés, les mains sur les genoux.

– Comment va Smithy ? je lui demande.

Il cille, comme si ma question était ridicule. Je parle sa langue ou quoi ? Je suis bien certaine que oui.

Puis un sourire illumine son beau visage, étirant ses lèvres comme un croissant de lune, et je comprends – avec une bonne dose de mélancolie – que je suis amoureuse de la bête cruelle qu'est mon mari. Que pour un autre de ces sourires rayonnants, je serais prête à en découdre avec mon père, à abattre des dragons et à lui tendre ma fierté sur un plateau. C'est déprimant à admettre, y compris à moi-même, mais je suis bel et bien sous sa coupe.

– C’est la première question que tu poses après avoir été prise en chasse et poussée dans un fossé par des mafieux ? Comment se porte le domestique ?

– Il ne s’agit pas du « domestique ». Il est chauffeur et c’est notre ami.

– Oh, Némésis.

Il secoue la tête, son sourire s’épanouit encore tandis qu’il dépose un baiser délicat sur mon front. Son geste est si touchant que je suis près d’éclater en sanglots. Sans me demander si j’ai soif, il porte le verre de ma table de chevet à mes lèvres sèches et m’aide à boire quelques gorgées.

– Sterling est folle d’inquiétude. Elle est descendue au petit resto en bas de la rue et en a rapporté assez de gaufres pour fabriquer la maison en confiseries de Hansel et Gretel.

– Je n’ai pas faim.

Je bouge dans le lit. Bizarrement, j’ai encore plus mal après quelques heures. Ce ne sont pas vraiment les ecchymoses, mais les répercussions de l’adrénaline sur mon corps alors qu’elle reflue.

– Je suis choqué, commente mon mari en levant les yeux au ciel.

Le sénateur Wolfe Keaton qui lève les yeux au ciel, l’air exaspéré, je n’aurais jamais cru cela possible.

– En revanche, j’adorerais fumer une cigarette.

Je me passe la langue sur les lèvres et y goûte la saveur salée de mon sang séché. Il se dirige vers mon bureau et sort une Vogue fine de son paquet, revient s'asseoir à mon chevet et me la glisse entre les lèvres. Il me l'allume à l'aide de mon Zippo, comme dans un vieux film en noir et blanc. Je souris, ma cigarette au bec.

– Tu vas en faire une habitude ? me demande-t-il.

– Une habitude de quoi ?

– De me faire des peurs bleues.

– Ça dépendra à quel point tu m'énerves. Tu as omis de m'informer que tu avais failli être assassiné. Par mon père, de surcroît.

– Le tireur était merdique, réplique-t-il, et je note qu'une touche métallique est revenue dans sa voix. Il ne tenait pas sérieusement à me tuer. Après tout, je retiens sa fille en otage.

À quoi je ne réponds rien.

Il se relève, son corps élancé plus du tout tendu.

– Je suis content que tu ailles bien.

Je me rends compte qu'il s'apprête à partir. Je baisse les yeux vers ma montre. Il est trois heures du matin. Il doit se lever tôt pour son vol à destination de Springfield. Pourtant, je ne supporte pas l'idée qu'il m'abandonne aujourd'hui, après m'avoir montré un peu d'affection. Je ne veux pas la perdre. Je ne veux pas qu'on revienne à ce que nous étions quelques heures plus tôt, avant que ma vie soit menacée. Deux étrangers qui aiment bien se caresser et dînent ensemble de temps en temps.

Je sais, sans l'ombre d'un doute, que lui souhaite revenir à cela. Et que s'il sort de ma chambre, c'est ce qui arrivera.

– Non, je croasse quand il atteint la porte.

Il se retourne lentement et me contemple. Son expression est limpide : il craint de comprendre ce que je veux. À ses yeux, je suis un atout. Maintenant qu'il s'est assuré que je vais bien, il peut poursuivre sa journée. Ou plutôt sa nuit.

– Je n'ai pas envie de rester seule cette nuit. Tu pourrais… seulement pour cette nuit ?

Je cille, dégoûtée par le désespoir que j'entends dans ma voix. Il tourne la tête vers la porte, avec un air qui s'apparente presque à du regret.

– Je dois me lever de bonne heure.

– Mon ravisseur m'a fourni un lit très confortable, je fais en tapotant le matelas, tout en rougissant sous mes hématomes.

Il se balance d'un pied sur l'autre.

– Il faut que j'aille prévenir Sterling que tu vas bien.

– Bien sûr, je lâche d'une voix que j'essaie de rendre guillerette en ravalant mes larmes. Oui, elle est sans doute super inquiète. Oublie ce que j'ai dit. En plus, je suis épuisée. Si ça se trouve, je vais m'endormir avant que tu n'aies refermé la porte.

Il hoche la tête et laisse la porte entrouverte.

Je suis trop épuisée pour pleurer malgré ma déception. Je m'endors effectivement une minute après son départ, ma cigarette à moitié fumée nageant dans mon verre d'eau, une habitude qui tire à Wolfe des jurons étouffés quand il est obligé de ranger derrière moi.

À mon réveil, le lendemain matin, la pendule annonce sept heures. J'essaie de m'étirer, mais un poids énorme appuie sur ma poitrine. Bon Dieu. Je suis blessée à ce point ? J'arrive à peine à bouger. Quand je tente d'agiter le bras droit, pour atteindre le réveil afin d'arrêter la sonnerie, je me rends compte que ce n'est pas la douleur qui m'en empêche.

Mon mari dort derrière moi, son ventre collé contre mon dos. Toujours en costume. Ses respirations sont profondes et silencieuses. Je sens son sexe presser contre mes fesses à travers nos vêtements. L'érection du matin, comme on dit. Je me sens rougir et me mords les lèvres pour réprimer un sourire.

Il est revenu. Il a passé la nuit dans mon lit. Je lui ai demandé une faveur, une chose qui n'arriverait jamais, selon ses propres dires, et il me l'a accordée.

Je pose la main sur son bras passé autour de ma taille. Il a le nez et la bouche collés contre mon omoplate. Je prie pour une chose, ce matin : que ce ne soit pas là un doux mensonge, mais plutôt une vérité interdite.

Les mensonges, je n'en peux plus.

En revanche, découvrir une vérité et creuser cette veine jusqu'à ce que tout émerge… c'est un défi auquel je veux bien me mesurer.

CHAPITRE 13

WOLFE

Longtemps avant d'avoir conscience de l'existence de Francesca Rossi, j'ai étudié attentivement la journée de travail type de son père. La vengeance, c'est un boulot à plein temps et plus on en sait, mieux on détruit. J'ai guetté les faiblesses dans ses affaires, les failles dans ses contrats, alors qu'en fait, sa fille était son trésor le plus cher. À la fois plus fatal et plus personnel que n'importe quel club de strip-tease que j'arriverais à fermer. Le problème c'est que je me suis rendu compte qu'Arthur Rossi n'aime plus sa fille comme avant. À ses yeux, elle n'est plus son alliée. Et pour empirer la chose, elle a épousé un homme déterminé à détruire son business, pas à en hériter.

Les règles du jeu ont changé.

Arthur a autorisé Mike Bandini à viser sa fille.

Parce que sa fille est aussi ma femme.

Or ma femme, comme je le lui ai bêtement prouvé, est importante à mes yeux.

Ma Jaguar s'arrête devant le restaurant *Mama's Pizza*, à Little Italy. Un petit endroit pittoresque qui sent la pâte juste sortie du four, la soupe à la tomate et mon putain de chagrin. L'affaire perd des montagnes d'argent tous les mois, mais sert de parfaite blanchisseuse à argent. C'est ici que les gars de l'Outfit se réunissent quotidiennement. Quels que soient les sombres sentiments que je nourrisse à l'encontre de *Mama's Pizza*, ils ne m'empêcheront pas de signifier à ces idiots ma façon de penser.

Smithy sort du véhicule et m'ouvre la portière. J'entre dans le restaurant d'un pas léger, sans prêter attention à la femme très ronde et un peu paumée au comptoir, et me dirige tout droit vers la porte derrière elle. En entrant dans la pièce mal éclairée, je tombe sur dix hommes assis autour d'une table. C'est la *backroom* traditionnelle, carreaux rouges et blancs à l'italienne, avec une bougie jaune à moitié brûlée mais pas allumée. Mon beau-père est assis là. Les tables rondes, ça rompt la hiérarchie.

La dernière fois que je suis venu au *Mama's Pizza*, la table était carrée et Arthur Rossi trônait à sa tête.

Derrière lui, un placard vitré abrite des fusils. Pittoresque, je vous dis.

Je bondis vers lui, tandis que la femme agaçante de l'accueil hurle et s'excuse en même temps. Je retourne la table ainsi que tout ce qu'elle contient

– bières, vin, eau, jus d'orange et gressins – sur les genoux des hommes qui l'entourent. Ils restent assis, bouche bée, à me contempler à travers un voile de surprise et de colère. Je suis planté face à Rossi, dont le pantalon de costume est souillé du vin qu'il buvait. À ses côtés, Mike Bandini, le père d'Angelo, se lève lentement de sa chaise soit pour s'enfuir, soit pour me braquer. Je l'attrape par l'épaule, en enfonçant bien les doigts jusqu'à rencontrer les os sous la peau, et je le repousse sur sa chaise, que j'envoie valser à travers la pièce.

Les pieds de bois reculent de trente centimètres sous le choc. Je jette un coup d'œil à Arthur, ravi de constater qu'il a encore la paume bandée, après la soirée où il a taché les draps blancs de son propre sang.

– Comment ça va le visage, aujourd'hui, Bandini ? je demande au père d'Angelo avec un sourire agréable.

Il m'adresse un sourire ironique.

– En un seul morceau.

Il regarde à droite, à gauche, évaluant la réaction des autres à ma visite surprise. Ils sont blêmes comme des spectres et se chient dessus. Je ne suis pas la police – ça, ils savent gérer. Je suis l'homme qui a le pouvoir de faire virer White et, pire, de mettre Bishop et Rossi dans une merde si profonde que jamais ils n'en ressortiront. Pourtant, se débarrasser de moi n'est pas possible non plus. Et maintenant, c'est même hors de question. J'ai mon chauffeur et deux agents de sécurité garés devant.

– C'est bon à savoir, parce que le visage de ma femme, non. En fait, elle saigne encore du nez.

J'envoie mon poing dans le sien sans prévenir, provoquant une levée de tous les hommes autour, dans un bel ensemble, mais d'un signe de la main, Arthur leur intime de se rasseoir. Ses lèvres se serrent en une ligne mince. La tête de Mike part en arrière, sa chaise vole et retombe au sol, avec lui dessus. J'avance de deux pas et avale la distance qui nous sépare.

– Elle a mal aux côtes aussi, j'ajoute en lui assenant un coup de pied dans les siennes.

Autour de nous, les hommes de main retiennent leur souffle, furieux de la vulnérabilité de leur position. Je sors un mouchoir de ma poche de poitrine et essuie mes mains en lâchant un soupir théâtral.

– Et pour finir, mais ce n'est pas le moindre de ses soucis, elle a mal aux lèvres. Je vous laisse le choix : poing ou pied ?

Je baisse les yeux vers lui, tête inclinée sur le côté. Me réveiller dans le lit de mon épouse a été une surprise désagréable. Mais sentir son petit cul se frotter fort peu subtilement contre mon érection, voilà quelque chose à quoi je pourrais m'habituer sans mal ; surtout après cette longue période sans véritable relation sexuelle. Même en sachant que son corps n'était que douleur, je n'ai pas pu résister à mon envie de me frotter à elle sous les draps. Alors je l'ai fait : j'ai déboutonné mon pantalon de costume et collé mon sexe contre les globes de ses fesses. Après avoir joui sur sa nuisette, j'ai quitté sa chambre et ordonné à Sterling de s'assurer qu'elle buvait, mangeait et ne soulevait aucune charge. Juste avant de décrocher le téléphone et d'ordonner à Zion d'embaucher un garde du corps pour elle.

– Poing.

Mike m'adresse un sourire révélant des dents sanguinolentes. Mafieux un jour, mafieux toujours.

– Alors ce sera le pied. Vous ne me donnez pas d'ordre.

Et j'écrase mon Oxford pile dans sa face. Un craquement terrifiant annonce que je lui ai pété le nez. Je recule et fais le tour de la pièce. Moi aussi, j'ai mieux à faire de ma journée que de la passer en compagnie de types qui n'ont d'autre but dans la vie que de gâcher les fruits de mon dur labeur.

– Je suis d'humeur charitable, aujourd'hui. Peut-être est-ce le bonheur conjugal. J'ai toujours été d'un naturel romantique.

J'observe le visage déformé d'Arthur et des hommes qui l'entourent ; ils sont assis mais il se dégage de ces types au sang chaud une sorte d'énergie électrique. Poings serrés, menton haut, pieds qui tapent le sol. Ils crèvent d'envie de me faire la peau, mais je sais combien je suis intouchable. Déprimant, pour eux.

Ça n'a pas toujours été le cas, cela dit. Et Arthur Rossi était mon unique faiblesse.

– Donc, je vais épargner les salauds qui ont fait ça à Francesca. Toutefois, je me suis dit qu'un petit rappel sympathique – et croyez-moi, j'ai été sympathique, là – était nécessaire. J'ai le pouvoir et les moyens de vous détruire complètement et d'annihiler toutes vos affaires. Je pourrais faire en sorte que vos projets de recyclage et de nettoyage s'arrêtent sur-le-champ. J'ai la capacité de racheter tous les restaurants et bars concurrents des vôtres, d'y investir des quantités d'argent et de les regarder obliger les vôtres à fermer. Je pourrais m'assurer que vos familles n'aient plus une miette de pain à manger et que vos factures médicales ne soient plus payées. Je pourrais envoyer le FBI dans vos salles de jeu clandestines et vos bordels. Je pourrais rouvrir des dossiers en sommeil depuis des années et embaucher assez d'enquêteurs pour peupler vos rues… (Je prends une profonde inspiration.) Bref, je pourrais vous saigner jusqu'au dernier sou. Mais je ne le fais pas. Pas encore, du moins, alors ne me donnez pas une raison de changer d'avis.

Arthur fronce les sourcils. Jusqu'à maintenant, il est resté silencieux.

– Vous sous-entendez que j'ai fait du mal à ma fille, espèce de petite merde visqueuse ?

– Les hommes de Bandini l'ont fait, oui.

Je désigne son ami, en train de se relever en essuyant son visage en sang. Arthur se tourne vivement vers lui. Oh, là, là. Il n'était même pas au courant. Son empire s'écroule de toute part.

Son pouvoir diminue de minute en minute. Ce qui n'est pas nécessairement une bonne chose pour moi. Un roi faible est un roi fou.

– C'est vrai ? crache Arthur.

– Il a mis mon fils en prison le jour de leur mariage.

Mike crache du sang dans une poubelle. Je m'avance vers lui, le saisis par le col et le secoue jusqu'à ce qu'il me regarde.

– Vous vous approchez encore une fois de ma femme et je considérerai ça comme une déclaration de guerre. Une guerre que j'ai de grandes chances de gagner, et en un temps record, l'avertis-je. Compris ?

Il détourne les yeux, afin de ne plus voir la détermination qui brille dans les miens.

– OK, *stronzo*, OK !

– Idem pour votre fils. Si je l'attrape avec elle, il regrettera que votre femme ait été assez saoule pour autoriser sa conception.

– Angelo a le droit de faire ce qu'il veut, braille-t-il en agitant le poing. Laissez-le en dehors de tout ça.

– On verra, Bandini. On verra.

Je me détourne de Mike. Arthur est déjà en train de se relever, refusant de se laisser abattre sans lutter. Cet instant, j'en rêve depuis tant d'années. Avoir tout ce pouvoir suspendu au-dessus de sa tête. Et pourtant, maintenant que je l'ai enfin acculé, je ne ressens rien d'autre que du dédain et une infinie lassitude. Venir ici était dangereux, je n'ai pas évalué les risques. Ces types n'ont plus aucun repère moral et, si Francesca finit six pieds sous terre, jamais je ne pourrai me le pardonner. Car c'est moi qui l'ai entraînée dans ce sac de nœuds.

– Tenez mieux vos hommes et vos associés, je lui ordonne, un index tendu vers lui.

– Vous voulez dire comme votre épouse avec vous ? (Il tape sur ses poches et en sort un cigare, qu'il se colle entre les lèvres.) On dirait qu'elle a eu raison de votre bon sens. Jamais vous ne vous seriez pointé ici, il y a quelques mois. Pourtant vous vouliez déjà ma tête, à l'époque.

– Votre tête, je l'ai.

– Vous jouez avec votre nourriture, au lieu de l'achever, sénateur Keaton. Vous vous êtes amouraché d'une jeune femme, et ça, ça ne faisait pas partie de votre plan.

– Donnez-moi votre parole, je lui répète.

Je sens ma paupière tressauter tellement je suis agacé.

Arthur agite la main.

– Je ne ferai pas de mal à ma propre fille et je m'assurerai que ceux qui se trouvent dans cette pièce en fassent autant. Après tout, elle est ma chair et mon sang.

– Ne m'en parlez pas, putain.

***

Sur le chemin du retour, je lance un appel vidéo avec Bishop et White. Je suis sûr de deux choses : primo, ils ne refuseront pas mon appel, sachant que j'ai beaucoup de munitions contre eux et, secundo, ils ne veulent pas que je fasse fuiter quoi que ce soit au téléphone… pour exactement la même raison. Le problème, c'est que j'en ai ma claque que les trouducs corrompus parviennent à leurs fins. Surtout quand des innocents sont blessés au passage. Et surtout quand l'un de ces innocents est la femme qui porte ma bague.

– Il paraît que vous avez rendu visite à notre ami.

Si j'en crois les bruits de voiturettes et les rires ensoleillés au bout du fil, Bishop est au golf. White reste silencieux.

– Comment ça va, Preston ? je réplique en m'installant confortablement sur la banquette arrière tandis que Smithy zigzague dans la circulation de Chicago.

Je ne relève pas la remarque de Preston concernant ma visite à Arthur, parce que pour ce qui me concerne, je n'y suis jamais allé. Je sors l'un des Zippo de Francesca de ma poche et l'actionne machinalement. Quelque chose – le diable seul sait quoi – m'a poussé à l'embarquer avec moi quand j'ai quitté sa chambre, ce matin.

– Tout va bien. Pourquoi posez-vous cette question ? réplique Preston à l'appareil, sa voix cachant mal son irritation.

White prend une inspiration pénible, dans l'attente de ma réponse. C'est chiant, quand la personne qui a le pouvoir est un jeune politicien encore vert, poussé par la rancune.

– Je voulais juste voir comment vous vous préparez pour les élections de l'an prochain.

Les yeux rivés au dehors, je songe que c'est plus agréable d'être en voiture avec Némésis. Et pas parce qu'on partage des conversations plaisantes, car c'est rarement le cas, mais parce qu'elle sourit toujours à Chicago. À croire que cette ville est belle, fascinante et fourmillante seulement pour ses beaux yeux. Elle sait apprécier les petites choses de la vie.

– Les chiffres s'annoncent largement au-delà de mes rêves les plus fous. Du moins selon les sondages.

Bishop fait claquer sa langue et je l'entends charger ses clubs dans sa voiturette. Pas étonnant que Rossi ait été en affaires avec lui. Le mot « travail » n'existe pas, dans le dictionnaire de ce trouduc hédoniste.

– Il suffirait de quelques mauvais articles de presse pour tout ruiner.

J'en viens au sujet de mon appel. Qui n'est pas purement de courtoisie, après tout.

– Qu'est-ce que vous insinuez ? aboie White.

Je vois presque les postillons voler de sa bouche. Dieu que ce type est hideux. Et je le déteste un petit peu plus encore parce qu'il est un flic ripou. Un politicien malhonnête, je sais gérer. Beaucoup sont corruptibles, mais certains restent droits. Être un flic corrompu, en revanche, ça fait de vous une merde. Point barre. White représente la police de Chicago, là où mon frère décédé bossait. Je n'ose même pas imaginer ce qu'éprouverait Romeo, s'il savait que White est le commandant en chef des opérations aujourd'hui.

– J'insinue que vous ne faites toujours pas votre boulot de façon satisfaisante à mes yeux. Mon épouse a été prise dans une course-poursuite hier. C'était les gars de Bandini.

– Comment va-t-elle ? s'enquiert Bishop, qui n'en a rien à fiche en réalité.

– Épargnez-moi les civilités. La vie est trop courte pour qu'on fasse semblant de se soucier les uns des autres, d'accord ?

– Petit a : ne menacez ma campagne sous aucun prétexte, et petit b : donnez-moi des instructions directes et je les transmettrai à la source dont vous avez besoin, propose Bishop.

– Je ne pense pas que vous soyez autorisé à me parler de prétextes, je rétorque sèchement.

La Jaguar franchit le portail de mon manoir. Aujourd'hui, j'ai fait quelque chose qui est une grande première dans toute ma carrière, depuis que j'ai obtenu mon diplôme universitaire. J'ai pris ma journée.

Je tiens à m'assurer que Francesca se rétablit et n'a pas besoin d'aller à l'hôpital. Je descends de voiture, quand Smithy ouvre ma portière.

– Là, tout de suite, et ce afin d'apaiser ma colère grandissante envers votre *client* (j'insiste sur « client »), je vous saurais gré de lui demander que ses associés et lui restent loin, très loin de ma femme. Cela serait bénéfique pour tout le monde, vous y compris.

– Bien, siffle White.

Bishop reste muet, en revanche.

– Vous aussi, Tiger Woods.

– Je vous ai entendu, lâche-t-il. C'est le nouveau truc que vous allez garder suspendu au-dessus de nos têtes, Keaton ? Pendant longtemps ? Parce que vous commencez à vous faire des ennemis un peu partout. D'abord qui-vous-savez et sa bande, et maintenant nous. Vous reste-t-il seulement quelques amis ?

– Je n'ai pas besoin d'amis. J'ai en main quelque chose de bien plus puissant : la vérité.

***

Je trouve ma femme dans son potager, en train de fumer tout en s'occupant de ses plantes. Elle porte une longue jupe bleue et un chemisier blanc. Il y a de la force et de la détermination dans son choix de suivre les règles de ses parents, même à présent qu'ils l'ont complètement désavouée. Quand je l'ai rencontrée pour la première fois, je l'ai prise pour un toutou. Un joli jouet tout neuf conçu par Arthur Rossi et que je pourrais casser. Mais plus j'apprends à la connaître et plus je me rends compte de l'étendue de mon erreur. Elle est humble, modeste, résiliente, innocente et cultivée. Le soir du bal masqué, je l'ai tournée en ridicule sous prétexte qu'elle excellait dans ce que ses parents attendaient d'elle, sans réaliser une seule seconde qu'être poli et bien élevé, c'est nettement plus redoutable que de se comporter comme n'importe quelle gamine pseudo-rebelle du XXIe siècle, qui porte des jupes courtes et baise tout ce qui bouge. Je me suis moqué d'elle en la traitant de gâtée pourrie, avant de voir qu'elle est en réalité une femme pleine de compassion et de bonne volonté.

Francesca essuie la sueur et la terre de son front, pivote et va dans la remise chercher un sac d'engrais. Elle s'immobilise et se frotte le front avec une grimace. Son hématome est superficiel, mais vilain et verdâtre. Je m'approche de la remise et, derrière son dos, je lui prends des mains le sac beaucoup trop lourd.

– Pourquoi es-tu aussi butée ? je lui reproche en le portant jusqu'à son potager.

Elle me suit, dans ses petites bottes et ses petits tout le reste, d'ailleurs. Elle est en format de poche, à tel point que je repense souvent à la nuit où je l'ai pénétrée et au plaisir que son étroitesse m'a procuré. Ça n'avait rien à voir avec sa virginité, c'est juste qu'elle est petite de partout.

– Et toi, pourquoi es-tu aussi… toi ? réplique-t-elle en m'emboîtant le pas.

Je m'arrête devant ses légumes et me rends compte pour la première fois qu'elle a rendu ce jardin magnifique. Elle y fait vraiment pousser des choses ! Des tomates, des radis, de la menthe poivrée, du basilic. Et d'innombrables rangées de fleurs, des parterres entiers qui encadrent son petit potager. Ce n'est pas mon style. Trop touffu et coloré, trop d'espèces, de formes et de parfums différents. Mais c'est LE truc dans cette maison qui la rend vraiment heureuse, en plus de Sterling.

– Et qui puis-je être d'autre ? lui réponds-je en déposant le sac près de ses plantes, en prenant garde à ne pas les écraser.

Je me redresse et m'époussette les mains.

– Quelqu'un d'autre, me taquine-t-elle.

– Comme qui ? Angelo ?

Seul un imbécile irait prononcer son nom tout haut en un moment pareil. Mais j'ai démontré très clairement que je peux être un parfait connard, en ce qui concerne mon épouse.

– En fait, j'aime assez bien que tu sois toi, dit-elle en haussant une épaule.

Je me gratte la nuque, anormalement à cran.

– Il faut que tu te reposes.

– C'est ce que je fais. J'y suis allée doucement aujourd'hui. J'ai fait mes devoirs et puis je ne suis sortie qu'il y a une demi-heure environ. Je me prépare à récolter mes premiers légumes pour les envoyer à l'école qui est en bas de la rue. Tout est bio.

Elle se tourne face à moi pour la première fois. Mon cœur se serre à la vue de son œil au beurre noir et de sa lèvre coupée. Je lui soulève le menton.

– Ça n'est pas y aller doucement, ça. C'est mettre le turbo. Ne m'oblige pas à faire une folie.

– Comme quoi ?

– Comme te kidnapper.

Elle pouffe et baisse les yeux vers ses jambes, les joues rouges.

– Tu me traites comme une gamine.

– Je t'en prie. Si je faisais ce que je te fais à des gosses, je serais bon pour passer le reste de mes jours dans une cellule à l'isolement. Et ce serait totalement justifié.

Elle s'accroupit, farfouille dans son parterre de fleurs, ramasse quelques feuilles mortes et les jette. J'enfonce les poings dans les poches de mon pantalon de costume, les yeux rivés sur son dos. Némésis a des salières de Vénus dans le bas du dos, et je suis soudain frappé par l'envie irrépressible d'y enfoncer les pouces pendant que je la dévorerais par-derrière. Je m'éclaircis la gorge.

– Prépare un sac et de quoi grignoter. On s'en va.

– Hein ?

Elle continue de jardiner, sans prendre la peine de lever les yeux.

– On va passer le week-end dans ma cabane sur le lac Michigan. Vu que tu n'as manifestement pas l'intention de te reposer, je vais t'y forcer.

Elle tord le cou pour me regarder, les yeux plissés face au soleil malgré sa main en visière.

– Il n'y a pas de problème. Je ne suis pas blessée, Wolfe.

– Tu as l'air d'avoir pris une rouste et les gens sont particulièrement doués pour les spéculations. J'ai besoin de t'éloigner de la ville.

Ce n'est qu'en partie vrai. Mon épouse et son visage cabossé en public, c'est tout sauf idéal, bien sûr. Mais surtout, j'ai envie d'être seul avec elle. Sterling passe son temps à tourner autour de nous et Smithy est une plaie, de façon plus générale. Bishop n'a pas tort. Je n'ai, en réalité, aucun ami. Oublier mes ennemis l'espace de deux jours, ce n'est pas la pire idée du siècle. J'ai besoin de respirer et, très franchement, Nem est la seule personne que je parviens à tolérer en ce moment.

– J'ai beaucoup de devoirs, argue-t-elle.

– Emporte-les avec toi.

– Ça implique de laisser madame Sterling toute seule.

– Elle aura des agents de sécurité. On part, seuls.

– Ça n'est pas conforme au protocole.

– Qu'il aille se faire foutre, le protocole.

Silence. Elle se mordille la lèvre, signe qu'elle essaie de trouver un énième obstacle.

– Tu pourras conduire sur une partie du trajet, je suggère pour rendre la chose plus agréable à son goût.

Elle dresse la tête, comme je m'y attendais. Son expérience avec les connards de Bandini ne l'a pas dissuadée d'apprendre. Ça explique en partie pourquoi je n'arrive pas à la détester. Même si j'essaie. Elle est déterminée, et le mieux, c'est qu'elle ignore cette qualité en elle.

– Oui ? (Ses yeux scintillent d'excitation, des yeux bleu clair comme un ciel d'été.) Même après ce qui s'est passé ?

– Surtout après ce qui s'est passé. Tu as été géniale. Ton front, comment ça va ?

– C'est plus moche que grave en réalité.

Il est beau.

Bien entendu, prononcer ces mots tout haut n'est pas possible. Je me tourne vers le balcon et m'éloigne du jardin et de ma femme. Une fois les portes vitrées atteintes, je m'immobilise et lui jette un dernier regard. Elle s'est accroupie à nouveau et remise au travail.

– Tu n'as plus à te soucier d'eux.

Elle cille.

– Eux ?

La liste s'allonge d'heure en heure. D'abord son père, puis les Bandini.

– Tous les trouducs qui ont eu ne serait-ce que le début de l'idée de te faire du mal.

Je regagne mon bureau et m'y enferme pour le reste de la nuit, car je ne me fais pas confiance : si je vais la rejoindre dans sa chambre pour mon festin nocturne, j'aurai du mal à ne pas dormir à ses côtés. Il se trouve que j'ai un problème de self-control. Il me fait défaut.

C'est Francesca qui l'a. Elle ne m'a rien laissé.

CHAPITRE 14

FRANCESCA

Ça me prend une heure entière avant de me détendre derrière le volant.

Non seulement je crains d'abîmer la précieuse Jaguar de Wolfe, les images des hommes de main de Bandini emboutissant le pare-chocs de la Cadillac me hantent, mais en plus je ne suis pas très à l'aise en présence de mon mari. Il n'est pas revenu dans ma chambre hier soir, après la nuit qu'il a passée avec moi. Nous nous rendons à sa maison du lac. Est-ce qu'il prévoit qu'on couche dans des chambres séparées là-bas aussi ? Franchement, ça ne m'étonnerait pas de lui. Je n'ai personne à qui m'ouvrir de la situation, personne auprès de qui recueillir des conseils. *Cosmo* et *Marie Claire*, mes seules sources d'information en matière de relation, n'abordent pas le sujet du mariage arrangé à un sénateur cruel et émotionnellement très retardé au XXIe siècle. Quant à madame Sterling, elle n'est pas objective. Elle est prête à me dire tout ce que j'ai envie d'entendre afin de s'assurer que je suis heureuse avec mon époux. Ma mère est trop occupée à essayer de sauver son propre mariage. Et Clara est ce qui s'approche le plus d'une grand-mère, donc oui, c'est dégoûtant.

Je pourrais appeler Andrea, mais à ce stade, j'ai peur de devenir un cas désespéré. Toujours désorientée. Éternelle ignorante.

Bref, je me retrouve à mijoter dans mes pensées pendant tout le trajet jusqu'au chalet du lac Michigan. Quand Wolfe a parlé d'une cabane, j'ai cru qu'il s'agissait d'un endroit pittoresque et modeste. En réalité, c'est une propriété luxueuse, toute de pierre et de verre, avec jacuzzi extérieur, vue directe sur le lac, balcons surélevés en bois et un charme architectural rustique époustouflant. Elle est lovée entre des cerisiers et des collines verdoyantes, assez loin de la civilisation sans être non plus complètement irréelle.

Mon cœur se gonfle à la perspective de passer du temps avec mon mari si loin de tout le monde. Mais en plus de l'excitation, il y a aussi une touche de peur.

– Je pressens une série imminente de questions « à la Némésis ».

Wolfe est assis, jambes croisées sur le siège passager. Il s'amuse à actionner mon Zippo entre ses doigts puissants. Je me mords la lèvre inférieure et tapote les pouces contre le volant.

– Tu as déjà été amoureux ?

– C'est quoi ce genre de question ?

– Le genre auquel j'aimerais une réponse.

Il marque une pause.

– Non, je n'ai jamais été amoureux. Et toi ?

Je songe à Angelo. Et puis à toutes les choses que j'ai traversées à cause de mon amour pour Angelo. Je ne sais plus ce que je ressens pour lui, mais mentir à mon mari par crainte de sa réaction me mettrait exactement dans la même position que ma mère à l'heure actuelle.

– Oui.

– Ça fait un mal de chien, pas vrai ? lance-t-il en regardant toujours dehors, le sourire aux lèvres.

– Oui.

– C'est pourquoi je m'en abstiens.

– Mais c'est bon, quand c'est partagé.

Il se tourne face à moi.

– L'amour est rarement pleinement partagé. Il n'est jamais égal. Ni juste. Il y a toujours une partie qui aime plus. Et il vaut mieux ne pas être cette partie… parce qu'elle souffre. (Le silence retombe et s'étire jusqu'à ce que je me gare devant la présumée cabane.) Mais toi… (De nouveau il se tourne vers moi, un sourire narquois aux lèvres.) Toi, tu es trop maligne pour céder à ton amour.

Je n'aime plus Angelo, imbécile, j'ai envie de hurler. *Je t'aime, toi.*

– C'est pour ça que je te respecte, ajoute-t-il.

– Tu me respectes ?

Il descend de voiture, la contourne et vient m'ouvrir la portière.

– Si tu veux aller à la pêche, je préférerais que ce soit aux poissons du lac, pas aux compliments. Tu sais que je te respecte, Nem.

***

Le frigo de la cabane est rempli d'un tas de choses délicieuses. Il y a des petits pains tout chauds sur le plan de travail. J'en dévore deux, avec de la confiture de fraise locale et du beurre de cacahuètes bien épais. Wolfe a sauté sous la douche et je fais de même après lui. Ensuite, il fourre un pack de six bières et une poignée de brownies sous emballage individuel dans mon sac à dos et m'ordonne de l'accompagner pour une promenade. J'ai toujours mal au front, ma lèvre continue de se rouvrir chaque fois que je souris et j'ai découvert que mes côtes ont pris cher quand on m'a chargée sur le brancard, mais j'obtempère néanmoins.

Je commencerais presque à regretter notre décision mutuelle de ne pas partir en voyage de noces quand il jette mon sac *girly* sur son épaule et me précède sur un sentier pavé et bétonné entouré d'herbes sauvages qui se balancent au gré de la brise fraîche du soir. Le vent et le lac offrent des sons plus agréables qu'une symphonie et la vue est spectaculaire : un coucher de soleil sur les collines ondoyantes, dans diverses nuances de mauve et de rose. Nous marchons vingt minutes avant que je remarque une autre cabane de bois, plus haut dans la colline.

– C'est quoi ? je demande en la désignant.

Il passe une main dans son épaisse tignasse brune.

– J'ai l'air d'un guide touristique ?

– Tu as l'air d'un homme amer, sénateur, je le taquine.

Il s'esclaffe.

– On n'a qu'à aller voir.

– On peut ? Je ne voudrais pas m'introduire dans une propriété privée.

– Quelle citoyenne respectueuse de la loi ! Si seulement ton père partageait cette vertu.

– Hé !

Je fronce les sourcils à son attention, il me donne une légère pichenette sous le menton. Ce geste, je l'aime de plus en plus. Surtout parce qu'il s'accompagne de la sensation que Wolfe éprouve des sentiments pour moi. Il ne peut pas me haïr, pas après la façon dont il m'a tenue contre lui, le jour de la course-poursuite.

– Sterling ne cesse de me répéter qu'il faut que j'arrête de vous mettre dans le même sac, ton père et toi. Mais bon, ce n'est pas évident.

– Tu le fais souvent ?

Je grimace lorsqu'il me prend la main et me tire vers le sommet de la colline.

– Pas ces derniers temps.

– Et pourquoi ça ?

– Parce que vous êtes diamétralement opposés.

Plus on monte, plus ma respiration se fait saccadée. Mais je suis déterminée à poursuivre notre conversation pour éviter de m'attarder sur mon absence de condition physique. J'ai négligé mes séances de cheval au profit des études. Et puis, j'ai une question qui me brûle les lèvres.

– Accepterais-tu de m'expliquer pourquoi tu hais mon père à ce point, maintenant ?

– Non. Et tu peux m'éviter de me le redemander parce que je ne te le dirai jamais.

– Tu es injuste, dis-je en faisant une moue boudeuse.

– C'est certain. Mais tu n'aimerais pas ma réponse.

– Ou peut-être que si. Peut-être qu'elle m'apporterait la paix et m'aiderait à accepter qu'il m'ait rejetée ainsi.

Il s'immobilise devant ce qui n'est pas une cabane, mais une grange peinte en rouge et blanc.

– Le fait qu'il ait abandonné son précieux joyau simplement parce que j'y ai touché suffit à prouver qu'il ne te mérite pas.

– Et toi, si ?

– Ma chérie, c'est là toute la différence entre ton père et moi : je n'ai jamais fait semblant de te mériter. Je t'ai prise, point barre.

Je pose un bras sur le portail en bois de la grange.

– On est en train de s'introduire en fraude chez quelqu'un, Wolfe, je proteste en secouant la tête. Je n'y vais pas.

Il saute par-dessus la clôture et s'avance à l'intérieur de la bâtisse sans un regard en arrière. Il y a de la paille fraîche éparpillée près des portes et, à l'odeur de terre humide et de ce que mon professeur de cheval aime appeler les pommes de la route (le crottin de cheval) qui flotte dans l'air, je sais que la bâtisse abrite du bétail. J'entends Wolfe siffler depuis les profondeurs de la grange ouverte, faire claquer sa langue.

– Quelle beauté.

– Cela ne fait pas deux secondes que tu es parti et tu dragues déjà, je crie.

Sourire me fait mal aux joues. Le son de son rire guttural et bourru s'élève. Je serre les cuisses car en moi quelque chose de vide brûle de le laisser enfin entrer. Je pourrais avoir une relation sexuelle avec lui, ce soir. Bon Dieu, je veux avoir une relation sexuelle avec lui ce soir. Pour la première fois depuis notre soirée de fiançailles, je me sens prête physiquement à accueillir mon mari. Plus que prête : pressée. Et bien que Wolfe soit quasi impossible à déchiffrer, je sais une chose le concernant : il me désire, lui aussi.

– Viens là, appelle-t-il.

Étonnamment – c'est peut-être même choquant –, son intonation me rappelle celle d'un jeune Italien de la bande d'enfants avec qui j'ai grandi. C'est la manière dont les mots roulent sur sa langue qui me surprend, mais je secoue la tête en riant de moi-même. Wolfe Keaton est issu d'une famille aisée. Son père, décédé aujourd'hui, dirigeait un hôtel, et sa mère était juge à la Cour suprême.

– Et si on se fait prendre ?

Mon sourire est si large qu'il fend mon visage en deux. J'entends de nouveaux sifflets admiratifs à l'intérieur. Il siffle comme un gamin des rues, mais valse comme un aristocrate. Décidément, je ne réussirai jamais à lire en lui.

– On est bons pour la caution, fait-il d'une voix traînante. Allez, ramène ton joli petit cul par ici, Nem.

Je jette un coup d'œil à droite et à gauche, passe la tête sous la clôture et, sur la pointe des pieds, me dirige vers la grange. Une fois dedans, Wolfe m'attrape par la main et m'attire contre lui. Il se poste derrière moi, les bras autour de ma taille, et désigne du menton l'un des quatre box, le seul occupé. Une magnifique jument pur-sang arabe, entièrement noire à l'exception d'une crinière d'un blanc immaculé, me renvoie mon regard. Wolfe n'exagérait pas. Elle est d'une beauté à couper le souffle. Et elle m'observe derrière ses petits cils serrés. Je pose la main sur mon cœur qui palpite dans ma poitrine. Jamais je n'ai vu de jument aussi belle. Elle a un regard calme et doux, quand elle baisse la tête, comme pour accepter l'admiration qu'elle a dû voir briller dans le mien.

– Bonjour, ma belle.

Je m'approche d'elle, à pas mesurés, afin de lui laisser le temps de s'habituer à ma présence ou de changer d'avis.

– Qu'est-ce que tu fais ici toute seule ? je lui chuchote en posant une main sur son museau.

– Elle m'a l'air en bonne santé, commente Wolfe derrière moi.

Il est adossé au mur opposé de l'écurie. Je le sens qui m'observe, même en lui tournant le dos. Je hoche la tête.

– Possible, n'empêche qu'il faut qu'on découvre à qui appartient cette écurie.

– Tu l'aimes bien ? me demande-t-il.

– Si je l'aime bien ? Je l'adore. Elle est douce et tendre. Sans parler de sa beauté.

Je remonte la main sur son front, passe entre ses oreilles et sa crinière. Elle se laisse faire, comme si elle me connaissait depuis toujours.

– Elle me rappelle quelqu'un.

– Je t'en prie, ne me dis pas que tu me compares à un animal, maintenant.

Et je ris, surprise de sentir mes yeux s'embuer. J'imagine que la jument appartient à une jeune fille. Elle a l'air jeune elle-même. Toutes les deux ont peut-être grandi ensemble.

– À quoi veux-tu que je te compare, alors ?

Wolfe s'écarte du mur et s'avance vers moi à grandes enjambées. Je perçois son mouvement derrière moi, j'entends le crissement de la paille sous ses pieds. Prenant une profonde inspiration, je ferme les yeux et savoure le contact de ses bras quand ils m'enlacent la taille.

– Des gens, je murmure.

– Je ne peux pas te comparer à des gens. Je ne connais pas de gens comme toi, dit-il simplement.

Sa bouche est maintenant contre mon cou. Une boule de chaleur se forme au creux de mon ventre et je me sens frissonner d'un plaisir qui explose sous mon crâne et dévale à travers tout mon corps jusqu'aux orteils.

– Elle est à toi, ricane-t-il à mon oreille, ses dents frôlant mon lobe.

– Quoi ?

– Cette jument. Elle est à toi. Cette grange m'appartient. Et ces terres, cinq kilomètres de part et d'autre de la cabane, nous appartiennent. Le précédent propriétaire avait une écurie. Il a emmené ses chevaux avec lui quand il l'a vendue à mes parents.

Ses parents décédés. Il y a tant de choses que je ne sais pas encore sur lui. Tellement qu'il me cache.

– Avant de t'épouser, je ne voulais pas t'offrir de cadeau de mariage. Mais maintenant que je suis ton mari, je me rends compte que tu mérites bien plus que des diamants.

Je me tourne vers lui en clignant des paupières. Je devrais le remercier, je le sais. L'étreindre. L'embrasser. L'aimer encore plus pour cet effort qu'il consent, dont je sais à présent qu'il ne lui vient pas naturellement. L'idée de l'aimer sans retenue est sidérante. Il connaît le moindre détail de ma vie, pourtant je ne sais rien de lui. Peut-être n'a-t-on pas besoin de connaître une personne pour l'aimer. Il suffit de comprendre son cœur, or le cœur de Wolfe est bien plus grand que je ne l'avais imaginé au départ.

Il me dévisage dans l'attente d'une réaction. Quand j'ouvre la bouche, ce sont les mots les plus inattendus qui en sortent.

– On ne peut pas la garder ici. Elle va s'ennuyer.

Pendant quelques secondes, il ne répond rien, puis il baisse les paupières et colle son front contre le mien, scellant ses lèvres aux miennes. Il lâche un soupir, un souffle tiède qui s'immisce entre mes lèvres.

– Comment fais-tu pour avoir autant de compassion ? marmonne-t-il dans ma bouche.

J'agrippe le col de sa veste et l'attire à moi pour embrasser la commissure de ses lèvres.

– On va l'emmener quelque part en banlieue de Chicago, où tu pourras aller la voir chaque semaine. Un endroit avec plein de chevaux. Et de paille. Et des soigneurs qui s'occuperont bien d'elle, tout en se tenant sagement loin de toi. Des éleveurs bien laids, ajoute-t-il. Sans dents.

– Merci, dis-je en riant.

– Comment veux-tu l'appeler ?

– Artémis, je réponds.

J'ai l'impression que je savais son nom avant d'y avoir réellement songé.

– La déesse de la nature. Ça tombe bien.

Il dépose un baiser extrêmement délicat sur le bout de mon nez, puis sur mon front, puis mes lèvres.

Nous buvons nos bières et je mange des brownies à côté d'Artémis, assise à même la paille. Au cours de ces derniers jours, j'ai mangé plus que durant tout le mois précédent. Mon appétit revient, ce qui est un bon signe.

– Je veux devenir avocat depuis que j'ai treize ans, me dit Wolfe.

Alors là, j'arrête tout, y compris de respirer. Il se confie à moi. Il s'ouvre. C'est énorme. C'est *tout*.

– Le monde est un endroit injuste. Il ne récompense pas les gens d'avoir été bons, corrects ou moraux. Non, il favorise le talent, la détermination et la ruse. Des qualités qui ne sont pas forcément positives. Et aucune d'elles – pas même le talent – n'est une vertu. Je voulais protéger ce qui avait besoin de l'être, seulement plus je travaillais sur des dossiers, plus je me rendais compte que le système était corrompu. Devenir avocat dans l'espoir de ramener la justice, ça revient à nettoyer une tache de ketchup sur la chemise souillée de sang d'un homme qui vient de recevoir cinquante coups de couteau. Alors j'ai visé plus haut.

– Pourquoi es-tu aussi obsédé par la justice ?

– Parce que ton père m'a volé la mienne. Je comprends que ton enfance a été très protégée. Je pourrais même respecter ton père de t'avoir envoyée en pension pour t'éloigner du bazar qu'il a créé à Chicago. Sauf que ce bazar… eh bien, moi, j'ai grandi en plein dedans. J'ai dû survivre là-dedans. Et ça m'a laissé traumatisé et abîmé.

– Qu'est-ce que tu vas faire à mon père ?

– Je vais le ruiner.

Je déglutis.

– Et moi ? Qu'est-ce que tu vas faire de moi ?

– Te sauver.

Au bout d'un moment, l'abus de sucre et d'alcool me fait somnoler. J'appuie la tête contre son torse et ferme les yeux. Il sort son téléphone et me laisse dormir sur lui, ce qui ne ressemble pas du tout à mon mari. Vu qu'il n'a pas de réseau, j'ignore ce qu'il va bien pouvoir faire avec son portable, mais une partie de moi a envie de tester les limites de sa patience. De voir quand il va me secouer gentiment en m'annonçant qu'il est temps d'y aller.

Je me réveille une heure plus tard, après avoir laissé une petite flaque de bave sur sa chemise. Il est encore sur son téléphone. Je lève les yeux vers son écran en m'efforçant de ne pas bouger. Il lit un article hors ligne. Sans doute un document qu'il a téléchargé à l'avance. Je bouge un tout petit peu afin de lui faire comprendre que je suis réveillée.

– On devrait rentrer.

Je lance un coup d'œil vers Artémis, qui dort paisiblement dans sa stalle, et je bâille.

– Oui, on devrait. Mais j'adore trop être ici.

Puis, sans réfléchir, je tends le cou pour déposer un baiser sur ses lèvres. Il lâche son téléphone, me prend dans ses bras et me positionne avec une précision étudiée sur ses genoux afin que je le chevauche. Les bras noués autour de son cou, à approfondir notre baiser, je me sens aussitôt plus forte et plus éveillée que depuis plusieurs semaines. Je me mets à onduler contre son érection, sans même me rendre compte de ce que je suis en train de faire. Je ne prends pas encore la pilule – je n'ai pas eu l'occasion de fixer ce fameux rendez-vous – et je sais, aujourd'hui plus que jamais, que notre première fois était un coup de colère. Wolfe ne veut pas d'enfants et moi, je ne veux absolument pas en avoir contre son gré. Surtout pas à dix-neuf ans. Alors que je viens de commencer la fac. C'est ce que j'essaie de lui communiquer entre deux baisers.

– Je… euh… Il nous faut un préservatif. Je ne suis pas protégée.

– Je me retirerai.

Il dépose une ligne de baisers jusque dans mon décolleté, ouvre les boutons de ma robe bleu marine à pois blancs. Je m'écarte et lui prends le visage entre mes mains, toujours médusée d'être capable de faire ce geste.

– Même moi, je sais que ce n'est pas une forme de contraception fiable.

Il sourit, exposant une rangée de dents parfaites, d'un blanc nacré. Il est d'une beauté à couper le souffle. J'ignore comment je vais survivre s'il couche une autre Emily dans son lit d'ici à la fin de mes jours. Nous ne sommes plus deux étrangers partageant le même toit. Nous sommes emmêlés, entrelacés, connectés par des liens invisibles dont chacun de nous tente de se libérer mais ne parvient qu'à en resserrer les nœuds. Et puis, il est sophistiqué, intelligent, vif, à tel point que je ne sais pas comment rester à son niveau, quelle que soit mon envie d'y parvenir. Une folle envie.

– Francesca, tu ne tomberas pas enceinte en une fois.

– Ça, c'est un mythe que je refuse de croire.

Ce n'est pas que je ne souhaite pas devenir mère, c'est que je ne veux pas devenir la mère d'un bébé non désiré. Je continue à me raccrocher à l'espoir idiot qu'il changera d'avis avec le temps, quand il se rendra compte qu'on peut être heureux ensemble. En plus, il y avait quelque chose d'affreusement dégradant dans la pilule du lendemain qu'il m'avait laissée. Je me suis sentie rejetée, moi et ce que mon corps avait à offrir.

– Quand dois-tu avoir tes règles ? me demande-t-il.

Je cille.

– La première semaine du mois.

– Alors ça ne risque rien. Tu n'es pas en période d'ovulation.

– Comment tu sais ça ?

Rieuse, je passe les doigts sur son torse, surexcitée pour une raison qui m'échappe.

– La femme de mon frère…

Il s'interrompt et un masque d'indifférence glaciale glisse sur son visage. Il n'était pas censé dire ça. Je ne suis pas censée savoir qu'il a un frère, ni que ce frère avait une femme. Je cligne des yeux, avide de l'entendre poursuivre. Il déglutit, me repose délicatement par terre et me tend la main.

– Tu as raison. Allons-y, Nem.

Je prends sa main, consciente que nous avons là un gros problème.

Il ne veut pas me laisser entrer dans son intimité.

Et je ne peux pas l'y obliger.

***

Dans la cabane, Wolfe jette des bûches au feu pendant que je pique des guimauves sur des brochettes. Je lui montre comment on confectionne un « train de Chamallows », à savoir un énorme sandwich de guimauves encore sur leur bâtonnet. J'avais appris ça à toutes mes copines en Suisse. Certains parents, dégoûtés, envoyaient des lettres furieuses au directeur de l'école, comme quoi leur fille avait pris du poids depuis que je lui avais montré ce truc et qu'ils devaient faire nettoyer leur cheminée toutes les semaines.

– Une rebelle, quoi, commente Wolfe en me souriant. On pourrait se laisser abuser par cet accent typique des écoles privées britanniques et tes manières impeccables.

Je repousse dans un coin de ma tête la pensée qui continue de me ronger : il m'a choisie parce que je fais une Première dame potentielle idéale.

– Non, je n'ai jamais été une rebelle, je lui réponds, sérieuse. Mais je me tenais à l'écart des problèmes, ça oui. Il n'y a eu que cet incident-là, et puis celui du postiche du prof qui avait pris feu.

Je ris dans les bras de Wolfe, plus détendue et plus heureuse que jamais. Il me serre contre lui et m'embrasse à nouveau, un baiser lourd de sens, du genre qui m'indique que la partie discussion de la soirée est officiellement terminée.

Il m'allonge sur le dos devant la cheminée. Le feu, où dansent des teintes d'orange et de jaune, donne à la pièce un air confortable et romantique malgré son luxe extravagant. Le mobilier rustique, l'électroménager dernier cri, les canapés en cuir d'un marron foncé profond jonchés d'immenses plaids en laine, tout cela forme le décor parfait pour ce dont j'ai tellement envie.

Nous sommes sur le parquet, allongés sur un tapis tissé, Wolfe au-dessus de moi. Il gémit contre ma bouche en glissant une main sous ma robe, puis sous la couture de ma culotte, ses doigts taquinent ma fente. Et là, toute trace de bon sens s'envole par la fenêtre. Je me cambre contre sa main, exige plus tandis qu'il me dévore le cou. Appuyé sur les genoux, il déboutonne ma robe de sa main libre tout en continuant de jouer avec mon excitation. Quand il arrive au dernier bouton, il me débarrasse du vêtement et son regard balaye mon corps, me dénudant de mes inhibitions.

– Tu es magnifique, chuchote-t-il. Tu mérites absolument tous les compliments et toutes les flatteries que j'avais entendus à ton sujet avant le bal masqué. Moi, je me disais que je préférais vérifier par moi-même, mais je n'ai jamais eu l'occasion de te le dire… tu dépasses largement toutes les putains d'attentes que j'ai pu avoir.

Je bats des paupières pour chasser mes larmes, je caresse son visage, une façon pour moi de le faire mien, en quelque sorte.

– S'il te plaît, fais-moi l'amour.

Pas « sexe ».

Pas « baiser ».

Pas « niquer ».

L'amour, l'amour, l'amour.

Fais-moi l'amour, le supplie mon cœur en silence. Il m'embrasse sur les lèvres, déplace sa bouche sur mes seins et en aspire la pointe, en serrant de plus en plus avec ses dents et sa langue.

Il taquine, il suce mes tétons, pendant qu'il recueille du bout des doigts mes sucs dont il se sert pour dessiner de délicieux cercles de plaisir sur mon clitoris.

– Vas-y, s'il te plaît, fais-le, je gémis en fourrant les doigts dans ses cheveux bruns.

Sans se presser, il embrasse et lèche l'intérieur de mes cuisses, ainsi que la zone sensible au milieu.

– J'ai besoin de t'avoir en moi.

– Pourquoi ?

– Je ne peux pas l'expliquer.

– Mais si. Tu as juste peur de le faire.

Wolfe Keaton est un voleur de baisers, mais il n'a pas pris que ça. Il a volé mon cœur. Il l'a arraché de ma poitrine et l'a mis dans sa poche. Et moi, je fais ce qu'il m'avait prédit, je le fais de mon plein gré : j'ouvre les cuisses et je le supplie, encore, et cette fois je le pense vraiment.

– Parce que tu avais raison. Tu m'avais dit que je viendrais dans ton lit de mon propre chef. Et c'est le cas. Alors prends-moi.

Il m'embrasse avec voracité, mord ma lèvre inférieure encore sensible et douloureuse de l'accident.

– Ce n'est pas encore tout à fait la vérité, mais ça ira.

Il se hausse sur les avant-bras, attrape son portefeuille et en sort un préservatif. Je ravale ma déception. Il se redresse pour fouiller mon visage.

– Qu'est-ce qui ne va pas ?

– Rien.

Il est sur le point de me taper du doigt sur le menton, mais il se ravise et passe le pouce le long de ma mâchoire.

– On a dépassé le stade du mensonge. Dis-moi tout.

Mon regard se pose sur le préservatif.

– C'est juste… Je pensais que la première fois… notre vraie première fois… serait plus intime.

Mon visage s'empourpre en même temps que je dis ça, parce que je l'ai grondé tout à l'heure quand il suggérait exactement la même chose.

– Tu peux… je reprends.

– Terminer hors de toi, conclut-il, en me faisant taire d'un baiser. Mais on n'en fait pas une habitude tant que tu ne prends pas la pilule. OK ?

Je hoche la tête.

Il jette le préservatif sur le tapis, les yeux plongés tout au fond des miens tandis qu'il me pénètre lentement. Malgré moi, je me crispe, avant qu'il ne se baisse pour m'embrasser.

– Détends-toi.

Je prends une profonde inspiration, prête à faire ce qu'il me demande. Il est à demi entré en moi quand ça commence à faire mal, mais d'une façon différente de la dernière fois. Là, c'est une douleur délicieuse tandis qu'il m'étire de l'intérieur, en me laissant le temps de m'accommoder à sa taille en m'embrassant. Il me couvre de mots qui me donnent du courage et de la force. Des mots auxquels je crois de toute mon âme.

– Tu es aussi gracieuse que la pluie… Aussi belle que le ciel sans étoiles de Chicago par une triste nuit de bal masqué… C'est tellement bon, en toi, Némésis, que je pourrais m'y noyer et mourir, si tu ne m'en empêches pas.

Bref, à des lieues, des océans de ses précédents commentaires sur mon étroitesse, qui m'avaient salie et dégradée. Je m'accroche à ses épaules, gémis doucement et l'étreins. Mon corps ondule peu à peu en cadence avec le sien, jusqu'à ce que l'inconfort du début soit remplacé par des roulements de mes hanches, avides et saccadés. Je ronronne dans son oreille tandis qu'il accélère ses assauts, appuyé sur les mains, prenant soin de ne pas toucher mes côtes ou mon front. De ne pas me faire mal. Soudain, ses coups de reins deviennent profonds et brutaux, je comprends qu'il est proche de son plaisir. J'enfonce les ongles dans la chair de son dos, je sens l'orgasme monter à l'intérieur de mon ventre aussi. Différent de toutes les fois où il m'a léchée.

– Je vais jouir, Nem. Là.

Il est sur le point de se retirer quand je m'agrippe à lui dans un baiser féroce et je le sens se déverser en moi. Le liquide chaud, épais et poisseux m'emplit de l'intérieur. Nous nous accrochons l'un à l'autre un moment, avant qu'il roule sur le flanc. Cette fois, je ne ressens ni honte ni détresse. Je ne détourne pas les yeux. Il ne se prend pas le visage entre les mains en regrettant de ne pouvoir disparaître dans un trou du plancher et y mourir. Tous les deux sur le tapis devant le feu, nos têtes sont tournées l'une vers l'autre.

Il me donne une pichenette sous le menton.

– Tu as joui en moi.

Je me passe la langue sur les lèvres. Il bâille et s'étire en même temps, pas particulièrement inquiet, apparemment. Et ça, ça m'inquiète.

– Pas question que je reprenne une de ces pilules, lui dis-je en secouant la tête avec véhémence, ma robe serrée contre ma poitrine. Ce n'est pas sain.

– Chérie, fait-il, les yeux plissés pour me regarder. Comme je te l'ai dit tout à l'heure, les dates ne collent pas.

– Bon. Je te fais confiance.

– Exactement, comme il se doit.

Il redonne une petite tape sur mon menton.

– Arrête de faire ça, Wolfe. Je te l'ai déjà dit. Ça me donne l'impression d'être une gamine.

Il se lève, complètement nu, et me hisse sur son épaule, toujours sans toucher mes côtes, puis me porte jusqu'à la suite parentale, non sans m'assener une claque joueuse sur les fesses, qu'il mordille ensuite.

– Qu'est-ce que tu me fais ?

Je ris tellement que j'ai du mal à respirer.

– Des trucs de grandes personnes.

***

Nous passons la nuit dans le même lit et utilisons trois préservatifs.

Le lendemain matin, nous retournons voir Artémis. Elle est heureuse de notre arrivée et je la monte même un moment, surprise du peu d'inconfort que me causent nos quatre parties de jambes en l'air, la nuit dernière. Nous lui donnons à manger et à boire, restons la matinée assis avec elle dans l'écurie. Là, dans la paille avec Artémis comme public, Wolfe m'apprend comment pratiquer une fellation. Il m'agenouille, se lève, descend la braguette de son jean Diesel et sort son sexe. Au début, il me montre comment le caresser, puis comment le serrer. Quand je suis assez à l'aise, il me demande si j'ai envie de le prendre dans ma bouche.

– Oui, admets-je, les yeux baissés vers la paille, un peu honteuse.

– Regarde-moi, Francesca.

Je relève les yeux, battant des paupières face à son regard gris.

– Ce que tu t'apprêtes à faire, ça n'est pas mal. Tu le sais, n'est-ce pas ?

Je hoche la tête, sans vraiment le croire. Je suis bien certaine que tous les gens avec qui je suis allée à la messe, y compris mes propres parents, auraient une attaque s'ils savaient ce que nous sommes en train de faire.

– Et si les gens l'apprennent ?

Il rit. Oui, oui, ce salopard éclate de rire.

– Toutes les personnes de plus de dix-huit ans que tu connais pratiquent la fellation, Francesca.

– Moi, je ne l'ai jamais fait.

– Et tant mieux, putain.

Oui, bon, il se contente de me dire ce que j'ai envie d'entendre. Il doit cependant lire le doute sur mon visage, car il me caresse la joue et pousse un soupir.

– Tu penses que je suis un pervers ?

Je sens mon visage rougir.

– Quoi ? Non, bien sûr que non.

– Bien. Parce que je te lèche tous les jours. Et ça fait des semaines que ça dure, maintenant. Je n'ai pas l'intention de m'arrêter. Il n'y a aucune honte à donner du plaisir à ton mari.

– Mais tu as dit que le sexe oral était dégradant.

Je lui renvoie les paroles qu'il m'a lancées quand on s'est fiancés.

– C’est dégradant de s’agenouiller, de manière générale. Mais pas de s’agenouiller devant quelqu’un qui mérite ta fierté.

Je sais que Wolfe n’est pas du genre à parler de fierté avec légèreté. Après tout, il est le Narcisse de ma Némésis. Ce qui le pousse à se raccrocher ainsi à sa fierté, quoi que cela puisse être, a laissé des blessures permanentes en lui. Je pose les lèvres sur son gland engorgé, sens une de ses mains me guider autour de la base de son sexe, puis il pose l’autre dans ma nuque et pousse lentement ma bouche le long de son érection, jusqu’à ce qu’elle vienne toucher le fond de ma gorge. Un haut-le-cœur me vient, que je réprime.

– Maintenant, suce-la.

Il enfonce les doigts dans mes cheveux et serre au niveau des racines. Fort.

Je suis surprise du plaisir que je prends à le sucer. Non seulement l’acte en lui-même, et sa peau veloutée et chaude, mais aussi son odeur unique, si masculine, et la façon dont il réagit, tressautant dans ma bouche en poussant des grondements excités. J’ai la mâchoire et les lèvres endolories, quand il me tire par les cheveux pour se retirer de moi et me relève la tête, histoire de m’obliger à le regarder bien au fond des yeux.

– Tu sais que je te respecte, me dit-il d’une voix bourrue.

– Je sais, je murmure, les lèvres enflées et sensibles.

– Bien. Parce que dans les cinq prochaines secondes, tu pourrais en douter.

Il empoigne alors son érection et son sperme gicle partout sur mon visage et mes seins. Le liquide tiède coule sur ma joue. Il est épais et collant, mais bizarrement, ce n'est en effet pas dégradant. Tout ce que ça m'inspire, c'est une excitation renouvelée. Mon sexe se serre autour du vide, affamé de ce quelque chose que possède mon mari.

Je lèche le sperme à la commissure de mes lèvres et relève les yeux vers lui, tout sourire.

Il me sourit à son tour.

– Je crois qu'on va très bien s'entendre, ma chère épouse.

CHAPITRE 15

FRANCESCA

Je me réveille avec la même envie irrépressible. Une envie de sucré qui refuse de passer.

J'ai envie d'un milk-shake à la fraise.

Non. J'en ai besoin. Et pas qu'un peu.

Je roule vers le centre du lit et me heurte à des abdominaux durs. Avec un grognement, j'entrouvre un œil. Cinq semaines se sont écoulées depuis notre petite virée en duo à la cabane du lac Michigan et j'ai découvert quelques informations intéressantes concernant ma nouvelle vie aux côtés du sénateur Wolfe Keaton. Pour commencer, j'aime beaucoup réveiller mon mari par une fellation. Autre détail, il adore ce nouveau rôle de réveil humain que je me suis assigné. Je dépose une ligne de baisers le long de son ventre, suivant la ligne de poils bruns, et baisse son pyjama gris, un bas de survêtement avec le nom de son université floqué dessus. Une fois que je l'ai dans ma bouche, il s'éveille peu à peu, mais contrairement aux autres fois, il rabat les couvertures et me relève par les cheveux, délicatement mais fermement.

– J'ai peur que ça ne suffise pas aujourd'hui.

Il me rejette contre le matelas, si bien que je me retrouve à quatre pattes, et saisit un préservatif sur la table de chevet. Je ne prends toujours pas la pilule. J'étais censée fixer un rendez-vous sitôt qu'on rentrerait du lac Michigan, mais je n'ose pas y aller seule, sachant que le toubib va m'examiner là, en bas. Je ne veux pas y aller avec madame Sterling, et je sais que *mama* et Clara sont opposées à la contraception de manière générale. J'ai appelé trois fois Andrea, qui m'a répondu qu'elle aurait adoré m'accompagner, mais que mon père la tuerait si on la voyait avec moi en public.

– Ça n'a rien de personnel, Frankie, tu le sais, hein ?

Oui. Je le sais. Bon sang, je ne peux même pas lui en vouloir. Je redoutais mon père tout autant, à une époque.

Bref, il ne me restait plus d'autre solution que de demander à mon mari de venir avec moi. Seulement, quand j'ai lourdement sous-entendu que j'apprécierais sa compagnie, l'autre soir au dîner, il m'a rembarrée en arguant que je pouvais y aller seule.

– Et si ça fait mal ?

Il a haussé les épaules.

– Ma présence n'allégera pas la douleur.

C'était n'importe quoi, il le savait pertinemment.

Le lendemain, il est rentré du travail avec un énorme paquet de préservatifs.

Wolfe a envoyé balader sa sacro-sainte règle du « on ne dort pas ensemble ». Nos vêtements et le reste de nos affaires sont toujours dans nos quartiers respectifs aux deux extrémités du manoir, mais nous passons toutes nos nuits ensemble. La plupart du temps, il vient dans ma chambre et me serre fort dans ses bras après m'avoir fait l'amour. Mais parfois, surtout les jours où il travaille tard, je pénètre dans son domaine et vais le rejoindre dans son lit. On a aussi commencé à assister à des galas et autres événements caritatifs ensemble. On est devenu ce couple-là. Le couple que j'avais toujours cru que je formerais un jour avec Angelo. Les gens nous observent sans cacher leur fascination tandis que nous flirtons à la table du dîner. Wolfe a toujours une main sur la mienne, il me donne souvent un baiser et se comporte en parfait gentleman – rien à voir avec le salopard sarcastique et railleur qui m'a traînée au mariage du fils Bishop.

J'ai même commencé à baisser ma garde devant les autres femmes. En fait, le sénateur Keaton ne montre le moindre intérêt pour aucune, alors que les propositions ne cessent d'affluer, y compris sous la forme, mais pas seulement, de culottes que j'ai trouvées dans notre boîte aux lettres. (Madame Sterling était outragée et dégoûtée, elle a agité le string en l'air sur tout le trajet jusqu'à la poubelle.) Et des cartes de visite, en flux continu. Wolfe et moi en vidons ses poches à la fin de chaque soirée.

La vie avec lui est agréable.

Entre l'université, les promenades à cheval avec Artémis, mon jardin et les leçons de piano que j'ai reprises, il me reste très peu de temps pour réfléchir au prochain sale coup de mon père. *Mama* vient à la maison toutes les semaines et on discute d'untel ou d'unetelle, on boit le thé et on feuillette les magazines de mode, activité qu'elle apprécie et que je ne supporte pas, si ce n'est pour me moquer gentiment d'elle. Mon mari ne s'oppose jamais à ce que je reçoive *mama* ou Clara. En fait, il leur propose souvent de rester plus longtemps, et madame Sterling et Clara semblent s'entendre comme larronnes en foire, partageant le même amour pour les *soap operas* diffusés en journée et allant jusqu'à s'échanger leurs romans à l'eau de rose sous le manteau.

Depuis notre escapade au lac Michigan, je suis tombée sur Angelo quelques fois à la fac. Il y suit des cours, lui aussi, même si nous n'en avons aucun en commun. Je suis convaincue que ce ne serait jamais arrivé, d'ailleurs : pas avec un mari aussi conscient de sa présence à Northwestern. J'ai ressenti le besoin de m'excuser pour ce qui s'était passé le jour du mariage, des excuses qu'il a balayées d'un revers de la main en affirmant que rien n'était ma faute. Ce qui était d'ailleurs peut-être vrai, mais je ne me sentais pas moins coupable.

En même temps, je comprends que Wolfe ne tienne pas à ce qu'Angelo et moi entretenions notre amitié, vu que j'étais follement amoureuse de lui quand on s'est rencontrés. Angelo, en revanche, n'est pas fan de l'opinion de mon époux. Chaque fois que nous nous croisons à la cafétéria ou dans un salon de thé du coin, il se lance dans de longues conversations avec moi et me raconte jusqu'aux moindres détails ce qui se produit dans mon ancien quartier. Je ricane quand il m'apprend qui s'est marié et qui a divorcé, et qu'Emily – notre Emily – fréquente un mafieux bostonien originaire de New York, irlandais de surcroît.

– Dieu du ciel ! je m'écrie avec une expression scandalisée.

– J'ai pensé que tu devais le savoir, au cas où tu te poserais encore des questions sur elle et moi, déesse, dit-il en s'esclaffant.

Déesse.

Mon mari est sévère, puissant et impitoyable. Angelo est doux, confiant et indulgent. Le jour et la nuit. L'été et l'hiver. Et je commence à me rendre compte où est ma place : au cœur de la tempête, avec Wolfe.

J'ai pris une décision en pleine conscience, dans le dessein de préserver mon bonheur aux côtés de mon mari : ne pas ouvrir le coffret en bois. En théorie, j'aurais dû le faire il y a longtemps. Juste après mes noces avec Wolfe. Mais il ne me reste qu'un message et si je me fie aux précédents, Wolfe est bien celui qui prendra mon cœur. Je ne tiens pas à gâcher un coup parfait. Pas quand je suis si proche du bonheur. Il est là, juste devant moi.

Ce matin, j'ai du mal à émerger, j'ai toujours cette terrible envie de *milk-shake*, mais ça ne m'empêche pas d'agiter les fesses devant mon mari afin qu'il satisfasse mon autre envie. Il me pénètre par-derrière, protégé et en pleine érection.

– Mon doux poison, ma sublime rivale, dit-il en déposant un baiser dans ma nuque alors qu'il s'enfonce en moi.

Je ronronne. Une fois qu'il a joui en moi, il retire son préservatif, le noue et se dirige vers la salle de bains, complètement nu. Je m'effondre sur son lit, face contre le matelas, masse de chair tiède, encore consumée de plaisir.

Wolfe ressort dix minutes plus tard, rasé de près, douché et déjà en train d'enfiler un costume. Quand je roule enfin sur le dos pour mieux l'observer, il a déjà sa cravate.

– J'ai envie d'un *milk-shake* à la fraise, lui dis-je avec une moue.

Il fronce les sourcils tout en continuant de manipuler sa cravate pour la nouer sans même se regarder dans une glace.

– Tu n'as pas la dent très sucrée, normalement.

– Je vais avoir mes règles.

En réalité, elles sont légèrement en retard.

– Je vais envoyer Smithy t'en chercher un avant de partir au travail. Pour la fac, ça va aller ? Tu as besoin qu'on te dépose ?

Je dois passer mon permis la semaine prochaine.

– Je ne veux pas que Smithy aille m'acheter un *milk-shake*. Je veux que ce soit toi. (Je me mets à genoux sur le lit et m'approche de lui dans cette posture.) Il se trompe toujours dans mes commandes.

– Comment peut-il bien se tromper en commandant un *milk-shake* à la fraise ?

Il retourne à la salle de bains pour appliquer ce produit qui sent divinement bon sur ses cheveux. Un jour, je vais faire une attaque, tellement il est beau et tellement il sent bon.

– Tu serais surpris, mens-je.

Smithy est super. J'éprouve juste une envie irrationnelle que mon mari fasse quelque chose de gentil pour moi. Depuis Artémis, il évite tous les gestes qui pourraient sembler romantiques.

– Je vais aller te le chercher, ton *milk-shake*, fait-il sur un ton neutre, avant de quitter la pièce.

– Merci ! je crie après lui.

Un moment plus tard, madame Sterling, espionne numéro un d'Amérique du Nord, passe la tête par la porte.

– Vous êtes les deux personnes intelligentes les plus lentes à la comprenette que je connaisse, lance-t-elle en secouant la tête.

Je suis toujours allongée sur le lit à fixer le plafond des yeux, baignant dans la plénitude post-orgasme. Mon corps est enveloppé dans les draps, mais je ne suis pas particulièrement inquiète de ce qu'elle risque de voir. Elle a dû nous entendre des centaines de fois, occupés à faire ce que font les couples mariés.

– Comment ça ?

Je m'étire, paresseuse, en réprimant un bâillement.

– Vous êtes enceinte, ma douce enfant tellement naïve !

***

Non.

Ça n'est pas possible.

Ça ne peut pas arriver.

Mais si. Ça peut. Ça arrive forcément. Et c'est même tout ce qu'il y a de logique.

Les paroles de madame Sterling me tournicotaient dans la tête quand j'ai acheté mon test de grossesse à Walgreens, sur le chemin de la fac. J'ai dévoré le *milk-shake* à la fraise comme si je n'avais rien ingéré depuis mille ans, puis j'ai eu soudain affreusement envie de vomir. Du coup, j'ai un mauvais pressentiment, au moment où je m'accroupis sur les toilettes de l'école pour faire pipi sur le bâtonnet : et si madame Sterling avait raison ? Je jure à mi-voix. J'aurais bien besoin d'Andrea, là tout de suite. Quelqu'un pour me soutenir, quand je vais devoir regarder le résultat sur ce fichu bâtonnet. Mais Andrea a peur de mon père et il est temps que je me fasse de nouveaux amis, en dehors de l'Outfit.

En remettant le capuchon sur le test, je lance le chronomètre sur mon téléphone et presse le front contre la porte. Je sais deux choses de façon certaine :

Je ne veux pas être enceinte.

Je ne veux pas ne pas être enceinte.

Si je suis enceinte, j'ai un énorme problème sur les bras. Mon mari refuse d'avoir des enfants. Il a été très clair sur le sujet. À plusieurs reprises. Il est même allé jusqu'à suggérer que j'aille vivre autre part et que je fasse appel à un donneur de sperme, si j'en voulais tant, des gosses. Mettre au monde un bébé non désiré, c'est immoral, pour ne pas dire complètement insensé, au regard de notre situation.

Pourtant, bizarrement, s'il se révèle que je ne suis pas enceinte, je vais être déçue. Parce qu'il y a une forme d'excitation dans le fait d'attendre l'enfant de Wolfe. Mon esprit batifole. Il me pousse à penser des choses que je n'ai pas le droit d'envisager. De quelle couleur seraient les yeux de notre bébé ? Il serait brun, fin comme nous. Mais les yeux… gris ou bleus ? Petit ou grand ? Aurait-il son intelligence et mon talent pour le piano ? La peau ivoire, comme moi ? Ou son teint plutôt mat ? Je voudrais tout savoir. Je résiste à l'envie de promener la main sur mon ventre en l'imaginant gonfler jusqu'à une rondeur parfaite, portant le fruit de notre amour.

Le fruit de *mon* amour.

Personne n'a jamais dit qu'il m'aimait, lui. Personne ne l'a seulement suggéré. Pas même madame Sterling.

Mon téléphone tinte et je sursaute, le cœur tambourinant dans ma poitrine.

Peu importe le résultat, je veux en finir. Je retourne le test et cligne les paupières.

Deux lignes. Bleues. Nettes. Indubitables. Fortes.

Je suis enceinte.

***

Je fonds en larmes.

Je n'en reviens pas que ça m'arrive à moi. Wolfe a demandé – non, il a décrété – que nous n'ayons pas d'enfants, et voilà que moins de six mois après notre mariage, alors qu'on a enfin trouvé notre vitesse de croisière, je m'apprête à lui apprendre que je porte un enfant. Une partie de moi me fait remarquer, et à raison, que ce n'est pas uniquement ma faute. Lui aussi, est responsable. En fait, c'est lui qui a essayé de me convaincre de faire l'amour sans protection, au départ, avec son idée ridicule de se retirer (bien joué sur ce point, d'ailleurs) et de calculer les dates où prétendument je n'ovule pas. Sauf que ni lui ni moi n'avons pris en compte un détail : mon cycle a été modifié à l'instant où j'ai pris la pilule du lendemain.

Bon, il est vrai que c'est moi qui l'ai retenu quand il a joui en moi, qui l'ai empêché – par accident, mais n'empêche – de se retirer. Je savais que l'occasion ne se représenterait pas. À l'exception de notre week-end à la cabane, on a toujours utilisé des préservatifs.

Les épaules basses, je quitte les toilettes et me traîne dans le couloir, je sors de la fac et retrouve l'automne qui ne se doute de rien. J'ai besoin de me confier à madame Sterling. Elle saura quoi faire.

Je me dirige vers la voiture de Smithy quand, sorti de nulle part, Angelo m'intercepte et me fait tomber sur la pelouse. Je pousse un cri. Ma première pensée va vers le bébé. Je le repousse alors qu'il rigole, essoufflé, et tente de me chatouiller.

– Angelo…

Je suis au bord de la crise d'hystérie. Le premier trimestre n'est-il pas le plus crucial ? Je ne peux pas me permettre de rouler dans l'herbe.

– Arrête !

Il se relève, passe la main dans ses cheveux blond foncé et me dévisage d'en haut. D'où ça sort, ça ? Angelo est toujours réservé et respectueux. Il se montre gentil avec moi, certes, mais jamais il ne m'a touchée comme ça depuis que je suis mariée.

– Oh, là, là, déesse, pardon.

Il me tend sa main et je m'en saisis. Je déteste qu'il continue à m'appeler « déesse », mais bon, il n'y a pas de loi contre le flirt, je suppose. Même s'il devrait peut-être y en avoir. Ainsi les femmes ne seraient plus en mesure de se jeter au cou de mon mari chaque fois qu'il quitte la maison.

Et ainsi tu vivrais dans un pays autoritaire.

Je me remets debout et regarde autour de moi, sans trop savoir ce que je cherche. Je débarrasse ma robe et mon gilet des brins d'herbe.

– J'ai eu l'impression que tu passais une mauvaise journée, alors j'ai eu envie de te faire rire, m'explique Angelo.

Comment puis-je avouer à mon gentil ami qu'il a complètement raison ? Je vis effectivement le pire et le meilleur jour de ma vie. Je lui ôte un brin d'herbe de l'épaule.

– Ce n'est pas ta faute, je lâche en souriant. Pardon de t'avoir rembarré. J'ai été surprise, c'est tout.

– Ton chauffeur t'attend à l'autre bout du parking. Comme tes agents de sécurité officiels qui, soit dit au passage, font un boulot de merde vu qu'ils ne sont pas avec toi en cet instant précis.

Il ponctue sa phrase d'un mouvement comique des sourcils, tout en enfonçant les doigts dans mes épaules pour m'offrir un massage apaisant. Wolfe insiste pour que j'aie des gardes du corps avec moi, depuis la course-poursuite en voiture. Cette semaine, j'ai enfin réussi à le convaincre de déroger au protocole en demandant aux gardes du corps de rester dans la voiture et de me laisser seule dans l'enceinte de l'université. Ça fait un moment qu'on n'a plus eu de nouvelles de mon père ou de Mike Bandini. Apparemment, ils ont assez à faire pour garder l'Outfit à flot et éviter la poigne d'acier de Wolfe. En plus, si je veux me faire des amis à l'école, je ne peux pas me promener avec deux bonshommes taillés comme des éléphants sur les talons.

Je n'ai pas raconté à Angelo ce qu'a fait son père. Contrairement à Wolfe, je fais la différence entre le père et le fils. Peut-être parce que je sais trop bien quel effet cela fait d'avoir honte des actes de ses parents.

– Merci.

Je jette mon sac sur mon épaule, plantée face à lui, mal à l'aise et submergée par une vague de culpabilité. Il fait des efforts pour reconstruire le pont qui s'est écroulé entre nous, et moi, je me tiens de l'autre côté, prête à le détruire à nouveau. Mais c'est délicat de conserver ma loyauté envers mon époux en me réconciliant avec un garçon qui, à une époque, représentait tout pour moi. La marge est étroite et j'ai du mal à m'y tenir.

– Il faut que je t'avoue un truc.

Il tripote ses beaux cheveux ébouriffés. Ça me fait mal au cœur d'admettre ce que je refusais d'envisager aux débuts de mes fiançailles avec Wolfe : qu'un jour, Angelo ferait un mari merveilleux pour quelqu'un, mais que ce ne serait pas moi.

– Vas-y, je l'encourage en me frottant les yeux.

Je ne me suis jamais sentie aussi fatiguée de ma vie, pourtant je ne manque certainement pas de sommeil. Angelo a baissé le regard, et maintenant, il danse d'un pied sur l'autre. Plus du tout confiant et effronté.

– Le soir de tes fiançailles, il s'est passé quelque chose… quelque chose qui n'aurait jamais dû arriver. (Il déglutit, son regard se voile. Il prend une profonde inspiration.) La nana blonde du bal masqué, elle était là. Tu m'as coupé la chique alors que j'avais préparé tout mon petit laïus dans ma tête sur la manière dont la soirée devait se dérouler. J'ai merdé, je ne trouvais plus mes mots, et toi, tu étais obsédée par ton fiancé, que tu voulais retrouver. J'avais l'impression que mon univers s'écroulait autour de moi. (Il se frotte la joue comme s'il venait d'être giflé par la vérité.) J'ai commis une erreur, reprend-il. Énorme. J'ai couché avec la journaliste. Enfin, ça, c'était juste la petite erreur. Pas la terrible. La terrible, elle a eu lieu après, quand j'ai croisé ton mari dans l'escalier.

Les yeux levés vers lui, je fouille son regard. Sous le choc, je vois Angelo ciller pour retenir ses larmes. De vraies larmes. Que je déteste, même si je sais que ce qu'il va m'avouer est effectivement atroce. Que ça m'a brisée à bien des égards. Parce que quelle que soit notre relation aujourd'hui, à Wolfe et à moi, jamais rien n'effacera la nuit où il a pris mon innocence de force.

– Tu lui as raconté qu'on avait couché ensemble ? je lui demande d'une voix tremblante.

– Non, non, jamais je n'aurais fait ça. En revanche… je ne lui ai pas vraiment dit que ça n'était pas arrivé non plus. J'avais trop envie de me venger de lui pour éclaircir le malentendu. J'étais tellement furieux, Frankie. Et une partie de moi espérait encore que vous alliez rompre. Je tentais juste de donner un petit coup de main au destin. Je n'espérais pas tout gâcher entre vous, enfin, si, mais juste parce que je pensais que rien n'était gravé dans le marbre. Je pensais que tu essayais de lui accorder une chance parce que tes parents te mettaient la pression. Et pas parce que…

– Parce que je l'aime ? je termine d'une voix rauque.

J'exerce une pression sur son épaule. Il baisse les yeux vers ma main et renifle.

– Ouais.

– Je l'aime, lui dis-je dans un soupir exaspéré. Bon Dieu, Angelo, je suis vraiment navrée, mais c'est le cas. Je n'avais pas prévu de craquer pour lui. C'est arrivé, voilà. Mais bon, l'amour est comme ça, non ? Comme la mort. Tu sais que ça va arriver un jour, tu ne sais juste pas comment ou pourquoi ou quand.

– Voilà une vision de la vie plutôt sombre, dis donc.

Il m'offre un sourire maussade. Je ne peux pas en vouloir à Angelo. Pas vraiment. Surtout maintenant que Wolfe et moi avons surmonté ce que Kristen et lui nous ont fait subir. Cela a même été le tournant de notre relation.

Angelo me sourit, toutes fossettes dehors ; ce même sourire qui me faisait palpiter, chaque fois que je le voyais, avec ses cils sombres baissés.

– Enfin. Si tu changes d'avis un jour, je suis là.

– Je ne suis plus vierge, lui réponds-je, un sourcil haussé, en rougissant.

Il pousse un soupir théâtral.

– Crois-le ou pas, déesse, moi non plus.

– Non ! (Je lui donne une tape sur le torse et, peu à peu, ma tension s'évapore.) C'était quand ta première fois ? Avec qui ?

Cette question me brûlait la langue depuis des années, pourtant jusqu'à aujourd'hui, je n'avais jamais eu l'occasion de la lui poser. Mais à présent, on essaie d'être amis. Enfin, plus ou moins.

Angelo pousse un autre soupir exagéré.

– En seconde. Cheryl Evans, après un cours de maths.

– La fille la plus populaire de l'école ? je demande, tout sourire.

– On peut dire ça. C'était la prof, lâche-t-il tranquillement.

Mon rire s'étrangle dans ma gorge.

– Quoi ?! Tu as perdu ta virginité avec ta prof ?

– Ben, elle avait genre vingt-trois ans. Aucune autre fille de cet âge n'acceptait de coucher sans être dans une relation sérieuse. Et moi, j'avais des fourmis dans le caleçon. En plus, je me gardais pour toi, pour la vraie première fois.

Son aveu me rend triste et heureuse à la fois. Le fait que, même si la vie nous a entraînés dans des directions différentes, Angelo, que j'aimais encore il n'y a pas si longtemps, est toujours sur la même longueur d'onde que moi.

– Bon, conclut-il, les deux pouces baissés. Peut-être dans une prochaine vie.

La dernière fois, il avait dit que ça se produirait dans cette vie. Je souris.

– Oh oui, certainement.

Nous nous enlaçons et je traverse la pelouse à la hâte vers la rangée de voitures garées, remplies d'étudiants qui cherchent à se faire ramener par d'autres, en balayant la file du regard en quête de la Cadillac blindée flambant neuve de Smithy. Cette fois, Wolfe a mis le paquet sur les accessoires afin de s'assurer qu'elle est bien à l'épreuve des balles.

Je repère Smithy, qui tripote son téléphone, et lui adresse un sourire. Tout ira bien. Wolfe ne réagira peut-être pas à la nouvelle avec enthousiasme, mais j'espère qu'il ne sera pas non plus dévasté. J'arrive presque au véhicule quand Kristen, la journaliste, surgit de nulle part et se place devant moi, l'air hagard. Ses cheveux frisottent et elle a sous les yeux des cernes mauves, sans doute à cause d'un manque de sommeil. Mes deux agents de sécurité officiels sortent de la voiture comme un seul homme et se précipitent vers nous. Je lève le bras pour leur faire signe de rester éloignés.

– Ça va.

– Madame Keaton…

– C'est bon, j'insiste. Reculez, je vous prie.

Kristen ne les remarque même pas. Elle titube.

– Francescaaaaaa, bredouille-t-elle, un doigt vaguement pointé dans ma direction.

Elle est trop saoule pour me désigner avec précision. J'essaie de me souvenir où l'on en est restés avec elle. La dernière fois que j'en ai entendu parler, c'est quand Wolfe a dit qu'il l'avait fait virer. Apparemment, elle est d'humeur vindicative. Pourtant, ça remonte à des semaines.

– Vous étiez passée où ? je lui demande en tâchant de ne pas regarder son chemisier et son jean sales.

Elle agite la main en hoquetant.

– Oh, ici et là. Un peu partout, en fait. Je me suis posée chez mes parents dans l'Ohio. J'suis revenue ici pour essayer de trouver un job. J'ai appelé votre mari cent fois, qu'il m'enlève de la liste noire. Et puis… merde, pourquoi je vous raconte tout ça, moi ?

Elle éclate de rire et rejette ses cheveux gras sur le côté. Je regarde par-dessus mon épaule, pour voir si Angelo est dans les parages.

– Relax, dit-elle, devinant à quoi j'ai pensé. J'ai juste baisé avec votre ami pour que Wolfe soit furax contre vous. Il est trop jeune pour moi, de toute façon.

Et trop bien pour toi.

Il faut croire que la grossesse agit sur ma logique, car je ressens le besoin de la réconforter ou de lui payer un café. Je sais bien pourtant qu'elle a voulu bousiller ma vie pour sauver la sienne, qu'elle voulait mon mari pour elle (du moins avant qu'il la fasse virer). Mais le truc, avec la compassion, c'est qu'elle n'est pas nécessairement tournée vers les gens qui la méritent – même s'ils en ont quand même l'usage.

– De toute évidence, mon plan a ridiculement échoué.

Elle passe ses ongles rongés sur ses joues en examinant mon gilet blanc sur ma robe noire qui m'arrive aux genoux.

– Putain, tu ressembles à une enfant de chœur.

– Parce que j'en suis une.

– Il est tordu, le salaud, dit-elle en ricanant.

– Ou alors il m'apprécie, tout simplement.

Je viens de la poignarder symboliquement, là. Après tout, elle a quand même essayé de faire croire à mon mari que je le trompais. Si compliquée que soit sa situation, rien ne l'oblige à se montrer méchante envers moi. Je ne lui ai rien fait.

– Vachement drôle. Wolfe n'aime qu'une chose : bousiller ce qui appartient à Arthur Rossi. Tu comprends, parce qu'Arthur a bousillé la sienne, de famille. Justice, vengeance, tout ça, tout ça.

– Pardon ?

Je recule d'un pas pour la voir en entier. J'ai eu ma dose de surprises pour la journée. Entre le test de grossesse, l'aveu d'Angelo et maintenant ça, je me rends compte que l'univers essaie de me faire passer un message. Avec un peu de chance, cela ne signifie pas que mon conte de fées, qui n'a même pas encore commencé, se termine brutalement.

L'un de mes gardes du corps s'avance d'un pas et je lui ordonne :

– Restez à l'écart. Laissez-la parler.

– Il ne t'a pas raconté ?

Kristen rejette la tête en arrière et éclate de rire en me désignant du doigt, moqueuse.

– Tu ne t'es jamais demandé pourquoi il t'avait prise à ton père ? Ce qu'il détenait sur lui ?

Si. Je me le demande tout le temps. Je pose la question à Wolfe tous les jours. Mais évidemment, l'avouer à cette femme serait lui donner plus de pouvoir qu'elle n'en mérite.

Kristen s'appuie du coude à un énorme chêne.

– Je commence par où ? siffle-t-elle. Tout ça est absolument vrai, au passage, tu pourras questionner ton époux dès que tu rentreras à la maison. Wolfe Keaton n'est pas né sous cette identité. Il est né Fabio Nucci, un pauvre bâtard italien qui vivait pas loin de votre quartier. Même code postal, mais crois-moi… les maisons, rien à voir. Sa maman était alcoolo, un déchet, négligente, et son père n'était déjà plus dans le circuit avant sa naissance. C'était son frère aîné – bien plus vieux – Romeo qui l'élevait. Romeo est devenu flic. Il s'en sortait bien jusqu'à ce qu'on le chope au mauvais endroit au mauvais moment. À savoir, *Mama's Pizza*, un petit resto à trois pâtés d'immeubles de chez vous. Romeo y était allé acheter une pizza pour Wolfe. Ils se sont retrouvés pris dans une fusillade. Romeo, encore en uniforme, s'est rué dans l'arrière-salle afin de s'interposer. Ils ont dû le tuer, sinon il les aurait tous dénoncés. Bref, ton père a tué Romeo sous les yeux de ton mari, malgré les suppliques désespérées du gamin.

Je ne supplie jamais.

Je ne m'agenouille jamais.

J'ai ma fierté.

Les paroles de Wolfe reviennent me hanter et me donnent des sueurs froides. C'est donc pour ça qu'il refuse catégoriquement toute forme de négociation, de remords ou de pitié. Mon père ne lui a rien accordé de tout ça quand il en avait le plus besoin. Je dévisage Kristen, sachant qu'elle ne m'a pas encore tout dit. Que ces premières informations ne sont que la partie émergée d'un énorme, d'un très dangereux iceberg.

Elle poursuit :

– Après ça, il a été adopté par les Keaton, une famille riche des beaux quartiers. Dans la maison où vous habitez à l'heure actuelle, en fait. Les Keaton, c'était la crème de la crème de Chicago. Un couple très en vue qui n'avait jamais eu d'enfants et avaient le monde à lui offrir. Ils lui ont fait changer de nom pour le couper définitivement de la première partie de sa vie. En l'espace d'une minute, l'horizon s'éclaircissait pour le petit Wolfey. Il avait même réussi à surmonter le traumatisme de voir ton père coller une balle entre les yeux de son frère.

– Pourquoi mon père n'a-t-il pas abattu Wolfe ? Puisqu'il avait été témoin de la scène ?

Je me déteste de lui poser des questions. Mais contrairement à mon mari, je ne compte pas autant sur ma fierté pour survivre.

– Wolfe n'était qu'un gosse, à l'époque, répond Kristen avec un reniflement méprisant. Il ne connaissait pas les acteurs clés de l'affaire et n'était pas en guerre ouverte contre l'Outfit, comme son frère. Sans compter que personne ne l'aurait cru. Et puis, il faut penser que même ton père a sa morale, conclut-elle avec un regard dédaigneux.

Je serre les dents, mais ne réplique rien, de crainte qu'elle ne s'arrête de parler.

– Enfin bon, s'amuse-t-elle, tu devines un peu ce qui s'est passé ensuite ?

– Non, je grince. Mais je parie que vous serez ravie de me l'apprendre.

Je sais qu'elle dit la vérité. Non que Kristen soit incapable de mentir, seulement elle s'amuse trop à me livrer ces informations pour qu'elles ne soient pas exactes.

– Wolfe s'en va à l'université. Se fait des amis. Vit la grande vie, en quelque sorte. Lors de sa deuxième année à Harvard, il est sur le point de rentrer à la maison pour les vacances d'été quand la salle de bal où ses parents participaient à un gala de charité explose, avec une tonne de politiciens et de diplomates grand luxe à l'intérieur. Une petite idée de qui se cachait derrière le méfait ?

Mon père, bien entendu.

Cet incident, je m'en souviens. Un été, quand j'avais huit ans, on n'était pas partis en Italie. Mon père avait été arrêté pour l'explosion de la salle de bal et relâché peu après, faute de preuves. Ma mère pleurait tout le temps et ses amies étaient sans cesse chez nous pour l'entourer. Quand mon père est sorti, ils ont commencé à se disputer. Beaucoup. C'est peut-être à ce moment-là que ma mère s'est rendu compte qu'elle n'avait pas épousé un homme bien.

Au bout du compte, ils ont décidé que le mieux, c'était de m'envoyer en pension. Je savais qu'ils me protégeaient de la réputation de mon père, ici à Chicago, en me donnant le meilleur départ qui soit.

Kristen siffle à nouveau en secouant la tête.

– Inutile de te dire que ce traumatisme-là, ton cher époux ne s'en est pas remis. Le problème, c'est qu'officiellement, l'explosion avait été causée par une fuite de gaz. Toute la chaîne d'hôtels a fermé peu après. L'arrestation de ton père n'était qu'une farce. Ils n'ont même pas pu l'envoyer devant une cour, alors que tout le monde savait qu'il s'agissait d'une vengeance envers la mère de Wolfe, juge à la Cour suprême, qui avait rendu un verdict contre l'un de ses meilleurs amis.

Lorenzo Florence. Il est toujours en prison, d'ailleurs. Il a fait entrer sur le sol états-unien cinq cents kilogrammes d'héroïne quand il travaillait pour mon père.

Je trébuche en arrière et m'effondre dans l'herbe. Mes gardes du corps n'y tiennent plus, ils se précipitent vers moi. Kristen s'écarte de son tronc d'arbre, s'accroupit à ma hauteur et m'offre un sourire radieux.

– Du coup, maintenant, Wolfe n'a plus qu'une idée : se venger de ton père et rassembler des munitions contre lui. En fait, il n'a jamais cessé de faire cela depuis, pierre après pierre. Grâce à des détectives privés et à son réseau illimité, il a réussi à découvrir quelque chose. Quoi que ce soit, c'est comme une épée de Damoclès au-dessus de sa tête. Mais au fond, tu savais bien que le but du jeu, c'était de tuer ton père, non ?

Je n'ai pas le temps de répondre. Les gardes du corps me traînent vers la voiture même si je proteste et cherche à leur échapper. Je veux rester et continuer à l'écouter. Je veux m'enfuir en courant, en même temps.

– C'est lui qui va hériter de l'Outfit… braille Kristen, qui galope après nous.

L'un des agents de sécurité la repousse, mais elle s'amuse trop.

– Il ne veut pas de l'Outfit, je hurle.

– Il se débarrassera de toi, comme il l'a prévu depuis le début. Tu ne t'es jamais questionnée sur la raison pour laquelle il t'a fait signer un accord prénuptial ? Ne sois pas aussi sûre d'en ressortir en un seul morceau. Parce qu'aucun membre de la famille de Wolfe n'a survécu…

– Non, vous vous trompez.

Ma lèvre inférieure tremble. On me cale sur la banquette arrière de la voiture et on claque la porte sur moi. Je me sens étourdie et nauséeuse. Trop faible physiquement et trop choquée émotionnellement pour digérer ces révélations.

Kristen apparaît à la vitre et me fait signe de la baisser. L'un des agents de sécurité est à deux doigts de lui cogner dessus depuis l'intérieur de la voiture, mais je descends quand même ma vitre. Elle passe la tête dedans.

– Il t'aura jetée avant la fin de l'année. Une fois qu'il en aura marre de te baiser. J'ai vu ça arriver mille fois. Wolfe Keaton n'aime pas, chérie.

– Vous, non, sans doute pas, je crache.

Elle fronce les sourcils, l'air blessée.

– Tu te fourres le doigt dans l'œil.

– Et vous êtes aux abois. Comment avez-vous dégoté ces informations ?

Elle hausse les épaules, un sourire amer étire ses lèvres.

Inutile de lui reposer la question. Je connais la réponse.

Mon père.

***

Ce soir-là, quand Wolfe débarque dans ma chambre pour m'apporter mon dîner que j'ai raté, je le renvoie. Je ne suis pas prête à l'affronter et encore moins à lui annoncer ma grossesse. Tout au fond, je sais que Kristen a au minimum partiellement raison. Wolfe déroule son plan depuis le début : celui de ruiner ma famille et de me jeter, quelque part sur le bord du chemin. Savoir si ce plan est toujours d'actualité ou pas, là n'est pas la question. Même si je n'ai pas le moindre petit début d'idée de ce qu'il a en tête désormais.

Tout ce que je sais, c'est que les statistiques jouent contre nous.

– Tout va bien ? me demande-t-il en écartant mes cheveux de mon visage.

Je suis incapable de le regarder dans les yeux. Je tourne les pages d'un livre que je ne lis pas vraiment. Si ça se trouve, je le tiens même à l'envers, d'ailleurs. Je serais bien en peine de le dire, mes yeux parviennent tout juste à distinguer sa forme. Alors son contenu…

– Oui. Mes règles viennent de commencer, lui mens-je.

– Je pourrais rester quand même, suggère-t-il. (Sa main glisse de ma joue et, du pouce, il me soulève le menton pour plonger dans mes yeux.) Je ne viens pas ici uniquement pour le sexe.

– Oui, eh bien je ne suis pas d'humeur à te tailler une pipe non plus.

– Francesca ! gronde-t-il.

Je lève d'un coup les yeux vers lui, dépitée de l'aimer autant. Il a raison. L'amour, par définition, n'est pas réciproque. Il y a toujours une partie qui aime plus que l'autre.

– Il faut que je m'inquiète ? me demande-t-il.

– De quoi ? je demande en tournant une autre page.

– De ta capacité à lire, pour commencer. Tu le tiens à l'envers, ton bouquin, réplique-t-il sèchement. (Je le referme). De toi. De nous. De ça.

Sa main va sans cesse de lui à moi.

– Non.

Le silence s'abat entre nous, pourtant il ne s'en va toujours pas. Je commence à m'agiter.

C'est bizarre qu'on ait commencé la journée sans se douter de rien, par un *milk-shake* à la fraise et une rapide partie de jambes en l'air, et qu'on puisse redevenir ennemis aussi rapidement.

– Viens, sortons. Tu pourras tirer sur une de tes tiges à cancer et me dire ce qui te tracasse.

Il se lève et saisit mon paquet de cigarettes sur le bureau.

– Non, merci.

J'ai oublié de jeter mes cigarettes en rentrant ce soir, mais ce qui est sûr, c'est qu'elles ne sont plus du tout au menu pour moi, dans un avenir plus ou moins proche.

– Il n'y a rien que tu souhaites me dire ?

Il fouille mon regard à nouveau, la mâchoire crispée, l'œil sombre et sauvage.

– Non.

Je rouvre le livre, dans le bon sens cette fois.

– Tu veux que je t'accompagne pour ton rendez-vous chez le gynéco ?

Mon pouls bondit, s'affole dans mon cou.

– C'est sympa de le proposer après plusieurs mois, mais la réponse est « non ». Je peux rester seule, s'il te plaît ? Je pense que j'ai suffisamment rempli mon devoir d'épouse-trophée et d'orifice agréable pour la semaine.

Il plisse les paupières et recule. Mes paroles l'ont blessé, cet homme de métal et d'acier. Il fait volte-face et se rue dehors avant que nous n'explosions.

Je retombe contre mon oreiller et éclate en sanglots sitôt que la porte se referme sur lui. Ma décision est prise.

Demain, je vais ouvrir le coffret en bois et en sortir le tout dernier message.

Celui qui déterminera si, oui ou non, Wolfe est vraiment l'amour de ma vie.

CHAPITRE 16

FRANCESCA

Le message serré contre ma poitrine, je me fraie un chemin hors de la cafétéria pour gagner l'herbe verdoyante et mouillée de l'entrée. La première pluie d'automne s'abat lentement sur mon visage, m'obligeant à cligner des paupières. Le monde devient flou.

La première pluie de la saison. Un signe.

La plupart des villes sont au top de leur romantisme au printemps, mais Chicago s'épanouit à l'automne. Quand les feuilles sont orange et jaune et le ciel aussi gris que les prunelles de mon mari. Le morceau de papier est humide entre mes doigts. Sans doute est-il illisible, pourtant je continue à le serrer comme si ma vie en dépendait. Je suis debout au milieu de la pelouse qui surplombe la route, sous le ciel, et je laisse les gouttes cogner sur mon visage et mon corps.

Viens à ma rescousse, Wolfe.

Je prie, malgré mon amertume et tout ce que Kristen m'a raconté, pour qu'il accomplisse la prédiction du dernier message et soit mon chevalier dans son armure étincelante.

L'amour de ta vie te protégera
de la tempête.

Je supplie, je conjure, je sanglote à l'intérieur. *S'il te plaît, s'il te plaît, s'il te plaît, protège-moi.*

J'espère qu'il tiendra sa promesse de ne pas m'abandonner une fois qu'il en aura terminé avec mon père.

Que malgré sa haine de ma famille – une haine tout à fait justifiée –, il m'aime, moi.

Ce matin, après avoir lu l'ultime message, je l'ai caché à l'intérieur de mon soutien-gorge, comme je l'avais fait avec celui du bal masqué. Smithy m'a conduite à la fac. Sur le trajet, la pluie s'est mise à danser sur le pare-brise.

– Nom de Dieu, a marmonné Smithy en actionnant les essuie-glaces.

– Ne revenez pas me chercher aujourd'hui.

C'était la première fois que je lui donnais un ordre, ce serait la dernière.

– Hein ?

Il a fait claquer son chewing-gum, distrait. Mes agents de sécurité se sont tournés sur leur siège et ont échangé un regard.

– Wolfe passera me prendre.

– Il va à Springfield.

– Changement de programme. Il reste en ville.

Je ne mentais qu'à moitié. Si Wolfe est l'amour de ma vie, il sera là.

Pour l'instant, je suis plantée sous la pluie sans personne vers qui me tourner.

– Francesca ! Qu'est-ce que tu fiches ?

Une voix derrière moi. Je me retourne. Angelo se tient sur les marches de l'entrée principale, abrité sous un parapluie. Il cligne des yeux dans ma direction. J'ai envie de secouer la tête, mais je ne veux plus interférer avec le destin.

S'il te plaît, Angelo. Non. Ne viens pas.

– Il pleut ! hurle-t-il.

– Je sais.

Je suis des yeux les voitures qui passent à toute vitesse, j'attends que mon mari débarque, je ne sais comment, de nulle part, et me dise qu'il souhaite me conduire. J'attends qu'il m'emporte. Je prie qu'il me protège, pas seulement de la tempête extérieure, mais aussi de celle qui fait rage à l'intérieur de moi.

– Déesse, viens ici.

Baissant la tête, je tâche de ravaler la boule qui obstrue ma gorge.

– Francesca, il pleut à verse. Qu'est-ce que tu fiches ?

J'entends les pas d'Angelo claquer sur les marches de béton. Il se dirige vers la pelouse, je veux l'en empêcher, mais je sais que j'ai déjà trop joué avec mon destin. En ouvrant les messages quand je n'aurais pas dû. En ayant des sentiments pour celui qui n'a comme projet que la mort de mon père.

Je sens l'étreinte d'Angelo derrière moi. C'est à la fois bien et mal. Réconfortant et perturbant. Beau et laid. Et mon cerveau continue de hurler, *non, non, non*. Il me fait pivoter. Je grelotte dans ses bras et il me serre d'abord contre lui, avant de me mettre à l'abri en me gardant contre son torse. J'ignore comment, mais il a deviné que mon besoin de chaleur humaine est plus grand que celui d'un toit au-dessus de ma tête.

Il prend mes joues entre ses paumes, je cède à son contact, sachant sans l'ombre d'un doute désormais que Wolfe a lu le deuxième message, celui sur le chocolat, peu après mon emménagement chez lui. Et qu'il a aussi eu connaissance du premier, vu que je lui en ai révélé le contenu, et qu'il l'a gâché exprès.

Ces messages ne comptent donc pas.

Jamais ils n'ont compté.

Ce qui se passe maintenant, c'est vrai. C'est réel. Angelo et moi, sous le ciel qui pleure alors que j'ai essayé si longtemps de faire tomber mon mari amoureux de moi.

Angelo.

C'était peut-être Angelo depuis le début.

– Je suis enceinte, je glapis contre son torse. Et je veux divorcer, j'ajoute, sans être très sûre que ce soit vraiment le cas.

Il secoue la tête et pose les lèvres sur mon front.

– Je serai là pour toi. Quoi qu'il arrive.

– Ton père me hait, gémis-je.

La douleur me taillade.

Il m'a sauvée.

Angelo m'a sauvée.

Protégée de la tempête.

– On s'en fiche, de mon père. Je t'aime. (Il frotte son nez contre le mien.) Je t'aime. Depuis le jour où tu m'as souri et que j'ai eu envie de t'embrasser malgré ton appareil dentaire.

– Angelo…

– Tu n'es pas un jouet, Francesca. Tu n'es pas mon moyen d'atteindre un but, ni mon pion, ni mon trophée. Tu es la fille de la rivière. La gamine qui me souriait avec son appareil dentaire multicolore. Ce n'est pas parce que ton histoire a comporté quelques chapitres où je n'étais pas le personnage principal que je ne suis pas l'amour de ta vie. Et toi le mien. Point barre. C'est nous.

Ses lèvres s'écrasent sur les miennes, douces et fermes. Si déterminées que j'ai envie de pleurer à la fois de soulagement et de chagrin. Angelo m'embrasse devant toute l'université. Avec les bagues de Wolfe à mon doigt. De fiançailles et de mariage. Je n'ai pas besoin de regarder, je sais que les gens ont sorti leur téléphone pour tout filmer. Je sais, avec certitude, que ma vie vient de prendre son virage le plus brutal. Et pourtant je m'abandonne à Angelo, comme si je sentais que quelque chose devait se produire.

Je trompe mon mari.

Qui veut détruire ma famille.

Qui ne veut pas de notre bébé.

Qui me cache des tas de choses.

Je trompe mon mari.

Qui m'a offert tout ce qu'il possède à l'exception de son cœur.

Qui m'embrasse délicatement.

Et me repousse avec force.

Je trompe mon mari.

Après que mon père a tué sa famille.

Et il n'y a pas de retour en arrière possible.

Nos lèvres se détachent et Angelo prend ma main dans la sienne, m'entraînant vers le bâtiment.

– Quoi que ce soit, on va y arriver. Tu le sais, non ?

– Je le sais.

Je tourne la tête en arrière une dernière fois, pour voir si je n'aurais pas raté quelque chose. Et bien entendu, j'ai raté quelque chose.

Si Wolfe n'est pas là, Kristen, si, dans une voiture garée à proximité, qui a tout enregistré.

J'ai trompé mon mari, Wolfe Keaton.

Fin de l'histoire.

***

Elle baise avec lui depuis le début.

Pour info, ils sont dans un hôtel
de Buffalo Grove, là. Vaut mieux
que tu lui fasses prendre une douche
avant de tremper ton pinceau ce soir.

J'espère que tu te rends compte
de l'image que ça renvoie aux médias,
sénateur Keaton. Tu es officiellement
la risée de l'État.

J'ai lu les SMS de Kristen jusqu'à m'en faire saigner les yeux. Ils sont accompagnés de photos. Ou plutôt de preuves. Des preuves que je ne peux écarter car Twitter et Instagram dégueulent des mêmes images, prises sous des angles différents : ma femme, madame Francesca Keaton, en train d'embrasser son ancien amour de jeunesse, Angelo Bandini. Sous la pluie. On dirait une scène merdique de *N'oublie jamais*. La façon dont il l'étreint. La façon dont elle s'abandonne à lui. Lui rend son baiser. Avec férocité. Je n'arrive pas à en détacher le regard, malgré tous mes efforts. Et très franchement, je n'en ai pas envie.

Voilà ce qui se passe quand on place sa confiance dans un autre être humain, imbécile.

Et une putain de Rossi, en plus.

Je passe outre le message de Kristen, sachant pertinemment qu'elle ne se trouvait pas à la fac par hasard. Elle voulait que je les voie, ces photos. Elle voulait que je sache que Francesca avait une aventure avec Angelo. Que depuis le début de notre mariage, il était la troisième roue du vélo. Une épine dans mon flanc. Voilà, Francesca a enfin fait son choix.

Elle l'a embrassé sous les yeux du monde.

Elle. L'a. Choisi. Lui.

Je dois bien accorder une chose à ma jeune tigresse d'épouse : elle a presque réussi à briser ma coquille. Avec sa jolie petite chatte et sa langue bien pendue. Un mélange fatal comme rarement j'en ai croisé. Mais là, c'est le rappel à l'ordre dont j'avais besoin.

Je sors du magasin où je me trouvais et me dirige vers ma voiture pour rentrer à la maison. J'ai abandonné mon chauffeur à ma femme. J'ai abandonné beaucoup pour ma femme.

Ce qui me rappelle : il était où, bordel, ce con de Smithy ?

– Oui. Allô. Ah, bonjour, répond-il quand je l'appelle en montant dans ma voiture.

Mes SPHP sont à mes côtés. Le protocole interdit qu'ils conduisent à ma place.

– Vous étiez passé où cet après-midi, putain ?

À sa manière de répondre, je devine qu'il a déjà vu les clichés sur Twitter. Nom de Dieu, qui ne les a pas encore vus, à cette heure ?

– Elle m'a dit que c'était vous qui passiez la chercher. Que finalement, vous ne vous envoliez pas pour Springfield aujourd'hui. Comme je n'avais pas vu votre voiture au garage ce matin, j'ai pensé que c'était vrai.

Ça l'était. J'avais deux rendez-vous en ville aujourd'hui. Et bizarrement, j'avais l'intention de surprendre Francesca et d'aller la chercher à la fac. Seulement j'ai pris du retard, parce que mon second rendez-vous – celui au cours duquel j'ai acquis un piano à queue Yamaha C-7 pour ma malheureuse épouse – s'est éternisé. C'était censé être une surprise. Et bien sûr, ma charmante épouse m'a coiffé au poteau sur ce coup-là.

Mon téléphone vibre au creux de ma paume. L'espace d'une seconde, je pense que c'est Francesca qui appelle pour m'expliquer que ce n'est pas ce que je crois. Je jette un coup d'œil à l'identité de l'appelant. Non. C'est juste Preston Bishop, avide de sang. *Putain, Francesca.*

Je refuse l'appel, tout comme les dizaines d'autres en provenance de Bishop, White et Arthur Rossi, tous pressés de m'offrir leur modeste contribution à ma situation, je n'en doute pas. Je viens d'être humilié au-delà de mes pires cauchemars, et ce après m'être juré de ne plus jamais me retrouver dans une telle position. Pas après m'être agenouillé devant Rossi.

La seule personne qui n'essaie pas de me joindre – en dehors de mon épouse infidèle, bien entendu –, c'est Sterling, qui n'est pas connectée aux réseaux sociaux et donc pas au courant de ce qu'a fait sa petite chouchoute.

Sitôt rentré, je lui ordonne de se prendre une chambre dans l'hôtel le plus proche et lui accorde dix minutes pour préparer un sac pendant que je lui commande un Uber. Je ne veux pas qu'elle assiste à ma confrontation avec Francesca. Mieux vaut qu'elle ne me voie pas sous ce jour.

– Pour combien de temps ? me demande-t-elle, tout sourire, en jetant robes et collants dans la valise ouverte sur son lit.

Dans son monde, la relation entre ma femme et moi est toujours jolie. Elle doit s'imaginer qu'on prévoit de s'éclater dans toutes les pièces du manoir. Je baisse les yeux vers ma Rolex.

Deux, trois ans peut-être.

– Un jour ou deux. Je t'appellerai quand ce sera bon.

Quand ma femme devant la loi sortira la tête du sable.

– Merveilleux ! Amusez-vous bien, les amoureux.

– Compte là-dessus.

Téléphoner à Francesca alors qu'elle est dans une chambre d'hôtel avec son amant, ce serait superflu. Et dingue. Non. Je passe le reste de l'après-midi assis sur le lit de mon épouse, à me rejouer la nuit passée dans ma tête. Ces règles, elles ont bon dos. Ce n'est pas ça. Elle ne voulait pas coucher avec moi, sans doute parce qu'elle était trop occupée à penser à son aventure avec son pote d'école.

J'étais consumé par la culpabilité et la haine de moi, après l'avoir prise ici, sur ce même lit, parce que je croyais qu'elle avait cédé à Angelo. Mais en réalité, mon erreur a juste été chronologique. Parce que, OK, elle était vierge quand je l'ai possédée cette fois-là, mais le baiser en public qu'elle a partagé avec lui… celui-là, il était aussi vrai que le nôtre, si ce n'est plus.

Elle me trompe avec l'homme qu'elle aime depuis le plus jeune âge.

Et c'est moi, l'idiot qui l'ai épousée en dépit des preuves qui me crevaient les yeux.

Au mariage des Bishop.

À la fête de fiançailles.

Le baiser.

Ça suffit.

Quelques heures après mon arrivée, j'entends la porte du rez-de-chaussée s'ouvrir. Ma femme ôte toujours ses chaussures et les range soigneusement près de l'entrée, avant d'aller chercher un verre d'eau à la cuisine et de monter. Aujourd'hui ne fait pas exception à la règle. Sauf qu'en arrivant dans sa chambre, elle m'y trouve assis sur son lit, mon portable à la main, l'écran allumé sur le cliché de son baiser à Angelo.

Son verre lui échappe des doigts et tombe par terre. Elle fait volte-face, sur le point de s'enfuir. Je me lève.

– Je ne ferais pas ça si j'étais toi, Némésis.

Ma voix est glaciale et menaçante. Elle s'immobilise, toujours de dos, les épaules basses, mais garde la tête haute.

– Faire quoi ? demande-t-elle.

– Me tourner le dos quand je suis dans un tel état.

– Et pourquoi ça ? Tu vas me poignarder ?

Elle pivote sur ses talons, ses yeux azur scintillant de larmes refoulées. Elle est courageuse, mais à bout de nerfs. J'ai toujours pris à tort ses larmes pour de la faiblesse. Rien de plus. Mais Francesca a une habitude : elle fait ce qu'elle veut dans la vie.

– Pourquoi faut-il toujours que vous recouriez à la violence, vous, les Rossi ? Il y a des tas de choses que je peux faire pour te blesser bien plus profondément encore, sans poser un doigt sur toi.

– Dis-moi.

– Oui, je pense que je vais le faire, Némésis. Et pas plus tard que ce soir.

Sa pomme d'Adam monte et descend. Son masque se défait centimètre par centimètre à chacune de ses inspirations saccadées, à chacun de ses frissons. Elle regarde autour d'elle. Rien n'a changé dans sa chambre. Hormis ma fierté invisible, foulée au sol avec la marque de ses pieds partout dessus.

– Où est madame Sterling ?

Son regard glisse vers la fenêtre, puis la porte. Elle cherche à m'échapper.

Trop tard, chérie.

– Je l'ai envoyée en mini-vacances quelques jours pour se requinquer. Elle n'a pas besoin d'être là pour ça.

– Pour quoi ?

– Pour me voir te briser comme tu m'as brisé. T'humilier comme tu m'as humilié. Te punir exactement comme tu m'as puni.

– Tu as lu les messages.

Elle désigne un coffret en bois sur sa table de chevet. Je souris et, avec lenteur et précision, je retire mon alliance de mon doigt ; je la vois suivre mon geste des yeux. Je pose l'anneau près du coffret sur le chevet.

– Pourquoi crois-tu que je t'aurais envoyé des chocolats alors que je ne te supportais pas ?

La vérité a un goût de cendres dans ma bouche. Mais la vérité est aussi une arme dont j'ai usé pour blesser son âme. J'ai du mal à respirer, et je brûle de la déchirer exactement comme elle m'a tailladé. Jusqu'à l'os.

– Eh bien… (Un sourire amer passe sur ses lèvres.) Je suppose alors que tu sais ce que disait le dernier.

– En effet.

– Angelo m'a protégée de la tempête.

Il n'en faut pas plus pour que je saisisse le coffret, que je le balance contre le mur opposé, pas bien loin de l'endroit où elle se tient. Le couvercle se détache et les deux morceaux roulent au sol. Elle porte les mains à sa bouche mais reste muette.

– Parce qu'il t'a embrassée sous la pluie ? Tu me prends pour un con ? C'est moi qui t'ai protégée ! je gronde en m'enfonçant un doigt dans le torse.

Je m'avance vers elle. Envolé le self-control. Ma colère est un nuage rouge qui nous entoure tous les deux et à travers lequel je la distingue à peine. Je l'attrape par les épaules et la plaque contre le mur pour l'obliger à me regarder.

– Je t'ai protégée de ton père, de Mike Bandini et de Kristen Rhys. De tous les connards qui te regardaient de travers à cause de ton âge, de tes origines ou de ton patronyme. J'ai mis ma réputation, ma carrière et ma putain de santé mentale sur la table pour m'assurer que tu sois en sécurité, épanouie et heureuse. J'ai brisé mes propres règles. Toutes. Passé outre mes résolutions… pour toi. Je t'ai donné tout ce que je pouvais te donner dans les limites de la raison et toi, tu as chié sur tout ça.

J'arpente sa chambre, les mots me brûlent la langue, impossibles à retenir.

Je veux divorcer.

Sauf que non, je ne veux pas divorcer.

Et ça, c'est un problème.

Elle aime Angelo, à ma grande fureur et je la méprise pour ça, mais ça ne change rien à ce que je ressens pour elle. Je continue de rêver de son corps chaud contre le mien. De sa bouche délicate et de ses pensées décalées, de ce potager auquel elle parle, de leçons de piano, de week-ends prolongés paresseux, où je lirais les journaux pendant qu'elle jouerait un mélange de classique et des Cure.

En plus, n'est-ce pas largement plus cruel que de la laisser rejoindre Angelo ? La regarder se faner ici, son cœur noircir et s'endurcir aux côtés du mien ? Elle a pu feindre son affection pour moi, mais notre désir mutuel, lui, il est bien réel. Et réciproque. Ne serait-ce pas beaucoup plus éprouvant pour elle de l'obliger à me sucer, de la faire jouir alors qu'elle se languirait d'un autre ?

La vengeance n'est-elle pas une raison suffisante pour la garder ?

– Je vais à la réception des Bernard, ce soir, je lui annonce en donnant au passage un coup de pied dans son coffret sur mon chemin vers son dressing.

J'en sors une robe rouge très près du corps qu'elle aime particulièrement.

– Je ne me souviens pas de l'avoir vu dans ton planning.

Elle se passe une main lasse sur le visage, oubliant que notre planning ne signifie plus rien, vu que notre mascarade est officiellement terminée. Je dois lui accorder une qualité : c'est une sacrée bonne actrice. Je me suis bien fait avoir.

– J'avais refusé l'invitation, à la base.

– Qu'est-ce qui t'a fait changer d'avis ?

Elle a mordu à l'hameçon.

– Je me suis organisé un rencard.

– Wolfe… (Elle vient s'interposer devant moi, me bloque le passage. Je m'immobilise.) Comment ça, un « rencard », de quoi tu parles ?

– Elle s'appelle Karolina Ivanova. C'est une danseuse étoile russe. Carrément sexy et extrêmement sensible à mes caresses.

J'ai utilisé les mêmes mots pour décrire Francesca quand on a commencé à s'explorer physiquement. Elle renverse la tête en arrière et lâche un grognement frustré.

– Maintenant, en plus de tout le reste, tu es infidèle. Charmant.

– Pas vraiment. Parce qu'à l'évidence, nous sommes dans un mariage libre.

Je lui fourre l'écran de mon téléphone sous le nez. Son baiser avec Angelo apparaît.

– Tu te rappelles notre contrat verbal, Nem ? Tu as dit qu'on devait tous les deux se montrer fidèles. Eh bien, considère qu'il est caduc.

– Merci du rappel. Ça signifie que je peux inviter Angelo à la maison ?

Elle m'adresse un sourire innocent.

Je ne comprends pas ce qui l'a transformée en une telle garce du jour au lendemain. Ce que je sais, en revanche, c'est que mon comportement ne justifie pas ce changement.

– Pas s'il veut ressortir d'ici avec sa queue intacte.

– Tu veux bien m'expliquer ce que tu as derrière la tête, sénateur Keaton ?

– Avec joie, madame Keaton. Je projette de me taper la moitié de la ville de Chicago, jusqu'à ce que j'en aie marre. Ensuite, ensuite seulement et uniquement si, au moment où j'en aurai assez de baiser tout ce qui bouge, Angelo et toi avez rompu, j'envisagerai de te permettre de me sucer à nouveau. On commencera doucement. Disons deux fois par semaine. Et on avancera petit à petit. Mais encore une fois, ce sera si et seulement si je me lasse un jour de la variété.

– Et la robe ?

Elle croise les bras, le menton dirigé vers la tenue rouge.

– Ivanova sera ravissante avec ça, je réplique.

– Si tu passes cette porte ce soir, Wolfe, tu n'auras plus d'épouse à ton retour.

Elle se tient dans l'encadrement de la porte, maintenant, grande et fière. Elle prend une profonde inspiration.

– Il faut que nous parlions de ce qui s'est passé ce soir. Mais nous n'en aurons pas l'occasion si tu ne restes pas. Si tu sors passer la nuit avec une autre femme, je ne serai plus là demain matin.

Un sourire sardonique aux lèvres, je me penche vers elle. Nos bouches se touchent presque. Sa respiration accélère et ses yeux se voilent. Je fais glisser mes lèvres de sa joue à son oreille.

– Attention à ne pas te coincer les doigts dans la porte en partant, Némésis.

***

FRANCESCA

Grelottant sous mes couvertures, j'appuie sur le bouton « actualiser » des comptes Twitter de tous les médias locaux, que je visite en quête de nouvelles en direct. À peu près aussi constructif pour mon état mental que de regarder des vidéos de chiots en train de se noyer, mais je n'arrive pas à m'en empêcher.

Trois heures après qu'il a quitté la maison, mon mari a été vu au bras d'une magnifique brune. Qui arbore ma robe Valentino préférée et un sourire plein de fierté.

Va te faire foutre, Wolfe.

Elle a des yeux plus grands, plus bleus et plus profonds. Qui voient des choses que je peux tout juste imaginer. Elle est plus grande et considérablement plus belle. Elle a la joue posée sur son épaule et, au moment où la photo est prise, elle affiche un sourire rêveur et fixe directement l'objectif. Elle flirte avec l'appareil. Quant à mon mari, il a ses yeux froids couleur mercure baissés sur elle et je les vois briller de désir. Je sais ce que je dois faire avant même de lire la légende sous leur cliché.

Le sénateur Keaton (30 ans)
et la danseuse étoile Karolina Ivanova
(28 ans), vus ensemble

lors d'un gala local. Keaton,
qui a épousé Francesca Rossi (19 ans)
cet été, est au centre d'un scandale
après que sa jeune épouse
a été surprise en train d'embrasser
un ami d'enfance dans l'enceinte
de l'université de Northwestern,
un peu plus tôt dans l'après-midi.

Je fouille frénétiquement le Web, en quête d'autres photos. D'autres posts. D'autres tweets sur mon mari et sa belle amie. Le monde entier les voit ensemble en ce moment même. Nous, c'est officiellement terminé. Sauf que je n'ai jamais eu l'intention de l'humilier, moi. Je comprends bien que les apparences sont contre moi, mais ça n'était qu'un baiser. Un instant de faiblesse.

Enfin, peu importe.

Il ne s'agit plus de moi et je le sais.

Wolfe est un électron libre. Furieux et vindicatif, rempli de haine. Et moi, je dois penser à mon bébé. Je prépare une valise et appelle ma mère. Puis j'informe Smithy par SMS qu'il doit me ramener chez moi, à Little Italy.

Je le vois qui écrit frénétiquement à Wolfe, pendant que je pousse mes sacs dehors, bravant la bruine et le froid de la nuit d'automne. Mais quand il pose sa tête contre l'appuie-tête de la voiture, ses messages sont restés sans réponse.

CHAPITRE 17

WOLFE

Assis sur le bord du lit *king-size* de la chambre d'hôtel, je prends une autre gorgée de whisky. Je n'ai pas la gueule de bois, pour la simple raison que je n'ai pas cessé de boire de la nuit. Je suis donc encore dans la béatitude de l'ivresse, même si la douleur sourde dans mon cœur a été remplacée par un mal de crâne persistant qui tambourine en haut du nez et au niveau des yeux.

C'est la première fois depuis une décennie que je bois plus que mes deux verres de whisky au maximum dans une soirée.

Le gémissement qui monte derrière moi me rappelle que je ne suis pas seul. Karolina s'étire sur le lit dans un bâillement et les rayons du soleil qui filtrent à travers les hautes portes-fenêtres apportent une lumière naturelle qui met en valeur les traits doux de son visage.

– Tu te sens mieux ? murmure-t-elle en étreignant l'oreiller contre sa poitrine, les paupières encore lourdes de sommeil.

Toujours habillé, je me lève et me dirige à l'autre bout de la pièce, vers mon téléphone et mon portefeuille sur la commode. Ayant vérifié leur contenu – et celui de son sac, histoire de m'assurer qu'elle n'y a pas glissé de micro ou pris de photos compromettantes –, je réfléchis à la question qui me taraude : pourquoi, nom de Dieu, est-ce que je n'ai pas réussi à baiser Karolina hier soir ? Elle était là, plus que consentante. Hélas, je n'ai pas pu me résoudre à la rejoindre dans le lit. Enfin, ça n'a rien à voir avec quelque sentiment que je nourrirais pour ma femme, Dieu m'en préserve, c'est juste que je n'avais pas le désir élémentaire de baiser Karolina.

Si jolie et charmante soit-elle, et si ravi que j'étais de passer la nuit dans sa chambre d'hôtel plutôt que de me traîner à la maison, je n'avais aucune envie de la toucher.

La femme que je désire, c'est mon épouse. Mon épouse qui n'arrive pas, quoi qu'elle fasse, à se débarrasser de sa fixette sur ce putain d'Angelo Bandini.

Je fourre mon portefeuille et le portable dans ma poche et quitte la chambre sans un « au revoir ». C'est mieux. Comme ça, mademoiselle Ivanova ne viendra pas me relancer. Car il n'y aura pas de seconde fois. Je n'ai rien contre le fait de parader avec des maîtresses à mon bras jusqu'à ce que ma femme en crève de jalousie et de rage – à ce stade, je me soucie très peu des répercussions que cela aura sur mon nom –, mais les toucher, les toucher vraiment, c'est hors de question pour moi, apparemment.

Peu importe. Francesca continuera de réchauffer mes nuits. Elle ne peut pas nier cette attirance, pas avec l'ardeur qu'elle met à me sucer ou me laisse la prendre par-derrière. Elle en a autant envie que moi. Et elle va en avoir plus, ça oui. Sauf que je ne baisserai plus ma garde.

J'arrive au manoir vers dix heures du matin et monte aussitôt dans sa chambre, que je trouve vide. Je jette un coup d'œil au jardin par sa fenêtre. Vide aussi. Tout en passant en revue chaque pièce de la maison, je coche mentalement les cases : cuisine ? Non. Ma chambre ? Non. Salle de piano ? Non. Je compose le numéro de Sterling et lui aboie de rentrer à la maison. Elle doit m'aider à chercher mon épouse disparue, bien qu'il n'y ait pas beaucoup d'endroits où elle puisse être allée.

Je vérifie à nouveau mon téléphone. Deux messages de Smithy.

Votre femme a demandé
à rentrer chez elle.

Vu que, techniquement,
elle est ma patronne,
je dois l'y conduire. Désolé.

Une fois ma gouvernante rappelée à la maison, je remonte à l'étage, dans la chambre de Francesca que je mets sens dessus dessous. À présent qu'elle est partie, j'ai besoin de vérifier de mes propres yeux si elle est sérieuse ou pas. Dans le dressing, il manque toutes ses pièces préférées : sa brosse à dents, ses albums photo et ses affaires d'équitation ont disparu aussi. Quant au coffret en bois que j'ai détruit hier, il n'est nulle part.

Bref, elle n'a pas prévu de revenir de sitôt. Tous les objets auxquels elle tient se sont volatilisés.

Elle est partie, comme elle l'avait annoncé. Je ne l'ai pas suffisamment prise au sérieux. Je m'étais dit qu'elle surmonterait la nuit et me parlerait ce matin. Car après tout, il est compréhensible que j'aie voulu me venger de son baiser passionné sur la pelouse de Northwestern – suivi par des heures où elle était introuvable et cachée dans un hôtel avec Angelo – par la même dose d'humiliation. Mais bien sûr, mon épouse est tout sauf obéissante. Au lieu de craquer, elle s'est endurcie.

Sans compter qu'elle a effectivement embrassé Angelo, alors que moi, je n'ai même pas touché Karolina, hormis pour l'introduire dans la salle de bal à mon bras.

J'ouvre chaque tiroir et les vide un à un par terre, en quête d'un indice qui me prouverait la durée de l'infidélité de Francesca. Kristen affirme que ça dure depuis un moment, mais j'ai choisi de ne pas la croire. Maintenant que j'ai l'esprit plus clair, je trouve que les preuves parlent plutôt en faveur de ma femme. Après tout, elle était vierge quand je l'ai rencontrée et, si adorable qu'elle soit, elle reste – du moins en dehors de la chambre – un peu prude. Pas du genre à mener une aventure illicite sur le long terme. Francesca m'a aussi indiqué qu'elle avait rompu avec Angelo et, vu son téléphone, vide de toute trace du fils Bandini pendant de nombreuses, très nombreuses semaines, je n'ai aucune raison de ne pas la croire. Tout me pousse à considérer ce baiser comme un fait unique. Un instant de passion et de faiblesse. Si Francesca avait vraiment une aventure, elle ne me tromperait pas aussi ouvertement. Non. Elle se montrerait plus maligne.

Une fois que j'en ai fini avec les tiroirs, j'arrache ses draps et ses taies d'oreiller. Quelque chose en tombe, qui roule sous le lit. Je m'accroupis pour le ramasser et j'examine l'objet dans ma paume.

Un test de grossesse.

Un test de grossesse positif.

Je me laisse tomber au bord du matelas, le bâtonnet serré dans mon poing.

Francesca est enceinte. Nous n'avons fait l'amour sans protection seulement lors de notre escapade au lac Michigan.

Francesca attend mon bébé.

Seigneur.

J'entends la porte d'entrée s'ouvrir et Sterling qui fredonne. Puis sa voix résonne à travers le vaste hall.

– Les amoureux ? Vous êtes dans les parages ?

Je baisse la tête, la mâchoire tellement crispée qu'elle est prête à se briser. Sterling apparaît dans l'encadrement de la porte de la chambre de Francesca quelques minutes plus tard et plisse le nez en découvrant le chaos que j'ai semé.

– On dirait que le FBI a retourné la pièce !

Non, mais pas loin.

Je lui montre le test de grossesse que j'ai à la main, sans me lever du lit et sans relever la tête non plus.

– Tu étais au courant ?

Du coin de l'œil, je la vois écarquiller les yeux et sa pomme d'Adam bouger quand elle déglutit. Elle a l'air plus vieille que jamais. À croire que la scène dans laquelle elle vient de débarquer l'a vieillie.

– Je m'en doutais, oui.

Elle s'approche de moi, me pose une main sur l'épaule et s'assied à mes côtés.

– Tu ne te doutais vraiment de rien ? Du jour au lendemain, la petite s'est mise à avoir des envies de sucré, elle s'accrochait à toi dès que tu franchissais la porte… et puis, elle avait peur d'aller chez le gynécologue. Elle sait que tu ne veux pas d'enfants, non ?

Je m'abîme dans la contemplation du paysage par la fenêtre et me passe une main sur le visage. Oui. Elle sait.

– C'est pour ça qu'elle est partie ? halète Sterling. S'il te plaît, ne me dis pas que tu l'as jetée dehors parce que tu l'as découvert…

– Non, je l'interromps.

Je me relève et me mets à arpenter la pièce. Une chambre que je me suis mis à aimer et à haïr en même temps. Elle contient encore son odeur et sa personnalité, mais trop d'événements négatifs se sont produits entre ces murs.

– Francesca m'a trompé.

– Je ne te crois pas. (Sterling relève haut le menton et serre la mâchoire pour l'empêcher de trembler.) Elle est amoureuse de toi.

– Elle a embrassé Angelo.

Ils ont probablement fait bien pire à l'hôtel.

Je me sens comme un adolescent en train, pour la première fois, de confier ses amours à sa mère. Car c'est effectivement la première fois que je montre la moindre vulnérabilité depuis l'âge de treize ans. Même aux funérailles de mes parents, je n'ai pas versé une larme.

– Tu lui as fait du mal, chuchote Sterling.

Elle se lève à son tour et s'approche de moi. D'un geste maternel, elle pose la main sur mon bras pour y exercer une pression.

– Tu n'as pas cessé de lui faire du mal, or en ce moment, elle est très émotive. Ses hormones s'affolent. Tu refuses d'admettre tes sentiments pour elle, tu ne l'autorises même pas à apporter ses vêtements dans ta chambre… sans parler de lui révéler la raison de sa présence ici. Pourquoi tu l'as prise à ses parents et arrachée à sa vie.

– Il n'y a rien à admettre. Je ne suis pas amoureux d'elle.

– Ah non ? (Elle croise les bras.) Tu peux vivre sans elle ?

– Oui.

– Dans ce cas, pourquoi est-ce que tu n'as pas vécu, toutes ces années, avant qu'elle n'entre en scène ? me demande-t-elle, un fin sourcil blanc arqué haut sur son front. Pourquoi est-ce que tu as juste existé avant qu'elle entre dans cette maison ?

– Je n'ai pas changé.

Je secoue la tête et me passe les doigts dans les cheveux. Punaise. À la seconde où je lui révèle une bribe d'émotion, voilà que Sterling me joue *Dawson* au violon.

– Dans ce cas, reste ici et donne-lui le temps dont elle a manifestement besoin. N'essaie pas de lui courir après.

– On est dans l'un de ces cas où tu me conseilles un truc, justement pour que je fasse tout le contraire et que je prouve *illico* que ça me tient à cœur ?

Je me retiens de justesse de lever les yeux au ciel, tant je suis exaspéré.

Elle hausse les épaules.

– Oui.

– Alors prépare-toi à être déçue, Sterling. Si Francesca porte mon enfant, je serai là pour tous les deux, mais je ne la supplierai pas de me pardonner.

– Tant mieux, commente Sterling en me tapotant le bras. Parce que, franchement, je ne suis pas sûre qu'elle te l'accorderait.

***

Trois jours se sont écoulés depuis que j'ai fait mes valises et que je suis partie. Chez mes parents, je ne quitte pas la chambre, y compris pour aller à la fac, tant je redoute de me retrouver face à Angelo, voire pire, à mon père.

Quand Angelo et moi nous sommes réfugiés dans cette chambre d'hôtel, c'était surtout pour faire ce que nous aurions dû faire depuis des mois sans en avoir eu l'occasion : discuter et établir fermement ce que nous sommes et ce que nous ne sommes pas.

Il a tenté de me persuader de rompre et de m'en aller.

– On pourrait élever le bébé ensemble. J'ai des économies.

– Angelo, je ne vais pas bousiller ta vie afin que tu sauves la mienne.

– Tu ne bousilles rien du tout. Des enfants, on en aura à nous. On se fabriquera une vie à nous.

– Si je m'enfuis avec toi, on aura Wolfe et l'Outfit aux trousses. Ils nous retrouveront. Wolfe sera peut-être ravi de divorcer et de se débarrasser de moi, mais mon père ne nous laissera jamais nous en tirer à si bon compte.

– Je peux nous avoir des faux passeports.

– Angelo, je veux rester.

Et c'est vrai. J'ai besoin de rester ici, en dépit de tout, ou peut-être même à cause de tout. Mon mariage est une farce, mon père m'a rejetée et ma mère n'a même pas son mot à dire quant à la vaisselle dans laquelle on dîne, alors pour ce qui est de m'aider…

Angelo a appelé plusieurs fois et il est même venu une fois frapper à ma porte afin de prendre des nouvelles, mais Clara l'a renvoyé. Depuis que je suis là, mon père est parti en voyage d'affaires à deux reprises et passe la majorité de son temps au *Mama's Pizza,* ce qui ne surprend personne.

Mama et Clara sont presque toujours là. Elles me nourrissent et me lavent, me répètent que mon mari va retrouver son bon sens et viendra me chercher. Selon elles, à la minute où il saura que je suis enceinte, il abandonnera tout le reste et viendra implorer mon pardon. Moi, je sais que Wolfe ne veut pas être père. Et qu'aller lui apprendre ma grossesse reviendrait à ramper devant lui. Or je l'ai bien trop souvent laissé fouler ma fierté au pied.

Cette fois, il va devoir faire le premier pas.

Pas pour me procurer le plaisir d'avoir gagné, mais parce que j'ai sincèrement besoin de savoir qu'il tient à moi.

Trois jours après que j'ai quitté le manoir de Wolfe, Clara ouvre la porte de ma chambre et annonce :

– Tu as de la visite, mon petit.

Je saute de mon lit, étourdie, pleine d'espoir et surexcitée à la fois. Il est venu, finalement. Et il veut qu'on parle. C'est bon signe, non ? À moins qu'il ne soit là pour me donner les papiers du divorce. Mais connaissant Wolfe, il est plutôt du genre à envoyer quelqu'un d'autre. Une fois qu'il vous exclut de sa vie, il ne prend pas la peine de se déplacer. Clara voit la lueur qui scintille dans mes yeux tandis que je me précipite vers le miroir de ma coiffeuse, me gifle les joues pour avoir l'air plus fraîche et vivante, avant d'appliquer une généreuse couche de gloss sur mes lèvres. Elle baisse la tête et se triture les doigts.

– C'est madame Sterling.

Je cille, jette le tube de gloss et m'essuie les mains sur les cuisses.

– Ah… Comme c'est gentil à elle de passer. Merci, Clara.

Dans le salon, Clara nous sert du thé et du *pandoro*. Madame Sterling est assise, le dos raide, le petit doigt dressé en l'air sur sa tasse de thé et les lèvres déformées par une moue de rage à peine contenue. Les yeux baissés sur ma tasse, j'hésite entre l'envie qu'elle parle et celle qu'elle n'ouvre jamais la bouche. Et si elle était venue m'annoncer que Wolfe et moi, c'est terminé ? En tout cas, elle n'a pas l'air contente.

– Pourquoi me regardez-vous comme ça ? je finis par lui demander, quand il devient évident qu'elle peut rester assise et muette pendant de longues minutes.

– Parce que vous êtes une petite sotte et lui un parfait idiot. Et pourtant, vous formez un couple magnifique. Ce qui pose la question : pourquoi êtes-vous ici et lui là-bas ?

Sur quoi, elle repose sa tasse sur la table d'un geste brusque, manquant de renverser le liquide brûlant.

– Eh bien, la réponse est évidente : parce qu'il me déteste. (J'ôte une peluche imaginaire de mon pyjama.) En second lieu, il m'a épousée dans l'unique objectif de détruire mon père et tout ce à quoi il tient.

– Je ne peux pas rester assise là à écouter ces bêtises plus longtemps. Comment pouvez-vous être aussi aveugle ? s'exclame-t-elle en jetant les bras au ciel.

– Comment ça ?

– Wolfe avait toujours refusé l'idée du mariage et d'une épouse. Jusqu'à ce qu'il vous voie pour la première fois. Vous ne faisiez pas partie de son plan. Jamais il ne vous avait adressé la parole. Il était tout juste au courant de votre existence, avant. Ce qui m'amène à penser que sa décision était spontanée et qu'elle avait moins à voir avec votre père qu'avec le fait qu'il était intéressé par vous, mais qu'il n'avait pas la possibilité de faire le premier pas. Et comme il tenait là un moyen de faire pression sur votre père, il a songé que ce pourrait être un scénario gagnant-gagnant. Il s'est trompé. (Elle secoue la tête.) Vous lui avez compliqué la tâche. Vous avez compliqué son plan. Sans vous, il aurait pu envoyer votre père en prison à vie. À la minute où vous êtes apparue dans l'équation, il s'est avéré qu'il voulait quelque chose de votre père et qu'ils avaient donc, tous les deux, matière à négociation. Vous n'avez pas facilité le plan de Wolfe. Vous l'avez saboté.

– Wolfe fait pourtant tout son possible pour détruire les affaires de mon père.

– N'empêche qu'il est toujours libre de ses mouvements, non ? Votre père a tenté d'assassiner Wolfe, et pourtant, il a quand même accepté que le mariage ait lieu dans cette maison. Ce garçon est fou amoureux depuis qu'il a posé les yeux sur votre joli minois.

Je ne sais plus si je dois rire ou pleurer. J'ai vu madame Sterling se donner beaucoup de mal pour essayer de nous réconcilier, Wolfe et moi, mais là, ce serait abuser, même selon ses standards à elle.

– Avec quoi fait-il chanter mon père ? je demande pour changer de sujet, avant de me remettre à pleurer à mon corps défendant.

Madame Sterling saisit sa tasse de thé, la porte à sa bouche et m'observe par-dessus le rebord. Je ne pensais pas qu'elle me répondrait et encore moins qu'elle soit au courant des tenants et des aboutissants de l'histoire, pourtant elle me surprend sur les deux points.

– Votre père verse au gouverneur, Preston Bishop, et à Felix White, qui est chargé de la police de New York, une coquette somme d'argent chaque mois en échange de leur silence et de leur coopération pleine et entière. Les enquêteurs de Wolfe l'ont découvert, il n'y a pas très longtemps. Le sénateur Keaton est comme un chat qui joue avec ses proies, il a décidé de torturer un peu votre père avant de sortir son linge sale. Vous ne vous êtes jamais demandé pourquoi il n'a jamais frappé plus fort ?

Je mordille ma lèvre inférieure. Mon père a assassiné le frère de Wolfe, puis ses parents adoptifs. Et ensuite il a tenté de l'éliminer, lui, après avoir incendié un pub entier rien que pour détruire l'attaché-case de Wolfe.

Malgré tous ces affronts, Wolfe n'a jamais répliqué.

Pourtant, ce n'est pas comme s'il n'avait pas les moyens d'anéantir mon père.

– Je suppose que c'est à cause de moi ?

Madame Sterling n'abandonne jamais. Tout sourire, elle se penche vers moi. Je la crois sur le point de me tapoter la cuisse comme elle le fait souvent, mais non. Elle m'attrape par la joue et m'oblige à la regarder droit dans les yeux.

– Vous avez pris un marteau et vous avez abattu tous ses murs, brique après brique. Je les ai vus s'effondrer, je l'ai vu batailler pour essayer de les reconstruire chaque fois qu'il quittait votre chambre. Votre histoire d'amour n'avait rien d'un conte de fées, il tenait plus de l'histoire de sorcières. Méchant, vrai et douloureux. J'exultais en le voyant se mettre à vous chercher partout dans la maison. Quand j'ai remarqué qu'il passait moins de temps dans son bureau et plus dans le jardin. J'étais ravie chaque fois qu'il vous offrait des cadeaux, vous sortait et vous montrait à tout le monde, avec fierté et une joie quasi incontrôlable dès que vous entriez dans son champ de vision. Et je dois l'avouer, j'ai été soulagée de le voir craquer dans votre chambre, dévasté et plein de culpabilité, quand il a trouvé votre test de grossesse dans votre taie d'oreiller.

Je relève la tête et pose sur elle un regard impuissant.

– Comment vous sentez-vous, ma chérie ? me demande-t-elle, ses yeux exprimant une joie profonde.

Il sait. Ils savent tous les deux. Pourtant Wolfe n'est pas venu.

Un mélange d'émotions puissantes et contradictoires, d'enthousiasme, de crainte et de peur me réduit au silence.

– Francesca ? insiste-t-elle en tapotant ma main.

Je baisse la tête, n'osant pas regarder ce qu'exprime son visage.

– Peu importe tout ça. Il s'est passé trop de choses. Je l'ai trompé et il m'a trompée.

– L'amour est plus fort que la haine.

– Comment peut-il m'aimer avec toute la haine qui sépare nos familles ? (Je relève brusquement la tête, les larmes au bord des cils.) C'est impossible.

– C'est possible, réplique madame Sterling. La capacité de pardonner est l'une de ses vertus les plus belles.

– Ouais, je lâche dans un rire nasal. Allez dire ça à mon père.

– Votre père n'a jamais demandé son pardon. Moi, si. Et Wolfe… m'a pardonnée. (Elle repose son thé et se redresse pour me révéler, le menton haut et la voix ferme :) Je suis la mère biologique de Wolfe Keaton. Une alcoolique en rémission qui était trop occupée à se tuer à coup de boisson pour préparer à dîner à mon fils, le soir où il a vu son frère, Romeo, se faire abattre par votre père. Après cette tragédie, les Keaton l'ont pris chez eux. Je ne pouvais pas me battre contre le système et la mort de Romeo m'a soudain tirée de mon addiction. Je suis allée en cure de désintoxication et, après, je me suis revenue peu à peu dans la vie de Wolfe. Son vrai nom est Fabio, d'ailleurs. Fabio Nucci.

Elle sourit, baisse les yeux et reprend :

– Au début, il ne voulait pas entendre parler de moi. Mon alcoolisme, le fait qu'il avait été confié aux services sociaux, que je n'étais pas capable de m'occuper de lui, ce qui l'avait obligé à entraîner son frère au *Mama's Pizza,* tout cela le rendait fou de rage. Mais à mesure que le temps a passé, il m'a laissée revenir dans sa vie. Ses parents adoptifs m'ont engagée comme nounou à domicile alors qu'il était déjà presque adolescent. En fait, ils voulaient juste nous réunir. Quand ils ont été tués dans cette explosion…

Elle prend une brusque inspiration. Des larmes font scintiller ses yeux à l'évocation de ses anciens employeurs.

– C'était deux ans après la fin de mon contrat chez les Keaton – une fois que Wolfe a atteint ses dix-huit ans. Je travaillais au *Sam's Club* et là, Wolfe m'a réembauchée pour devenir sa gouvernante à son manoir. Il prend soin de moi plus que moi de lui, alors que je l'ai trahi de la pire des manières. Je n'ai pas su les protéger de l'environnement cruel dans lequel ils avaient grandi, son frère et lui.

Je me cale contre le dossier de mon siège pour digérer ses paroles.

Madame Sterling est la mère de Wolfe. Sa mère biologique.

C'est pour ça qu'elle l'aime aussi tendrement.

C'est pour ça qu'elle m'a suppliée d'être patiente avec lui.

C'est pour ça qu'elle nous a poussés dans les bras l'un de l'autre. Elle voulait que son fils connaisse la vie heureuse que son frère n'avait jamais eue.

– Son frère était marié.

Je retiens mon souffle en tâchant de rassembler toutes les pièces du puzzle tordu que mon père a créé.

– Il avait une femme ?

– Oui, confirme madame Sterling. Lori. Ils avaient des problèmes de fertilité. Ils ont tenté plusieurs traitements. Et puis, elle est enfin tombée enceinte. Mais elle a perdu le bébé à six mois de grossesse, le lendemain du jour où on lui a appris la nouvelle de la mort de son mari.

Voilà pourquoi Wolfe ne veut pas d'enfants. Et aussi pourquoi il en sait autant sur l'ovulation et quand on peut ou ne peut pas avoir des relations sexuelles sans risque. Il a peur de souffrir, et pourtant, la souffrance, c'est tout ce qu'il connaît. Il a perdu les personnes auxquelles il tenait le plus, l'une après l'autre, et toutes du fait du même homme.

J'ai l'impression qu'on vient de m'ouvrir la poitrine en deux. La main posée sur la bouche, je tente de ralentir les battements de mon cœur affolé. Ce n'est bon ni pour moi, ni pour le bébé. Il n'empêche que la vérité est trop atroce et trop difficile à digérer. C'est pourquoi Wolfe ne voulait pas que je sois au courant : il savait que je me haïrais jusqu'à la fin de mes jours pour ce qu'a fait mon père. Bon sang, j'ai envie de vomir, là.

– Merci d'avoir partagé ça avec moi.

Madame Sterling hoche la tête.

– Accordez-lui une chance. Il est loin d'être parfait, mais qui l'est ?

– Madame Sterling, je commence, avant de jeter un regard hésitant autour de nous. Je suis dévastée par vos révélations, seulement je ne pense pas que Wolfe veuille nous accorder une seconde chance. Il sait que je suis ici et enceinte, pourtant il ne s'est pas montré. Il ne m'a même pas appelée.

Chaque fois que j'y songe, j'ai juste envie de me recroqueviller et de mourir.

À la grimace que fait madame Sterling, je déduis que mon avenir avec lui semble bien compromis. Je la raccompagne jusqu'à sa voiture, où nous nous étreignons de longues minutes.

– N'oubliez jamais ça, Francesca : vous valez plus que la somme de vos erreurs.

Alors que sa voiture s'éloigne, je me rends compte qu'elle a raison. Je n'ai pas besoin que Wolfe vienne me sauver, ni qu'Angelo vole à mon secours, ni même que ma mère trouve le cran de s'opposer à mon père ou encore que mon père se mette à se comporter normalement.

La seule personne dont j'ai besoin, c'est moi.

CHAPITRE 18

WOLFE

Les quelques jours suivants sont une suite de tortures insupportables. Du genre qu'on devrait conserver, coucher sur le papier et utiliser sur les agresseurs d'enfants.

Au bout de trois jours, j'ai craqué et décroché mon téléphone pour appeler Arthur. Et cet enfoiré ne s'est pas gêné pour se faire désirer. La situation a radicalement changé. La seule personne à laquelle j'aie envie de parler – mon épouse – est recluse dans le royaume d'Arthur, or l'endroit est enclos et plus étroitement gardé que le palais de Buckingham.

Tous les jours sans exception, j'arrive devant la résidence des parents de ma femme à six heures du matin, avant de prendre mon avion, et je repasse à vingt heures chaque soir, tout ça dans l'espoir de lui parler.

Mais je suis systématiquement intercepté au portail par l'un des gros bras de Rossi, qui est plus musculeux et plus stupide encore que le *Made Man* de base, et ne semble pas prêt à me laisser entrer même quand mes propres hommes montrent leurs forces.

Lui téléphoner ou lui envoyer un SMS serait à la fois lâche et inapproprié. Surtout depuis que Sterling m'a avoué lui avoir tout déballé des événements qui se sont produits entre nos deux familles. Puisque Francesca pense que mon projet initial consiste à l'enfermer dans une tour sombre et à tuer son père à petit feu en les dépossédant, son épouse et lui, de tous leurs biens, je crois avoir besoin d'un tout petit peu plus qu'un pauvre GIF « Désolé ». La conversation qu'on doit avoir, elle et moi, est trop importante pour ne pas être tenue en face à face. J'ai tant à lui dire. Notamment des choses que j'ai découvertes depuis son départ.

Je suis amoureux d'elle.

Je suis terriblement amoureux d'elle.

Impitoyablement, tragiquement fou de la (très) jeune femme aux grands yeux bleus qui parle avec ses légumes.

J'ai besoin de lui dire que je veux ce bébé autant qu'elle.

Pas parce que je désire des enfants en général, mais parce que je veux tout ce qu'elle a à m'offrir. Quant à ce qu'elle ne m'offre pas… je le veux aussi. Pas nécessairement pour le posséder, juste pour l'admirer.

Ce constat m'est une révélation tombée du ciel. Non, il m'a fallu toute la semaine de séparation pour découvrir cela. Après chaque échec à lui parler, j'ai compris à quel point il était important que je la voie.

Chaque fois que j'étais éconduit, je levais les yeux vers la fenêtre de sa chambre, comme pour la faire apparaître par la seule force de ma volonté derrière les rideaux de dentelle blanche. Ça n'a jamais fonctionné.

Voilà pourquoi j'ai toujours évité les relations de manière générale. Tout ce truc de grimper au mur pour atteindre le balcon de sa belle… ce n'est pas pour moi. Et pourtant, j'ai grimpé. J'ai donné des coups de pied. J'ai cassé. J'ai répété les mots et les discours que je lui dirais, tout en ignorant les gros bonnets en costume qui appelaient sans cesse, pour m'expliquer que je devais me fendre d'une déclaration au sujet de ma situation familiale actuelle.

C'est mon problème. Ma vie. Ma femme.

Rien d'autre ne compte.

Pas même mon pays.

Au bout d'une semaine de cette délicieuse épreuve que l'on appelle chagrin d'amour, j'ai décidé de contourner les règles et d'accélérer le destin. Elle va me détester, mais franchement, le mal était déjà fait avant mon petit tour de passe-passe, alors…

Au septième jour de séparation, je traîne Felix White, dans toute sa gloire, le visage luisant de sueur, jusqu'à la maison d'Arthur. Il tient dans sa main moite un mandat de perquisition.

L'objet de la recherche ? *Ma femme, putain.*

White n'a pas vraiment de motif pour ordonner cette perquisition, en dehors du fait qu'il ne souhaite pas trop me voir remuer la merde autour de lui. Éternel agent double, il a envoyé un SMS à Arthur plusieurs heures en amont, si bien que le mafieux a rappliqué chez lui, histoire d'être présent lors de ma visite.

Bref, c'est ainsi que je me retrouve à frapper à la porte de Francesca, accompagné du chef de la police de Chicago, d'un mandat de perquisition et de deux flics.

Et on dit que le romantisme est mort.

Quand Rossi ouvre sa porte, son front est si plissé qu'il ressemble à un bouledogue. Il passe la tête par l'entrebâillement et ses paupières deviennent deux fentes sur ses petits yeux.

– Sénateur, qu'est-ce qui me vaut le plaisir ?

Il ne prête pas la moindre attention à White, sachant pertinemment pourquoi il s'est compromis dans la rédaction du mandat.

– Ce n'est pas le moment de jouer, je réplique avec un sourire froid. À moins que vous ne teniez absolument à perdre. Laissez-moi entrer ou envoyez-la dehors. D'une façon ou d'une autre, je la verrai ce soir.

– Je ne pense pas. Pas après vous être pavané avec une pute russe devant toute la ville, en abandonnant votre femme enceinte à la maison.

– Je l'ignorais.

Pourquoi je me justifie auprès de lui, ça me dépasse. S'il est la police des mœurs, Michael Moore est un putain de gourou des régimes.

– Cela fait sept jours que j'essaie d'entrer en contact avec elle et il me semble que vous préférerez ouvrir plutôt qu'aller au-devant de gros ennuis.

– Paroles en l'air ! Pas avec votre femme enceinte dans le tableau.

Et cette enflure a l'audace de m'adresser un sourire narquois.

White toussote à côté de moi.

– Monsieur Rossi, si vous ne nous laissez pas entrer, je vais devoir vous arrêter. J'ai ici un mandat de la cour pour fouiller votre maison.

Apparemment, quelqu'un a compris que j'ai jeté mon beau-père aux loups.

Lentement, Arthur ouvre la porte et m'autorise à entrer. White, derrière moi, danse d'un pied sur l'autre tel un adolescent en train de se demander comment inviter une fille au bal de fin d'année. Ce type a autant de charisme qu'une canette de soda.

– Je… je vous attends ici ? bredouille White.

J'agite une main dédaigneuse dans sa direction.

– Retournez faire semblant de bien faire votre boulot.

– Vous êtes sûr ?

Il éponge la sueur sur son front, la veine bleue sur son cou palpite de plus belle.

– Vous gaspillez mon temps précieux et ce qui me reste de patience. Partez.

Arthur passe devant moi et prend la direction de son bureau. La dernière fois que je suis entré dans cette pièce, c'était pour lui demander la main de sa fille. Alors que je gravis l'escalier, les souvenirs affluent. C'est sur ce palier que nous avons partagé l'une de nos premières querelles.

Lorsque j'arrive en haut des marches, je me remémore comment j'ai saisi son poignet délicat dans ma main pour la tirer de force avec moi, le jour où j'ai cru qu'elle m'avait trompé.

Espèce d'imbécile. Tu traites White et Bishop de crétins, alors que toi, tu t'es plus d'une fois ridiculisé au cours de ton bref mariage.

Je sais que Francesca se trouve quelque part dans la maison et je brûle de voir son sourire et d'entendre son rire de gorge qui contraste avec la douceur du reste de son être.

– Pourquoi nous nous dirigeons vers votre bureau plutôt que vers l'ancienne chambre de mon épouse ? je lance une fois que j'ai retrouvé ma voix et arrêté de penser à Francesca.

– Malgré nos différends, ma fille tient beaucoup à mon approbation, donc si je vous l'accorde, cela aiderait à la convaincre lorsque vous allez lui parler. Maintenant, sénateur Keaton, nous savons tous les deux que nous avons équilibré les comptes depuis longtemps.

Il s'arrête devant la porte de son bureau et me fait signe d'entrer. Deux de ses hommes se tiennent de part et d'autre du seuil.

– Renvoyez-les, j'ordonne, le regard plongé dans le sien.

Il claque des doigts sans me quitter des yeux et les deux costauds s'éloignent.

Nous pénétrons dans le bureau dont il referme à moitié la porte, à croire qu'il ne me fait pas confiance et me pense capable de l'étrangler de mes propres mains. Ce que je comprends parfaitement. Moi-même, j'ai du mal à prédire mes réactions, en fonction de l'issue de cette visite.

Il s'appuie à son bureau tandis que je prends place sur la banquette face à lui, les bras écartés sur le dossier, je me mets à l'aise. Je sais deux choses avec certitude :

1. Aujourd'hui, mon amour pour ma femme va être mis à l'épreuve.

2. Je vais la remporter, l'épreuve, et avec les honneurs en plus.

***

FRANCESCA

Tel un papillon de nuit attiré par la flamme, je me précipite hors de ma chambre, à la minute où j'entends la voix de ténor bourru de mon mari. C'est un régal pour l'oreille, sa voix, et j'en savoure chaque tonalité, comme si ma vie en dépendait.

J'aperçois son dos, ses larges épaules et son costume taillé sur mesure au moment où il passe dans le couloir, guidé par mon père jusqu'à son bureau. Je compte un, deux, trois, cinq, huit… dix secondes, avant de m'y rendre aussi sur la pointe de mes pieds nus. Des semaines à observer madame Sterling et son art d'écouter aux portes m'ont appris des trucs inestimables. Plaquée contre le mur, je ne prends que de petites inspirations mesurées.

Mon père allume un cigare. L'arôme de feuilles brûlées et de tabac frappe mes narines et une nausée me soulève les tripes. Bon Dieu, j'ai envie de vomir chaque fois que quelqu'un respire un peu trop près de moi. Réprimant la montée de bile dans ma gorge, je jette un œil à l'intérieur de la pièce. Mon père est appuyé contre son bureau, mon époux assis sur le canapé de velours rouge face à lui, l'air plus détendu et nonchalant que jamais.

Mon mari de métal et d'acier.

Impressionnant et intouchable.

Avec un cœur de pierre que je ferais tout pour adoucir.

– Je suppose que vous pensez pouvoir entrer dans sa chambre et la récupérer. En suspendant White et Bishop au-dessus de ma tête en guise d'épée de Damoclès, ironise mon père en tirant sur son cigare, les jambes croisées au niveau des chevilles.

Depuis que j'ai réintégré les murs de la maison, il n'a même pas daigné prendre ma présence en compte, mais ça ne l'empêche pas de faire chanter mon mari. De toutes les fibres de mon corps, j'ai envie de pousser la porte en entier et de tout déballer. Mais j'ai été trop humiliée et blessée pour risquer un énième rejet. Wolfe est peut-être venu ici pour me libérer de notre lien, et moi, j'en ai assez de supplier.

– Comment va-t-elle ? demande mon mari, passant outre la question de mon père.

– Elle ne souhaite pas vous voir, rétorque sèchement mon père en détournant la question posée.

Il ponctue son affirmation d'une autre bouffée de fumée.

– Vous l'avez emmenée chez un docteur ?

– Elle n'a pas quitté la maison.

– Bon sang, vous attendez quoi ? crache Wolfe.

– Si je me souviens bien, Francesca a été assez grande pour tomber enceinte, ce qui la rend assez grande aussi pour prendre rendez-vous chez un gynécologue. De plus, je pense que celui qui devrait s'en occuper, c'est le responsable de sa malencontreuse condition.

Malencontreuse condition ? Mes narines se dilatent, soufflant un air aussi chaud que des flammes.

C'est à cet instant que je comprends : mon père est complètement irrécupérable. Il se contrefiche de moi et de mon bébé. Tout ce qui lui importe, tout ce qui a jamais compté pour lui, c'est l'Outfit. Il m'aimait et m'adorait quand j'étais son joujou. Mais au premier signe de rébellion, il m'a rejetée, et avec moi, toute responsabilité me concernant. Il m'a vendue. Puis il a perdu tout intérêt pour moi puisqu'il ne pouvait plus me donner en mariage à quelque membre d'une autre puissante famille italienne. Wolfe, en revanche, est resté là contre vents et marées. Même quand on s'est éloignés. Même quand il a cru que j'avais couché avec Angelo et qu'il m'a vue l'embrasser, quand je l'ai défié encore et encore. Pas une fois le mot « divorce » n'a franchi ses lèvres. Il n'a pas envisagé l'échec.

Il a été plus loyal avec moi que mon père.

– Pas faux, admet justement mon époux en se levant. Je vais l'emmener chez un docteur sur-le-champ.

– Vous n'en ferez rien. En fait, vous ne la verrez certainement pas ce soir, réplique mon père.

Wolfe s'approche de lui, imperturbable, pour s'immobiliser à quelques centimètres de lui, le surplombant de toute sa hauteur.

– À sa demande ou à la vôtre ?

– La sienne. Une exigence, d'ailleurs. Pourquoi pensez-vous que vous n'avez reçu aucune nouvelle de sa part ? (Mon père pose son cigare sur un cendrier, envoyant un nuage de fumée dans le visage de Wolfe.) Elle m'a demandé de vous faire ramper très longtemps.

– Et laissez-moi deviner… vous avez plein d'idées.

– Exact.

Mon père décroise ses chevilles, se redresse et se retrouve nez à nez avec Wolfe. J'aimerais bien voir le visage de mon mari en cet instant. Mon père lui ment et il est trop malin pour ne pas le deviner.

Enfin, l'amour est comme une drogue. On raisonne mal quand on est sous son influence.

– Je vous laisserai voir Francesca si vous vous soumettez à ma volonté.

– Et sinon ?

– White peut venir en personne m'arrêter aujourd'hui, et vous, débouler dans la chambre de Francesca avec la police. Je suis sûre qu'elle appréciera. Surtout dans son état.

Wolfe reste muet un moment.

– Vous êtes conscient que vous lui manquez ? demande-t-il enfin à mon père.

Mon cœur se serre douloureusement. *Bon Dieu, Wolfe.*

– Et vous, vous êtes conscient que je suis un homme d'affaires ? Désormais, elle ne vaut plus rien. Nous avons tous un prix, Fabio Nucci. (Il rit au visage de mon époux.) J'ai été mis au monde dans la rue et abandonné sur les marches d'une église, où j'ai failli mourir. Ma mère était une prostituée ; et mon père ? Allez savoir qui il était. Tout ce que j'ai, chaque mètre carré de cette maison, chaque meuble, chaque putain de stylo, j'ai travaillé pour l'obtenir. Francesca n'avait qu'une tâche : être obéissante. Et elle a échoué.

– Parce que je l'ai prise au piège afin qu'elle échoue, aboie Wolfe au visage de mon père.

– Possible, seulement maintenant, sa seule valeur à mes yeux, c'est d'être un pion contre vous. Voyez-vous, j'ai commis une seule fois l'erreur de sous-évaluer quelqu'un. Le jour où j'ai bêtement décidé de vous laisser la vie sauve.

Quelque chose vient de tomber entre eux, dans un bruit mat qui résonne à travers le silence. Seigneur. Il l'a dit. Mon père regrette de n'avoir pas tué mon mari.

– Pourquoi ? siffle Wolfe. Pourquoi m'avez-vous laissé la vie sauve ?

– Vous aviez peur, Nucci, mais vous étiez fort aussi. Vous ne pleuriez pas. Vous n'avez pas pissé dans votre pantalon. Vous avez même essayé d'arracher son arme à l'un de mes hommes. Vous m'avez rappelé l'enfant que j'étais, quand je courais dans les rues pieds nus, volant à manger, faisant les poches des passants et luttant pour me sortir de là. Jouant des coudes et nouant des liens avec l'Outfit. Je savais que vous aviez une chance de survivre à ce quartier. Mieux que ça : je savais que vous étiez un sauvage. Wolfe Keaton la joue respect des lois, mais admettez-le : Fabio Nucci est en vous et il a soif de sang.

– Jamais je ne serai votre allié.

– Bien. Vous faites un ennemi fascinant.

– Alors dites-moi ce que vous attendez de moi, tonne Wolfe.

Mon père s'appuie de nouveau contre le bureau, claque la langue et se tape la lèvre du bout des doigts.

– Si vous aimez ma fille, sénateur Keaton, si vous tenez sincèrement à elle, vous allez vous dépouiller de la seule chose dont vous ne vous départez jamais… votre fierté.

– Vous me demandez quoi, exactement ?

Je peux presque voir la mâchoire de Wolfe se crisper de colère.

– Suppliez-moi, fiston. Agenouillez-vous. (Papa lève le menton et parvient à toiser mon mari, en dépit du fait que Wolfe le dépasse de quelques centimètres.) Implorez, comme vous m'avez obligé à implorer quand vous me l'avez prise.

Mon père a supplié pour moi ?

– Je ne fais jamais ça, répond Wolfe.

Et je sais qu'il le pense vraiment. Même mon père sait qu'il ne peut pas exiger une chose pareille. Il met volontairement Wolfe dans une position impossible et, en lui demandant un renoncement pareil, il condamne mon mariage. Wolfe ne s'incline jamais devant personne, surtout pas mon père. Je suis sur le point d'ouvrir la porte en grand et de remettre les pendules à l'heure quand j'entends papa reprendre la parole :

– Dans ce cas, vous n'aimez pas ma fille, sénateur Keaton. Vous voulez juste récupérer ce qui vous appartient. Parce qu'elle a beaucoup supplié et beaucoup rampé, quand vous l'avez emmenée d'ici comme une prisonnière.

Je me mords la lèvre et pose le front contre l'encadrement de la porte. Ça me fait mal de voir Wolfe souffrir, mais ça me peine encore plus de comprendre pourquoi il ne peut pas céder aux exigences de mon père. Pourquoi il ne peut pas supplier l'homme qui a détruit sa vie. Il ne s'agit pas seulement de sa fierté et de sa dignité. Il y a aussi sa morale et tout ce pour quoi il se bat. Il y a sa famille. Mon père lui a volé sa fierté une fois devant son frère. Ça ne se reproduira pas.

– Vous ne faites pas ça pour elle, accuse Wolfe. Vous faites ça pour vous !

Les yeux levés au plafond, faisant mine de réfléchir, mon père s'accroche au rebord de son bureau.

– La raison pour laquelle j'agis ainsi ne vous regarde pas. Si vous la voulez, rien ne doit vous arrêter, surtout pas le sol.

Des larmes reviennent me picoter les yeux. Mon père est en train de l'humilier et, si grande que soit mon envie d'intervenir pour leur commander à tous les deux d'arrêter, je ne peux pas. Parce que mon père n'a pas tort sur un point : dans ma relation avec lui, Wolfe a toujours tenu les rênes et s'il ne peut pas les lâcher, ne serait-ce qu'une fois, est-ce vraiment un mariage ou juste une relation geôlier-prisonnière, exaltée par un puissant désir ?

Lentement, je vois à mon immense surprise que Wolfe commence à descendre sur ses genoux. Je m'étrangle, incapable de détacher les yeux de la scène qui se déroule devant moi. Mon mari, le fier, l'arrogant salopard qui ne s'en laisse pas compter, implore pour me récupérer. Mieux encore, il n'a pas l'air moins impérial qu'en pénétrant dans ce bureau. Son visage est levé, me permettant de distinguer clairement ses traits. Il est l'image même du mépris, avec son port de roi et les lignes acérées de ses pommettes. Son regard est déterminé, ses sourcils arqués, moqueurs, et son attitude tout entière irréprochable. Qui ne se fonderait que sur les expressions serait bien en peine de discerner lequel des deux s'incline devant l'autre.

Et puis sa voix tonne dans la pièce :

– Arthur, je vous en supplie, s'il vous plaît, laissez-moi parler à votre fille. Ma femme est et sera toujours ce qu'il y a de plus important dans ma vie.

Mon cœur explose dans ma poitrine à ces paroles et je frissonne, malgré le millier de soleils qui me réchauffent de l'intérieur.

– Vous ne la rendrez jamais heureuse tant que vous continuerez à agiter *mes* fautes au-dessus de *sa* tête, l'avertit mon père.

Mon époux est toujours à genoux, et moi, je ne parviens plus à retenir mes larmes. Elles coulent pour terminer en un long sanglot. Je me plaque une main sur la bouche de peur qu'ils ne m'entendent.

Wolfe sourit, sûr de lui ; ses yeux brillent de détermination.

– Cela ne se passera plus ainsi, Arthur.

– Est-ce que ça signifie que vous allez cesser de vous mêler de mes affaires ?

– Ça signifie que je serai plus mesuré, pour elle.

– Et Bishop et White ? insiste mon père.

– Avec eux, je ferai ce qui me paraîtra approprié.

– Je peux emmener Francesca loin de…

– Non, vous ne pouvez pas, l'interrompt sèchement Wolfe. La seule personne qui soit en position de me prendre Francesca, c’est Francesca elle-même. La personne avec qui elle veut être relève de son choix. Pas du mien. Et encore moins du vôtre. Vous avez tué mon frère, puis mes parents. Ma femme, c’est la limite que je trace. Vous ne pouvez pas me la prendre. Parce que si vous faites ça, je déchaînerai les enfers sur votre tête.

Je ferme les yeux, je titube presque. Je n’ai rien mangé de la journée et l’odeur du cigare m’a donné envie de vomir.

– Allez la retrouver, lâche mon père d’une voix brisée.

Mon mari se relève.

Et moi, pour la deuxième fois de ma vie, je m’évanouis.

CHAPITRE 19

FRANCESCA

Je me réveille lovée au creux des bras de mon mari.

Il est assis sur le lit *king-size*, j'ai la tête posée sur lui. Nous sommes pelotonnés exactement comme nous l'étions dans la grange où il m'a présentée à Artémis. L'odeur de son eau de toilette épicée, si reconnaissable et si masculine, m'enveloppe d'un cocon de confort qui me donne envie de continuer à faire semblant de dormir un peu plus longtemps, de repousser la pénible conversation qui m'attend au bout de mon sommeil.

Il passe la pointe de ses doigts le long de mon dos à travers mon chemisier et vient déposer un baiser à la racine de mes cheveux. Je repense au moment où il s'est agenouillé devant mon père, pour lui affirmer que je suis ce qu'il y a de plus important dans sa vie. Une couche de miel tiède enveloppe mon cœur.

– Je sais que tu es réveillée, je l'entends murmurer contre ma tempe.

Je pousse un petit gémissement et m'agite entre ses bras. La pensée que ces mêmes bras enlaçaient Karolina Ivanova il y a une semaine me donne envie de vomir à nouveau. Je me hausse sur les coudes et lui jette un regard las.

– Tu es enceinte.

Il baisse les yeux vers mon ventre, comme s'il s'attendait à le voir gonflé. Revoir son visage, c'est le plus beau cadeau qui m'ait été donné. Et dire que je le redoutais, ce visage, le lendemain du bal masqué… quelle absurdité. Très vite, il est devenu ce que je préfère chez moi, je lui rappelle qu'il y a autre chose que la vengeance dans cette vie. Nous sommes interdépendants, donc nous devons coexister. L'un sans l'autre, nous ne sommes qu'une entité inerte.

Être en vie sans toutefois vivre réellement, c'est une terrible malédiction.

– Il est de toi.

Je pose la main sur la sienne pour appuyer mes propos.

– Je sais, souffle-t-il en effleurant mon nez du sien.

Et il me soulève dans ses bras, avec toute la délicatesse qu'on réserve à un être important et précieux, puis il me serre contre lui.

– Tu es furieux ? je renifle.

– De devenir père ? J'ai toujours cru que ce serait le cas. J'étais certain que la vie finissait quand commençait la parentalité. Mais c'était avant que je trouve une personne avec qui ça vaut la peine de fonder une famille. Je ne suis toujours pas très sûr d'avoir en moi les capacités d'être un bon père, en revanche. Heureusement, je sais que ma femme sera la meilleure mère du monde.

Sans un mot, je balaie la chambre du regard. Il y a tant de choses que j'ai envie de dire, mais je sais que cela briserait un lien qui n'est pas encore complètement tissé.

– Et toi, Nem ? Tu es heureuse d'être enceinte ?

Je me redresse, ravale ma peur et parle précipitamment avant de le regretter.

– Je… je ne suis pas sûre. On se dispute tout le temps. On a établi un nouveau record du monde en incompréhensions. Et puis, tu as couché avec une autre pas plus tard que la semaine dernière pour te venger de moi… et ça n'était pas la première fois. Quant à moi, j'ai embrassé Angelo, sous le coup de la colère, après avoir appris la vérité sur mon père et toi, sauf que je ne suis pas allée plus loin. Bref, on est inconstants et infidèles. On ne vit même pas dans la même partie de la maison…

– Ça, ça va changer, m'interrompt-il. Si c'est ce que tu souhaites.

– On a besoin de temps pour réfléchir.

J'ai besoin de temps loin de lui. Pas parce que je ne l'aime pas, mais au contraire parce que je l'aime trop pour prendre une décision pertinente et saine pour notre bébé.

– Il n'y a rien à réfléchir. Je n'ai pas couché avec Karolina. Je n'ai pas pu. Je voulais… bon Dieu,

Némésis, je voulais la baiser jusqu'à te sortir de ma vie une bonne fois pour toutes, sauf qu'il ne pourra jamais y avoir d'autre femme. C'est toi que j'aime. C'est toi que je désire. C'est toi qui fais de la vie l'expérience extraordinaire dont j'ai envie, plutôt que d'y prendre part chaque jour à contre-cœur, comme avant.

Je sens les larmes glisser sur mes joues, grosses et salées. Décidément, on est très doués pour se faire du mal. Ça doit cesser.

– J'en ai embrassé un autre, je chuchote. Je t'ai trompé.

– Je te pardonne, dit-il en prenant mes joues dans ses grandes mains. Pardonne-toi et allons de l'avant. Reviens à la maison, Nem.

– Il ne s'est rien passé, dans cette chambre d'hôtel.

– Je me contrefous de ce qui s'est passé là-bas. Je te crois, mais ça ne change rien. Je veux recommencer du début. Sur un bon pied.

– J'ai besoin de temps.

Mes propres mots me brisent. Peut-être à cause de leur honnêteté brutale. Oui, j'ai besoin de temps pour digérer tout ce qui est arrivé. Pour m'assurer que tout ça n'est pas un énième beau geste qu'il m'offre, avant de l'oublier dès demain. On est tombés amoureux vite et lentement. Fort et doucement. De tout notre être. Pourtant, nous refusons tous les deux de céder quoi que ce soit. Nous n'avons pas eu le temps de digérer ce qui nous arrive. Nous avons débarqué dans la vie l'un de l'autre avec nos remparts érigés encore bien solides. Oui, il faut recommencer du début. Passer par l'étape du flirt. On doit se distribuer les rôles, répartir les forces plus équitablement, cette fois. On doit apprendre à se disputer sans se blesser. Sans courir se jeter dans les bras de quelqu'un d'autre. Sans se traîner l'un l'autre dans une chambre comme des bêtes sauvages.

– Être avec toi, ce devrait être un choix de ma part. Tu le comprends, ça, pas vrai ?

Wolfe hoche la tête et se lève avant de changer d'avis. Je vois bien le formidable effort qu'il déploie pour ne pas exiger de moi ce que, jusqu'à il y a peu, il pensait lui revenir de droit. Il se dirige vers la porte et l'envie me prend de revenir en arrière et de partir avec lui. Mais je ne peux pas. Je dois être meilleure pour l'être qui grandit en moi.

Un être que je vais pouvoir sauver, contrairement à ma mère avec moi.

Wolfe s'immobilise sur le pas de la porte, sans se retourner.

– Je peux t'appeler ?

– Oui. (Je lâche un soupir.) Je peux t'écrire ?

– Oui. Je peux te prendre un rendez-vous chez un gynéco ?

– Oui.

Je ris à travers mes larmes, que j'essuie d'un geste preste. Il ne s'est toujours pas retourné. Wolfe Keaton n'est pas très bon négociateur, mais pour moi… il enfreint ses règles.

– Je peux y aller avec toi ? demande-t-il d'une voix grave.

– Tu as intérêt.

Un léger rire secoue ses épaules et, enfin, il pivote face à moi.

– Tu veux bien sortir avec moi, madame Keaton ? Pas pour un gala. Pas pour un événement caritatif. Pas pour une soirée officielle. Un rendez-vous pour nous.

Mon Dieu.

Oh oui.

– J'aimerais beaucoup ça.

– Bien.

Il baisse les yeux et ricane pour lui-même. Je ne dois pas oublier que cet homme est le même que le type cruel que j'ai rencontré au bal masqué. Celui que je me suis juré de haïr toute ma vie. Il relève les yeux, la tête toujours inclinée, et son regard timide est comme dévasté.

– Tu penses que je pourrai conclure, lors de ce rendez-vous ?

Je me rejette contre mon oreiller, le visage couvert par mon bras pour étouffer un rire, qui noie quand même le petit « clic » de la porte qui se referme.

***

Deux jours plus tard, c'est notre première visite chez ma nouvelle gynécologue-obstétricienne. Barbara a la cinquantaine, des cheveux blonds coupés court, un regard doux et d'épaisses lunettes. Elle me fait une échographie et nous montre la cacahuète qui nage dans mon ventre. Son pouls trottine comme des petits pieds nus dans un escalier au matin de Noël.

Wolfe me tient la main, les yeux rivés sur l'écran avec la même intensité que si on venait de découvrir une nouvelle planète.

Ensuite, on va déjeuner. Notre première sortie publique non officielle en tant que couple. Il m'invite chez nous, mais je décline poliment en lui expliquant que j'ai prévu de voir Sher et Tricia, de mon groupe de travail à la fac. J'essaie de réprimer un sourire quand je lui annonce la nouvelle. Je n'ai pas eu d'amies de mon âge depuis que je suis revenue de Suisse.

En me reconduisant chez mes parents, il hausse un sourcil.

– Némésis… Je te parie que la prochaine fois, tu vas m'apprendre que tu es inscrite à une fête d'étudiants.

– N'en sois pas si sûr.

Les soirées, ce n'est pas mon truc. En plus, celles auxquelles je suis habituée sont toujours chichiteuses et exigent une tenue vestimentaire à laquelle ma silhouette de femme enceinte ne convient plus trop. Je n'en suis qu'au premier trimestre et j'opte déjà pour des tenues amples et confortables.

– Je pense que tout le monde doit assister à au moins une fête étudiante, pour voir ce que c'est.

– Ça te dérangerait ? je lui demande.

Il faut qu'il comprenne qu'il n'a plus le même pouvoir qu'auparavant sur moi.

– Pas du tout. À moins que ton cavalier ne soit Angelo.

La requête est logique, je ne peux plus le nier. Je sors mon téléphone de mon sac et le lui lance.

– Vas-y, regarde.

– Je suis censé regarder quoi, exactement ?

– J'ai effacé son numéro.

Il arrête la voiture devant chez moi et coupe le moteur. Puis il me rend mon portable.

– Ta parole me suffit. Qu'est-ce qui t'a fait changer d'avis ?

Je lève les yeux au ciel.

– Je suis amoureuse d'un homme qui s'est mis en tête que je vais m'enfuir avec mon amoureux d'enfance.

Wolfe me jette un regard noir.

– Il est dingue de toi, lui aussi. Je comprends son désir de te garder à tout prix.

S'ensuivent de nombreux autres rendez-vous entre Wolfe et moi.

On va au cinéma, au restaurant, et même dans des bars d'hôtel où nous ne buvons pas d'alcool – moi à cause de mon âge et de ma grossesse, lui par solidarité.

On partage une barquette de frites, on joue au billard et on se dispute sur des livres. Je découvre que mon mari est un fan de Stephen King, alors que moi, je suis davantage Nora Roberts. On s'arrête dans une librairie et on s'achète des livres l'un pour l'autre. On rit quand Wolfe me raconte qu'il avait bien failli virer les Hatch de chez nous, la dernière fois qu'ils étaient venus dîner, parce que Bryan avait une érection de la taille d'une batte de baseball quand je me suis mise au piano.

Ma cousine Andrea m'appelle, m'annonçant qu'elle a réfléchi et en est venue à la conclusion qu'elle ne peut plus me boycotter sous prétexte que mon père n'approuve pas mon époux, qu'il a pourtant choisi lui-même. Elle me demande de la pardonner.

– Je n'ai vraiment pas été une bonne chrétienne, ma puce. (Son chewing-gum m'éclate à l'oreille.) En y songeant, j'ai même été une mauvaise manucure. Je parie que tu t'es rongé les ongles comme une folle, sans moi pour t'en empêcher.

Je lui révèle la vérité – le pardon ne me coûte rien, mieux même, il enrichit mon âme – et nous nous retrouvons pour un *cappuccino* le lendemain. Enfin, je peux la bombarder de toutes les questions du XXIe siècle qui me brûlaient la langue.

Quelques jours après, Wolfe m'annonce que nous partons en week-end pour rendre visite à Artémis. Mon état ne me permet pas de la monter, mais j'aime m'occuper d'elle et m'assurer qu'elle va bien.

Un mois s'écoule. Un mois durant lequel mon époux m'appelle tous les matins pour me réveiller et tous les soirs pour me souhaiter « bonne nuit ». Un mois sans disputes, sans un mot de travers, sans une porte qui claque. Un mois au cours duquel il ne me cache aucune information et où je ne refuse pas chacune de ses requêtes au seul motif que c'est lui qui me le demande. Je me laisse escorter à l'école par les hommes du SPHP, je n'enfreins pas le protocole et, malgré tout, je parviens à me faire une poignée d'amis. Wolfe travaille dur, mais il s'arrange toujours pour me faire passer en priorité.

Je ne porte ni ma bague de fiançailles ni mon alliance. Je les ai laissées à la maison, le soir où il est parti au gala avec Karolina Ivanova. Pourtant, j'ai l'impression de lui appartenir plus que jamais.

Nous retombons dans le cycle du désir comme on tombe d'une falaise : vite et follement. Wolfe, je le découvre, aime bien faire l'amour dans des lieux inhabituels. Nous le faisons dans son bureau, dans les toilettes pendant un mariage, sur le lit de mon ancienne chambre, un jour où mes parents sont absents et contre la fenêtre de sa chambre, avec vue sur la rue. Il me caresse sous la table durant un dîner officiel et se jette sur moi sans crier gare, un jour où je me penche pour ouvrir le tiroir du bas dans la salle de bains, alors que je cherchais mon sèche-cheveux.

J'adore jusqu'à la moindre seconde que nous passons ensemble au lit, parce qu'enfin ni lui ni moi n'avons besoin de nous soucier de l'heure qu'il est – celle de se retirer dans sa chambre, son aile de la maison ou carrément sa maison. Nous nous endormons systématiquement ensemble et nous réveillons ensemble, dans la bulle isolée de cette nouvelle et excitante entité : Nous.

Le matin où je me réveille avec un renflement, petit mais visible, en bas de mon ventre – c'est dur, c'est fort et je suis surexcitée –, ma mère entre dans ma chambre et s'assied au bord de mon lit.

– Je vais divorcer de ton père.

Un millier de choses me passent par la tête, depuis « Merci, mon Dieu » à « Pourquoi tu as attendu si longtemps ? », mais je me contente d'un simple hochement de tête en serrant sa main pour lui communiquer de la force. Je ne pourrais pas être plus fière de ma mère. Elle a beaucoup à perdre. Et pourtant, elle prend le risque, parce que cette démarche signifie aussi regagner sa liberté et sa voix.

– Je pense que je mérite mieux. Je le pense depuis le début, sauf que j'ignorais que c'était possible de l'obtenir. À présent je le sais, grâce à toi, *vita mia.* Le bonheur que tu es en train de construire m'inspire.

Elle essuie une larme et m'adresse un sourire un peu forcé.

– Mon histoire n'est pas terminée, lui fais-je remarquer en riant.

– Non, pas encore, acquiesce-t-elle avec un clin d'œil. Mais je devine vers quelle fin s'achemine l'intrigue.

Je serre sa main, au bord des larmes.

– *Mama*, la meilleure partie de ton histoire, à toi, reste encore à écrire. Tu fais ce qu'il faut.

Avec Clara, j'aide *mama* à faire ses bagages. Clara lui suggère de prendre une chambre dans un hôtel. Mais je secoue la tête. Il est temps que je retourne chez moi. Et il est temps pour Wolfe de bien se comporter envers nos mères, la sienne et la mienne. Je décroche le téléphone et j'appelle mon mari. Il répond à la première sonnerie.

– Je suis prête à rentrer à la maison.

– Oh putain ! souffle-t-il. Pourquoi est-ce que tu as pris aussi longtemps ?

– Je voulais être sûre que tu étais sincère. Que j'étais vraiment libre.

– Tu l'es, confirme-t-il d'une voix grave. Depuis toujours.

– *Mama* et Clara peuvent venir habiter chez nous quelque temps ?

– Tu pourrais ramener toute une armée hostile à la maison que je l'accueillerais à bras ouverts.

Ce soir-là, Wolfe jette nos valises dans le coffre de sa voiture avec l'aide de Smithy. Sur le pas de la porte, mon père nous observe, un verre de quelque chose de fort à la main. Il n'a pas pipé mot. Peu importe que Wolfe se soit agenouillé devant lui, quelques semaines plus tôt, le sénateur Keaton est quand même le grand vainqueur de cette histoire.

Mon père a perdu, la partie est terminée.

Dès que nous arrivons à la maison, madame Sterling – j'insiste pour l'appeler Patricia, maintenant que je sais qu'elle est ma belle-mère – conduit ma mère et Clara dans l'aile est pour les y installer.

Wolfe et moi grimpons les marches derrière elles. Sur le palier du premier étage, je me tourne vers mon mari.

– C'est bien réel ? Je ne rêve pas ?

– C'est bien réel.

Pour la première fois, je le ressens aussi.

Main dans la main, nous prenons la direction de l'aile ouest. Nous dépassons sa chambre et entrons dans la chambre d'amis, voisine, où j'ai dormi la nuit après notre soirée spectacle avec les Hatch. Mon cœur s'affole quand Wolfe ouvre la porte et que je comprends ce que j'ai sous les yeux.

Une chambre de bébé. Tout en blanc, crème et jaune pâle. Grande, claire et entièrement meublée. Je porte une main à ma bouche pour retenir mes pleurs. Le fait qu'il accepte ce bébé, d'une certaine façon, ça me déchire. Parce que ça signifie bien plus que l'acceptation de son enfant. C'est moi qu'il accepte.

– Tout est modifiable, me dit-il. Enfin, tout, sauf le fait qu'on va avoir un bébé.

– C'est parfait, je souffle. Merci.

– Tu avais raison. Tu es ma femme. On va dormir ensemble. On va vivre ensemble. (Il marque une pause théâtrale.) On va même partager un dressing. J'ai utilisé un peu de l'espace disponible que tu as si charitablement libéré à ma place pour y ranger tes vêtements.

Je ris à travers mes larmes. Ça. Juste là. C'est tout. Cela va au-delà de mes rêves les plus fous.

Un homme qui m'aime sans rien demander en retour. Un homme qui a souffert en silence tandis que j'en aimais un autre et s'est immiscé dans mon cœur, sentiment par sentiment, seconde après seconde, jour après jour. Il est patient et déterminé. Dur et autoritaire. Il m'a vue embrasser et enlacer Angelo, tout ça avec sa bague à mon doigt. Pour me ramener à lui, il s'est agenouillé et a imploré l'homme qui a tué sa famille. Il ne se pense pas capable d'être un bon père, pourtant moi je le sais, je le sais du fond de mon cœur : il sera le meilleur papa du monde.

Je me hausse sur la pointe des pieds et dépose un baiser sur la bouche superbe de mon époux.

Il tire sur mes longs cheveux.

– Seulement toi, dit-il.

– Seulement toi, réponds-je.

Alors le sénateur Keaton met un genou à terre et me tend la bague de fiançailles que j'ai abandonnée sur mon oreiller, il y a bien des semaines.

– Veux-tu être ma femme, Némésis ? Même si je sais une chose, désormais : au cas où un jour tu voudrais partir, je ne te couperai pas les ailes.

La réponse que je m'apprête à lui donner est la plus facile que j'aie jamais eu à formuler. Je soulève mon mari par le col, sachant pertinemment combien il déteste la posture qu'il vient d'adopter.

– Mes ailes ne sont pas faites pour voler, je lui murmure. Elles sont faites pour protéger notre famille.

ÉPILOGUE

FRANCESCA

Quatre ans plus tard

– Je te baptise au nom du Père, du Fils et du Saint-Esprit, pour le pardon de tes péchés et le don de l'Esprit saint.

Notre deuxième enfant, Joshua Romeo Keaton, est baptisé à l'église Saint-Raphael de Little Italy, devant nos amis et notre famille, quelques jours après que j'ai reçu mon diplôme de licence en droit. Les yeux tournés vers mon mari, à ma gauche, qui tient notre très fatiguée fillette de trois ans, Emmaline, je tends Josh vers le prêtre qui lui verse de l'eau bénite sur le front pendant qu'il prononce les paroles consacrées.

En balayant du regard les travées et les bancs de bois où sont assises les personnes qui emplissent mon cœur de joie, je réalise une énième fois la chance incroyable qui est la mienne. Il y a là ma mère et son nouveau compagnon, Charles – dit

Charlie – Stephens, qu'elle fréquente depuis six mois. Sa main dans la sienne, il lui chuchote quelque chose à l'oreille. Elle désigne Joshua, sur le point de s'endormir dans mes bras, et ils partagent un petit rire. Près d'eux, Clara et Patricia (ou Sterling, comme mon époux continue de l'appeler) versent des larmes de bonheur et s'essuient le visage avec des mouchoirs. Andrea est là avec son nouveau petit ami – un *Made Man* du nom de Mateo et je sais, à la manière dont ils se tiennent la main, que c'est lui l'homme dont elle autorisera les baisers –, à côté de quelques camarades de fac à moi et du nouveau gouverneur, Austin Berger. Manquent à l'appel, et ce n'est pas une erreur, les gens qui ont tenté de faire obstacle à notre bonheur, à Wolfe et à moi. Les gens qui nous ont poussés dans les bras l'un de l'autre et qui pourtant nous ont déchirés à leur manière.

Mon père est en prison, condamné à vingt-cinq ans de détention pour tentative de meurtre. Peu après que *mama* est venue vivre avec nous, il a essayé de la tuer, devenu fou quand il s'est rendu compte que sa demande de divorce n'était pas qu'un coup de tête. Naturellement, il nous a fait porter le chapeau de sa décision, à Wolfe et à moi, alors qu'elle aspirait seulement à une vie meilleure loin d'un mari abusif qui avait marqué son corps d'innombrables traces de coups au fil de leurs années communes, surtout avant mon retour de Suisse. Vu que papa avait grassement soudoyé White et que ce dernier avait en conséquence traîné les pieds pour rassembler les preuves contre lui lorsque la voiture de ma mère avait explosé devant notre maison, une enquête interne avait été menée en sourdine contre White et Bishop. Ces jours-ci, les anciens chef de la police et gouverneur sont convoqués au tribunal pour avoir accepté des pots-de-vin et des contributions illégales à leurs campagnes de la part de l'infâme Arthur Rossi.

Pendant le battage médiatique qui a entouré cette affaire concernant une personnalité très en vue, une personne n'a cessé de revenir dans les informations comme un exemple de morale irréprochable, c'est mon mari, lui qui a épousé une fille de l'Outfit et pourtant s'est débrouillé pour n'avoir rien à voir avec mon père ou ses affaires.

Celui que j'aime tant essuie une larme de joie qui a coulé sur ma joue. Il me donne une pichenette sous le menton et m'adresse un large sourire. Il s'est rapproché de moi sans même que je m'en rende compte, tant j'étais absorbée par la contemplation de notre bonheur absolu. Joshua s'agite dans mes bras et le prêtre recule d'un pas en passant la main sur ses petits cheveux bruns et soyeux.

– Il a été conçu par l'amour de Dieu, commente le père Spina.

Mon mari ricane à mon côté. Il n'est pas très versé dans la religion. Ni dans les gens en général. Il est en revanche très fan de moi et de notre famille. Il profite que le prêtre s'éloigne pour venir coller les lèvres à mon oreille.

– Tu m'as effectivement traité de dieu, mais Dieu n'était pas présent pendant la conception.

Je pouffe et resserre Josh contre ma poitrine pour inhaler son odeur qui est comme une source de vie. Un frisson de félicité intense me parcourt.

– Tu es prête à ramener les petits à la maison ? Je pense qu'ils ont besoin de sommeil.

Mon mari pose une main sur mon épaule, notre fille désormais profondément endormie dans le creux de son bras. Nous avons décidé de nous abstenir de la traditionnelle grosse fête après le baptême, notre famille étant déjà bien assez souvent en une des journaux à cause du procès.

– Ils ne sont pas les seuls, je dormirais volontiers moi aussi, je murmure contre la tempe de mon fils.

– Sterling et Clara pourront s'occuper d'Emmie et de Josh pendant que je travaillerai à ruiner ce qui reste de ton innocence.

– Je dirais que tu as déjà soigneusement œuvré à cette tâche la première semaine de notre rencontre, je réplique en agitant les sourcils. (Il éclate de rire, chose qu'il a lentement apprise depuis qu'on s'est remis ensemble.) Et puis, tu n'es pas censé t'envoler pour Washington, ce soir ?

– J'ai annulé.

– Comment ça se fait ?

– J'ai envie de passer du temps avec ma famille.

– Ton pays a besoin de toi, je le taquine.

– Et moi, j'ai besoin de toi.

Il nous attire dans une étreinte, moi et nos enfants dans nos bras.

Madame Sterling vit toujours avec nous, même si elle a reçu l'instruction stricte de cesser de nous épier – une règle qu'elle est étonnamment douée pour respecter. Clara vit à l'autre bout de la ville dans la nouvelle maison de ma mère, mais toutes les deux nous aident souvent en gardant les enfants ensemble. Même si mon père est désormais sorti de ma vie, je ne me suis jamais sentie plus aimée et protégée par les gens auxquels je tiens. Et Wolfe entre dans une étape importante de sa carrière, son mandat de sénateur arrivant à échéance dans moins de deux ans.

– Je veux t'emmener quelque part, ce soir. Ta pompe à lait est déjà dans la voiture.

De nouveau, il me tapote le menton. Des tromperies, disputes et autres moyens de nous déchirer, nous sommes passés à une routine domestique tellement satisfaisante que parfois, ça me fait peur.

Je suis une barbe à papa de fête foraine, heureuse, rose, moutonneuse et sucrée. Que de la douceur.

– Rien de plus romantique qu'un mari qui prépare ta pompe à lait.

– Reste toujours une autre solution, si tu acceptais d'être un peu plus ouverte d'esprit…

Il fait référence à notre dernière sortie au restaurant, où je me suis trouvée si engorgée que j'ai dû aller m'enfermer dans les toilettes afin de me soulager manuellement. Et où il a très aimablement offert de boire ce bon lait gâché. Je ne suis pas certaine qu'il plaisantait totalement.

– Ton projet me semble bien mystérieux, je constate, un sourcil haussé.

– Peut-être, mais on va bien s'amuser.

Il me prend Joshua des bras et l'attache soigneusement dans son siège bébé avant de m'ouvrir la portière. J'ai décroché mon permis de conduire peu après être revenue habiter avec Wolfe. Il n'était pas ravi-ravi de me voir au volant, ni plus généralement dans un véhicule, d'ailleurs, enceinte et toujours en bisbille avec mon père. Il s'inquiétait pour le bébé et pour moi, mais il savait aussi que j'avais besoin de liberté.

Après une longue sieste, j'enfile une élégante robe rouge. Wolfe nous conduit à Little Italy pendant que Clara et Sterling gardent les enfants. J'ai appliqué un rouge à lèvres mat assorti à ma robe et un sourire sans faille. J'ai beau soutenir mon mari dans ses ambitions politiques, je ne peux nier que j'ai été contente d'apprendre l'annulation de son voyage à Washington destinée à lui permettre de passer plus de temps avec nous.

Nous nous arrêtons devant notre restaurant italien, *Pasta Bella,* et je déboucle ma ceinture. Mon mari a racheté le *Mama's Pizza* peu après que mon père a été condamné pour tentative de meurtre. Il a rasé l'ancien bâtiment et l'a reconstruit, liquidant les sombres souvenirs que renfermaient les murs et leurs fissures. Bref, cette soirée n'est qu'un rendez-vous au restaurant comme un autre. Agréable et confortable. Un moment de détente, agrémenté peut-être d'un verre de vin.

Wolfe me pose une main sur la cuisse.

– C'est l'heure de la confession.

– On vient de sortir de l'église, Wolfe.

– La seule personne à qui je doive une explication, c'est toi.

– Dis-moi, je l'encourage avec un sourire.

– Angelo est sur le point d'annoncer ses fiançailles avec une fille qu'il a rencontrée dans le cabinet comptable où il travaille. (Wolfe fait courir ses doigts le long de mon bras, inclinant la tête vers le restaurant.) Il est un peu serré, niveau budget, alors il m'a contacté pour me demander s'il pouvait organiser ça ici. J'ai accepté. Avec comme motif secondaire de te montrer qu'il va bien, car je sais que tu culpabilises un peu par rapport à lui.

Alors là, je n'en reviens pas.

Les mois et les années qui ont suivi ma découverte que j'étais enceinte d'Emmie, je me suis souvent tourmentée au sujet d'Angelo, qui lui n'était pas passé à autre chose. Il n'avait pas de petite amie, ne fréquentait personne de façon suivie. Peu après qu'il a eu décroché son master, le cabinet de comptabilité de son père a été fermé car l'IRS[7] avait découvert qu'on y blanchissait de l'argent

7. IRS ou Internal Revenue Service est l'organisme fédéral américain qui collecte les impôts.

pour le compte de l'Outfit. Ça se comptait par millions. Mike Bandini prend désormais le frais en prison pour vingt ans. Angelo est toujours en bons termes avec ses parents, d'après ce que *mama* m'a raconté. En tout cas, il s'occupe bien de sa mère et de ses frères, en revanche il a coupé tous les liens avec l'Outfit. Cela fait des mois que je n'avais pas demandé de ses nouvelles à *mama*, il faut croire qu'il a enfin trouvé quelqu'un.

Wolfe me dévisage, tâchant de jauger ma réaction. Je vois bien que son but n'était pas de me perturber, mais qu'il essaie de savoir si cela déclenche en moi une réaction forte, positive ou négative. Angelo a été et sera toujours un sujet épineux dans notre mariage. J'ai fait beaucoup de mal à Wolfe en embrassant Angelo devant le monde entier. Il m'a pardonnée, mais je ne peux attendre de lui qu'il oublie.

J'esquisse un sourire et attire mon mari dans mes bras.

– Merci. Je suis heureuse pour lui. Et pour moi aussi.

– Tu es vraiment parfaite, marmonne-t-il, scellant notre conversation d'un baiser. Je t'ai prise en espérant me venger. Jamais je ne pensais recevoir quelque chose de tellement plus puissant. L'amour.

Il sort, contourne la voiture et m'ouvre la portière. Ensemble, main dans la main, nous entrons dans le *Pasta Bella.* La seule personne à qui je n'ai pas pensé aujourd'hui, dans le flot de souvenirs nostalgiques, c'est Kristen Rhys, la femme qui a orchestré deux des pires journées de ma vie. Je sais qu'on ne risque pas de tomber sur elle par hasard. Après qu'elle m'a surprise à la fac, Wolfe a finalement décroché son téléphone et répondu à son appel. Il l'a aidée à trouver un boulot en Alaska, puis lui a fait signer un contrat plus contraignant qu'une ordonnance restrictive. Rhys a l'interdiction de revenir dans l'Illinois et de tenter de prendre contact avec nous. Elle lui a donné sa parole qu'elle en avait terminé avec notre famille.

– À quoi tu penses ? me demande mon mari en ouvrant la porte du restaurant.

Une lumière tamisée et douce nous enveloppe aussitôt, produit des bougies et des nappes rouges, des boiseries partout. La salle est bondée et, parmi les têtes en mouvement et les rires, je découvre Angelo, un bras passé autour de l'épaule d'une belle fille aux longs cheveux noirs et aux yeux en amande. Nous nous dirigeons vers eux.

– Je pense au bonheur que tu me donnes, réponds-je franchement à mon mari.

Nous nous arrêtons à un petit mètre d'Angelo. Il se tourne et me sourit, ses yeux bleu océan baignés de joie.

– Tu as réussi, je chuchote. Tout seul.

– Tu es magnifique, Francesca Rossi, murmure-t-il à mon oreille en m'attirant par le cou dans une longue étreinte suffocante. Mais pas aussi belle que ma future épouse.

***

WOLFE

Six ans plus tard

J'observe ma femme depuis ce qui était la fenêtre de son ancienne chambre, il y a bien des années, en caressant le coffret en bois où Emmaline – c'est sa chambre à présent – garde tous ses coquillages. Francesca et moi sommes tombés d'accord très vite en devenant parents que nous ne poursuivrions pas sa tradition des messages, source de trop de pression et de confusion.

Je suis mon épouse des yeux. Josh et Emmaline sont collés chacun à une hanche et le petit Christian est dans ses bras, elle dit « au revoir » à son potager chéri, celui dont elle s'occupe avec soin depuis plus de dix ans. Sterling est là aussi, la main posée sur son épaule, tout sourire.

Plus tard dans la soirée, nous allons embarquer à bord d'un avion qui nous emmènera à Washington. Je vais commencer à œuvrer pour mon pays comme j'en rêve depuis que je suis devenu orphelin : en tant que Président des États-Unis. Nous avons des rêves à poursuivre, un pays à servir et une vie à nous aimer plus fort et plus intensément encore que l'année écoulée. Mais alors que j'ai les yeux baissés vers elle, je sais, avec une certitude absolue, que ma décision de la voler sous le ciel sans étoiles de

Chicago, il y a dix ans, a été le meilleur choix que j'aie jamais fait.

J'aime mon pays avec ferveur.

Mais j'aime ma femme encore plus.

FIN

REMERCIEMENTS

On dit qu'il faut un village pour élever un enfant et pour écrire un livre. Dans notre monde individualiste où tout va si vite, j'ai parfois l'impression qu'il faut toute une ville. Peut-être même un pays. Trouver sa tribu est essentiel et aide à rendre ce voyage plus agréable et moins… moins effrayant, disons-le.

Je commencerai par remercier Becca Hensley Mysoor et Ava Harrison pour les appels téléphoniques quotidiens – je vous ai tant rebattu les oreilles. Merci de m'avoir écoutée et d'avoir permis que Wolfe et Francesca deviennent exactement ceux que je voulais. Merci aussi à mes beta lecteurs, Tijuana Turner (2.000.000 fois), Sarah Grim Sentz, Lana Kart, Amy Halter et Melissa Panio-Petersen. Les filles, vous laissez toujours un morceau de votre âme dans mes manuscrits. À ce stade des remerciements, je dois envoyer un exemplaire du livre à mes chouchoutes, Helena Hunting et Charleigh Rose, mais il y a toutes les chances pour qu'à l'heure où ceci paraît, elles l'aient déjà lu mille fois et supporté mes crises d'angoisses pendant des heures. Alors merci (et pardon). À Elaine York et Jenny Sims pour leur merveilleux travail d'édition. Vous êtes ma *dream team*. Merci d'être toujours là quand j'ai besoin de vous. Merci aussi à ma fabuleuse, ma merveilleuse, ma DÉESSE (oui, oui, en capitales) de conceptrice de couverture, Letitia Hasser de RBA Designs. Je voulais quelque chose d'unique, d'élégant et d'attrayant. Tu m'as donné ça fois cent. À ma maquettrice, Stacey Blake de Champagne Formatting, qui sait comment rendre tout tellement beau. Mille mercis aussi à mon agente, Kimberly Brower de Brower Literary. Enfin, je souhaite remercier mon mari, mon fils, mes parents et mon frère (ainsi que ma bientôt belle-sœur !) de m'aimer presque aussi fort que je les aime. Et bien entendu, à mon équipe, ma deuxième famille (grande inspiration pour m'assurer que je n'oublie personne) : Lin Tahel Cohen, Avivit Egev, Galit Shmaryahoo, Vanessa Villegas, Nadine (Bookaddict), Sher Mason, Kristina Lindsey, Brittany Danielle Christina, Summer Connell, Nina Delfs, Betty Lankovits, Vanessa Serrano, Yamina Kirky, Ratula Roy, Tricia Daniels, Jacquie Czech Martin, Lisa Morgan, Sophie Broughton, Leeann Van Roseburg, Luciana Grisolia, Chele Walker, Ariadna Basulto, Tanaka Kangara, Vickie Leaf, Hayfaah Sumtally, Samantha Blundell, Aurora Hale, Erica Budd Panfile, Sheena Taylor, Keri Roth,

Amanda Suderlond… Et je suis bien certaine d'en avoir oublié quelques-uns, comme d'habitude (mais jamais volontairement). Oh, et aux Sassy Sparrows, mon super groupe de lecture ! Comme je vous aime, mes féroces lectrices, d'oser ouvrir mes livres. Cela signifierait énormément pour moi si vous preniez quelques secondes de votre temps pour laisser une critique honnête en me disant ce que vous avez pensé du *Le voleur de baisers*.

Je vous embrasse et je vous aime,
L.J. Shen

Composition et mise en pages
Nord Compo à Villeneuve-d'Ascq